OUTRAS OBRAS DE NAOMI NOVIK

SCHOLOMANCE

Uma educação mortal

Enraizados
Spinning Silver

A SÉRIE TEMERAIRE

O Dragão de Sua Majestade
Trono de Jade
Guerra da Pólvora Negra
Empire of Ivory
Victory of Eagles
Tongues of Serpents
Crucible of Gold
Blood of Tyrants
League of Dragons

CB031954

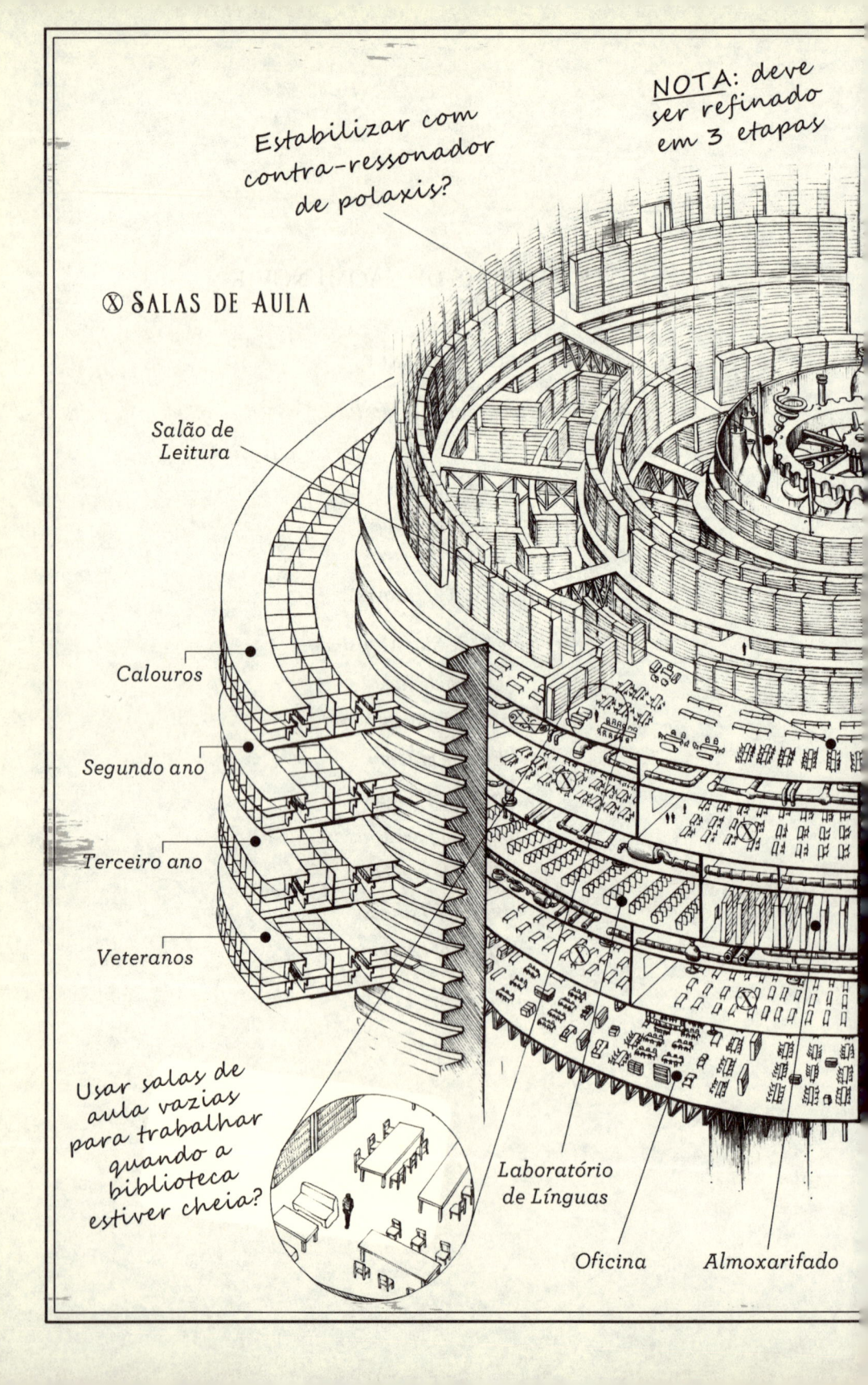

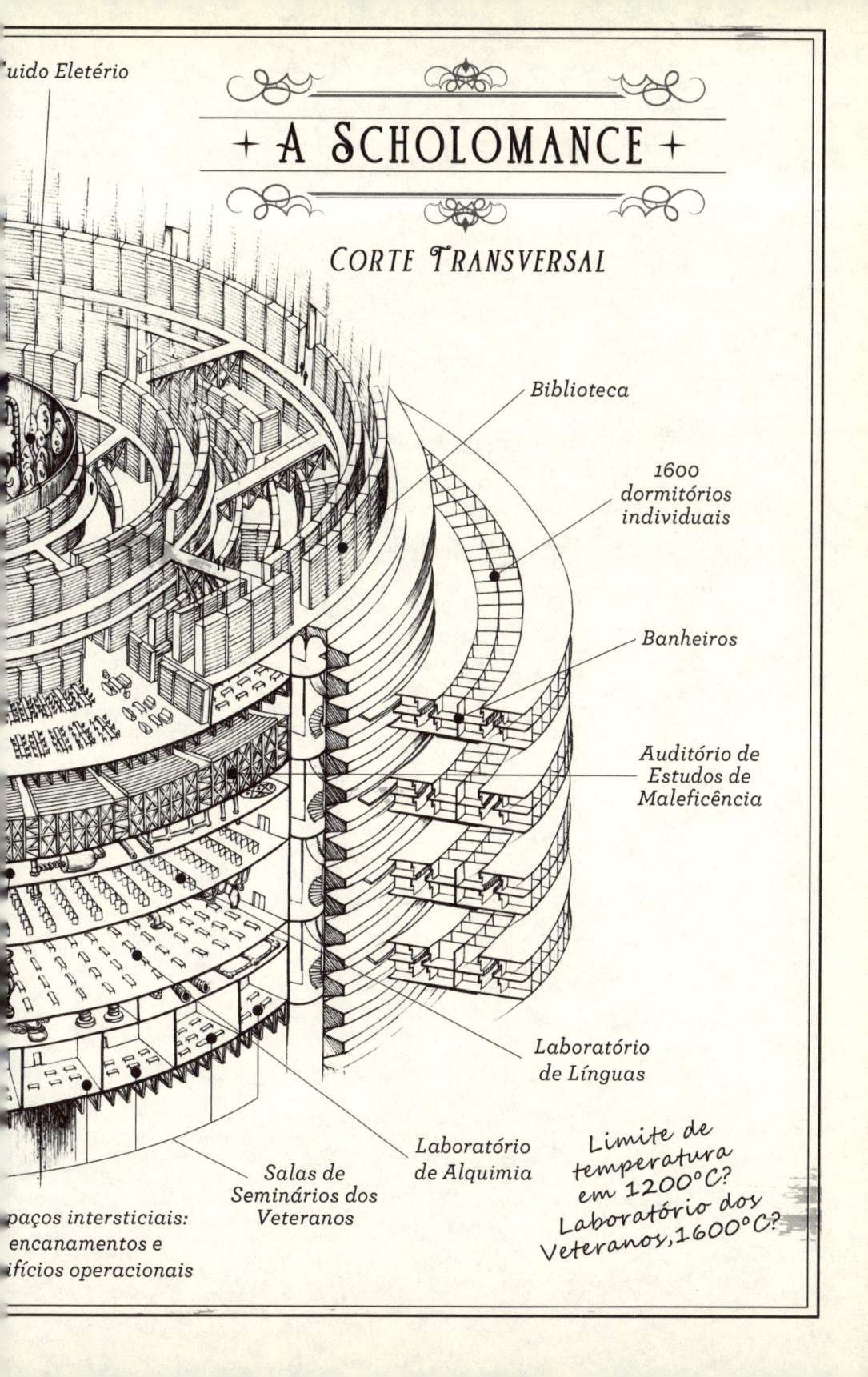

✦ A SCHOLOMANCE ✦

CORTE TRANSVERSAL

uido Eletério

Biblioteca

1600 dormitórios individuais

Banheiros

Auditório de Estudos de Maleficência

Laboratório de Línguas

Laboratório de Alquimia

Salas de Seminários dos Veteranos

paços intersticiais: encanamentos e ifícios operacionais

Limite de temperatura em 1200°C? Laboratório dos Veteranos, 1600°C?

O ÚLTIMO
GRADUANDO

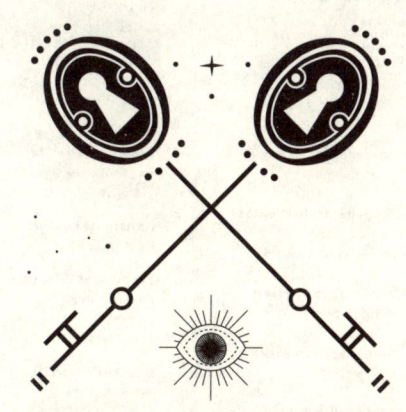

TRADUÇÃO LAURA POHL

· Segundo Ensinamento da Scholomance ·

NAOMI NOVIK

Autora best-seller do *New York Times*

ALTA BOOKS
GRUPO EDITORIAL
Rio de Janeiro, 2023

O Último Graduando

Copyright © 2023 da Starlin Alta Editora e Consultoria Eireli.

ISBN: 978-65-5520-903-7

Translated from original The Last Graduate. Copyright © 2021 by Temeraire LLC. ISBN 9780593128862. This translation is published and sold by permission of Ballantine Books, an imprint of Random House, a division of Penguin Random House LLC, the owner of all rights to publish and sell the same. PORTUGUESE language edition published by Starlin Alta Editora e Consultoria Eireli, Copyright © 2023 by Starlin Alta Editora e Consultoria Eireli.

Impresso no Brasil — 1ª Edição, 2023 — Edição revisada conforme o Acordo Ortográfico da Língua Portuguesa de 2009.

Dados Internacionais de Catalogação na Publicação (CIP) de acordo com ISBD	
N943f	Novik, Naomi
	O Último Graduando: O Segundo Ensinamento da Scholomance / Naomi Novik ; traduzido por Laura Pohl. - Rio de Janeiro : Alta Books, 2023
	400 p. ; 16cm x 23cm.
	Tradução de: The Last Graduate
	ISBN: 978-65-5520-903-7
	1. Literatura americana. 2. Ficção. I. Pohl, Laura. II. Título.
2022-3252	CDD 813
	CDU 821.111(73)-3

Elaborado por Vagner Rodolfo da Silva - CRB-8/9410

Índice para catálogo sistemático:
1. Literatura americana : Ficção 813
2. Literatura americana : Ficção 821.111(73)-3

Todos os direitos estão reservados e protegidos por Lei. Nenhuma parte deste livro, sem autorização prévia por escrito da editora, poderá ser reproduzida ou transmitida. A violação dos Direitos Autorais é crime estabelecido na Lei nº 9.610/98 e com punição de acordo com o artigo 184 do Código Penal.

A editora não se responsabiliza pelo conteúdo da obra, formulada exclusivamente pelo(s) autor(es).

Marcas Registradas: Todos os termos mencionados e reconhecidos como Marca Registrada e/ou Comercial são de responsabilidade de seus proprietários. A editora informa não estar associada a nenhum produto e/ou fornecedor apresentado no livro.

Erratas e arquivos de apoio: No site da editora relatamos, com a devida correção, qualquer erro encontrado em nossos livros, bem como disponibilizamos arquivos de apoio se aplicáveis à obra em questão.

Acesse o site **www.altabooks.com.br** e procure pelo título do livro desejado para ter acesso às erratas, aos arquivos de apoio e/ou a outros conteúdos aplicáveis à obra.

Suporte Técnico: A obra é comercializada na forma em que está, sem direito a suporte técnico ou orientação pessoal/exclusiva ao leitor.

A editora não se responsabiliza pela manutenção, atualização e idioma dos sites referidos pelos autores nesta obra.

Produção Editorial
Grupo Editorial Alta Books

Diretor Editorial
Anderson Vieira
anderson.vieira@altabooks.com.br

Editor
José Ruggeri
j.ruggeri@altabooks.com.br

Gerência Comercial
Claudio Lima
claudio@altabooks.com.br

Gerência Marketing
Andréa Guatiello
andrea@altabooks.com.br

Coordenação Comercial
Thiago Biaggi

Coordenação de Eventos
Viviane Paiva
comercial@altabooks.com.br

Coordenação ADM/Finc.
Solange Souza

Coordenação Logística
Waldir Rodrigues

Gestão de Pessoas
Jairo Araújo

Direitos Autorais
Raquel Porto
rights@altabooks.com.br

Produtoras da Obra
Illysabelle Trajano
Maria de Lourdes Borges

Assistente da Obra
Beatriz de Assis

Produtores Editoriais
Paulo Gomes
Thales Silva
Thiê Alves

Equipe Comercial
Adenir Gomes
Ana Carolina Marinho
Ana Claudia Lima
Daiana Costa
Everson Sete
Kaique Luiz
Luana Santos
Maira Conceição
Natasha Sales

Equipe Editorial
Ana Clara Tambasco
Andreza Moraes
Arthur Candreva
Beatriz Frohe

Betânia Santos
Brenda Rodrigues
Caroline David
Erick Brandão
Elton Manhães
Fernanda Teixeira
Gabriela Paiva
Henrique Waldez
Karolayne Alves
Kelry Oliveira
Lorrahn Candido
Luana Maura
Marcelli Ferreira
Mariana Portugal
Matheus Mello
Milena Soares
Patricia Silvestre
Viviane Corrêa
Yasmin Sayonara

Marketing Editorial
Amanda Mucci
Guilherme Nunes
Livia Carvalho
Pedro Guimarães
Thiago Brito

Atuaram na edição desta obra:

Tradução
Laura Pohl

Copidesque
Beatriz Guterman

Revisão Gramatical
Ana Mota
Ana Omuro

Diagramação
Joyce Matos

Capa
Marcelli Ferreira

Editora afiliada à:

ASSOCIADO

ALTA BOOKS
GRUPO EDITORIAL

Rua Viúva Cláudio, 291 — Bairro Industrial do Jacaré
CEP: 20.970-031 — Rio de Janeiro (RJ)
Tels.: (21) 3278-8069 / 3278-8419
www.altabooks.com.br — altabooks@altabooks.com.br
Ouvidoria: ouvidoria@altabooks.com.br

O ÚLTIMO
GRADUANDO

Capítulo 1
VÍBORASAC

F*IQUE LONGE DE* O*RION* L*ake.*

A maioria das pessoas religiosas ou espirituais que eu conheço — e, para ser sincera, a maioria delas é do tipo que acaba
indo para uma comunidade vagamente pagã no país de Gales, ou
são bruxos adolescentes apavorados enfiados numa escola que está
tentando matá-los — regularmente suplica a alguma divindade be-
nevolente, amável e todo-poderosa que providencie conselhos úteis
por meio de agentes como sinais milagrosos ou avisos. Falando como
filha de minha mãe, posso dizer com autoridade no assunto que não
gostariam nada se fossem respondidos. Você não *quer* um conselho
misterioso e sem explicação de alguém que sabe ter seu melhor interesse em mente e cujo julgamento é sem dúvidas correto, justo e
verdadeiro. Ou te dirão para fazer o que você já queria, e nesse caso
você não precisaria de conselhos, ou te dirão para fazer o contrário,
e nesse caso você vai ter que escolher entre seguir o conselho com
amargura, como uma criancinha que foi forçada a escovar os dentes
e ir para a cama num horário razoável, ou ignorar o conselho e seguir em frente com agitação, sabendo o tempo todo que este caminho te levará diretamente à dor e à decepção.

Se você está se perguntando qual das duas opções eu escolhi, então não me conhece bem, já que a dor e a decepção são obviamente meu destino. Eu nem precisei pensar no assunto. O bilhetinho de mamãe foi de boas intenções infinitas, mas não era comprido: "Minha querida filha, eu amo você, seja corajosa, e fique longe de Orion Lake". Eu o li inteiro numa única olhada e o piquei em pedaços imediatamente, parada em meio aos outros calouros que se demoravam. Eu mesma engoli o pedaço do bilhete com o nome de Orion e repassei o resto adiante.

— O que é isso? — disse Aadhya. Ela ainda estava estreitando o olhar para mim, indignada.

— Ajuda os ânimos — falei. — Minha mãe colocou no papel.

— Ah sim, sua *mãe*, Gwen Higgins — disse Aadhya, ainda mais distante. — De quem você fala tantas vezes.

— Ah, só coma logo — falei, tão irritada quanto conseguia soar depois de ter acabado de engolir meu próprio pedaço. A irritação não era tão difícil de fabricar quanto costumava ser. Não conseguia pensar em nada de que havia sentido falta aqui, nem mesmo o sol, o vento ou uma noite de sono segura, tanto quanto sentia falta de mamãe. Então, foi isso que o feitiço me deu: a sensação de estar aninhada na cama dela com minha cabeça em seu colo, sua mão fazendo cafuné gentilmente no meu cabelo, o cheiro das ervas com as quais ela trabalha e a terra úmida da primavera galesa. Teria me animado imensamente se eu não estivesse ao mesmo tempo tão profundamente preocupada com o que ela estava tentando me dizer sobre Orion.

As possibilidades divertidas eram infinitas. A *melhor* era que ele estava destinado a morrer jovem e de uma maneira horrível, o que, dado sua preferência pelo heroísmo, era facilmente previsível de qualquer forma. Infelizmente, me aproximar de um herói trágico ou qualquer coisa do gênero não é o tipo de coisa sobre a qual mamãe tentaria me alertar. Ela é bem do tipo que pensa "aproveite a vida, que ela é curta".

Mamãe só me avisaria sobre algo *ruim*, não algo *doloroso*. Então, obviamente Orion era o maleficente mais brilhante do mundo, e estava escondendo seus planos vis ao salvar as vidas de todo mundo várias e várias vezes só para poder, sei lá, matar todo mundo depois? Ou talvez mamãe estivesse preocupada por ele ser tão irritante que *me* motivaria a me tornar a maleficente mais brilhante do mundo, o que é provavelmente mais plausível, já que esse já era supostamente o meu destino de qualquer forma.

É claro que a opção mais provável é que nem mesmo mamãe saiba bem. Talvez ela só tenha uma sensação ruim sobre Orion, por uma razão que não saiba dizer, mesmo tendo me escrito uma carta de dez páginas frente e verso. Uma sensação tão ruim que ela fez um mochilão a pé até Cardiff para encontrar o calouro mais próximo e pediu aos pais dele para me enviarem um bilhete de uma grama. Estiquei a mão e cutuquei Aaron em seu ombro magrelo.

— Ei, o que minha mãe deu pros seus pais por trazerem essa mensagem?

Ele se virou e disse, incerto:

— Acho que nada? Ela disse que não tinha nada com o que pagar, mas pediu para falar com eles em particular, então entregou a carta para mim, e minha mãe apertou um pouco mais a minha pasta de dente pra abrir espaço.

Isso pode parecer pouca coisa, mas ninguém desperdiça a quota de peso de duração de quatro anos em pasta de dente comum – eu mesma escovo meus dentes com o bicarbonato de sódio do estoque do laboratório de alquimia. Se Aaron havia trazido uma pasta de dente, continha algum tipo de encanto: útil quando você não vai poder ir a um dentista durante os quatro anos seguintes. Ele poderia facilmente ter trocado esse resto de pasta com alguém que estava com dor de dente por uma semana inteira de jantares extras. E os pais dele haviam tirado isso do próprio filho — mamãe *pediu* aos pais dele para tirar isso do próprio filho — só para me mandar um único aviso.

— Ótimo — falei, amarga. — Aqui, pega um pedaço.

Entreguei para ele um dos pedaços do bilhete também. Ele provavelmente precisava disso mais do que nunca, agora que foi sugado para dentro da Scholomance. É melhor do que a morte quase inevitável que espera por todas as crianças lá fora, mas não é muito melhor.

Então a fila da comida se abriu. A debandada de alunos interferiu com meu mau humor, mas, enquanto formávamos uma fila, Liu me perguntou baixinho:

— Tá tudo bem?

Eu só a encarei, sem expressão. Não precisava ler mentes nem nada — Liu tinha um olho bom para pequenos detalhes, entendia bem as coisas; ela gesticulou para o meu bolso, onde eu havia guardado o último pedacinho do bilhete. O bilhete cujo conteúdo verdadeiro eu não havia compartilhado, mesmo enquanto repassava pedaços com um encanto que deveria ter destruído qualquer mau humor. Minha confusão era porque... Porque ela perguntou. Não estava acostumada a pessoas perguntando sobre meu bem-estar, ou até mesmo notando quando estou chateada. A não ser que esteja chateada o suficiente para passar a impressão de que estou prestes a atear fogo em todos ao meu redor, o que de fato acontece com certa frequência.

Precisei pensar um pouco para decidir que, na verdade, não queria falar sobre o bilhete. Nunca havia tido a opção. Tê-la agora significava que... Que eu estava falando a verdade para Liu quando inclinei a cabeça como quem diz *sim, está tudo bem* e sorri para ela, a expressão um pouco estranha e esticada perto da boca, sem familiaridade. Liu sorriu de volta, e então estávamos na fila, completamente focadas na tarefa de encher nossas bandejas.

Havíamos perdido nossos calouros na confusão: obviamente, eles iam por último, e nós agora tínhamos o privilégio duvidoso de ir primeiro. Só que nada te impede de pegar uma porção extra no lugar deles se puder pagar o preço e, ao menos por hoje, podíamos. As paredes da escola ainda estavam um pouco quentes do ciclo de limpeza do final do semestre. Qualquer maleficência que não tivesse sido queimada até virar pozinho de cinzas estava começando a rastejar para fora dos vários cantos escuros no qual haviam se escondido, e era improvável que a comida estivesse contaminada como sempre. Então Liu pegou caixas extras de leite para seus primos, e eu peguei outra porção de macarrão para Aaron, com relutância. Tecnicamente, não lhe devia nenhum favor por trazer o bilhete; pelas regras da Scholomance, tudo isso é resolvido lá fora. Só que ele não havia recebido nada por isso lá fora.

Era estranho ser quase uma das primeiras a entrar no refeitório quase vazio, uma enorme fila de alunos ainda sinuando perto das paredes, o número triplicado, os mais velhos cutucando os calouros e apontando os azulejos no teto, os bueiros no chão e os dutos de ventilação na parede aos quais deveriam prestar atenção no futuro. As últimas mesas dobráveis rapidamente preencheram o espaço aberto que havia sido deixado pela correria dos calouros, desdobrando-se de volta no lugar com guinchos e batidas. Minha amiga Nkoyo — poderia pensar nela como amiga? Achava que sim, mas não havia recebido um aviso brasonado formal, então permaneceria mais tempo na dúvida — havia chegado primeiro com os melhores amigos; estava em uma ótima mesa, posicionada no centro, exatamente entre as paredes e a fila, embaixo de apenas dois azulejos do teto, com o escoadouro mais próximo a quatro mesas de distância. Ela estava em pé e acenava para nós, fácil de enxergar: vestia uma blusa novinha e calças largas, cada uma com estampa de listras ondulantes nas quais, tinha quase certeza, encantamentos haviam sido tecidos. Esse é o único dia em que todo mundo aproveita para mostrar a única roupa nova que trazemos para cada ano — infelizmente, meu próprio guarda-roupa estendido foi incinerado no meu primeiro ano — e ela claramente havia guardado aquela roupa para o último ano. Jowani trazia duas grandes jarras de água enquanto Cora fazia os feitiços do perímetro.

Era estranho, andar pelo refeitório para ir ao encontro deles. Mesmo que não tivessem nos oferecido um convite de verdade, ainda havia várias boas mesas disponíveis, e todas as ruins. Já havia conseguido escolher minhas mesas antes, mas isso sempre havia sido resultado de uma manobra ruim e arriscada, de chegar cedo demais no refeitório, geralmente por desespero de quando tive vários dias ruins de má sorte com minhas refeições. Agora era só algo comum. Todos que se aproximavam das mesas ao meu redor também eram do meu ano, ou seja, do último; conhecia a maioria deles pelo rosto, se não pelo nome. Éramos mil agora, sendo que começamos com 1600. Isso parece horrível, mas normalmente menos de 800 alunos conseguem chegar vivos ao começo do último ano. E, em geral, menos do que a metade desses sobrevive à graduação.

Só que o nosso ano havia mudado muito o andar da carruagem, e o responsável estava sentado na mesa ao meu lado. Nkoyo mal esperou eu e Orion nos sentarmos para falar:

— Funcionou? Conseguiram consertar o maquinário?

— Quantos males estavam lá embaixo? — Cora perguntou ao mesmo tempo, deslizando na cadeira quase sem fôlego, ainda tampando a pequena jarra de argila que havia usado para fazer um feitiço de perímetro ao redor da mesa.

Segundo o manual de etiqueta da Scholomance, elas não estavam sendo mal-educadas: tinham direito de perguntar, já que haviam conseguido a mesa — é uma troca mais do que justa por informação de primeira mão. Outros alunos do último ano estavam ocupados se apossando de todas as mesas próximas — o que nos dava um perímetro sólido de segurança — para conseguir escutar melhor; os que estavam mais longe se inclinavam e colocavam as mãos no ouvido sem vergonha nenhuma enquanto os amigos cuidavam da retaguarda.

Todo mundo na escola já sabia uma parte significativa da informação, isto é, contra as probabilidades, Orion e eu havíamos conseguido voltar vivos de nossa adorável excursão ao salão de graduação naquela manhã. No entanto, eu havia passado o resto do dia enfurnada no quarto, e Orion em geral evitava qualquer ser humano que não estivesse sendo devorado por males, então qualquer outra coisa que tivessem ouvido havia sido repassada pela corrente de fofocas da escola, mas essa não é uma fonte de informação que inspira confiança quando se depende dela para ficar vivo.

Eu não estava animada para reviver a experiência recente, mas sabia que elas tinham o direito às informações que eu podia dar. E era sem dúvidas *eu* que podia fornecer isso, porque antes de a fila de comida se abrir, já havia escutado um outro aluno veterano de Nova York perguntando a Orion algo semelhante, e ele havia dito "Acho que foi tudo bem. Eu não vi muita coisa. Mantive os males afastados até acabar, e aí fomos levados de novo pra cima". Não era nenhum tipo de bravata; foi literalmente o que ele achou do negócio todo. Matar mil males no meio do salão de graduação era só mais um dia de serviço. Quase senti pena de Jermaine, que estava com a expressão de alguém que tentava ter uma conversa importante com uma parede de tijolos.

— Um *monte* — falei para Cora, seca. — Estava lotado, e estavam famintos. — Ela engoliu em seco, mordendo o lábio, mas assentiu. Então me virei para Nkoyo. — Enfim, os artífices veteranos acharam que conseguiriam resolver. E demorou uma hora pra conseguirem, então espero que não estivessem só enrolando.

Ela assentiu, o rosto cheio de propósito. Não era uma questão acadêmica. Se nós havíamos *mesmo* conseguido consertar o equipamento no salão de graduação, então o mesmo maquinário que fazia a limpeza aqui duas vezes ao ano para incinerar os males que infestavam os corredores e as salas de aula também passaria por lá — e, presumivelmente, dizimaria um número substancial de males bem maiores e piores que estavam de bobeira no salão esperando a festa de graduação dos veteranos. Isso significava que provavelmente boa parte dos graduandos havia conseguido. Ainda melhor, que boa parte da *nossa* turma teria mais chance de passar.

— Você acha mesmo que conseguiram passar? Clarita e os outros? — perguntou Orion, franzindo o cenho para a bagunça de batatas, ervilhas e carne que estava fazendo no prato, que o refeitório ousava chamar de torta shepherd, ou torta de pastor, feita de carne de cordeiro, mas que era só uma torta cottage, ou seja, feita de carne de vaca. Num dia ruim, poderia ter sido feita mesmo com o pastor de cordeiros. Independente do nome, ainda estava quente o suficiente para soltar fumaça, não que Orion estivesse apreciando esse estado milagroso.

— Vamos descobrir no final do semestre, quando for nossa vez de passar — falei. Se *não* tivéssemos conseguido fazer com que funcionasse, é claro, então os alunos mais velhos teriam sido arremessados para uma horda faminta de maleficências vis, e provavelmente seriam despedaçados em massa antes de conseguir chegar até as portas. E nossa classe se divertiria do mesmo jeito, daqui a trezentos e sessenta e cinco dias e contando. O que era um pensamento maravilhoso, e eu estava falando tanto para mim mesma quanto para Orion quando acrescentei:

— E já que não dá pra descobrir antes disso, não tem porquê ficar de mau humor sobre esse assunto, então dá pra parar de destroçar seu jantar inocente? Está me deixando sem apetite.

Como resposta, ele revirou os olhos para mim e enfiou uma colherada gigantesca na boca de forma dramática, mas isso deu a seu cérebro uma chance de notar que ele era um adolescente malnutrido, então começou a devorar a comida, atento de verdade.

— Se funcionou mesmo, quanto tempo acha que vai durar? — perguntou uma das outras amigas de Nkoyo, uma menina do enclave de Lagos que havia conseguido um lugar no outro lado da mesa só para ter acesso à conversa.

Essa era outra boa pergunta para a qual eu não tinha resposta, já que não era uma artífice. A única coisa que sabia sobre o que se passava atrás de mim — em mandarim, que eu não falo — era o número de palavras que havia saído da boca dos artífices que pareciam palavrões. Orion não sabia muito: havia ficado na nossa frente, matando males a rodo. Aadhya respondeu por mim.

— Nas vezes em que o enclave de Manchester consertou o maquinário no salão de graduação, os reparos duraram ao menos dois anos, talvez até três. Eu apostaria que vá funcionar por ao menos mais um ano, e talvez o seguinte.

— Mas não... mais do que isso — disse Liu, baixinho, olhando para o outro lado da sala, na direção dos primos que estavam na própria mesa, junto de Aaron e Pamyla, a menina que havia trazido a carta de Aadhya, e mais um bom pessoal de outros calouros ao redor deles: o tipo de grupo que normalmente apenas enclavistas conseguiam juntar. Isso me surpreendeu, até que entendi que haviam captado um pouco do brilho de Orion, o herói do ano. Então me ocorreu que, possivelmente, um pouco desse brilho até poderia ter vindo de mim, porque agora, para todos os calouros, eu era uma veterana que também havia passado pelo salão, e não a esquisitona medonha do meu ano.

E... eu não era mais a esquisitona medonha aos olhos de ninguém. Tinha uma aliança de graduação com Aadhya e Liu, uma das primeiras forjadas no nosso ano. Havia sido convidada a me sentar em uma das mesas mais seguras do refeitório, por alguém que tinha mais escolhas. Eu tinha *amigos*, o que parecia ainda mais surreal do que sobreviver por tempo o suficiente para me tornar uma veterana, e eu devia isso — cada partezinha — a Orion Lake, e na verdade não me importava com qual seria o preço a pagar. Teria um, é claro. Mamãe não havia me avisado por nada. Mas eu não me importava. Eu pagaria, seja lá qual fosse.

Assim que aceitei esses termos dentro da minha cabeça, parei de me preocupar com o bilhete. Nem precisava mais desejar que mamãe não tivesse enviado nada. Ela tinha enviado porque me amava e não sabia diferenciar Orion de uma porção de batatas; não conseguiria deixar de me alertar se soubesse que eu estava em um caminho ruim por causa dele. E eu podia me reassegurar desse amor que ela sentia, e ainda assim decidir que estava pronta para pagar o preço. Coloquei os dedos no bolso para tocar o último pedaço do bilhete que havia guardado, o pedaço que dizia *corajosa*, e o comi naquela noite antes de dormir, deitada na minha cama estreita no nível mais baixo da Scholomance, e sonhei que era pequena novamente, que corria por um campo aberto de grama alta demais, com flores roxas em formato de sino, e sabia que mamãe estava por perto, observando e contente por eu estar feliz.

Essa sensação quente e deliciosa durou só cinco segundos na manhã seguinte, que é o tanto que demorou para eu terminar de acordar. Na maioria das escolas, você tem direito a férias depois do fim do semestre. Aqui, a graduação acontece de manhã, a admissão à noite, e você parabeniza a si mesmo e a seus amigos sobreviventes por conseguirem viver por tanto tempo, e no dia seguinte começa o novo semestre. A Scholomance não é um ambiente propício para tirar férias, para ser justa.

No primeiro dia de aula, precisamos ir à nossa nova sala de orientação para arrumar nossos horários antes do café da manhã. Eu ainda estava me sentindo como pão mofado: uma ferida semicurada no estômago costuma piorar um pouco quando se é arremessado para todos os lados por feitiços puxa-puxa e tudo o mais. Eu havia deliberadamente programado um despertador para me acordar cinco minutos antes do fim do toque de recolher matutino, porque tinha certeza absoluta de que, onde quer que fosse minha sala de orientação, demoraria uma eternidade para chegar lá. Dito e feito: quando o pedaço de papel com minha alocação foi empurrado por baixo da porta às 5:59, indicava a sala 5013. Fuzilei o papel com o olhar. Os veteranos raramente são alocados em uma sala de aula acima do terceiro andar, então era de se esperar que eu ficaria satisfeita, mas essa era só a sala de orientação, e eu sabia que nunca teria uma aula *de verdade* tão lá em cima. Que eu saiba, *não há* aulas naquele andar — o quinto andar é onde fica a biblioteca. Provavelmente estava sendo mandada para uma sala de arquivo em meio às estantes com um punhado de estranhos azarados.

Nem escovei os dentes. Só enxaguei a boca com água da jarra e fui à luta enquanto os outros veteranos que haviam acabado de acordar arrastavam os pés rumo ao banheiro. Não me dei ao trabalho de ficar perguntando se mais alguém ia por aquele caminho: sabia que ninguém com quem eu conversava iria. Só acenei para Aadhya ao passar quando ela saiu do quarto com a necessaire de toalete, e ela assentiu, entendendo de imediato, e me fez um sinal de joinha como encorajamento enquanto ia buscar Liu: infelizmente, todos nós estávamos familiarizados com os perigos de um longo caminho até uma aula, e nosso ano agora tinha o maior caminho de todos.

Não havia mais para *baixo* para nós: ontem, assim que os dormitórios dos veteranos rotacionaram até o salão de graduação, os nossos tomaram seu lugar, no nível mais baixo da escola. Precisei trotar até a escadaria, e então fazer um caminho extremamente cauteloso até o andar das oficinas — sim, era só um dia depois da limpeza, mas nunca é bom ser o primeiro a entrar num andar de salas de aula pela manhã — e começar a subir os cinco andares de escadaria de degraus largos lá para cima.

O caminho parecia duas vezes mais longo do que o normal. As distâncias na Scholomance são extremamente flexíveis. Podem ser compridas, de maneira agonizante, ou quase infinitas, dependendo no geral do quanto você gostaria que fossem de outra forma. O fato de eu estar tão adiantada também não ajudou. Não vi nenhum outro aluno até estar arfando na subida dos dormitórios do segundo ano, onde os madrugadores haviam começado a aparecer nas escadas em grupos pequenos, a maioria estudantes de alquimia ou artífices com esperança de garantir lugares melhores nas oficinas e nos laboratórios. Quando finalmente cheguei ao andar dos novatos, o êxodo matutino de sempre já estava a toda, mas como todos eram calouros no primeiro dia de aula, sem a menor ideia de para onde ir, isso não acelerou a subida nem um pouco.

A única vantagem de toda essa viagem dolorosa é que segurei meu cristal de armazenamento no punho o tempo inteiro, concentrada em colocar mana nele. Ao fim do último lance de escadas, quando meu estômago estava pulsando e minhas coxas estavam ardendo em conjunto, cada um daqueles degraus subidos com vontade aumentou notavelmente o brilho que emanava entre meus dedos, e eu tinha conseguido preencher um quarto dele quando cheguei à sala de aula completamente vazia.

Precisava muito recuperar o fôlego, mas, assim que parei de me mexer, o alerta de cinco minutos ecoou lá embaixo. Tropeçar entre as estantes à procura de uma sala de aula que nunca sequer havia visto antes era atraso na certa — não era uma boa ideia — então, relutante, gastei um pouco do mana obtido a duras penas em um feitiço de encontrar. Alegremente, o feitiço apontou diretamente para uma seção completamente escura das estantes. Olhei para as escadas sem muita esperança, mas ninguém havia aparecido para se juntar a mim.

O motivo ficou claro quando finalmente cheguei à sala, que ficava atrás de uma única porta de madeira escura, praticamente invisível entre dois arquivos grandes cheios de mapas amarelados. Abri a porta esperando encontrar algo bem horrível lá dentro, e encontrei: oito calouros, todos se virando para me encarar como uma manada de veados pequenos e especialmente patéticos que estão prestes a ser atropelados por um caminhão gigante. Não havia sequer um aluno de segundo ano entre eles.

— Você só pode estar brincando — falei, revoltada, e então marchei até a primeira fileira e me sentei no melhor lugar da sala, o quarto lugar perto da porta.

O que pude fazer sem nem precisar encostar em ninguém, já que haviam deixado a primeira fileira bem vazia, como se ainda estivessem no ensino fundamental e não quisessem parecer puxa-saco do professor. Os únicos professores aqui são as maleficências, e elas não têm puxa-sacos, têm almoço.

As carteiras eram adoráveis móveis eduardianos originais, e com isso quero dizer que eram antiquíssimas, pequenas demais para mim, de quase um metro e oitenta, e incrivelmente desconfortáveis. Eram feitas de ferro e seriam difíceis de empurrar em uma emergência; o tampo, pequeno demais para sequer comportar um pedaço de folha de anotações de tamanho normal, havia sido muito polido fazia mais ou menos uns 120 anos. Desde então, havia sido arranhado com tanto afinco que os alunos começaram a escrever mensagens em cima das pichações dos outros, só para ter espaço para suas mensagens de desespero. Alguém havia escrito DEIXE-ME SAIR várias vezes em uma elegante caligrafia vermelha por toda a borda da superfície em formato de L, e outro aluno havia passado uma caneta marca-texto amarela por cima dessa frase.

Só havia uma outra adolescente na primeira fila, e ela havia escolhido o que teria sido o melhor lugar, o sexto mais longe — mais esperta por conseguir um pouco mais de distância da porta — exceto pela saída de ar no chão duas cadeiras atrás dela. Que estava atualmente coberta pela mochila de um adolescente mais idiota, então não dava para saber que estava ali a não ser que tivesse visto que as outras três saídas de ar formavam um quadrado, que só faria sentido se houvesse uma quarta. Ela me observou entrando como se esperasse que eu fosse chutá-la da cadeira: a idade tem suas vantagens, e os veteranos raramente são tímidos em usá-las. Quando me sentei na melhor cadeira de verdade, ela olhou para trás, percebeu seu erro, e então apressadamente pegou a mochila e andou pela fileira.

— Esse lugar está ocupado? — perguntou ela, gesticulando para a cadeira ao meu lado, com um ar meio ansioso.

— Não — respondi, irritada.

Fiquei irritada porque fazia sentido deixar que ela se sentasse ao meu lado, já que isso apenas melhorava minhas chances ao aumentar o número de alvos próximos, e ainda assim eu não queria muito fazer isso. Ela era uma enclavista, sem dúvidas. Havia algum tipo de barreira no pulso dela; o anel sem graça no dedo era quase certamente um compartilhador de energia, e ela havia entrado aqui ativamente atenta à estratégia de Scholomance, sabendo, por exemplo, identificar os melhores lugares numa sala de aula mesmo no primeiro dia, quando você está aturdido demais para se lembrar de todos os conselhos que seus pais te deram em vez de só se misturar aos outros alunos como uma zebra que tenta se esconder numa manada. Também havia o fato de que o livro de álgebra na mochila dela era em mandarim, mas ela tinha um bom exemplar de *Introdução à Alquimia* em inglês, e os cadernos estavam todos anotados no alfabeto tailandês, o que significa que ela era fluente o bastante para fazer aulas de magia em não apenas um, mas em dois idiomas estrangeiros. Considerando as consequências de cometer mesmo um pequeno errinho, é uma barra difícil de segurar para alguém de 14 anos. Era provável que ela tenha frequentado as aulas de idiomas mais caras que o dinheiro do enclave podia pagar desde os dois anos. Provavelmente estava planejando se virar num instante para avisar aos outros alunos que estavam sentados em lugares ruins e perigosos, para que entendessem que eram todos farinha do mesmo saco: um saco diferente do dela. Só fiquei surpresa por ela ainda não ter deixado isso claro.

Então um dos outros alunos atrás de nós disse timidamente:

— Oi, El?

Percebi que era um dos primos de Liu.

— Sou eu, Guo Yi Zheng — acrescentou ele, o que ajudou, já que eu havia saído da cerimônia de admissão com a confiança perfeita de que não veria nunca mais nenhum dos calouros, exceto por puro acidente, e nem havia tentado memorizar seus nomes.

Não tem muita mistura aqui dentro. Nossos horários se certificam disso. Os veteranos passam quase todo o tempo nos andares mais baixos, e os calouros ficam com as salas de aulas mais seguras nos andares mais altos. Se você é um calouro que costuma passar o tempo em lugares onde os alunos mais velhos ficam, está pedindo para ser comido, e algumas maleficências vão lhe conceder esse pedido.

Por outro lado, se você está em algum lugar com alguém mais velho por perto, é melhor ficar perto dele do que longe. Zheng já estava pegando a mochila e se aproximando, o que era melhor, porque ele era o aluno mais perto da porta até então.

— Posso me sentar com você?

— Tá, claro — respondi. Não me importava com *ele*. Liu ser minha aliada não dava ao primo calouro dela nenhum tipo de privilégio comigo, mas ele nem precisava disso. Ela era minha *amiga*. — Fique de olho nas saídas de ar, até mesmo no andar da biblioteca — acrescentei. — E você estava perto demais da porta.

— Ah. Sim, claro, eu só estava... — disse ele, olhando para os outros alunos, mas eu o interrompi.

— Não sou sua *mãe* — falei, tentando parecer deliberadamente grosseira: você não está fazendo favor nenhum para um calouro ao deixar que ele imagine que existem heróis por aqui. Orion Lake não conta. Não poderia ficar salvando o garoto, já dava trabalho o bastante salvar a mim mesma. — Não preciso de uma desculpa. Só te disse. Pode ouvir ou ignorar.

Ele ficou em silêncio e se sentou, parecendo envergonhado.

É claro que ele estava certo em ficar próximo dos outros alunos: há um motivo pelo qual zebras andam em manadas. Só que não vale a pena deixar com que as outras zebras te coloquem numa posição muito ruim. Se você fosse azarado, aprenderia a lição quando o leão te comesse no lugar das outras. Se fosse como eu, aprenderia quando visse um leão comer outra pessoa, um dos alunos fracassados que não era tão fracassado quanto você e que, portanto, teve a permissão de se sentar no fim da fileira, entre a porta e os alunos que importavam de verdade.

E ele não tinha motivo nenhum pra deixar que o colocassem no fim da fileira, porque ele *era* um dos alunos que importavam, ou o mais próximo disso fora a menina do enclave. O fato de que a família de Liu está bem perto de fundar o próprio enclave é bastante conhecido. Eles já são um grupo grande o suficiente para Liu receber uma caixa com itens de segunda mão de um membro da família estendida, e ela havia repassado a Zheng e seu irmão gêmeo, Min, uma mochila cheia de coisas da caixa, com o resto a ser dado no final do ano. Eles podiam não ser enclavistas, mas também não eram perdedores. Só que, por enquanto, ele ainda estava se comportando como se fosse um ser humano normal, em vez de um aluno na Scholomance.

Um zumbido de barulho ecoou dos outros alunos. Enquanto estávamos conversando, os horários apareceram nas nossas carteiras, do jeito de sempre: você desvia o olhar por um segundo e, quando olha de novo, encontra-os ali, como se sempre tivessem estado lá. Se você tentar ser atrevido e encarar a carteira sem piscar por tanto tempo que a escola não consiga dar um jeito de materializá-lo na sua mesa, alguma coisa ruim provavelmente vai acontecer para criar essa oportunidade — tipo as luzes se apagarem, então os outros alunos ou vão te empurrar ou vão colocar uma mão sobre os seus olhos se te pegarem fazendo isso. É bem mais caro, em termos de mana, deixar que as pessoas vejam a mágica acontecer de um jeito que as faça desacreditar por instinto, porque isso significa que será preciso forçar a mágica *nelas* além do universo. É um dos motivos pelos quais as pessoas, no geral, não fazem mágica de verdade perto dos mundanos. É muito mais difícil, a não ser que você finja que é algum tipo de espetáculo, ou faça próximo de pessoas que querem muito acreditar em seja lá qual mágica você está fazendo, como mamãe com sua mágica de cura natural e seus amigos naturebas na floresta.

E, apesar de sermos bruxos, ainda assim não *esperamos* que as coisas se materializem do nada. Sabemos que pode ser feito, então não é assim tão difícil nos persuadir, mas, por outro lado, temos mais mana próprio para lutar contra essa persuasão. Custa menos para a escola materializar uma coisa na carteira quando estamos olhando para outro canto, como se alguém tivesse acabado de colocar ali, do que deixar que testemunhemos isso.

Zheng já estava tentando esticar o pescoço por cima de mim para espiar o horário da menina do enclave. Suspirei.

— Vá sentar ao lado dela — falei, com relutância. Eu não gostava daquilo, mas isso não mudava a realidade de que era obviamente uma boa ideia para ele se aproximar dela. Ele se revirou um pouco, com o que provavelmente era culpa: imagino que a mãe dele tenha dado um sermão sobre o assunto também. Então finalmente ele se levantou e foi até a menina tailandesa para se apresentar.

Para ser justa, ela o cumprimentou com um *wai* educado e o convidou para se sentar ao lado dela com um gesto; normalmente é preciso puxar mais energeticamente o saco de alguém para se aproximar de um enclavista. Suponho que ele ainda não tinha concorrência. Depois que Zheng se sentou, alguns dos outros alunos se levantaram e se deslocaram para as cadeiras atrás deles, e começaram a comparar horários. A menina enclavista já estava trabalhando no dela, com uma rapidez que significava que ela sabia exatamente o que queria, e começou a mostrar o dela para os outros e apontar problemas nos deles. Fiz uma nota mental para olhar o horário de Zheng depois que ele terminasse, só para o caso de ela estar sendo legal demais em benefício próprio.

Primeiro, no entanto, eu precisava cuidar do meu *próprio* horário, e bastou um olhar para saber que estava encrencada. Sabia desde o começo que precisaria fazer dois seminários no último ano: esse é o preço a se pagar por entrar na linha de encantamentos e conseguir minimizar seu tempo nos andares mais baixos durante os primeiros três anos. Só que eu havia sido colocada em *quatro* deles — ou cinco, se contasse duas vezes a monstruosidade que era a aula dupla, o primeiro encontro de todos os dias, simplesmente intitulado "Leitura Avançada em Sânscrito, instrução em inglês". A explicação indicava que isso contaria como créditos para sânscrito *e* árabe, o que fazia pouco sentido de uma forma suspeita, exceto se, por exemplo, fôssemos estudar reproduções medievais islâmicas de manuscritos sânscritos — como o que eu havia adquirido na biblioteca havia duas semanas. Isso fazia com que fosse nada abrangente. Teria sorte se houvesse outros três alunos na merda da aula comigo. Encarei o horário que estava ali como se houvesse uma barra de chumbo em cima da minha tabela. Estava contando que teria o seminário padrão de sânscrito em inglês, o que significaria ser jogada numa sala de aula de seminário maior no andar do laboratório de alquimia, com outra dúzia de alunos das linhas alquímicas ou artífices da Índia que faziam sânscrito por causa do pré-requisito de idiomas.

E eu não conseguia entender muito bem qual era o problema, já que não havia um único outro aluno do último ano na sala com quem pudesse comparar horários. Normalmente, ao menos um ou dois dos outros alunos fracotes relutantemente me deixariam dar uma olhadinha em troca de ver o meu, e isso me daria ao menos uma ou duas aulas para colocar no horário, forçando a escola a mudar a pior parte das minhas aulas. Você tem direito a especificar até três aulas e, desde que atenda a todos os requisitos, a Scholomance precisa reorganizar seu horário em volta disso; mas, se não souber quais são as outras aulas ou qual é o horário delas, isso se torna um jogo de azar que você certamente vai perder.

O seminário de Leitura Avançada seria mais do que o suficiente para deixar meu horário extraordinariamente ruim, mas, além disso, eu também tinha um incrível seminário de "Desenvolvimento da Álgebra e Aplicações na Invocação", que contaria para quatro idiomas, sem especificações — um mau sinal de que eu receberia um monte de fontes primárias diferentes para traduzir — além de aulas de história e matemática. Não tinha sido designada a nenhum outro curso de matemática, então minhas chances de sair desse eram muito pequenas. Depois tinha a porcaria do seminário que eu estava esperando receber, sobre Raízes Compartilhadas Protoindo-europeias na Feitiçaria Moderna, que não deveria ser a mais *fácil* das minhas aulas, e por último, mas não menos pior, Tradição Myrddin, que supostamente deveria contar para os requisitos de Literatura, Latim, Francês Moderno, Galês Moderno e Inglês Antigo e Medieval. E mesmo agora eu já sabia que, quando chegasse a terceira semana de aulas, não estaria recebendo nada a não ser feitiços em francês antigo ou galês medieval.

O resto dos horários estava preenchido por oficinas — das quais deveria ter a possibilidade de pedir pra ser dispensada, já que no último semestre eu havia feito um espelho mágico que ainda murmurava sombriamente para mim com frequência mesmo depois de eu tê-lo pendurado virado para a parede — e eu havia sido colocada em Alquimia, as duas com encontros em horários alternados: segundas e quintas para a primeira, terças e sextas para a outra. Estaria com pessoas diferentes a cada dia da semana, então teria que ter duas vezes mais trabalho para encontrar alguém que fizesse coisas comigo, tipo segurar uma coisa que eu precisasse soldar ou ficar de olho na minha mochila enquanto eu pegava suprimentos.

Até ali, parecia possivelmente o pior horário do último ano do qual já havia ouvido falar. Nem mesmo o pessoal que queria ser orador de turma faria *quatro* seminários. Porém, como se a escola estivesse fingindo tentar recompensar tudo isso, a tarde inteira de quarta-feira era literalmente livre. Só dizia "trabalho", exatamente como o período de trabalho que tínhamos depois do almoço, com a diferença de que tinha uma sala designada. *Essa* aqui.

Encarei o quadro no meu horário com uma suspeita profunda e implacável, tentando entender. Uma tarde inteira livre, bem na biblioteca, oficialmente reservada para que eu nem mesmo precisasse proteger meu território, sem leituras obrigatórias, testes ou trabalhos. Só isso já fazia com que fosse possivelmente o melhor horário do último ano do qual já havia ouvido falar. Valia a troca. Havia ficado preocupada, pensando em como poderia recuperar o mana que havia gasto no semestre anterior; com um período de trabalho três vezes mais longo num dia da semana, talvez consiga estar tranquila antes do Dia de Desafio.

Então deveria ter uma pegadinha monstruosa por vir, mas não conseguia nem começar a imaginar o que era. Eu me levantei e fui cutucar Zheng.

— Fica de olho nas minhas coisas — falei para ele. — Vou checar a sala toda. Se um de vocês quiser saber como, só observe —

acrescentei, e todas as cabeças se ergueram para me observar percorrer o local.

Comecei pelas saídas de ar e verifiquei que todas estavam bem parafusadas, depois fiz um rascunho em um pedaço de papel para mostrar onde ficavam na sala, no caso de alguma coisa extraordinariamente esperta decidir se esgueirar para dentro e substituir uma delas alguma hora. Contei todas as cadeiras e carteiras e olhei embaixo de cada uma; tirei todas as gavetas do armário na parede do fundo, abri todas as portas e apontei uma luz para observar a parte de dentro; afastei o móvel da parede e chequei se tanto o armário quanto a parede eram sólidos. Iluminei o perímetro inteiro do chão à procura de buracos, bati em cada parede o mais alto que consegui e chequei o batente da porta para ver se tanto a parte de cima quanto a de baixo estavam inteiras. Quando terminei, tinha o máximo de certeza possível de que aquela era uma sala de aula perfeitamente normal.

E com isso quero dizer que os males podiam entrar nela de variados jeitos: através das saídas de ar, por baixo da porta ou mastigando as paredes. Mas ao menos naquela sala não podiam entrar pelo teto, porque não havia um. A Scholomance não tem telhado; não é preciso um telhado quando se constrói uma escola mágica sobressaindo do mundo dentro de um vazio mágico de espaço não literal. As paredes da biblioteca meio que só continuavam subindo até se perderem na escuridão. Na teoria, elas de fato acabam em algum lugar lá em cima. Não vou subir para provar isso a mim mesma. Enfim, a sala não estava infestada para *começo* de conversa, e não tinha nenhuma vulnerabilidade óbvia. Então o que a escola queria dizer com isso, me dando o baita presentão de uma tarde inteira livre aqui?

Voltei para o meu lugar e encarei o horário. É claro que eu entendia que uma tarde livre era a isca na armadilha, mas era uma isca *muito boa*, e uma armadilha muito boa também. Não conseguia assegurar nenhuma mudança boa no meu horário, já que não sabia onde ficariam as outras aulas do último ano. Se eu escrevesse, por exemplo, a aula de sânscrito que vinha esperando, para tentar me livrar do seminário horrível de Leitura Avançada, então mesmo que a Scholomance de fato desistisse do seminário, teria uma desculpa para mc mandar para uma aula de Árabe nas quartas à tarde. Se eu sequer tentasse conseguir uma mudança pequena, como as aulas na oficina de quinta à tarde, sem dúvidas seria mandada para um laboratório de alquimia na quarta, e outra coisa na sexta. Qualquer coisa que eu mudasse poderia me fazer perder a única parte boa de verdade desse horário, sem nenhuma melhoria garantida.

— Deixa eu ver os de vocês — falei para Zheng, sem esperança nenhuma.

Uma coisa boa de ter sido jogada com os calouros é que todos entregaram seus horários docilmente sem sequer pedirem um favor em troca, e eu perscrutei a pilha toda procurando por qualquer aula que pudesse pegar para mim. Gesto inútil. Nunca havia ouvido falar de algum calouro ser designado a uma aula que um veterano poderia requirir, e isso não havia acontecido. Todos eles estavam com as aulas padrão, como Introdução à Oficina e Introdução ao Laboratório — a menina do enclave havia sabiamente encorajado todos eles a mudarem essas para os horários antes do almoço na terça e na quarta respectivamente, que são os melhores horários que os calouros podem conseguir, já que os alunos mais velhos geralmente ocupam as tardes —, assim como a matéria dos calouros: Estudos das Maleficências (como se divertiriam por lá!), e o resto das aulas eram Literatura, Matemática e História no terceiro e quarto andares. Havia apenas uma: de forma ultrajante, todos eles também tinham a mesma seção de trabalho nas quartas à tarde comigo, aqueles catarrentos sortudos. Nenhum deles sequer apreciava quão incrível isso era.

Desisti por fim e, num ato fatalista, assinei meu nome no canto do meu horário sem nem mesmo tentar fazer alguma mudança, então segui para a enorme escrivaninha antiga na frente da sala, cuidadosamente ergui a tampa — nada hoje lá, mas era só questão de tempo — e coloquei meu horário dentro. A maioria das salas de aula tem um lugar mais formal onde fazer a entrega dos trabalhos, um compartimento que finge estar enviando nossos papéis através de um sistema de transporte pneumático para um depósito central, mas esses quebraram no começo do século passado e só foram remendados com feitiços de transporte, então na verdade só o que precisa fazer é colocar seu trabalho longe de vista em um local comum e isso vai ser resolvido. Encarei meu horário uma última vez, então respirei fundo e fechei a tampa de novo.

Tinha certeza de que descobriria o quão grande havia sido meu erro depois do café da manhã, quando fosse para o meu primeiro seminário, mas estava errada. Descobri em menos de quinze minutos, sem nem precisar sair da sala. Estava com a mandíbula cerrada, desvencilhando uma bagunça de fios de crochê, tentando depositar o máximo de mana no meu cristal antes do café, e já estava fazendo estratégias mentais sobre qual tipo de exercício horrivelmente entediante poderia fazer naquela sala assim que estivesse um pouco mais recuperada — odeio fazer exercícios profundamente, então me forçar a fazê-lo é um ótimo jeito de conseguir mana. Não havia muito espaço, e não ia mexer nas carteiras. Poderia fazer abdominais deitada no topo de duas carteiras. Mas quem se importa: conseguiria encher um cristal a cada duas semanas, pensei.

Enquanto isso, os calouros estavam todos parados na frente da sala como se não tivessem nenhuma preocupação no mundo, tagarelando uns com os outros. Só para melhorar, todos eles estavam falando em mandarim, incluindo o garoto indiano e o garoto e a garota russos — eu tinha quase certeza de que era russo que falavam um com o outro, mas eles haviam se juntado à conversa do resto sem problemas. Sem dúvida, estavam todos seguindo a linha do mandarim nas aulas gerais — aqui, as escolhas para matérias tipo Matemática ou História eram ou em mandarim, ou em inglês.

Estava fazendo o meu melhor para deixar que a conversa fosse só barulho de fundo, mas não estava dando muito certo. Um dos efeitos colaterais de estudar um número ridículo de idiomas é que meu cérebro fica com essa ideia de que se eu não estou entendendo algo que estou ouvindo é porque não estou prestando atenção direito, e se eu só me esforçar para ouvir, de alguma forma vou conseguir adivinhar o significado. Eu *deveria* estar livre de acabar caindo em um novo idioma por ao menos um tempo, já que a Scholomance começou a me ensinar árabe não faz nem três semanas, mas ficar sentada em uma sala de aula duas horas todas as quartas com um bando de calouros que falam mandarim significa que, sem dúvidas, vou começar a receber feitiços em mandarim também.

A não ser que todos decidissem, prestativamente, morrer antes do mês acabar, o que não era bem uma impossibilidade. Normalmente, a primeira semana do semestre é calma; então, assim que os calouros são ludibriados a ficar num estado de falsa tranquilidade, os primeiros males saem de seus esconderijos, sem contar com a nova onda dos recém-chocados no térreo que começam a encontrar jeitos de se esgueirarem até aqui.

É claro, sempre há aquele que supera as expectativas. Como a bebê víborasac que silenciosamente conseguiu subir pela saída de ar naquele instante. Provavelmente havia se esticado para ficar tão magra e comprida que conseguiu burlar os feitiços do sistema de ventilação, transformou-se para parecer um pequeno corrimento líquido inofensivo e passou pela grade de metal e se enroscou atrás de uma das mochilas para voltar à sua forma original. Deve ter feito barulhos como arrotos horríveis no processo, mas os calouros estavam falando alto o bastante para acobertá-los, e eu não estava prestando muita atenção, porque pela primeira vez na vida eu era de longe o pior alvo na sala: nenhum male me escolheria no meio daquela turma. Eu já estava começando a pensar no lugar como um tipo de refúgio.

Então um dos calouros a viu e soltou um gritinho de alarme. Nem me dei ao trabalho de procurar o motivo do grito; pulei da cadeira com a mochila no ombro e já estava a caminho da porta — o menino estava olhando na direção dos fundos da sala — quando vi a víborasac, pairando já inteiramente inflada na quarta fileira de assentos como um balão magenta no qual alguém havia respingado tinta azul. As zarabatanas já estavam começando a se retesar. Os outros alunos estavam todos gritando e se agarrando uns aos outros ou se escondendo atrás da escrivaninha grande, um erro clássico: quanto tempo eles planejavam ficar ali? A víborasac não ia para lugar nenhum com um banquete como aquele e, no instante em que colocassem as cabeças para fora para dar uma olhada, ela os pegaria.

Aquilo era problema *deles*, é claro, e, se não encontrassem uma solução para isso sozinhos, não conseguiriam sair da sala de orientação no primeiro dia de aula, o que significava que provavelmente não durariam muito tempo. Não era mesmo problema meu, nem um pouco. Meu problema é que haviam me designado quatro aulas de seminário altamente perigosas, e eu já tinha pouco tempo para juntar mana para minha graduação. Precisava de cada minuto do meu tempo naquela sala para conseguir ter mana o suficiente para compensar tudo aquilo. Eu não tinha nem um único ponto de crochê de energia para desperdiçar com um bando de calouros aleatórios com quem eu não me importava nem um pouco.

Exceto por um. Depois que abri a porta da sala de aula com um chute, eu me virei para gritar:

— Zheng! Sai, *agora*!

Ele deu uma meia-volta pela escrivaninha grande e correu na minha direção. Talvez nem todos os outros alunos tivessem me entendido, mas foram espertos o bastante para segui-lo, e a maioria foi esperta o suficiente para abandonar as mochilas ao fazer isso. Exceto pela menina enclavista, de todas as pessoas. Sem dúvida nenhuma ela poderia ter substituído todas as coisas que estava carregando, bastava pedir aos alunos mais velhos de seu enclave, mas ela agarrou a bolsa antes de sair, então estava bem no fim da fila quando a víborasac inflou o suficiente para que seus três olhinhos saltassem e começassem a rastrear o último alvo em movimento. Assim que conseguisse pegá-la, todo o resto conseguiria escapar. Era só um pouco maior do que uma bola de futebol; havia acabado de sair do ovo, e provavelmente pararia para se alimentar de imediato.

Eu estava bem no batente, prestes a cruzar a porta e salvar meu próprio pescoço, exatamente como deveria ter feito, exatamente como fiz várias vezes antes. É a primeira regra: a única coisa com a qual você se preocupa aqui, no momento em que a vaca vai pro brejo, é como conseguir sair da situação com a pele intacta. Não é nem egoísmo. Se você começa a tentar ajudar outras pessoas, acaba se matando, e provavelmente atrapalha seja lá o que as pessoas estavam tentando fazer para se salvar quando você resolveu interferir. Se tiver aliados ou amigos, você pode ajudá-los *antes*. Compartilhando mana, fornecendo feitiços, fazendo alguns artífices, uma poção para usarem na hora da encrenca; mas qualquer pessoa que não consegue sobreviver a um ataque sozinha, não vai sobreviver. Todo mundo sabe disso, e a única pessoa que eu já conheci que faz exceções a essa regra é Orion, que é um bocó completo, uma coisa que *eu* não sou.

Só que eu não cruzei a porta. Fiquei ali ao lado dela e deixei um grupo todo de calouros passar por ela em vez disso. A víborasac adquiriu um tom rosa pálido enquanto se preparava para atingir a Senhorita Enclave, então se reorientou rapidamente com um rápido sacolejo na direção da porta quando Orion — falando em bocós — entrou correndo por ela, indo na direção extremamente errada. Dois segundos depois, ele teria sido atingido por um monte de veneno e estaria provavelmente morto.

Mas eu já estava fazendo meu feitiço.

O feitiço que usei era uma maldição em inglês antigo razoavelmente obscura. É possível que eu seja a única pessoa no mundo que a conhece. No começo do meu segundo ano, logo depois de começar a estudar inglês antigo, eu me deparei com três veteranos encurralando uma garota do terceiro ano nas estantes da biblioteca. Outra perdedora, como eu, exceto que os meninos nunca tentavam fazer nada do tipo comigo. Alguma coisa a ver com a aura de futura feiticeira monstruosa das trevas devia afastá-los. Eu os impedi de se aproximarem da menina só de aparecer, mesmo sendo uma segundanista magrela. Eles se afastaram, e a menina correu na outra direção, então peguei o primeiro livro na estante, ainda borbulhando de raiva. Mas não peguei o livro que queria ao esticar a mão; em vez disso, puxei uma pequena resma de papel feito em casa, já se desintegrando, repleta de maldições escritas à mão que alguma idosa adorável havia inventado uns mil e poucos anos atrás. O livreto se abriu em minhas mãos na página daquela maldição particular, e olhei para ela antes de fechar o livro com força e colocá-lo de volta na estante.

A maioria das pessoas precisa estudar um feitiço por muito tempo para memorizá-lo. Eu também preciso, se for um feitiço *útil*. Porém, se for um feitiço que vai destruir cidades ou chacinar exércitos ou torturar pessoas horrivelmente — ou, por exemplo, se for transformar partes significativas da anatomia do aparelho reprodutor masculino em um único caroço angustiantemente dolorido — bastava um olhar e ficava na minha cabeça para sempre.

Eu nunca o havia usado antes, mas funcionou de maneira bem eficiente naquele cenário. A víborasac imediatamente encolheu, ficando do tamanho de uma boa e saudável bolota. Caiu direto do ar, chiou na grade de ventilação por um instante, então passou pelo buraco como se fosse uma bolinha de gude de colecionador desaparecendo por um cano de esgoto. E com ela se foi o mana da minha manhã toda.

Orion parou no batente e a observou desaparecer, ele mesmo parecendo desinchar. Ele estava pronto para lançar algum tipo de explosão que teria eliminado a víborasac — e também nós três, junto com qualquer conteúdo combustível na sala de aula, já que os gases internos são altamente inflamáveis. A menina do enclave lançou para nós um olhar de coelhinho assustado e disparou porta afora, passando por Orion, mesmo que não houvesse mais nenhuma razão para correr. Orion olhou para ela depois de um instante, e depois para mim de novo. Dei uma única olhada deprimida para o meu cristal de mana ofuscado — sim, completamente fosco novamente — e o deixei de lado.

— O que você está fazendo aqui? — falei, irritada, dando um empurrão para passar entre as estantes e seguir na direção das escadas.

— Você não foi tomar café da manhã — disse ele, andando ao meu lado.

Foi assim que descobri que não dava para ouvir o sinal na sala de aula da biblioteca. O que naquele momento significava que ou eu pularia o café da manhã, ou chegaria atrasada para a primeira aula da pior matéria de seminário, e provavelmente não teria nenhuma chance de conseguir que alguém pudesse me contar quais eram os primeiros trabalhos.

Cerrei a mandíbula e comecei a marchar pelas escadas.

— Você está bem? — Orion perguntou depois de um momento, mesmo sendo *eu* quem havia acabado de salvar *ele*. Ele não havia internalizado muito bem o conceito, acho.

— Não — respondi, amarga. — Eu sou uma bocó.

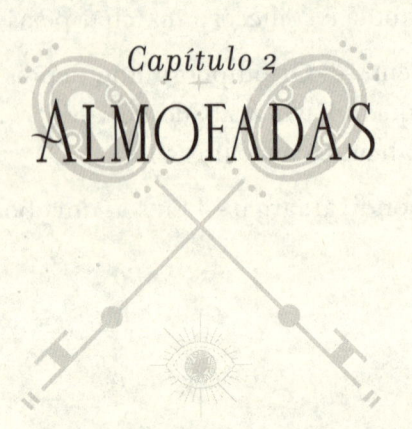

Capítulo 2

ALMOFADAS

Isso foi ficando ainda mais claro para mim durante as semanas seguintes. Eu *não sou* uma menina de enclave. Diferente de Orion, não tenho um estoque praticamente ilimitado de mana para usar em nobres atos heroicos. É praticamente o oposto, porque eu tinha acabado de torrar quase metade do estoque de mana que havia acumulado ao longo de três anos. Para uma causa mais do que justificada, já que o usei para destruir uma calamidade, e mesmo que eu nunca mais precise pensar nessa experiência, ainda assim vai ser recente demais. No entanto, por melhores que fossem as minhas razões, elas não importavam. O que importava é que eu tinha um calendário cuidadosamente planejado para juntar mana ao longo dos meus estudos na Scholomance, e agora ele estava completamente arruinado.

Minhas esperanças de me formar estariam igualmente devastadas, se não fosse pelo livro de feitiços que havia encontrado. O livro da Pedra Áurea com o feitiço de alteração de matéria é tão valioso lá fora que Aadhya conseguiu promover um leilão entre os veteranos do ano passado, que me rendeu um montão de mana e até um par de tênis apenas levemente usados de brinde. Ela estava planejando fazer outro leilão com o pessoal do nosso ano em breve. Com sorte, eu ficaria atrasada em apenas *sete* cristais em vez de *dezenove*. Ainda era um déficit doloroso de recuperar, e eu precisava de mais uns trinta até o dia da graduação, no mínimo.

Era para isso que estava planejando usar minhas gloriosas tardes livres de quarta-feira. Rá. Rá mesmo. No fim, a víborasac bebê era só a primeira de uma série de maleficências que pareciam irresistivelmente atraídas para aquela sala específica da biblioteca. Havia males prontos para nos atacar quando passávamos pela porta. Havia males escondidos nas sombras que nos atacavam quando estávamos distraídos. Havia males que surgiam das saídas de ar no meio da tarde. Havia males dentro da escrivaninha. Havia males esperando por nós quando *saíamos* pela porta. Eu poderia ter evitado aprender mandarim sem problema nenhum se simplesmente não fizesse nada. O grupo inteiro de calouros teria desaparecido antes da segunda semana do semestre.

Os maus agouros apareceram ao final da nossa primeira sessão de quarta à tarde, em letras que pingavam sangue, literalmente: eu tinha acabado de esfregar um willanirga por todo o perímetro da sala de aula, o saco estomacal, o intestino e tudo mais. Conforme nos dirigíamos ao jantar, respingando um pouco, engoli minha própria irritação e informei a Sudarat — a menina do enclave — que, se ela quisesse ser resgatada mais vezes, precisaria compartilhar seu estoque de mana.

O rosto dela ficou todo vermelho e inchado, e ela disse, entre pausas:

— Eu não... Não dá... — Então ela se debulhou em lágrimas e saiu correndo.

— Você não sabe o que aconteceu com Bangkok — disse Zheng.

— O que aconteceu com Bangkok?

— Foi destruída — respondeu ele. — Alguma coisa acabou com o enclave todo, algumas semanas antes da admissão.

Eu o encarei. O motivo de *existirem* enclaves é que eles não são destruídos.

— Como assim? Destruído pelo quê?

Ele deu de ombros com os braços abertos.

— *Todos* vocês sabem sobre Bangkok? — questionei durante o jantar, tentando entender como havia deixado passar uma informação tão grande, mas na verdade eu estava à frente da notícia: Liu foi a única na mesa que assentiu.

— Acabei de ouvir na aula de História — disse ela.

— Ouvir o quê? — Aadhya quis saber.

— Bangkok já era — falei. — O enclave foi destruído.

— Quê? — disse Chloe, virando-se com tanta força que derrubou suco de laranja pela bandeja toda. Ela havia pedido para comer conosco, e de uma maneira educada, não como se estivesse fazendo um favor para nós ao decidir nos agraciar com sua presença, então eu só cerrei os dentes e disse que tudo bem. — Isso só pode ser mentira.

Liu sacudiu a cabeça.

— Uma menina de Xangai da nossa aula confirmou. Os pais dela falaram para a irmã mais nova contar quando chegasse.

Chloe nos encarou, ainda congelada com o copo no meio do ar. Não dava para culpá-la por ficar um pouco mais do que apavorada. Os enclaves não somem sem motivo nenhum, então se um enclave havia acabado de ser atingido com força o bastante para ser destruído, isso era um sinal de que algum tipo de guerra entre enclaves estava para acontecer, e o enclave de Nova York era o principal alvo por estar bem no centro de tudo, mas depois de ela perguntar pela terceira vez em cinco minutos por mais detalhes que nem eu nem Liu tínhamos, eu finalmente disse:

— Rasmussen, a gente não *sabe*. Você é a única que pode descobrir; os calouros do seu enclave devem saber mais sobre isso agora.

Ela até disse antes de se levantar:

— Fica de olho na minha bandeja?

Depois atravessou o refeitório até a mesa onde os calouros do enclave de Nova York estavam sentados. Ela não voltou com mais nenhuma informação: a maioria dos calouros não havia ouvido falar naquilo ainda. O pessoal de Bangkok não estava fazendo nenhum esforço para espalhar a notícia, e Sudarat era literalmente a única caloura do lugar que havia sobrevivido para ser admitida. Todo mundo no resto do ano dela havia sofrido as consequências, o que deixou os enclavistas ainda mais apavorados. Até mesmo quando os enclaves são danificados o bastante para ruírem, geralmente os não combatentes são alertados com antecedência o suficiente para escaparem. Ao final do jantar, ficou claro que *ninguém* sabia o que havia acontecido. Nós mal sabemos de qualquer coisa aqui para começo de conversa, já que todas as notícias que temos do mundo real só chegam uma vez por ano por meio de crianças de 14 anos apavoradas. Só que um enclave destruído é uma notícia das grandes, e nem mesmo o pessoal de Xangai tinha detalhes. Foi Xangai quem ajudou a fundar Bangkok — eles têm patrocinado novos enclaves asiáticos nos últimos trinta anos, e não por acaso criticam cada vez mais o número desproporcional de vagas na Scholomance designada para alunos da Europa e dos Estados Unidos. Se alguém tivesse atingido Bangkok como uma tentativa de chegar a Xangai, seus calouros teriam vindo com instruções claras de proteger os alunos de Bangkok.

Por outro lado, se Bangkok tivesse se explodido por falta de cuidado, o que acontece ocasionalmente quando um enclave se torna um pouco ambicioso demais ao tentar desenvolver novas armas mágicas sem contar para ninguém, teriam instruído os alunos de Xangai a largar mão dos de Bangkok por completo. Em vez disso, eles só estavam... *cautelosos*. O que significava que seus pais também não sabiam mais do que nós e, se os enclavistas de Xangai não sabiam de nada, então ninguém sabia.

Bem, exceto quem fosse o *responsável*. O que era em si uma fonte de complicação, porque, se alguém fosse orquestrar um ataque indireto a Xangai, o principal suspeito seria Nova York. Era difícil imaginar qualquer outro enclave no mundo fazendo isso sem ao menos ter seu apoio implícito. Só que, se Nova York tivesse secretamente organizado qualquer coisa tão grande quanto destruir um enclave inteiro, certamente não teriam contado nada aos calouros, o que significava que nem mesmo o pessoal de Nova York saberia se o enclave estava envolvido ou não, mas eles — e os alunos de Xangai — sabiam que, se *havia* sido alguma coisa que não um acidente, os pais de todos eles provavelmente estavam em guerra do lado de fora naquele *exato momento*. E, de qualquer jeito, não teríamos como descobrir por pelo menos um ano.

Não era uma situação que se poderia chamar de propícia à camaradagem entre os enclavistas. Pessoalmente, eu não me importava em não saber. Não me candidataria a nenhum enclave. Havia tomado essa decisão ano passado — ressentidamente — e não seria envolvida, se *houvesse* uma guerra. Mesmo se fosse só um maleficente horroroso que saía por aí destruindo enclaves, não tinha nada a ver comigo, exceto possivelmente uma competição futura, de acordo com a profecia desagradável que teria facilitado muito a minha vida se só se apressasse a se tornar verdadeira.

O que *de fato* me incomodava era que Sudarat não poderia impedir o que claramente estava prestes a se tornar meu *quinto* seminário, em "resgate de calouros". O suprimento de mana de seu enclave era razoavelmente novo e pequeno para começo de conversa, e agora os alunos veteranos de Bangkok haviam tomado controle completo dele e estavam desesperadamente fazendo trocas com outros enclaves para tentar obter alianças de graduação. Não estavam nem mesmo compartilhando com os alunos do segundo e terceiro anos. De repente, todos eles haviam se tornado otários normais como o restante de nós, desesperados por alianças e recursos e sobrevivência. Antes, sua grande moeda de troca para formar alianças fora a chance de garantir um lugar no enclave cada vez maior, que agora não existia mais; então passaram a operar sob uma aura de incerteza arrepiante, porque ninguém sabia o que havia acontecido. Os outros calouros não estavam evitando Sudarat porque não sabiam que ela era de Bangkok; estavam a evitando porque *sabiam*. Ela não havia nem recebido um pouco dos itens que os veteranos do último ano deixaram para trás. A mochila que ela havia trazido era o único recurso que possuía.

Suponho que eu deveria sentir pena dela, mas acho que prefiro ter pena de alguém que nunca teve sorte nenhuma do que de alguém cuja sorte extrema havia acabado repentinamente. Mamãe teria dito que eu podia sentir pena de ambos, ao que eu responderia que *ela* podia sentir pena de ambos, mas eu tinha um estoque limitado de empatia e precisava racioná-lo. Enfim, eu já havia salvado a vida de Sudarat duas vezes antes da segunda semana de aulas, apesar da minha falta de empatia, então ela não tinha direito nenhum de reclamar.

E nem eu, já que aparentemente estava determinada a continuar fazendo aquilo.

Aadhya, Liu e eu tínhamos combinado de tomar banho juntas naquela noite. Conforme descíamos as escadas, falei para Liu, amarga:

— Tem um tempo depois? Preciso aprender umas frases básicas em mandarim.

É de se esperar que isso se referiria a frases como "onde fica o banheiro" e "bom dia", mas, aqui, as primeiras coisas que você aprende em qualquer idioma são "abaixe", "atrás de você" e "corra". Era isso que eu precisaria para impedir que os calouros ficassem atrapalhando enquanto eu tentava salvá-los. Inteiramente a meu próprio custo.

Liu inclinou a cabeça e disse baixinho:

— Eu ia pedir pra você me ajudar.

Ela colocou a mão dentro da bolsa da escola e pegou seu estojo de plástico transparente para me mostrar uma tesoura dentro dele: uma canhota, com alguns pedaços esfarrapados de plástico verde ainda meio grudados perto do pegador, uma lâmina entortada e a outra um pouco enferrujada. Sinais promissores: estava ruim o suficiente para que quase certamente não fosse amaldiçoada ou animada. Há algumas semanas ela vinha procurando por alguém que tivesse uma tesoura para emprestar.

O cabelo dela estava passando da cintura, de um preto brilhoso da cor da noite, exceto nas raízes, onde era de uma cor que qualquer pessoa também teria chamado de preto, exceto pelo contraste com a cor um pouco mais sombria do longo comprimento. Havia deixado crescer durante anos e anos, três desses aqui, precisando negociar termos e condições para cada banho que conseguíamos. Só que eu não perguntei se ela tinha certeza. Eu sabia que sim, mesmo que fosse por razões puramente práticas. Aadhya ia usá-lo para fazer o alaúde de sirenaranha para nosso dia de graduação e, enfim, ela só havia conseguido deixar o cabelo crescer por tanto tempo porque havia usado malia.

Só que então ela passou por uma limpeza de espírito extremamente profunda e inesperada e decidiu que não ia mais caminhar por aquela estrada escura de obsidiana, então agora pagaria de volta pelos três anos de dias em que o cabelo ficara irrazoavelmente bonito de uma vez só. Revezamos a noite toda para ajudá-la a pentear os nós verdadeiramente horrorosos que se formavam todos os dias, não importava o quão cuidadosamente ela o tivesse trançado.

Depois que acabamos o banho, nós três fomos para o quarto de Aadhya. Ela afiou a tesoura com suas ferramentas e pegou a caixa que havia preparado para o cabelo. Comecei a cortá-lo com cuidado, tirando menos do que um centímetro de uma madeixa bem fininha, o mais longe da cabeça de Liu possível — é sempre melhor começar devagar quando se trata de uma tesoura com o qual não se está familiarizado. Nada terrível aconteceu. Devagar, passei até a metade da madeixa, então respirei fundo e cortei rápido, bem na linha visível em que o cabelo velho e o novo se separavam; depois entreguei a mecha comprida para Aadhya.

— Você está bem? — perguntei para Liu. Estava me certificando de que não havia nada de errado com a tesoura, mas também queria dar a ela uma desculpa para se delongar um minuto: já esperava que seria difícil para ela, mesmo que não fosse começar a chorar nem nada.

— Sim, estou bem — disse ela, mas estava piscando; quando acabei de cortar metade do cabelo, ela estava *de fato* chorando, de um jeito quieto, as lágrimas fluindo; uma lágrima grossa escorreu pela bochecha e caiu no joelho.

Aadhya me lançou um olhar preocupado.

— Eu sem dúvidas consigo com o que já cortamos, se você quiser parar — disse ela.

Liu sequer teria ficado feia; o cabelo dela era tão grosso que, com a tesoura ruim, era preciso cortar em camadas, então havia começado por baixo. Nunca dá para saber quando uma tesoura de repente vai ficar inutilizável e, se ela começasse a andar pela escola com o topo da cabeça quase raspado e um mullet comprido e estranho balançando embaixo, qualquer pessoa para quem ela pedisse uma tesoura emprestada cobraria um valor exorbitante como troca.

— *Não* — disse Liu, a voz estremecendo, mas também absolutamente insistente.

Normalmente, ela era a mais quieta entre nós três — Aad conseguia falar bastante quando estava irritada e, se algum dia inventarem os jogos olímpicos de raiva, eu serei a candidata favorita de todos para ganhar a medalha de ouro. No entanto, Liu sempre era mais contida, tão comedida e ponderada que era uma surpresa ouvi-la chegar tão próximo de uma resposta brusca.

Até mesmo para ela. Ela hesitou e engoliu, mas, seja lá o que estivesse sentindo, não ia colocar de volta em uma caixinha.

— Quero que tire *tudo* — disse ela, em tom afiado.

— Tá bom — respondi. Comecei a fazer a tarefa mais rápido, cortando cada madeixa o mais próximo da cabeça dela quanto ousava. As mechas lustrosas tentavam se enrolar ao redor dos meus dedos mesmo enquanto eu as cortava e entregava para Aadhya.

Então estava feito. Liu ergueu as mãos para tocar a cabeça, estremecendo um pouco. Não havia sobrado quase nada, só uma penugem irregular. Ela fechou os olhos e passou as mãos de um lado para o outro, como se estivesse se certificando de que havia saído tudo. Ela inspirou chorosa algumas vezes e então disse:

— Eu não o corto desde que cheguei. Minha mãe me disse para não cortar.

— Por quê? — perguntou Aadhya.

— Porque... — Liu engoliu em seco. — Ela disse que, aqui, isso indicaria que sou alguém com quem devem tomar cuidado.

E tinha funcionado, porque não dá para ter cabelo longo a não ser que você seja um enclavista descuidado e também muito rico — ou que siga a linha maleficente.

Aadhya silenciosamente pegou metade de uma barrinha de granola de uma caixa protegida por feitiços na sua escrivaninha. Liu tentou recusar, mas Aad disse:

— Meu Deus, só coma a porcaria da barrinha!

Então o rosto de Liu desmoronou e ela se levantou, esticando os braços para colocá-los ao nosso redor. Demorou alguns segundos a mais para mim do que para Aadhya — três anos de quase completo ostracismo social te deixam mal preparada para esse tipo de coisa —, mas as duas deixaram um espaço aberto, e eu me juntei ao abraço, nossos braços ao redor umas das outras, e era como um tipo de milagre novamente, o milagre no qual ainda não conseguia acreditar: eu não estava mais sozinha. Elas estavam me salvando, e eu as salvaria. Parecia mais mágico do que a mágica em si. Como se pudesse fazer com que tudo ficasse bem. Como se o mundo inteiro pudesse se tornar um lugar diferente.

Só que não tinha mudado nada. Eu ainda estava na Scholomance, e todos os milagres aqui vêm com um preço.

✠

Eu só havia aceitado meu horário horrível pela chance de conseguir gerar mana naquelas gloriosas tardes livres de quarta. Já que estava errada sobre quão maravilhosas seriam essas tardes de quarta, você pensaria que eu também estava errada sobre como meus quatro seminários eram terríveis. E aí *você* estaria errado.

Nem o seminário Myrddin, nem o Protoindo-europeu e nem o de Álgebra tinham mais do que cinco alunos matriculados. Todos eles aconteciam nos corredores profundos de seminários que nós chamávamos de labirinto, porque são mais ou menos tão difíceis de atravessar quanto a versão clássica. Os corredores gostam de serpentear e se esticar um pouco de vez em quando. Só que até mesmo esses eram fichinha perto de Leitura Avançada em Sânscrito, que na verdade era *estudos independentes*.

Uma hora do dia dedicada exclusivamente ao sânscrito bem que teria sido útil. O livro de feitiços no qual havia conseguido colocar as mãos no último semestre era uma cópia inestimável dos sutras da Pedra Áurea há muito perdidos; a biblioteca havia deixado que ele aparecesse num esforço de tentar me impedir de destruir aquela calamidade. Ainda dormia com o livro embaixo do travesseiro. Eu mal havia passado por doze páginas até as primeiras invocações grandes, e já era o livro de feitiços mais útil que já tinha visto em toda a minha vida.

Em vez disso, o que eu recebi foi uma hora exclusiva por dia, sozinha numa salinha pequena no perímetro externo do primeiro andar, apertada entre os limites da grande oficina. Para conseguir chegar lá, precisava correr o máximo que conseguia dentro do labirinto, abrir uma porta sem janelas e marcação, e então passar por um corredor comprido, estreito, sem nenhuma iluminação, que parecia ter de um a doze metros, dependendo do humor dele no dia.

Dentro da sala, no topo da parede, a maior saída de ar compartilhava um duto de ventilação com as fornalhas da oficina. Alternava entre soltar lufadas de ar pesadas e superaquecidas do exaustor e uma brisa constante e sussurrante de ar gelado. A única escrivaninha na sala era outra mesa antiga acoplada a uma cadeira, a engenhoca de metal parafusada no chão. As costas estavam viradas para as grades. Eu teria sentado no chão, mas havia dois canais de drenagem passando pela sala toda, vindo da oficina e passando pelo comprimento da parede inteira, com manchas nefastas ao redor que sugeriam alagamentos frequentes. Havia também uma fileira de torneiras presa à parede acima do canal. Gotejavam constantemente numa sinfonia de pingos, não importava o quanto eu tentasse apertá-las. De vez em quando, um som de gorgolejo saía pelos canos e rangidos aconteciam embaixo do chão. A porta para a sala em si não trancava, mas em compensação *abria* ou fechava em momentos imprevisíveis, com um baque incrivelmente alto.

Se tudo isso parece um ambiente absolutamente magnífico para uma armadilha, bem, um número significativo de males concordava. Fui atacada duas vezes na primeira semana de aulas.

No fim da terceira semana do semestre, eu na verdade tive que usar o reservatório de mana em vez de abastecê-lo. Naquela noite, sentei na cama encarando o baú de cristais que mamãe enviou comigo. Aadhya havia feito outro leilão, e agora eu tinha um total de dezessete deles brilhando e cheios de mana. Só que todo o resto estava lá vazio, e os que eu havia esvaziado quando destruí a calamidade estavam começando a ficar completamente foscos. Se eu não começasse a revivê-los logo, eles se tornariam tão inúteis para guardar mana quanto o tipo que se compra em atacado online. Mas eu simplesmente não conseguia arranjar tempo. Estava gerando o máximo de mana possível e fazendo todos os trabalhos escolares de qualquer jeito, mas ainda estava tentando preencher o mesmo cristal desde o final do último semestre. Naquela manhã, havia sido atacada no meu seminário de novo, e tive que esvaziá-lo completamente.

Voltei a fazer abdominais antes do que qualquer médico teria recomendado, só porque a dificuldade de fazê-los com o estômago doendo na verdade fazia com que fosse mais fácil de gerar mana — mas agora eu estava praticamente curada, e não conseguia nem mesmo usar crochê para gerar mana de verdade. Só não odiava tanto essa tarefa quando a fazia à noite, junto de Aadhya e Liu. Minhas amigas, minhas aliadas. Que estavam contando comigo para ajudá-las a sair por aquelas portas.

Fechei a caixa e a deixei de lado, então saí. Ainda havia uma hora antes do toque de recolher, mas tudo estava quieto: ninguém fica de bobeira nos corredores no último ano. Ou estavam todos nos melhores lugares da biblioteca, ou aproveitando a chance de ir mais cedo para a cama no que seria provavelmente a última semana antes de os males começarem a voltar com toda a força. Fui até o quarto de Aadhya e bati na porta; quando ela abriu, eu disse:

— Ei, dá pra gente ir até o quarto da Liu?

— Claro — disse ela, me olhando de soslaio, mas não pediu mais detalhes: Aadhya odeia desperdiçar tempo.

Ela pegou a necessaire de toalete, para irmos escovar os dentes depois, e então fomos até o quarto de Liu. Agora ela também estava no nosso nível.

Cada um ganha um quarto particular aqui; então, para conseguir espremer a remessa de calouros que chega a cada ano, os quartos são todos organizados como celas de cadeia, empilhados um em cima do outro com uma passarela de ferro estreita do lado de fora dos quartos mais acima. No entanto, ao final de cada ano, conforme os corredores giram para tomarem espaço nos novos andares, quaisquer quartos vazios desaparecem, e o espaço é redistribuído entre os sobreviventes. E muitas vezes não de maneira útil. Eu tenho um quarto de altura dupla adoravelmente horripilante e inútil desde o começo do segundo ano. O quarto de Liu foi estendido na última rodada, então não precisávamos mais subir uma das escadas em espiral que rangiam para vê-la.

Ela nos deixou entrar e entregou a cada uma de nós nossos familiares-em-treinamento enquanto nos sentávamos na cama. Acariciei o pelo branco da pequena ratinha na palma da minha mão enquanto ela roía um biscoitinho e olhava para os lados com olhos brilhantes e cada vez mais verdes. Eu ainda queria muito chamá-la de Chandra, mas, no dia que estava pensando em nomes, Aadhya disse: "Você deveria a chamar de Preciosa", depois caiu na gargalhada enquanto eu batia nela com um travesseiro, e infelizmente Preciosa pegou. Mamãe nunca me pediu desculpas de verdade por me ultrajar com o nome de Galadriel, mas tenho uma certeza razoável de que ela sabe que deveria ter vergonha de si mesma. Enfim, elas ficam se esquecendo de dizer Chandra e a chamam de Preciosa — ok, para ser sincera, *eu* mesma fico esquecendo também — e logo terei de desistir e aceitar.

Presumindo que eu fosse ficar com ela. Encarei a ratinha na minha mão porque era melhor do que olhar para o rosto das minhas amigas quando disse:

— Estou ficando sem mana.

Eu precisava contar. Elas estavam contando que eu faria a minha parte quando chegasse o dia da graduação. Se eu não conseguisse cumpri-la, elas tinham o direito de pular fora. Não deviam nada a um bando de calouros que nem conheciam. Liu podia até sentir que me devia alguma coisa por causa de Zheng, mas eu conseguiria salvar apenas ele *sem* desperdiçar a quantidade de mana de uma semana inteira que eu nem tinha guardado, e enquanto isso ela estava se matando para gerar mana para o nosso time sozinha.

Se continuasse naquele ritmo, eu teria sorte se tivesse mana o suficiente para talvez uns três feitiços de poder médio, e eu nem sequer *conheço* bons feitiços de poder médio. O único feitiço útil de verdade que conheço que não precisa de um montão de mana é o feitiço de agregação que vi no livro Purochana, e ele não é uma ótima opção para uma crise, já que precisa de uns cinco minutos para preparar a conjuração. Eu já o *usei* em uma crise, mas só quando Orion estava distraindo a causa inerente do problema durante esses cinco minutos, e ele vai estar um pouco ocupado no dia da graduação matando monstros para todo mundo.

— Zheng me contou sobre as quartas — Liu disse baixinho, e eu olhei para cima. Ela não parecia surpresa; na verdade, parecia meio preocupada.

— É aquela sua sessão esquisita de quarta-feira na biblioteca? O que está acontecendo? — perguntou Aadhya.

— Ela e mais oito calouros ficam sendo atacados por uns males enormes — explicou Liu.

— Na *biblioteca*? — disse Aadhya, e então acrescentou: — Espera aí, isso *além* daquela aula horrível de estudos independentes e outros três seminários? A escola te odeia ou algo assim?

Todas ficamos em silêncio. A pergunta se respondeu sozinha, sério. Senti um nó na garganta, quase nas amídalas, horrível e sufocante. Eu nem havia pensado dessa forma antes, mas era obviamente verdade. E isso era pior, muito pior, do que só ser azarada.

A Scholomance está quase tão preocupada com seu poder quanto eu. Não é barato fazer esse lugar funcionar. É fácil esquecer isso da nossa perspectiva, quando sofremos neste lugar e somos atacados por males regularmente, mas eles estariam atrás de cada um dos estudantes num fluxo constante, e seriam muito mais numerosos, se não fosse por todos aqueles feitiços incrivelmente poderosos em cada um dos dutos de ar e canos de esgoto, e todos os artífices altamente improváveis que se certificam de que quase nenhuma dessas aberturas exista para começo de conversa; e apesar de tudo isso, ainda estamos respirando, bebendo, tomando banho e comendo, e tudo isso requer mana, mana, mana.

Claro, dizem que os enclaves depositam um pouco de mana, e nossos pais depositam um pouco de mana se puderem, e nós depositamos mana através do nosso trabalho, mas todos nós sabemos que isso aí é só balela. A maior fonte de mana da escola somos *nós*. Todos estamos tentando guardar mana para a graduação; todo mundo está fazendo isso o tempo todo. O mana que relutantemente gastamos nos nossos trabalhos e nos nossos turnos de reparação não é nada comparado com o tanto que guardamos para aquele dia de comer o pão que o diabo amassou. Quando os males nos destroçam, é claro que recorremos a todo esse suculento poder que estivemos desesperadamente guardando, e eles o sugam de nós, o mana ainda mais poderoso com todo o nosso terror, nossa agonia e dificuldade para sobreviver. A Scholomance fica com o resto e, então, graças a todos aqueles feitiços, mata um bom número de males também, e tudo vai parar nos reservatórios de mana da escola — usados para que os mais sortudos de nós continuem vivos.

Então quando um herói entusiasmado — vulgo, Orion — aparece e começa a salvar vidas, os males começam a ficar famintos, a escola começa a ficar faminta também. Ao mesmo tempo, há mais de nós vivos aqui, respirando, bebendo etc. É tudo um esquema de pirâmide; se não houver um número suficiente de nós na base sendo comidos, então não haverá o suficiente para aqueles no topo.

Por *isso* que precisamos descer e consertar o mecanismo de limpeza no salão da graduação: estava repleto de males famintos, esperando no único lugar onde Orion não estava, preparados para despedaçar toda a turma de graduandos porque não haviam comido o suficiente ao longo dos últimos três anos. Estavam prestes a invadir o resto da escola porque estavam todos tão desesperados que tinham começado a coletivamente arrebentar os feitiços no fim das escadarias.

E Orion — bom, Orion é do enclave de Nova York, tem um compartilhador de mana no pulso, e sua afinidade por combate de alguma forma permite que ele sugue o poder dos males que mata. Eles nem precisam ir atrás dele, porque ele tem um suprimento sem fim de mana, e um suprimento quase igualmente infinito de feitiços de combate fantásticos.

Só que eu não tenho. Eu sou a garota destinada a *compensar* por ele, mas que obstinadamente se recusa a se tornar uma maleficente e começar a matar alunos a rodo, e agora segui o caminho completamente oposto. Impedi uma calamidade de entrar no saguão dos calouros. Ajudei Orion a afastar os males que estavam tentando entrar na escola. Eu estava lá embaixo no saguão de graduação com ele, ajudando a segurar a barreira para que os artífices veteranos pudessem consertar o equipamento de limpeza. E agora estou até copiando a rotina imbecil de herói nobre dele uma vez por semana.

É claro que a escola ia tentar me pegar por isso.

Se os males das quartas-feiras não funcionassem, a escola tentaria outra coisa. E outra coisa depois disso. A Scholomance não é bem uma coisa viva, mas tampouco é uma coisa *não* viva. Não dá para se depositar esse tanto de mana e pensamento num lugar sem que ele comece a desenvolver uma mente própria. Teoricamente, foi construída para nos proteger, então não vai simplesmente começar a comer os alunos sozinha — sem mencionar o fato de que a admissão cairia substancialmente se isso acontecesse —, mas é claro que ainda quer mana o bastante para continuar funcionando; é feita para continuar funcionando. Eu me coloquei em seu caminho, então a escola está atrás de mim, e isso significa que todo mundo ao meu redor está em apuros.

— As crianças precisam começar a gerar mana pra você — disse Aadhya.

— São só calouros — falei, aborrecida. — Os oito juntos geram menos mana em uma hora do que eu consigo gerar em dez minutos.

— Mas eles podiam reviver seus cristais mortos — disse Liu. — Você disse que não precisa de muito mana para acordar eles, só um fluxo constante. Cada criança podia carregar um deles.

Liu não estava errada, mas isso não resolveria o problema de verdade.

— Eu não vou *precisar* dos cristais mortos. Não vou ter mana o suficiente para preencher os meus outros vazios, se continuar assim.

— Então servem de troca — disse Aadhya. — São muito melhores do que a maioria dos reservatórios de mana. Ou, sabe, eu poderia tentar colocar eles no alaúde...

— Vocês querem desistir? — interrompi, áspera, porque realmente não conseguia ficar sentada lá enquanto elas repassavam todas as opções que eu havia analisado durante as últimas três semanas, tentando eu mesma encontrar uma saída, até perceber que não havia uma saída para mim. Só havia uma para *elas*.

Aadhya parou de falar. Liu, porém, nem mesmo pausou; só falou:

— Não.

Eu engoli em seco.

— Eu não acho que você pensou...

— *Não* — declarou Liu, estranhamente enfática. Depois de uma pausa, ela continuou, mais baixinho: — Eu andava por aí com Zheng e Min presos a um cordão o dia todo quando estavam aprendendo a andar. Na escola, se um dos outros meninos estivesse machucando algo, tipo um sapo ou um gatinho perdido, eles costumavam interromper e trazer o bichinho para mim, mesmo quando os outros os zoavam por "serem menininhas" por causa disso. — Ela olhou para Xiao Xing nas mãos dela, passando o dedão na cabeça dele. — Não — repetiu ela, suave. — Eu não quero desistir.

Olhei para Aadhya, meus sentimentos uma bagunça confusa de nós: eu não sabia o que queria que ela dissesse. Minha amiga pragmática, cuja mãe havia aconselhado a ser educada com os perdedores, então ela havia sido educada *comigo,* durante todos os anos em que todo mundo me tratou como um pedaço de papel-toalha usado que ninguém queria pegar por tempo o suficiente nem para jogar na lixeira. Eu gostava dela *justamente* porque era pragmática e realista: ela sempre tinha ótimos argumentos, do tipo que dava para confiar, sem nunca me enganar de forma alguma, apesar de na maioria das vezes ela ser a única pessoa que negociava comigo. Ela não tinha motivo nenhum para se importar com os calouros na biblioteca, e ela tinha *escolhas*: era uma das melhores artífices do nosso ano, com um alaúde mágico quase pronto, que valeria alguma coisa do lado de *fora*, não só com os estudantes. Qualquer enclavista teria alegremente a escolhido para uma aliança de graduação. Era a coisa esperta e pragmática a se fazer, e eu quase queria que ela fizesse isso. Ela já havia me dado meia dúzia de chances que qualquer outra pessoa teria chamado de uma aposta ruim. Eu não queria que ela desistisse de mim, mas... eu não queria ser a razão pela qual ela não conseguisse sair.

Só que ela apenas disse:

— É, não — falou, de uma forma quase depreciativa. — Eu não costumo largar pessoas. A gente só precisa encontrar uma solução para conseguir mais mana pra você. Ou, melhor ainda, fazer a escola parar de te encher. Eu não sei o motivo da Scholomance estar fazendo toda essa acrobacia complicada pra te pegar. Você não é nem uma enclavista, e não é como se você fosse ter um monte de mana de qualquer forma, então por que ela está tentando tanto fazer você gastar o pouco que tem?

— A não ser que... — disse Liu, e então parou. Olhamos para ela; seus lábios estavam apertados firmemente, e ela estava encarando as mãos no colo, retorcidas. — A não ser que seja pra... fazer você passar dos limites. A escola...

— Gosta de maleficentes — Aadhya terminou por ela.

Liu assentiu de leve sem me olhar. E ela estava absolutamente correta. Essa era certamente a razão pela qual a Scholomance havia me dado aquela sessão de quarta-feira. Estava tentando me dar... uma escolha mais fácil. A escola queria que eu fizesse aquela primeira escolha egoísta, poupar meu próprio mana, em vez de salvar um calouro aleatório com o qual não me importava. Porque então seria mais fácil fazer a segunda escolha egoísta depois, e a que viesse em seguida.

— É — concordou Aadhya. — A escola quer que você vire uma maleficente. O que você conseguiria fazer se decidisse começar a usar malia?

Se alguém fizesse uma lista das dez perguntas que eu evito a todo custo perguntar a mim mesma, essa teria abrangido amplamente os itens de um a nove, e a única razão pela qual não abrangia também o item dez é que a pergunta "então, como você se sente *de verdade* sobre Orion Lake?", havia aparecido silenciosamente para tomar o seu lugar. Mas está bem longe das outras.

— Você não vai querer saber — respondi, o que significava *eu não quero saber*.

Aadhya nem mesmo pausou.

— Bem, você teria que obter malia de alguma forma… — dizia ela, pensativa.

— Isso *não seria um problema* — falei entredentes.

Ela não estava errada em querer perguntar, já que essa é a maior pedra no caminho daqueles que se tornariam maleficentes, e as soluções geralmente envolvem passar bastante tempo em encontros íntimos com entranhas e gritos. Só que minha preocupação principal é como não sugar a força vital de todas as pessoas ao meu redor *acidentalmente* se algum dia eu for pega de surpresa e deixar escapar um feitiço monstruoso por instinto. Por exemplo, conheço um ótimo feitiço que pode demolir uma cidade inteira até virar pó, o que certamente vai ser útil se um dia eu me tornar uma dessas pessoas que escreve cartas furiosas ao editor sobre a arquitetura de Cardife, e suponho que serviria para destruir qualquer male no mesmo andar que eu. Além, claro, de todas as pessoas que estariam no mesmo andar comigo, mas elas provavelmente já estariam mortas nessa altura, já que eu teria sugado toda o mana delas para fazer o feitiço.

Isso finalmente a fez parar; Liu e ela me lançaram um olhar duvidoso.

— Bom, isso não foi nem um pouco assustador ou sinistro — disse Aadhya depois de um instante. — Ok, eu voto por você *não* se tornar uma maleficente.

Liu ergueu uma mão enfática para concordar. Deixei escapar um som engasgado de riso e também ergui a mão.

— Eu também voto não!

— Eu vou até palpitar aqui e dizer que quase todo mundo na escola vai querer votar com a gente — disse Aadhya. — Podemos pedir para as pessoas darem um pouco para você.

Eu a encarei.

— "Ei, pessoal, acontece que El é tipo uma vampirona sugadora de mana, todo mundo deve dar a ela um pouco de mana para ela não secar a gente".

Aadhya franziu a boca.

— Hum.

— Não precisamos pedir pra ninguém dar para você — disse Liu lentamente. — Podemos pedir pra uma única pessoa. Se essa pessoa for a Chloe.

Encolhi os ombros para frente e não disse nada. Não era uma ideia terrível. Poderia até funcionar. Era por isso que eu não gostava dela. Fazia quase um mês desde que havíamos descido ao salão de graduação, e eu ainda me lembrava qual era a sensação de ter um compartilhador de mana de Nova York no pulso, todo aquele mana na minha frente como se eu pudesse mergulhar de cabeça em um poço sem fundo e beber água gelada em goles descuidados. Eu não confiava no quanto havia gostado da sensação. Do quanto havia sido fácil me acostumar a ela.

— Você acha que ela diria não? — perguntou Liu. Eu a olhei: ela estava me examinando.

— Não é isso… — Parei, então suspirei. — Ela me ofereceu um lugar.

— Em uma aliança? — perguntou Aadhya.

— Em Nova York — respondi, o que só significa uma coisa aqui: um lugar no enclave, um lugar *garantido* no enclave. Para a maioria das pessoas, se você for sortudo o bastante para ser escolhido por um enclavista para se juntar à aliança deles, significa que o enclave vai *olhar* para você, ou talvez te dar um emprego. Normalmente, uns quatrocentos adolescentes se graduam todos os anos. Talvez existam uns quarenta lugares disponíveis em enclaves no mundo todo, e mais da metade deles vai para os melhores bruxos adultos que os conquistaram através de décadas de trabalho. Uma garantia de um desses lugares, diretamente da escola, é um prêmio mesmo se não estivéssemos falando sobre o enclave mais poderoso do mundo. Aadhya e Liu me encaravam boquiabertas. — Eles estão surtados por causa do Orion.

— Mesmo vocês namorando só faz dois meses? — disse Liu.

— Não estamos namorando!

Aadhya revirou os olhos de modo teatral na direção dos céus.

— Mesmo vocês fazendo seja lá o que estão fazendo que não é namorar, mas que totalmente parece um namoro para o resto do mundo, faz só dois meses.

— Muitíssimo obrigada — respondi, seca. — Pelo que consegui entender, eles estão chocados que Orion está sequer falando com outro ser humano.

— Para ser sincera, você é a única pessoa que eu conheço que inventaria essa ideia de ser incrivelmente grosseira e hostil com o cara que salvou sua vida vinte vezes — disse Aadhya.

Eu a fuzilei com o olhar.

— Treze vezes! E eu salvei a vida *dele* ao menos duas vezes.

— Hora de correr atrás do prejuízo, garota — disse ela, irredutível.

Não é que eu *preferiria* que Aadhya e Liu tivessem me abandonado para encarar o resto da minha carreira escolar sozinha e desesperada em vez de pedir ajuda a Chloe Rasmussen, mas eu definitivamente havia conseguido ignorar a opção de pedir ajuda. Na verdade, eu não tinha certeza do que ela diria. Eu havia *rejeitado* a oferta de um lugar garantido em Nova York, afinal de contas. Eu ainda estava irritada por ter que fazer isso. Havia passado a maior parte da minha vida cuidadosamente planejando uma estratégia para obter um lugar num enclave. Havia sido um plano bem reconfortante que acabava na fantasia de uma vida longa e feliz num enclave seguro e luxuoso com mana infinito à minha disposição como todos os outros enclavistas, e ao me certificar de que tal caminho seria longo, intrincado e que jamais terminaria com sucesso, havia alegremente evitado pensar no fato de que, na verdade, não queria ser uma enclavista.

Até mesmo Chloe — ela é decente, e merece mais elogios, se eu estiver sendo justa. Quando os enclavistas começaram a me cortejar no último semestre — por causa de Orion — todos haviam se comportado como se estivessem me fazendo um favor generoso só de falar comigo. Tudo o que receberam como resposta foi minha grosseria violenta e nada estratégica direto na cara deles, então pararam de falar comigo. Mas Chloe persistiu. Ela já havia pedido para sentar conosco dez vezes este ano, e não havia trazido mais nenhum intruso com ela. Eu não sei se teria me humilhado da forma que ela fez, pedindo desculpas para mim e até pedindo para ser amigas depois que eu quase a comi viva. Não estou nada arrependida de ter feito isso, tinha uma causa mais do que justa, mas ainda não sei se teria essa graciosidade toda.

Ah, para quem estou mentindo? Meu estoque de graciosidade não encheria nem uma bolinha de gude.

Só que Chloe continua sendo uma enclavista. E não como Orion. Todo o pessoal de Nova York tem um compartilhador de mana no pulso que permite que troque mana e tirem do reservatório compartilhado, mas o de Orion faz apenas um caminho, o de *colocar* mana. Se não for assim, ele só vai tirar a quantidade que precisar para matar o male mais próximo e salvar outros alunos. É tão instintivo que ele não consegue se controlar. Então, o filho da futura Matriarca de Nova York não tem acesso ao reservatório compartilhado de mana, apesar de, é claro, contribuir, sem mencionar o fato de que aparece correndo caso algum deles se meta em perigo.

Chloe é uma das pessoas que se beneficia de todo esse poder depositado por Orion. Ela não precisa racionar seus feitiços. Ela ergue uma barreira sempre que se sente ansiosa. Se um male a atacar, talvez ela precise manter a cabeça fria e descobrir qual feitiço precisa usar nele, mas não precisa se preocupar se pode arcar com o feitiço. Quando ela chegou como caloura, além de trazer consigo uma mala com os itens mágicos mais úteis que a bruxaria conseguia inventar, herdou um baú enorme abarrotado da herança de mais de um século de outros alunos de Nova York. Cada um deles trazia um novo conjunto de itens úteis e fazia outros mais aqui na escola — itens que podiam deixar para trás porque, quando saem, voltam para um dos enclaves mais ricos do mundo. E eles *de fato* saem, porque, quando somos jogados no salão de graduação, eles são os piores alvos, e existem muitos perdedores apetitosos que servem como bucha de canhão.

Não consigo esquecer isso quando estou com ela. Ou, para ser mais sincera, eu *esqueço* um pouco, mas não quero. Eu me pego desejando que ela continue a ser horrível, para que eu possa ser horrível de volta. Parece injusto que ela pode ter amigos de verdade, o tipo de amigos que não se importa com o quão rico você é ou o quanto de mana você tem, e além disso também tem um monte de mana, dinheiro e bajuladores ávidos. Porém, quando caio nesse pensamento amargo e mesquinho, imediatamente tenho a sensação de que mamãe está me olhando com todo o amor e empatia, e fico me sentindo um pedaço de nada. Então ficar perto de Chloe é uma montanha--russa constante de emoções, de reservada a relaxada e de ressentida a pedaço de nada, e aí tudo de novo.

E agora eu preciso pedir que ela *me* deixe usar o reservatório de mana, porque, se não pedir, vou estar falhando com Aadhya, Liu e todos os calouros na biblioteca, e possivelmente todo mundo na escola se um dia eu *de fato* fizer uma cagada numa bela manhã quando um rhysolita tentar dissolver os meus ossos ou uma lesma de magma rastejar pela saída de ar da fornalha e se lançar contra minha cabeça. Eu teria menos desculpas para ficar ressentida com ela do que já tenho. Eu meio que queria que ela dissesse não.

— Espera... isso quer dizer que você vai aceitar a vaga? — disse ela em vez disso, parecendo esperançosa, como se fosse para eu pensar que aquela era uma oferta perpétua e que poderia pegar minha vaga em Nova York quando estivesse com vontade.

— Não — respondi, cautelosa.

Eu havia ido ao quarto dela — não queria nenhum bisbilhoteiro ouvindo a conversa — e o lugar me deixava inquieta. Ela tinha um dos quartos acima dos banheiros, onde a abertura para o vazio fica no teto, em vez de em uma das paredes. Pelo lado bom, você nunca precisava se preocupar em tropeçar e cair para o lado. Pelo lado ruim, havia um vazio infinito acima da sua cabeça. Ela havia lidado com aquilo colocando um dossel de tecido opaco com apenas uma abertura acima da escrivaninha. Qualquer coisa poderia estar escondida acima, ou nas dobras do tecido.

Ela também havia mantido a mobília de madeira padrão que eu quase que imediatamente substituí por prateleiras finas de encaixe na parede que não criavam vários cantos escuros. Ela até mesmo tinha duas estantes meio vazias: o quarto dela havia acabado de ganhar comprimento duplo na última redistribuição, o que eu percebi porque havia um mural bem alegre pintado em uma das paredes ao lado da cama, e ele ainda continuava no novo espaço. Não era uma pintura normal, na verdade: conseguia sentir mana emanando dele. Ela provavelmente havia imbuído a tinta com feitiços de proteção no laboratório de alquimia. Mesmo assim, mantive minhas costas para a porta e não entrei muito no quarto. Ela estava lendo, aconchegada num dos três pufes de pelúcia luxuosos no meio de uma pilha de outras almofadas, e eu não confiava em nenhuma daquelas coisas. Minhas mãos estavam formigando para tirar *ela* da pilha antes que ela fosse engolida por inteiro de repente ou algo do tipo.

— Só estou pedindo um pouco de mana emprestado. O meu está acabando.

— Sério? — disse ela em tom duvidoso, como se fosse uma coisa extraordinária de se imaginar. — Você está se sentindo bem?

— Não é drenagem de mana ou um sugacano — digo, breve. — Estou *gastando*. Tenho três seminários e um estudo independente duplo, e uma vez por semana fico presa numa sala com oito calouros e várias coisas que tentam comê-los.

Os olhos de Chloe estavam quase saltando para fora antes de eu terminar.

— Ai meu Deus, você ficou maluca? Um estudo independente *duplo*? Tá tentando concorrer a oradora de última hora? Por que faria uma coisa dessas com você mesma?

— A *escola* está fazendo isso comigo — respondi.

Ela não queria acreditar que isso era possível, então passei os dez minutos seguintes em pé, aguardando diligente pelo meu favor enquanto ela avidamente me informava que o fim principal da Scholomance era proteger e abrigar crianças bruxas, e a escola não podia agir em contradição com tal objetivo, como se não sacrificasse metade de nós regularmente, e também que a escola não podia violar seus procedimentos padrões, o que também fazia regularmente; depois de desenvolver esses argumentos, ela finalmente acabou com a seguinte conclusão triunfante:

— E por que diabos a escola estaria preocupada com *você*?

Eu não queria responder àquela pergunta mesmo, e já estava cansada dela declamando o discurso de enclave de sempre.

— Esquece que eu pedi — disse, e me virei para ir embora; de qualquer forma, ela ia rejeitar.

— Quê? El, não, espera, não é... — ela começou, e até mesmo cambaleou para fora da montanha de almofadas para me seguir. — Sério, espera, eu não estou dizendo não! Eu só...

Cerrei os dentes e me virei para falar a ela que, se ela não estava dizendo que não, poderia então me falar que sim, ou parar de desperdiçar meu tempo, só que em vez disso o que eu fiz foi agarrar o braço dela e jogá-la para o lado na cama comigo, já que as almofadas no fim *resolveram* mesmo tentar engoli-la, e queriam me levar junto.

O pufe em que ela estava sentada havia se rasgado ao meio na costura, liberando uma gigantesca língua cinzenta e escorregadia que deslizou pelo chão na nossa direção. Mexia-se horrivelmente rápido, como uma lesma que tinha um propósito, e, depois de sairmos do caminho, continuou avançando e lambeu a porta toda, deixando cada pedaço do metal coberto e brilhando com algum tipo de gosma gelatinosa e grossa na qual eu tinha certeza de que não deveríamos tocar.

Sempre carrego ao menos uma boa faca comigo; já a tinha sacado e estava cortando rapidamente todas as amarras do dossel ao longo da parede em cima da cama, para poder arrancá-lo e embrulhar a língua-lesma. Isso nos deu um instante, mas não um muito longo, já que o tecido quase que imediatamente começou a chiar e fumegar: sim, a gosma era ruim. Eu não reconhecia aquela variedade particular de male, mas era do tipo esperto o bastante para aguardar muito tempo, esperando até conseguir engolir sua vítima sem levantar suspeitas. Um tipo perigoso. Uma ponta brilhante já estava se contorcendo para fora do primeiro buraco que se dissolvia no dossel, mas Chloe havia superado seu primeiro grito instintivo e estava pegando um pote de tinta da estante ao pé da cama; ela atirou a tinta em cima dele. Uma série de gorgolejos de protesto foi proferida pela coisa embaixo do dossel que se desintegrava, e ficou mais alto quando ela jogou outro pote de tinta: vermelho e amarelo escorrendo juntos por cima do tecido sedoso, manchando tudo e escoando em pingos grossos, cobrindo a língua que se debatia.

O male recolheu a língua pelo buraco e voltou para baixo do dossel, emitindo um monte de gorgolejos e guinchos embaixo dele que infelizmente pareciam menos como a agonia da morte e mais como uma pontada leve de indigestão.

— Vamos, rápido — disse Chloe, pegando outro pote de tinta e indicando a porta com a cabeça; porém, na metade do caminho, ficamos sem tempo. Ouvimos um longo barulho de engolida, e o dossel inteiro, com a tinta e tudo, foi sugado para dentro do rasgo do pufe em uma lambida. Então a pilha toda de pufes e almofadas agregou-se e ficou de pé, depois veio com tudo para cima de nós.

Não havia nenhuma chance de Chloe ter sido idiota o bastante para herdar aquela pilha toda e nem sequer ter mexido nos travesseiros nos últimos três anos e pouco, então isso significava que aquele era o tipo de maleficência que conseguia animar possessões bruxas, e também era o tipo de maleficência que possuía seu próprio sistema digestório — cada um desses é de uma ramificação bem diferente no cladograma favorito de todos de Estudos de Maleficência, o que significava que na verdade eram *dois males distintos* que haviam formado algum tipo de relacionamento simbiótico maravilhoso. Tentar acabar com dois males de uma vez só sem saber o que cada um deles é não é exatamente uma coisa fácil. O único jeito de fazer isso rapidamente seria usar algo grandioso — o tipo de coisa que consumiria um montão do mana que me restara, e se eu gastasse tudo com Chloe e ela *não* me pagasse de volta, eu a estaria salvando, escolhendo-a acima de todo o resto do pessoal que precisava de mim.

Ou eu poderia só… esperar. Chloe havia jogado mais tinta na gosma para neutralizá-lo, e ela já estava abrindo a porta. O monstro de almofadas estava mancando diretamente para as costas dela: o male a pegaria antes que ela conseguisse dar dez passos na passarela. Se eu esperasse até o momento que ele a alcançasse, conseguiria sair pelo outro lado e escapar. Ela não estava nem mesmo olhando para ver se eu estava atrás dela. Ela tampouco havia olhado para trás no momento em que estávamos nas escadas, lutando juntas para impedir o argonete de entrar na escola. Ela havia escapado para salvar a própria pele. Aadhya e Liu ficaram comigo, mas ela nos abandonou. E ela havia acabado de passar dez minutos discursando extensivamente sobre como eu estava inventando motivos para precisar de mana, ou seja, enumerando motivos do porquê ela não deveria se sentir mal por falar não para mim.

— Sai da frente! — falei entredentes. Então apontei para o monstro de almofadas.

Chloe arriscou olhar para trás e arregalou os olhos quando viu a coisa atrás de si. Ela deu um impulso enorme, empurrou a porta e se atirou no corredor mesmo enquanto ainda estava abrindo, quando colidiu pesadamente contra Orion, que já estava desequilibrado por estar segurando a maçaneta da porta pelo outro lado. Ela o levou ao chão com força.

O feitiço que eu usei era uma coisa realmente maravilhosa de alto nível que havia acabado de aprender na aula Myrddin. Demorei uma semana toda para conseguir decifrar o manuscrito em galês antigo — um tempo iluminado pelas variadas ilustrações majestosas das maneiras que um maleficente alquimista de mente caprichosa havia utilizado para esfolar a pele de vítimas desafortunadas e organizadamente drenar seu sangue, depois colocar os órgãos em recipientes separados e então a pele numa pilha dissecada, deixando para trás apenas os ossos limpos.

O encantamento fez um trabalho admirável de açoitar a camada mais externa das capas de almofadas e dos revestimentos dos pufes, colocando-os em uma linda pilha dobrada que poderia ter saído diretamente da lavanderia. Esse passo expôs brevemente um saco translúcido e brilhante cheio de línguas e dossel mal digerido, além de, macabramente, uma pessoa meio digerida. Felizmente, o rosto já estava irreconhecível, mesmo antes de o saco se despedaçar numa pilha de faixas de um centímetro de algo que parecia papel velino, e descartar a língua toda que se debatia no chão. A língua se enrolou como um tapete muito fino e esponjoso, uma poça enorme de líquido viscoso sendo espremido de dentro dela, o que depois de um momento de incerteza e dificuldade alarmante finalmente acabou separado em três líquidos diferentes: um ectoplásmico, um transparente e um meio que rosado e gelatinoso, e cada um dos três pulou como um chafariz para dentro das latas de tintas vazias no chão. O resto meio que relutantemente escoou pelo ralo no meio do quarto.

Orion estava tentando se colocar de pé, impedido porque Chloe estava congelada sem inteiramente sair de cima dele, encarando boquiaberta o desmembramento elaborado. Para ser justa com ela, foi um espetáculo bem maior do que estou contando. Quando faço feitiços, no geral há uma quantidade generosa de manifestações colaterais, geralmente projetadas para sugerir a qualquer um que estiver assistindo que deveriam fugir aterrorizados, ou então colocarem-se de joelhos, prostrando-se em homenagem. O desmembramento todo aconteceu aproximadamente em meio minuto, e houve uma quantidade de protestos violentos, porém fúteis, além de gritos, gemidos desincorporados e luzes brilhantes fosforescentes que os acompanhavam. Depois que acabou, tudo estava organizadamente arrumado em uma fileira, exatamente como a loja de suprimentos dos sonhos de um alquimista maleficente. Os restos mortais da última vítima *também* haviam se separado ordenadamente em ossos limpos, carne e pedaços de pele, alinhados com pedaços de male. A caveira estava sentada no topo da pilha de ossos com pequenos rastros de fumaça saindo pelas cavidades oculares. Como um toque final, o rolo esponjoso que havia sido a língua estava enrolado em um pedaço cortado do dossel desmantelado, e outra faixa do dossel se rasgou e formou um pequeno laço ao redor do pacote antes de ser depositada na fileira.

Eu havia pulado em uma cadeira para não ficar no caminho dos vários líquidos jorrantes, e as últimas nuvens flutuantes de fumaça fosforescente estavam se desfazendo ao meu redor. Meu cristal de mana estava brilhando com o poder que precisei usar, mas eu não estava com uma sombra, o que significava que eu mesma provavelmente estava brilhando.

— Ai, meu Deus? — disse Chloe, um pouco fraca, meio como se fosse uma pergunta, congelada no lugar.

— Ei, dá para sair de cima de mim? — disse Orion, soando um pouco esmagado.

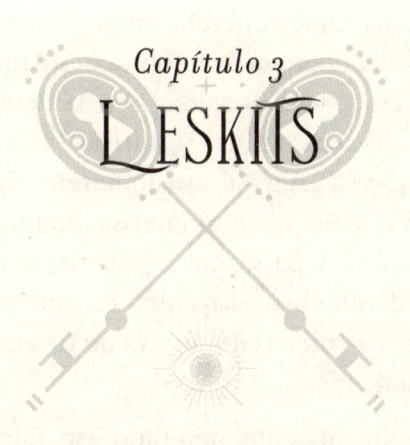

Capítulo 3
LESKITS

— Só PARA VOCÊ SABER, eu ia falar sim de qualquer forma — disse Chloe miseravelmente, como se ela achasse que eu não ia acreditar, ao me entregar o compartilhador de mana. — Sério, El.

— Eu sei que ia — respondi, implacável, pegando o compartilhador, mas a expressão dela não mudou; provavelmente meu tom de voz não parecia muito encorajador. — Se você fosse falar que não, não teríamos sido atacados — acrescentei, um pouco direta, porque ela já deveria ter sacado isso àquela altura.

Um male esperto o bastante para ficar espreitando silenciosamente entre suas almofadas no chão — almofadas que ela provavelmente havia herdado de um antigo enclavista de Nova York — por anos e anos, conservando sua energia para comer outra pessoa azarada o suficiente para ficar sozinha no quarto dela e que *não fosse* ela — e é o tipo de coisa que os enclavistas fazem, convidam amigos para grupos de estudo depois do jantar sabendo que um *deles* vai chegar primeiro e vai se certificar de que o cômodo está seguro — não havia tentado nos atacar porque de repente havia perdido todo o autocontrole. Havia feito isso porque Chloe estava prestes a se aliar a *mim*, o que significava que o lanchinho bem delicioso que sou se tornaria um alvo muito mais difícil.

Chloe franziu o cenho, mas não era burra, e havia acabado de receber uma prova bastante concreta; então, depois que superou sua programação básica, entendeu as implicações daquilo rápido o bastante para que as emoções associadas àquela descoberta passassem por seu rosto em sucessão rápida. Significava que eu não estava inventando tudo. A escola estava *mesmo* tentando acabar comigo, e os males também; eu era *mesmo* tão poderosa quanto esse fato deixava implícito — os olhos dela passaram rapidamente para o arranjo organizado de ingredientes grotescos quando entendeu isso — e todo mundo que estivesse ao meu redor estava quase certamente pedindo para ficar na linha de fogo.

Quando ela finalmente entendeu tudo isso, falei:

— Tenho um monte de cristais de armazenagem. Vou preenchê-los e depois devolvo isso pra você.

Ela não falou nada por um instante; ainda estava olhando para os ingredientes no chão. Então disse, lentamente:

— Você é mana-adepta. Isso é... *porque*... — Ela não continuou, mas foi porque não precisava. Como eu disse, ela não é burra. Então ela olhou para mim, ergueu o queixo um pouco e falou em uma voz aguda, como se estivesse declarando isso para o mundo, e não só para mim: — Pode ficar. Você deve precisar mais do que eu. — Eu já estava relutando contra o impulso violento de rosnar para ela como um monstro da ingratidão quando ela acrescentou, cautelosa: — A... Aadhya e a Liu precisam também?

O que tornava aquilo um pedido para *se juntar à nossa aliança*.

Eu nem poderia só soltar um leviano e simples "não", porque não podia dar a ela uma resposta para aquela pergunta sem falar com Aadhya e Liu. Isso significava que eu teria tempo demais para reconhecer que a resposta óbvia, sensata e até *justa* na verdade era "sim".

Eu não queria ser aliada de Chloe Rasmussen. Não queria ser uma dessas pessoas cuja aliança era escolhida com uma condescendência enorme por algum enclavista com mana e amigos e um baú cheio de coisas úteis para dar de sobra, o que era obviamente o objetivo principal que a maioria das pessoas têm quando se junta a um time que não tenha um enclavista no meio. Mesmo que não fosse isso que Chloe queria dizer ou o que nós queríamos dizer, era o que todo mundo pensaria. E, no fim das contas, eles estariam certos; nós tiraríamos Chloe daqui, e o mana de Chloe faria com que conseguíssemos sair, e estaríamos deixando as outras pessoas que não têm chance para trás.

Só que ela tinha o direito de perguntar, e eu já estava pedindo a ajuda dela para começo de conversa, e ela teve a coragem de pedir, quando poderia ter só saído correndo depois de me pagar por tê-la salvo de um ataque que só aconteceu porque ela estava disposta a me ajudar a troco de nada. Ela estava oferecendo mais do que um valor justo, mesmo que não fosse justo que ela tivesse aquilo a oferecer, e se eu ainda assim quisesse dizer "não" apesar de tudo isso, Aadhya e Liu estavam no direito delas de me dizer que eu estava sendo uma besta colossal.

— Vou falar com elas— murmurei, grosseira; e como era de se esperar, o resultado final é que três dias depois eu precisei acrescentar o nome de Chloe na parede perto do banheiro das meninas, onde havíamos escrito nossas alianças. Liu também colocou o nome dela na tradução em mandarim ao meu lado, o compartilhador de mana no pulso brilhando, e então todas fomos tomar café da manhã juntas e eu precisei ouvir ao menos umas duzentas bilhões de pessoas nos parabenizando, e por "nós" quero dizer Aadhya, Liu e eu, por termos conseguido a Chloe. Não havíamos recebido nem metade dos parabéns quando escrevemos nossos nomes no final do último semestre, apesar de nossa aliança ter sido uma das primeiras a serem gravadas na parede.

Para completar, Orion não me deu bem um parabéns.

— Estou feliz que você e Chloe tenham virado amigas — disse ele, num tom alarmantemente esperançoso que muito claramente estava a apenas um dever de casa de literatura de se tornar uma declaração de "venha morar comigo e ser meu amor eterno", gravado opcionalmente em metal com vários coraçõezinhos ao redor.

— Preciso ir para a aula — respondi, e escapei para a segurança relativa do meu estudo independente nas entranhas da escola, onde a única coisa que me atacaria com uma atenção consumidora seria um monstro devorador de carne.

Em um mês de aulas, eu havia conseguido traduzir um total de quatro novas páginas dos sutras da Pedra Áurea. Elas continham um único feitiço de três linhas em sânscrito védico, cujo propósito eu nem mesmo conseguia começar a decifrar. Havia sete palavras que eu nunca tinha visto antes, e todas possuíam opções múltiplas de tradução. O resto das quatro páginas era um comentário em árabe medieval explicando demoradamente porque não havia problema em usar o feitiço em sânscrito apesar de parecer herege por causa do vinho utilizado durante o processo de conjurá-lo. O comentário na maior parte evitava qualquer coisa útil, tipo explicar para que servia o feitiço que era tão bom e como o álcool deveria ser usado. Exceto que não evitava *completamente* coisas úteis, então precisei repassar toda a porcaria por só meia dúzia de coisas que valiam a pena.

Naquela manhã eu finalmente havia conseguido entender quais dos noventa e sete significados possíveis faziam sentido juntos, e cheguei à conclusão de que o feitiço servia para acessar uma fonte distante de água e purificá-la — algo muito útil para pessoas que viviam num deserto, e bem menos para uma pessoa que vive numa escola mágica equipada com um encanamento funcional, apesar de obsoleto. Eu estava fuzilando com o olhar a tradução inútil de três linhas que havia acabado de terminar quando a saída de ar da fornalha chacoalhou às minhas costas e uma massa tempestuosa de pelos, garras e dentes pulou em cima de mim, exatamente como previsto.

Então prontamente ricocheteou na barreira que eu nem mesmo precisei conjurar, porque o suporte para barreiras de Aadhya no meu peito havia automaticamente pegado mana do compartilhador para bloquear o ataque físico. Enquanto eu me virava, o leskit já deslizava pelo chão até o canto, onde se revirou até ficar em pé nos seus três metros e meio. Era debatível qual de nós dois estava mais chocado, mas ele se recuperou rápido; voltou a me atacar e parou só um pouco antes para dar uma patada experimental na barreira, atingindo uma nuvem de faíscas laranjas brilhantes.

Normalmente, minha estratégia em uma situação como essa seria distraí-lo e correr. Só que naquela altura eu conseguia ouvir mais gritos e mais sibilos vindos da ventilação: havia uma matilha deles na oficina. Leskits normalmente não caçam sozinhos. O meu abriu a mandíbula cheia de dentes e emitiu um som alto de *crrrc crrrc crrrc*, como o de um avestruz irritado — eu nunca ouvi um avestruz irritado, mas é o barulho que imagino sair de um — e então houve um estardalhaço no tubo e a cabeça de outro surgiu. Caiu em pé e os dois ficaram discutindo em seus *crrcs* por um momento, então avançaram juntos, dando unhadas, deixando arranhões queimados e profundos na barreira.

Eu os encarei um pouco mais de trás da barreira; então, lentamente disse:

— *Exstirpem has pestes ex oculis, ex auribus, e facie mea funditus.* — Isso era uma leve variação de um feitiço imperial romano feito para erradicar uma horda de pentelhos que estiverem tentando te atacar, mas estão temporariamente impedidos, como, por exemplo, uma multidão de pessoas raivosas cercando sua torre de torturas e bruxarias cruéis. Balancei o braço para os leskits de uma forma grandiosa, como quem afasta vermes, e eles prontamente se desintegraram, presumidamente junto com o resto de seus coleguinhas dentro da oficina, já que a gritaria que eu conseguia ouvir através da tubulação se transformou em um silêncio vagamente confuso.

Continuei encarando o que agora eram duas pequenas pilhas de cinzas no chão por mais um momento; então, por falta de outra coisa para fazer, lentamente me sentei de volta na escrivaninha e voltei a estudar. Não havia razão alguma para sair correndo pelos corredores, e ainda faltavam vinte minutos para o sinal. Depois de alguns minutos, a porta — que havia batido como era de rotina alguns minutos antes dos leskits aparecerem — voltou a se abrir de uma maneira que podia parecer desapontada. Nem sequer rangeu muito alto.

Passei o resto do período passando a limpo uma cópia do feitiço original em sânscrito, junto com meu próprio comentário formal, incluindo traduções literais do feitiço em sânscrito moderno e inglês para esclarecer o significado, com várias possíveis variações de conotação, uma análise do comentário em árabe e notas sobre potenciais usos. Era o tipo de trabalho estupidamente exibido que só se fazia se você *estivesse* tentando ser o orador da turma, ou ter uma publicação numa revista algum dia, que é uma abordagem menos violentamente competitiva de tentar chamar a atenção de um enclave após a graduação. Eu não precisava de nada daquilo. Não precisava entregar nenhum trabalho, e certamente não precisava desse trabalho para fazer o feitiço. Na verdade, eu poderia tê-lo feito assim que descobrisse a pronúncia correta. Exceto, é claro, que se eu alguma vez corresse o risco de conjurar um feitiço sem ter certeza absoluta do que ele faria, ele definitivamente acabaria tendo o propósito de assassinar muitas pessoas.

Fiz todo esse trabalho inútil porque não queria começar uma nova seção. Mais precisamente, não queria ter *tempo* para começar uma nova seção. Obviamente eu não tinha nenhum arrependimento por gastar o mana de Nova York abatendo uma matilha de leskits enquanto salvava minha própria pele no processo, mas não ia me permitir ficar *feliz* com isso. Não ficaria agradecida, não me acostumaria nem um pouco com aquilo, só que isso era uma bobagem irremediável: já estava ficando acostumada. Meus ombros não ficavam tensos, e eu continuava a me esquecer de olhar para a saída de ar atrás de mim, como se não fosse a coisa mais importante na sala.

Então, quando o sinal tocou, saí no corredor e me juntei à multidão de artífices do segundo ano que saíam das oficinas conversando animadamente sobre o que havia acontecido com os leskits. Ouvi um deles falar, dando de ombros:

— *Comment il les a eus comme ça? J'en ai aucune idée. Putain, j'étais sûr qu'il allait crever.*

E fui para o meu seminário Myrrdin em uma nuvem de ódio quando percebi que Orion estava *lá*, e minha façanha de limpeza de leskits havia de alguma forma salvado o pescoço dele, então eu *de fato* precisava ficar feliz pelo que fiz. Por falar nisso, o que ele estava fazendo na oficina com um bando de alunos do segundo ano?

— Você estava espreitando na porta da minha sala ou algo assim? — questionei na hora do almoço quando entramos na fila.

— Não! — respondeu ele, mas sem me oferecer nenhuma explicação remotamente convincente. — Eu só… tive uma sensação.

Foi isso que ele disse; então se encolheu para longe de mim, com uma cara tão amarga e mal-humorada que eu quase quis deixar o assunto para lá, mas eu querer isso era tão horrivelmente errado que não me permiti tal coisa.

— Uma sensação de que você precisava deixar que eu salvasse o seu couro de uma matilha de leskits? — falei docemente em vez disso. — Agora meu número chegou a quatro, né?

— Eu não precisava ser salvo! Só havia oito deles, eu teria dado conta — retrucou ele, e ainda teve a audácia de parecer verdadeiramente irritado, o que *me* irritou.

— Não foi o que *eu* ouvi dizerem — falei. — Um menino disse mais cedo: "como que ele conseguiu algo assim? Não faço ideia. Tinha certeza que ele ia morrer". E, se você não gosta que te salvem, não tem porquê ficar tão irritado!

Peguei minha bandeja e marchei através do refeitório para a mesa que Liu estava guardando. Orion me seguiu e sentou ao meu lado, nós dois ainda bravos — só se desfaz de uma mesa aqui com algo tão insignificante quanto uma discussão violenta —, e ficamos soltando fumaça durante toda a refeição. Limpamos nossas bandejas e saímos do refeitório em horários que achei serem propositalmente diferentes, já que ele pareceu estar com pressa para sair antes de mim, então eu demorei mais. Quando saí, eu o vi falando com Magnus do lado de fora das portas; um momento depois, Magnus esticou a mão e percebi que Orion estava pedindo *mana* para ele.

— Seu saco de parafusos usados, você poderia ter me *dito* que estava sem mana — falei, depois de dar um pescotapa nele quando o alcancei no corredor, logo antes das escadas. — E olha, ir atrás de males quando você não tem nada para tentar compensar pelo mana é ainda mais idiota do que suas palhaçadas de sempre, o que é impressionante.

— Quê? Não! Eu não estava... — começou Orion. Então ele se virou, viu meu olhar furioso e hesitou; depois pareceu encabulado e, como se tivesse acabado de notar que era exatamente isso que ele estava fazendo, e disse: — Ah.

— Sim, *ah* — respondi. — Você tem *direito* a uma boa parte do mana de Nova York! Provavelmente já depositou bem mais do que a parte que *deve* só nessa última semana.

— Não — disse Orion, breve. — Não depositei nada.

— Quê? — Eu o encarei.

— Não matei nenhum male o mês inteiro — disse Orion. — Os únicos que sequer vi foram os que você estava eliminando.

Se dá para acreditar, ainda havia um certo tom acusatório ali, mas eu o ignorei para continuar encarando, boquiaberta.

— Você está me falando que ainda não salvou ninguém o semestre todo? Por que é que eu não estou ouvindo uivos de morte e desespero em todo o lugar?

— Porque não há nenhum! — respondeu ele. — Estão todos na deles. Acho que nós matamos males demais lá no salão de graduação. — Como se a palavra "demais" tivesse algum direito de estar naquela frase. — E os que sobraram ainda estão na maioria escondidos. Tenho perguntado para as pessoas, mas ninguém tem visto male nenhum.

Eu na verdade não consigo descrever coerentemente o nível de indignação que senti. Uma coisa era a escola estar tentando me matar, o que eu acho que é uma coisa que nós todos secretamente sentimos desde o momento em que chegamos aqui, e outra coisa é a escola estar tentando matar *apenas* a mim, e literalmente mais ninguém, incluindo até Orion, mesmo que a fome que a escola sinta seja na verdade culpa dele para começo de conversa. Por outro lado, suponho que *estava* tentando se vingar ao deixar todos os males longe dele.

— O que você tem nas quartas depois do período de trabalho? — perguntei quando finalmente consegui transmitir palavras além da minha ira incoerente.

— Seminário de alquimia — disse ele. Quatro níveis abaixo da biblioteca. Então ele não poderia ir me dar uma mãozinha mesmo se quisesse, como aparentemente queria muito.

— O que você tem no primeiro período?

— Mandarim e matemática.

O mais longe do andar das oficinas que uma aula sênior poderia estar.

— Eu odeio tudo — falei, passional.

— O resto de Nova York vai falar alguma coisa se isso continuar — disse Chloe, infeliz, sentada na cama de Liu de pernas cruzadas com seu próprio ratinho nas mãos.

Ela lhe deu o nome de Mistoffeles, do poema de T. S. Eliot, porque ele tinha uma única mancha preta na garganta que parecia uma gravata borboleta, que havia começado a parecer muito mais com uma gravata só na semana em que ela passou a segurá-lo. Ele também já estava fazendo coisas para ela: ontem mesmo ele pulou de suas mãos e correu galopante para dentro do ralo; voltou alguns minutos depois, oferecendo um pequeno pedaço de âmbar cinza apenas levemente mastigado que ele havia encontrado de alguma forma lá dentro.

Isso me irritava. Já fazia mais de um mês e meio que eu vinha treinando Preciosa, oferecendo guloseimas de mana e tentando dar instruções, mas ela ainda não fazia nada a não ser aceitar as guloseimas como se fossem presentes e ficar sentada lá na minha mão graciosamente, permitindo que eu a acariciasse.

— A essa altura não era pra você ficar invisível ou qualquer coisa assim? — resmunguei baixinho para ela antes de colocá-la de volta na gaiola de Liu.

Ela só me ignorou. Até mesmo Aadhya havia conseguido levar o rato dela, Pinky, permanentemente para o próprio quarto, onde ela construiu um recinto enorme e elaborado cheio de rodas e túneis que se expandiam para dentro das paredes.

— Às vezes só demora um tempo — disse Liu, muito diplomática, mas até ela estava ficando com uma expressão levemente duvidosa conforme as semanas se passavam.

É claro, mesmo assim eu não abriria mão de sequer um minuto com Preciosa mesmo que pudesse recuperar mil vezes em tempo de estudo. Ela era tão viva e real, o pelo macio, os pulmões que se expandiam e o pequeno bater do coração; ela não pertencia à Scholomance. Ela era parte do mundo lá fora, o mundo no qual às vezes eu pensava talvez só existir nos sonhos que tinha de vez em quando. Estávamos na Scholomance há três anos, um mês, duas semanas e cinco dias.

E nesse último um mês, duas semanas e cinco dias, ninguém fora eu ou quem estava comigo havia sido atacado por um único male, pelo que conseguimos checar sem levantar suspeitas de ninguém.

As pessoas ainda não haviam percebido porque alguns dos ataques haviam se estendido até as oficinas, que ficavam do outro lado da minha sala de estudos independentes, e também ainda era cedo o bastante no ano para cada um só achar que estava com sorte.

— Só que o pessoal de Nova York *vai* notar que o reservatório de mana está ficando baixo — disse Chloe. — Magnus já me perguntou outro dia se eu andava fazendo feitiços pesados. Tenho o direito de compartilhar poder com meus aliados, mas não de deixar eles esvaziarem tudo.

— Estamos depositando o máximo que conseguimos de volta — disse Aadhya. — E há sete alunos veteranos de Nova York. Vocês devem estar depositando um monte. Quão baixo o reservatório vai ficar?

— Bem — disse Chloe, de um jeito desconfortável e estranho, olhando rapidamente para mim; então disse, com pausas: — Nós não... quer dizer...

— Vocês não geram mana nenhum — falei, categórica, do canto. Instantaneamente percebi o que ela não estava dizendo. — Vocês nunca depositaram mana no reservatório do enclave porque Orion depositava o bastante por todos.

Chloe mordeu os lábios e evitou nosso olhar. Aadhya e Liu a encaravam, chocadas. *Todo o mundo* tem de gerar mana aqui. Até mesmo o pessoal dos enclaves. A grande vantagem deles é ter mais tempo, condições melhores, pessoas olhando a retaguarda e fazendo a lição de casa por eles e até mesmo dando de presente um pouco de mana e todas as outras coisas nas quais precisamos gastar mana para receber. Todos eles possuem eficientes reservatórios de mana e compartilhadores. Então quando finalmente chegam ao último ano, estão muito na frente. Só que nunca ter gerado mana *nenhum* — nunca ter de fazer abdominais, ou sofrer fazendo um guardanapo de crochê horrível, porque todos só estavam surfando na onda do Orion...

E ele precisou implorar mana *deles* quando começou a ficar sem.

Chloe não ergueu a cabeça, e suas bochechas estavam ruborizadas. Mistoffeles emitiu um guincho ansioso nas mãos dela. Ela provavelmente nem havia pensado naquilo desde o primeiro ano. Assim como eu já não pensava mais naquilo no dia a dia. E eu havia esbravejado com Orion por precisar de ajuda, depois de matar monstros com o mana que ele havia gerado por três anos arriscando a própria vida.

— E daí? — disse Orion quando toquei no assunto. Ele parecia mesmo sincero.

Eu não tinha estado perto do quarto dele desde o último semestre; estava fazendo o meu melhor para evitar ficar sozinha com ele a qualquer custo. Mas deixei Preciosa de lado, saí do quarto de Liu e fui direto pelo corredor até o dele, sem dizer mais nenhuma palavra para Chloe. Orion estava lá, ocupado fracassando na lição de casa de alquimia, a julgar pela folha do laboratório completamente em branco em cima da mesa. Ele me deixou entrar de um jeito tão nervoso que eu quase parei de ficar brava por tempo o suficiente para reconsiderar por que estava ali, mas apesar dele e de suas tentativas frustradas de arrumar a pilha de roupa suja e livros, a raiva ganhou. Normalmente é o que acontece comigo.

Era melhor eu nem ter me dado o trabalho, considerando o quanto ele pareceu se importar quando contei. Eu o encarei, e ele me encarou de volta. Nem era o fato de ele ficar feliz ajudando aqueles escrotos inúteis; ele soava como se não entendesse o porquê de eu estar tentando explicar para ele aquela informação estranha e irrelevante.

— É o *seu mana* — falei entredentes. — É *todo* o seu mana. Você entendeu isso, Lake? Todos esses parasitas têm se pendurado em você pelos últimos três anos, sem fazer sequer um minuto equivalente de esforço...

— Eu não me importo! — disse ele. — Sempre tem mais. Sempre *teve* mais — acrescentou ele. *Isso* sim transpareceu uma emoção, mas era só uma emoção de pura de queixa.

— Espera aí, você está *entediado*? — vociferei para ele. — Está sentindo falta da diversão que é salvar a vida das pessoas seis vezes por dia, e da sua dose regular de bajulação?

— Eu sinto falta do *mana*! — gritou ele.

— Então pegue de volta! — falei, arrancando o compartilhador do meu pulso e o empurrando para ele. — Pegue *tudo* de volta! Se quiser mais mana, é seu, é todo seu. Eles não têm direito a uma gota sequer.

Ele encarou o compartilhador, uma expressão meio faminta aparecendo no rosto, e então sacudiu a cabeça violentamente com um puxão.

— Não! — disse ele. Então enfiou as mãos no cabelo, que ainda não havia crescido o suficiente para auxiliá-lo no drama do gesto, e murmurou, melancólico: — Não sei o que fazer comigo mesmo.

— Eu sei o que fazer com você — respondi.

Com isso eu queria dizer dar-lhe um chute tão forte que ele acordaria semana que vem, quando talvez tivesse se recuperado da crise de chororô, mas ele teve a audácia de dizer:

— Ah, é? — O tom era desafiador, de um jeito que fingia ser sutil e cheio de duplo sentido, e só durou tempo o suficiente para ele ouvir o que havia saído da própria boca. Nesse momento ele ficou todo vermelho e envergonhado, então voltou o olhar para o resto da sala, onde não havia mais ninguém exceto nós dois, e ficou ainda mais vermelho. Saí do quarto como uma flecha e corri de volta para o quarto de Liu só para fugir dali.

Quando voltei, todas elas ainda estavam sentadas lá e o compartilhador de mana ainda estava na minha mão, Chloe ergueu a cabeça e olhou para mim, ansiosa. Só que, se dependesse de mim, ela podia discutir diretamente com Orion se quisesse saber o que ele pensava do assunto.

— E agora? — perguntei, entregando o compartilhador para ela. — Quer desistir?

— Não! — respondeu Chloe. Então Aadhya pegou um livro da mochila, um dos grossos que chamamos de matadores-de-larva, e jogou em mim com tanta força que eu precisei pular para o lado, ou teria me atingido diretamente na bunda.

— Para com isso! — disse ela. — Acho que é tipo a terceira vez que você pede para ser largada. Você é tipo um baiacu; no instante que alguém encosta em você de um jeito errado você incha — ela ilustrou o gesto com as mãos —, tentando fazer as pessoas te soltarem. Nós te avisamos o que decidirmos, que tal?

Coloquei o compartilhador de volta, um pouco rabugenta — vou ser honesta, bem mais que um pouco — e me sentei de volta no chão com os braços envolvendo os joelhos.

Liu disse depois de um momento:

— Então o problema não é que você está usando o mana. O problema é que o Orion não está contribuindo com nenhum.

— Sim, tudo o que precisamos fazer é conseguir um plano infalível pra atrair males pro lado dele — murmurei. — Se ao menos a gente tivesse um bando de bruxos adolescentes apetitosos no mesmo lugar. Ah, tá.

— Tenho mais coisas pra tacar em você aqui — disse Aadhya, acenando ameaçadoramente com outro livro mortal. Esse tinha umas manchas suspeitas na capa.

— Talvez a gente possa construir um pote de mel, como fazem nas zonas de construção? — sugeriu Chloe.

— Como é que é? — perguntou Aadhya. Chloe olhou para nós como se esperasse que eu e Liu estivéssemos um pouco menos confusas.

— Um pote de mel? — repetiu ela, um pouco hesitante. — Existe outra palavra pra isso? Sabe, quando tem um projeto gigante pra um círculo de bruxos, e eles vão trabalhar por muito tempo, por dias, e querem que males cheguem perto deles? Então, é preciso atrair todos os males que estão por perto e eliminar eles, tipo, uma semana antes? Nova York usou um desses para a expansão do portal da área metropolitana faz uns anos.

Certamente *parecia* brilhante, mas de um jeito claramente bom demais para ser verdade.

— Se dá para atrair eles pra lugares diferentes, por que não fazer isso o tempo todo? — perguntei. — Só jogar um desses potes de mel no meio de uma armadilha, e adeus aos males para sempre.

— Você ainda precisa *fazer* alguma coisa com eles! — disse Chloe. — Que tipo de armadilha aguenta uns mil males gigantes? Foi preciso contratar um time de trezentos guardas só pra uma semana. — Isso soava um pouco mais plausível e digno de consideração, então ela acrescentou: — Enfim, não dá pra manter um pote de mel ativo o tempo todo, é um gasto grande demais.

Nós todas a encaramos. Ela encarou de volta.

— É *caro demais* — falei, direta. — Para *Nova York*.

Eu já havia visto Orion jogar punhados de pó de diamante injetados com mana nas poções de lição de casa como se fosse farinha de trigo. Ele nem se dava ao trabalho de limpar os restos da bancada do laboratório depois.

Chloe mordeu o lábio; então Liu disse:

— Mas não pode ser assim tão difícil atrair males. Eles já querem vir atrás de nós, só estamos reforçando esse desejo preexistente.

— Ah, espera — disse Aadhya abruptamente. — Quão *distante* vocês tentaram atrair os males?

— Cobrimos toda a área do Gramercy Park e mais uma quadra em cada direção — respondeu Chloe, o que significava bulhufas para mim, mas Aadhya estava assentindo.

— É, ok — disse ela. — Qualquer artifício seria insanamente caro de manter quando se expande seu efeito por seis quarteirões. Só que a gente não quer atrair *todos* os males da escola. — Nós não queríamos mesmo; de fato todas estremecemos instintivamente só de ela falar aquilo em voz alta. — A gente só quer pegar alguns pro Orion. — Ela vasculhou a mochila e tirou uma cópia dos mapas que devia ter feito em algum ponto na carreira: artífices frequentemente recebem a tarefa de fazer estudos detalhados da escola, já que isso ajuda a reforçar os feitiços. — Aqui. — Ela apontou para um lugar no primeiro andar. — Tem uma intersecção de canos aqui que passa pela parede da oficina. Se a gente construir um pote de mel e o acionarmos ali, perto do bueiro mais próximo, aposto que vamos conseguir pegar males o bastante pro Orion, mesmo que seja só numa área de sessenta centímetros.

— Brilhante — falei. — Então, como é que esses potes de mel funcionam?

Todas olhamos para a Chloe.

— Hum, tem tipo um recipiente... precisa colocar um tipo de isca dentro, aí o artifício espalha o cheiro... — Ela parou de falar do nada e deu de ombros. — Sinto muito, só sei disso porque minha mãe precisou fazer a apresentação pro processo de requisição.

— O processo de requisição — falei, ainda mais direta, porque qualquer coisa para qual Nova York precisava fazer uma *requisição* parecia insanamente complicada, além de muito cara.

Mas Aadhya acenou, despreocupada.

— Já me serve. Liu está certa, não pode ser assim tão difícil. Você só precisa fazer uma infusão de isca com cheiro de bruxo adolescente, e eu vou ver o que faço pra conseguir dispersar no ar.

Chloe assentia.

— Quanto tempo acha que demora pra conseguir fazer isso? — perguntou ela, ansiosa.

— Não faço ideia — disse Aadhya, dando de ombros.

— Enquanto isso, Nova York precisa começar a gerar mana — falou Liu. — Se Orion não consegue mais depositar mana e nenhum de vocês está fazendo isso, mais cedo ou mais tarde vocês vão ficar sem. Não vão querer descobrir que o pote de mel não funciona daqui a três meses, bem quando for a hora de começarmos a fazer as corridas de obstáculo.

— Só que se eu falar pra todo mundo que precisamos começar a depositar mana porque Orion não faz mais, a primeira coisa que Magnus vai querer fazer é uma auditoria nos compartilhadores pra ver quanto cada um está usando — disse Chloe. — E aí eles vão descobrir por que vai acabar mais *cedo* em vez de mais tarde.

— Acho que ele não vai insistir em uma auditoria — disse Liu, olhando de soslaio para mim. — Não se você contar a eles do jeito certo.

— Qual é o jeito certo? — perguntei, receosa.

O jeito certo foi que Chloe fofocou para todo mundo de Nova York que a *namorada de Orion* o estava impedindo de caçar males porque não queria que ele se machucasse, e agora estava ficando desconfiada do porquê o estoque de mana estar repentinamente tão baixo.

Os enclavistas de Nova York ficaram tão ansiosos quanto Chloe havia ficado para que eu descobrisse a verdade sobre a fonte de mana; então, por fim, eles começaram a contribuir em silêncio — o que conseguiam fazer aos montes sem nem precisar chegar perto da capacidade máxima de geração mana. É claro que isso não os impediu de ficarem resmungando sobre o trabalho que *estavam* mesmo fazendo. Confesso que gostava de ter um lampejo de Magnus marchando para o banheiro masculino na frente de seu séquito, coberto de suor e com o rosto vermelho do que eu presumia ser uma sessão vigorosa de gerar mana através de exercícios físicos irritantes.

Só que depois de um mês do que eu suponho que achavam ser um sofrimento insuportável, todos começaram a interrogar uns aos outros de maneira acusatória sobre o uso de mana. Enquanto isso, o projeto do pote de mel acabou num beco sem saída complicado. Aadhya havia confeccionado um incensário especial, um conjunto de cilindros de diferentes tipos de metais aninhados, cada um com buracos cuidadosamente feitos para controlar o caminho da fumaça que passava por eles. Chloe havia feito uma dúzia de pequenos lotes de incenso infuso por mana e os deixou em um bueiro perto dos laboratórios de alquimia durante o jantar. Nós descemos mais tarde — cautelosos — e pegamos o que demonstrava mais sinais de ter sido cutucado por vários apêndices, inclusive com o rosto de um inalante, que havia deixado uma marca perturbadora parecida com a vagem das sementes de lótus.

— Ótimo, vamos lá — disse Orion prontamente; ele teria agarrado o cilindro da mesa e ido direto para a porta, mas Aadhya colocou uma mão no peito dele e o impediu.

— Que tal a gente *não* tentar pela primeira vez ao lado de uma junção enorme que vai direto pro salão de graduação? — disse ela. O resto de nós concordou calorosamente.

O diâmetro do encanamento da escola é aberto a uma interpretação determinada; se estivéssemos *deliberadamente* atraindo males, nosso objetivo na verdade seria o de ajudá-los a passar pelos canos.

Orion ficou sentado num banquinho com uma impaciência visível, jogando o incensário de uma mão para a outra, enquanto o restante de nós discutia qual seria o melhor lugar para um teste. No fim concordamos que seria o próprio laboratório, com base no fato de que o incenso já estava lá havia algum tempo, e não queríamos carregá-lo pelos corredores para outro lugar, possivelmente acumulando uma horda de perseguição no processo.

Aadhya colocou o incenso no incensário, mexeu mais um pouco na posição dos cilindros e finalmente disse:

— Está bem, vamos fazer uma tentativa. — E o entregou para Orion.

Todas nós nos achatamos bem contra a porta enquanto ele fazia as honras. Ele acendeu o pequeno pedaço de incenso.

— Ai — disse ele, queimando os dedos com o fósforo, coisa com a qual ele parecia mais preocupado do que com os possíveis males iminentes, e o jogou no meio dos cilindros. Então colocou o incensário no banquinho do laboratório bem ao lado do bueiro.

Os primeiros fios de fumaça começaram a aparecer e visivelmente foram na direção do bueiro antes de se dispersarem. Orion ficou perto, ansioso, mas nada saiu. Esperamos mais alguns minutos. A fumaça começou a aumentar, formando uma neblina fina que circulava o bueiro e o atravessava. Ainda assim, nada.

Havia alguns aglos no laboratório, roubando as coisas deixadas no chão — nós os ignoramos, já que são bem úteis quando crescidos, e completamente inofensivos em outras instâncias —, que tinham começado a pular lentamente na direção do ralo para escapar quando entramos na sala. Enquanto ainda estávamos aguardando, eles alcançaram o ralo e continuaram seguindo, passando pela parte mais espessa da fumaça, sem demonstrar interesse nenhum.

Orion olhou para nós.

— Não deveria funcionar com eles? Já que são males.

— É, acho que sim — disse Chloe num tom anasalado. O incensário certamente estava fazendo alguma coisa; mesmo nos fundos, perto da porta, o ar já estava começando a ficar com o mesmo aroma distinto que regularmente saía do banheiro dos meninos.

Aadhya franziu o cenho e deu alguns passos cautelosos na direção do incensário.

— Talvez a gente devesse... — começou ela, e foi aí que Pinky tirou a cabeça do copo onde estava e emitiu um guincho alto e entusiasmado. Aadhya havia feito para cada uma de nós uma faixa parecida com uma cartucheira com um copo acoplado, para que os ratos pudessem nos acompanhar durante o dia, já que Liu queria que ficássemos mais tempo com eles. Antes que Aadhya pudesse impedi-lo, Pinky pulou diretamente do copo no peito dela para o chão, correu até o banquinho, subiu pela perna como se fosse um pequenino relâmpago branco e se jogou com o corpo todo contra o cilindro, derrubando-o no chão. Enquanto ainda estávamos gritando, Mistoffeles e Xiao Xing saíram de seus copos e fizeram a própria corrida tresloucada para se juntar a Pinky.

Eles certamente estavam interessados no incenso. Juntos, passaram a meia hora seguinte rolando o cilindro pelo laboratório numa alegria insana, jogando-o debaixo de armários e mesas e contorcendo-se para longe das nossas garras cada vez que tentávamos pegá-los, ou pegar o cilindro. Aparentemente, ratos mágicos drogados de incenso são muito bons em *não* serem pegos. Houve muitos xingamentos, gritos, batidas de cotovelo e colisões de canela até finalmente conseguirmos tirar o cilindro deles e afastar a fumaça. Àquela altura, eles se deitaram exaustos como bolotas peludas, com as patas para cima e expressões vidradas que de alguma forma transmitiam um prazer sonhador em seus rostos.

Chloe passou várias linhas grossas de caneta na receita de incenso no caderno; Aadhya jogou os cilindros na lixeira, cheia de desgosto. Quando um primeiro experimento fica assim tão distante das suas expectativas, normalmente não vale o risco de continuar. Significa que está faltando algo muito importante e, nesse caso, nós não fazíamos ideia do que era. Então, se tentássemos de novo com apenas alguns ajustes pequenos, *esperaríamos* que desse errado e, nessa altura, não só daria muito errado, como certamente daria errado de um jeito muito mais dramático e possivelmente doloroso.

O único resultado positivo foi que recebi o primeiro sinal de que Preciosa estava de fato se tornando uma familiar. Ela não havia se juntado ao frenesi dos outros; em vez disso, assim que Pinky correu na direção do incenso, ela subiu correndo pelo meu ombro e pulou numa prateleira alta do laboratório, onde conseguiu derrubar uma proveta grande sobre si mesma, e ficou sentada observando os outros ratos se divertindo com um ar de desaprovação, as pequenas patinhas em cima do nariz. Depois que apagamos o incenso, ela subiu de volta no copo da cartucheira e fechou a tampa firmemente sobre si mesma, deixando claro que ia para casa comigo em vez de voltar para a gaiola do grupo no quarto de Liu com os outros ratos drogados.

Então isso foi bacana, mas o projeto do pote de mel estava de volta à estaca zero.

Enquanto isso, os enclavistas de Nova York não eram mais meu único problema. Todo o *resto* da escola estava começando a notar o padrão de ataque dos males, ou melhor, a falta deles. Todos nós passamos muito tempo pensando em males e no que eles vão fazer. Quase metade de nossas aulas no primeiro e segundo anos é devotada ao estudo de maleficências, suas classificações, seu comportamento e, mais importante, como matá-las. Quando os males começam a se comportar de maneira inesperada, isso é ruim. Mesmo que o comportamento inesperado seja que eles não estão pulando por aí para matar pessoas. Isso geralmente significa que eles estão *esperando* para pular e matar pessoas em um momento muito mais oportuno.

Na quarta seguinte, ao final do nosso agradável seminário mortal na biblioteca, Sudarat esperou até que o outro aluno ao meu lado se levantasse. Enquanto nos arrumávamos para sair, ela disse baixinho:

— Uma menina de Xangai perguntou se nossa aula foi atacada de novo.

Estávamos nos aproximando das provas de meio de ano, e um grande total de vinte e três pessoas havia morrido até agora. Mais de metade dessas foram calouros que se explodiram na oficina ou se envenenaram no laboratório de alquimia, o que mal contava como morrer considerando nossos padrões normais. As outras — exceto uma — haviam cometido erros no refeitório. Até mesmo isso estava radicalmente abaixo do índice ao qual estávamos acostumados, já que quase todo mundo poderia se dar ao luxo de fazer feitiços de farejamento e preparar antídotos, já que *eles* não estavam sendo atacados por maleficências.

A morte número vinte e três foi a única entre os alunos mais velhos: um menino charmoso do terceiro ano chamado Prasong que era enclavista de Bangkok. Ele havia ficado muito infeliz ao descobrir que não era mais um enclavista, e havia sido insuportável o bastante nos anos em que fora um para acabar se deparando com pouca empatia e amigos. Já que não conseguia ver outra forma de continuar a viver o estilo de vida com o qual havia se acostumado — ou continuar vivendo de forma segura, no caso —, tomou a decisão de se tornar um maleficente. Obviamente o jeito melhor e mais seguro de conseguir uma boa quantia de malia para guardar, o suficiente para que pudesse passar pela graduação, seria drenando de um grupo de calouros inocentes.

Se isso parece inconcebivelmente cruel para você, devo mencionar que não era para nós. Na maioria dos anos há entre quatro ou oito alunos que escolhem a linha maleficente; como a maioria deles não se planeja cuidadosamente com antecedência e traz consigo um suprimento de pequenos mamíferos, atacar os alunos mais novos é seu método padrão de trabalho. Todos nós somos avisados sobre isso de forma bastante extensiva no manual dos calouros, e instruídos a sermos cautelosos com alunos mais velhos ou mais bem-sucedidos que demonstrem interesse demais em nossas atividades. Eu devia minha charmosa cicatriz no estômago a um desses, o falecido e nada saudoso Jack Westing, que também foi o responsável pela morte da vizinha de Orion, Luisa, no nosso segundo ano.

Sudarat era a única caloura com quem Prasong podia falar sem levantar suspeitas. Ele nem precisou se esforçar muito — ela estava se desdobrando para conseguir manter as conexões com os ex-enclavistas mais velhos de Bangkok. Mesmo que tudo que ela conseguisse fosse uma chance de se sentar com eles no refeitório de vez em quando, ou alguma herança de segunda mão que não poderiam vender quando fossem veteranos, ainda assim seria melhor do que nada. Então tudo que Prasong precisou fazer foi concordar em deixar que ela preenchesse um assento vazio na mesa dele durante uma única refeição. Ela deve ter falado o bastante para ele sobre o seminário esquisito na biblioteca para convencê-lo de que era a refeição perfeita: oito calouros numa sala isolada sem nenhuma testemunha por perto. Presumo que ela não tenha me mencionado.

Alguns dias depois, ele se esgueirou lá para cima um pouco antes da hora do almoço terminar e fez um círculo de feitiço de esfolamento no chão embaixo das carteiras.

Não era muito bom. Não dá para exatamente procurar por feitiços de extração de malia na biblioteca; oficialmente, não há nenhum texto malicioso disponível por aqui. Isso é bobagem, é claro; já me deparei com centenas deles. Só que qualquer um que fosse *procurar* por eles provavelmente teria mais dificuldade para encontrar um. Enfim, Prasong não era tão ambicioso quanto o querido Jack. O feitiço dele era bom o bastante para arrancar um pedaço substancial de pele de suas vítimas, abrindo-nos para que pudesse sugar um bom tanto de malia através da dor e do horror; imagino que isso era tudo que ele queria. Matar oito bruxos de uma vez, mesmo calouros, não é brincadeira para um maleficente em crescimento; o dano psicológico o teria deixado com marcas visíveis, de um jeito nefasto que faria com que seus colegas — particularmente seus vizinhos mais próximos — juntassem um grupo grande o suficiente para acabar com ele antes de conseguir ter mais alguma ideia brilhante que possa envolver extrair mana *deles*.

Infelizmente para ele, eu notei o feitiço antes mesmo de atravessar o batente. Presumi que um male construtivo o tinha feito; alguns dos tipos mais avançados conseguem desenhar inscrições de feitiços, embora geralmente não muito bem. Isso não eliminava esse exemplo. Eu teria feito um melhor sem nem mesmo tentar, e foi exatamente o que fiz: peguei um pedaço de giz do quadro mais próximo, reescrevi metade dos glifos para reverter o feitiço para quem o havia inscrito originalmente — corrigindo os vários erros e acrescentando algumas melhorias, já que estava me dando ao trabalho — e o invoquei com uma facilidade desdenhosa sem gastar nem um dedo de mana. Até fiquei um pouco convencida por ter lidado de forma tão fácil com o primeiro ataque daquela tarde.

Só descobri quem havia sido o responsável na hora do jantar, quando ouvi as pessoas fofocando energeticamente sobre como a pele de Prasong saltou dele por inteiro no meio do laboratório de línguas, e como ele ficou correndo em círculos gritando loucamente até morrer de choque e hemorragia.

Não vou dizer que sinto muito. Não vou. Vomitei depois do jantar, mas provavelmente foi alguma coisa que comi. Sudarat deixou o refeitório parecendo ela mesma moderadamente espantada. Ela e todos os alunos da biblioteca entenderam na hora o que havia acontecido: eu havia me certificado de mostrar a eles o círculo do feitiço — convencida, convencida, convencida — e o que estava tentando fazer conosco, e como eu estava engenhosamente revertendo de volta para o criador. Ela havia ficado em um silêncio ainda maior na última semana, o que era digno de nota. Aquela era a primeira vez que ela falava algo na minha direção desde então.

— De Xangai? — perguntei lentamente.

Sudarat assentiu, um pequeno aceno da cabeça.

— Algumas pessoas de Bangkok ouviram falar — disse ela — sobre os ataques que tivemos. Outras, quando eu contei...

Ela parou de falar, mas eu entendi. Quando ela contou a Prasong sobre os ataques na biblioteca, os outros alunos mais velhos de Bangkok também estavam na mesa. E agora seus antigos colegas de enclave a estavam usando como uma fonte de fofoca útil para repassar, só para conseguir alguns pontos. Assim como todos os fracotes fazem, porque não dá para saber qual desses pontos vai um dia fazer você passar pelas portas do salão de graduação.

— O que você contou? — perguntei.

Tinha a cabeça inclinada na direção da mesa, as pontas curtas do cabelo escondendo os olhos, mas consegui ver tanto os lábios quanto a garganta dela se mexerem quando ela engoliu em seco.

— Eu disse que não lembrava. Então falei que não fomos atacados.

Ela estava aprendendo, do jeito que todos os calouros fracotes aprendem. Havia entendido que eles não estavam perguntando isso por consideração a ela: estavam caçando informações que eram valiosas para eles. Ela entendeu que estavam farejando, perguntando por mim. Mas ainda não havia entendido a lição por inteiro, porque havia feito uma coisa errada. O que ela deveria ter feito, óbvio, era descobrir o quanto valia aquela informação, e vendê-la para eles. Em vez disso, ela mentiu para me proteger, eu, alguém que tinha esperança para lhe oferecer: esperança de ajuda ou de um novo lar.

Era educado da parte dela, mas eu teria ficado mais feliz se alguém de Xangai não tivesse suspeitas o bastante para fazer esse tipo de pergunta para ela para começo de conversa. Isso significava uma série de coisas ruins. Primeiro, que os veteranos do enclave de Xangai estavam ativamente tentando entender o que estava acontecendo com os males — e eram nove alunos só no nosso ano, sem contar os aliados. Segundo, eles já sabiam que a nossa sessão na biblioteca *havia* sido atacada por um male ao menos uma vez, o que fazia de nós um caso incomum este ano. Com certeza estavam tentando encaixar essa informação em qualquer outro ataque de males, que seria o punhado que havia se esparramado nas oficinas a partir da minha sala do seminário. Assim que alguém descobrisse que havia uma única pessoa no seminário de línguas ao lado da oficina que estava sendo atacada, e que essa única pessoa também era a única aluna veterana na sala da biblioteca que estava sendo atacada, não seria uma equação difícil de resolver.

Eu não fazia ideia do que aconteceria quando toda a informação viesse à tona. Os outros alunos de Nova York talvez decidissem cortar tanto Chloe quanto nós do reservatório. Como Orion não estava contribuindo com mana novo, eles não tinham muito a perder dispensando a "namorada" dele. E isso poderia ser — ou melhor, seria — o menor dos problemas. Se as pessoas entendessem que a escola estava me atacando especificamente, iam querer saber o *porquê*; se não conseguissem descobrir uma resposta, alguém provavelmente decidiria me cutucar com uma vara pontuda para descobrir. Isso se não decidissem que era uma boa ideia simplesmente dar para a escola o que ela quer.

Então minhas sessões de estudo para as provas da metade do ano eram excepcionalmente animadoras.

Exceto que *eram* mesmo. O brilho de estudar com outras pessoas ainda não havia se apagado para mim. Fizemos uma limpa no quarto de largura dupla de Chloe e arranjamos novos estofos para as almofadas — se você acha que nos recusaríamos a usar umas almofadas perfeitamente boas e confortáveis só porque haviam sido o lar de um par de monstros e um colega meio digerido, você não anda prestando atenção. Nós nos reuníamos lá quase todas as tardes, com uma pequena cesta no meio, onde nossos ratinhos podiam tirar sonecas entre períodos de carícias e às vezes até ser alimentados com guloseimas por qualquer pessoa convidada a se juntar a nós.

Quase nunca éramos só nós quatro. Qualquer que fosse a matéria a ser estudada, era uma aposta certa que conseguiríamos mais gente se convidássemos. Eu tinha bastante ajuda com o árabe: Ibrahim e alguns amigos ficavam felizes em aparecer e me dar dicas como preço de admissão. Nkoyo também vinha quase todas as noites; ela estava fazendo o seminário de Sânscrito Geral que eu pensei que pegaria. Graças à ajuda deles, eu estava progredindo de verdade nos sutras da Pedra Áurea: só naquela semana eu havia conseguido chegar no primeiro dos feitiços grandes.

Exceto que, ugh, isso era mentira. Não era a ajuda deles, não de verdade. Era o tempo que eu tinha porque não precisava ficar vigiando minha própria retaguarda desesperadamente a cada segundo do dia. Era a energia que eu tinha porque não estava constantemente me esforçando para gerar mana. E *era* a ajuda deles, também, só que a ajuda, o tempo e a energia vinham todas da mesma fonte, e essa era a ajuda da *Chloe*. A generosidade abundante da Chloe, e eu não gostava disso. Exceto que é claro que eu gostava um montão; só ficava amarga e rabugenta com isso também, claro.

Só que não consegui ficar amarga e rabugenta no dia em que virei uma página e me peguei olhando para um cabeçalho lindamente traçado em caligrafia que eu não precisava traduzir como "Se Tornar a Primeira Pedra na Estrada de Ouro" para entender o que dizia: *esse é muito especial*, com o encantamento em sânscrito escrito dentro de um arco rebuscado na página, cada caractere temperado com folhas douradas e tinta nas curvas principais. Mesmo na primeira olhada, eu conseguia distinguir pedaços de todos os outros feitiços pelos quais já havia passado até então: o feitiço de agregação, o de conjurar água; um que eu havia acabado de desvendar, usado para separar terra de pedra. Todos estavam entrelaçados e eram invocados como parte de algo maior.

Não só deixei de ficar rabugenta como parei de me preocupar com mana, com o que aconteceria quando e se descobrissem minha farsa; parei de trabalhar nas minhas tarefas de meio do semestre e ignorei todo o resto das minhas aulas. Durante aquela semana inteira, em cada minuto acordada, em que eu não estava presa numa sessão ou matando males, fiquei trabalhando no sutra. Até mesmo durante as refeições estava com a cara presa num dicionário.

Eu sabia que era idiota. Meu trabalho de meio de semestre para o seminário Myrddin era um pedaço intricado de poesia em francês antigo que deveria certamente conter três ou quatro feitiços de combate úteis que eu provavelmente poderia usar na graduação. Por sua vez, o grande trabalho de Purochana era de uma escala arquitetônica e provavelmente precisaria de um círculo inteiro de bruxos para conjurar de qualquer forma. Os sutras da Pedra Áurea serviam para construir enclaves, não matar males: só me trariam benefícios se eu vivesse por tempo o bastante para *sair* daqui.

Porém, se eu conseguisse essa façanha — então poderia oferecê-los para grupos como a família de Liu, como o kibutz de onde Yakov, amigo de Ibrahim, vinha: comunidades estabelecidas de bruxos que queriam organizar seus próprios lugares seguros e protegidos. Os sutras da Pedra Áurea provavelmente não eram mais o melhor jeito de construir enclaves, ou então um número maior dos feitiços teria sobrevivido até os tempos modernos, como o feitiço de agregação de matéria, mas seria bem melhor do que ter que hipotecar sua família inteira para outro enclave por três gerações só para conseguir acesso a eles, sem contar os recursos que precisariam usar. E os feitiços do enclave de Purochana provavelmente não eram tão caros quanto os feitiços modernos também. Ninguém construía enclaves como arranha-céus na Índia antiga: mesmo se conseguisse imaginar um, não dava para exatamente chamar os pedreiros locais e encomendar vigas de metal e concreto.

Então meus enclaves de ouro não seriam tão grandiosos quanto os enclaves modernos de topo de linha, mas quem se importa? Ainda assim impediria os males de comer nossas crianças; se você tivesse uma, se tivesse um lugar *seguro*, então pelo menos tinha uma escolha. Uma escolha que alguém poderia fazer sem ser minha mãe. Não precisaria ficar bajulando enclavistas e nem suborná-los. Eles ainda teriam vantagem, ainda teriam mais itens de segunda mão e mais mana, e algumas pessoas ainda os bajulariam, mas não seria todo o mundo, desesperados para sobreviver. Eles não receberiam um montão de ajuda grátis só por ficar exibindo a esperança escassa de que se poderia se aliar a eles, e uma esperança ainda mais escassa de entrar em seus enclaves.

Eu gostava dessa ideia; na verdade, amava. Se era *assim* que eu levaria destruição aos enclaves do mundo, eu estava de acordo com a profecia feita pela minha tataravó afinal de contas. Pegaria os feitiços de Purochana e os espalharia pelo mundo; ensinaria as pessoas a conjurá-los, e talvez elas não *gostassem* de mim, mas me escutariam de qualquer forma, por causa deles. Permitiriam que eu ficasse nos enclaves que havia ajudado a construir, e eu combinaria que parte do preço era que também precisavam ajudar outros a construí-los. Doando recursos, fazendo cópias dos feitiços ou treinando professores...

Eu estava tão ocupada colocando o mundo nos eixos no meu tempo livre que não estava fazendo nenhum dos meus outros trabalhos escolares. Eu me esqueci completamente do meu trabalho de meio do semestre para o seminário de Protoindo-europeu, e estaria prestes a dar bons passos para ser terminantemente reprovada se não fosse por Ibrahim. Quando me lembrei dele na segunda à noite antes da data de entrega, com menos de uma hora para o toque de recolher, ele mediou uma negociação de emergência com um enclavista de Dubai com quem havia feito amizade. Eu e ele nos sentamos perto dos alunos de Dubai na biblioteca por uma noite no último semestre. Todos eles ainda me olhavam feio quando passavam por mim no corredor; Ibrahim, por sua vez, fez um bom amigo e quatro conhecidos que o cumprimentavam no corredor. História da minha vida. Só que eu consegui me beneficiar, porque, quando fui reclamar com ele alarmada naquela noite no quarto de Chloe, ele disse:

— Ei, o Jamaal deve ter um trabalho sobre isso.

Aparentemente, Jamaal era o mais novo de cinco irmãos, e havia herdado uma coleção de valor inestimável de trabalhos e deveres escolares de segunda mão de quase qualquer aula que possivelmente poderia ter feito, e ainda mais algumas de sobra. Entreguei uma cópia do trabalho que havia escrito sobre o feitiço de conjurar água e ganhei em troca uma ótima e consistente redação que havia sido entregue no seminário Protoindo-europeu dez anos atrás.

Ainda tive que reescrever a redação na minha própria caligrafia; enquanto fazia isso, fiquei irritada com umas coisas idiotas que a redação dizia e acabei mudando metade dela, o que me fez ficar acordada até de madrugada. Caí no sono na minha mesa e precisei continuar trabalhando na redação durante a aula de estudos independentes. Depois, fui ao seminário de Protoindo-europeu, cheia de ressentimento injustificável, e quando enfiei o trabalho no compartimento de entregas, ainda bocejando, um vapor ancestral surgiu e foi diretamente para dentro da minha bocona aberta.

Esqueça qualquer concepção prévia que você tem de monstruosidades Cthulianas. Males de categoria ancestral na verdade são relativamente frágeis. Eles caçam levando as pessoas à loucura com gases encantados que preenchem seus sentidos com a impressão de horrores incalculáveis e, enquanto você se debate e corre em círculos gritando e implorando para que tudo aquilo pare, o male se esgueira de seu esconderijo e tenta enganchar no seu cérebro através da narina com membros parcialmente corpóreos.

O problema de usar essa tática astuciosa em mim era que não existe um horror incalculável que o cérebro humano é capaz de experimentar que seja pior do que ser envolto por uma calamidade. Então o vapor me fez voltar para essa experiência em particular, e eu reagi da mesma forma que fiz na época, que pode ser resumida em gritos de "morra imediatamente, sua monstruosidade horrível!" com uma convicção enorme e violenta. Só que essa não era uma calamidade, era só uma nuvenzinha pingando ectoplasma, e eu o atingi com a força bruta de um feitiço de assassinato arcano como alguém que tenta acender um fósforo com um lança-chamas.

Meu feitiço mortal mais útil não só mata as coisas destruindo seus corpos; ele consegue extinguir diretamente a vida num nível metafísico, então foi isso que extravasou. Em termos mais gerais, eu informei ao horror ancestral que ele não deveria existir, e fiz isso com tanta agressividade que o expulsei completamente da realidade; então a partir daí tentei insistir que uma boa parte de todas as coisas ao redor dele também deveriam parar essa tentativa absurda de continuar a existir.

Isso foi especialmente complicado porque boa parte da Scholomance *não* existe exatamente. É feita de material verdadeiro, mas as leis da física ficam bem flexíveis no vazio, então a maior parte desse material fica mais esticada do que deveria; a parte da engenharia não cumpre os requerimentos, e a principal coisa que a mantém de pé é que todos nós acreditamos nisso tão piamente quanto podemos. E foi isso que o eliminou: naquele momento horrível, eu fiz com que os outros quatro alunos no meu seminário ficassem extremamente conscientes de que a única coisa entre eles e o nada colossal era uma latinha de refrigerante em pé firmada apenas por pensamentos felizes e pó mágico. Eles todos gritaram e tentaram buscar um lugar seguro, mas não conseguiram, já que estavam carregando a falta de crença consigo, e a sala do seminário e depois o corredor inteiro começaram a se desfazer ao redor deles.

A única coisa que nos impediu de arrancar um pedaço enorme da escola foi o fato de que eu mesma não havia parado de acreditar. Ainda um pouco grogue pela visão do male ancestral, fui atrás deles até uma sala dentro de um corredor que estava começando a entortar e se curvar como papel-alumínio sob o peso da enorme escola em cima dele; na minha confusão, achei que era só porque eu estava drogada, então fechei meus olhos e disse firmemente para mim mesma que o corredor não estava tremendo de maneira alguma. Estendi o braço até a parede na esperança de que ela estaria ali, bem sólida, e assim foi feito.

Gritei para os outros alunos:

— Está tudo bem! É só gás ancestral! Parem de correr!

Quando eles olharam para trás e viram que o corredor estava normal ao meu redor, foram capazes de se convencerem de que eu estava certa, e então voltaram a acreditar na escola.

Um instante depois, percebi que, na verdade, eu estava errada, porque, assim que o corredor se estabilizou, a Scholomance fechou a porta da sala e a selou atrás de uma parede permanente com um aviso de perigo, que normalmente era reservada para as salas de laboratório no segundo andar onde havia acontecido um acidente alquímico tão horrível que os efeitos mortais não se dissipariam por uma década ou mais. Assim que a parede com o aviso desceu do teto ao meu lado, quase decepando meu dedão no processo, eu estremeci e olhei por tempo o bastante para conseguir ter um lampejo da parede excessivamente real da sala do seminário atrás dela, comprimida como uma sanfona de acordeão. Foi assim que descobri o que havia feito.

Eu não conhecia de verdade nenhum dos outros alunos no seminário. Eram todos veteranos da linha linguística do último ano como eu, é claro; um deles, Ravi, era um enclavista de Jaipur, então os outros se sentavam perto dele para lhe oferecer ajuda com trabalhos e provas com mais facilidade. Nenhum deles jamais falou comigo. Eu só sabia que o nome dele era Ravi porque uma das outras alunas, uma garota loira alemã chamada Liesel, tinha um hábito muito irritante de cacarejar "Ravi, isso é extremamente excelente" cada vez que ele lhe permitia corrigir seus trabalhos. Isso me fazia querer arremessar um dicionário na cabeça dos dois, ainda mais porque eu já a tinha visto entregar uma redação uma vez — foi assim que descobri o nome *dela* — e só aquela olhada foi suficiente para eu saber que ela estava tentando ser representante de turma e era ao menos dez vezes mais inteligente que Ravi, já que ele não era nem esperto o bastante para sacar que ela era a melhor aluna da turma. Normalmente, ele entregava as redações para um dos outros meninos e desperdiçava o tempo de aula flertando com ela e encarando seus peitos.

É claro que ter um cérebro não resolve tudo em todas as circunstâncias. Ravi foi capaz de se convencer de que tudo estava bem antes de todo o resto; quando cheguei até eles, ele estava recuperado o bastante para dizer, com uma segurança tranquila:

— Nós vamos para a biblioteca. Não podem tirar pontos de nós se a sala de aula foi fechada. Você é bem-vinda a vir com a gente — acrescentou ele, num tom de generosidade nobre, e teve a petulância de gesticular para o corredor, indicando que eu deveria ir na frente em troca dessa condescendência.

O que tornava tudo ainda pior é que só algumas semanas atrás, sem o compartilhador de mana de Chloe no pulso, eu teria que fazer isso e ficar grata pela ótima sorte que tive em encontrar companhia.

— Se é para eu ir na frente em uma caminhada no meio da aula, vou sozinha — respondi, grosseira. — Especialmente já que nenhum de vocês pensou em mencionar o male ancestral.

Eles haviam estado na aula antes de mim. Já que nenhum deles havia sido atacado ao entregar os próprios trabalhos, claramente haviam detectado os sinais — há um tipo de leve brilho iridescente no ar próximo a um male ancestral que eu não teria deixado de notar normalmente — e haviam entregado seus trabalhos a uma distância. Nenhum deles falou uma palavra quando eu me adiantei para depositar meu trabalho na abertura.

— Você precisa do seu próprio vigia — disse um dos meninos para mim, num tom desafiador.

— É mesmo — respondi. — E agora vocês também precisam de um.

— O que foi aquilo? — perguntou Liesel de repente. Ela estava inspecionando a parede estabilizada e a porta com o aviso de perigo com muito mais suspeita do que o resto deles, desconfiança essa que expressou ao me encarar. — O feitiço que usou. Foi… La Main de la Mort?

Era, de fato, o La Main de la Mort. Ela obviamente havia feito aulas em francês a certa altura, isso se não tivesse crescido bilíngue, e não é um feitiço difícil de reconhecer; não há muitos feitiços de matança de apenas três palavras. A dificuldade em conjurá-lo não é aprender as *palavras*; ele só tem a mesma quantia extrema de *je ne sais quoi*, e não sei o quê, que vários feitiços franceses possuem: você precisa conseguir lançá-los despretensiosamente, despreocupado. Já que La Main de La Mort mata você em vez de seu alvo se fizer ao menos uma única coisinha errada, pouquíssimas pessoas se sentem despreocupadas ao tentarem invocá-lo, a não ser que, por exemplo, estejam dentro de uma calamidade em que a morte seja um resultado razoavelmente desejável. Além disso, é preciso canalizar uma quantia de mana verdadeiramente escandalosa sem parecer que está fazendo o mínimo de esforço, o que é uma coisa difícil para a maioria das pessoas que não são destinadas a serem feiticeiras nefastas do mal *et cetera*.

— Vá procurar se quiser saber — respondi, tomando como refúgio uma grosseria ainda maior, e me afastei deles, andando o mais rápido que podia na direção das escadas, mas até mesmo Ravi estava me encarando boquiaberto.

Àquela altura já não era mais preciso um feitiço de transmutação de matéria para entender que eu estava escondendo algo grande e perturbador. Quando chegou a hora do almoço, vi Liesel parando para falar com Magnus na mesa de Nova York, e ele acenou para alguns de seu séquito para deixarem um espaço aberto na mesa para que ela pudesse se sentar ao lado dele.

— Bom, estou na merda — falei para Aadhya e Liu, sucinta, assim que cheguei à nossa mesa e me sentei com elas.

E como eu estava certa.

Capítulo 4
PROVAS

M AMÃE PASSOU MUITO TEMPO dos meus anos de desenvolvimento gentilmente me lembrando de que as pessoas não pensam em nós tanto quanto achamos que pensam, porque estão todas ocupadas se preocupando com o que as pessoas estão pensando delas. Achei que havia aprendido essa lição, mas, no fim das contas, parece que não. No íntimo, eu acreditava, profundamente, que todo mundo estava de fato pensando em mim o tempo todo, me avaliando, *et cetera*, quando na verdade não estava nem se dando ao trabalho de pensar em mim. Tive o prazer de descobrir essa verdade empolgante sobre mim mesma porque, de repente, um número substancial de pessoas *começou* a pensar muito em mim, e era difícil não notar o contraste.

Em retrospecto, todo mundo havia rapidamente aceitado a esquisitice que era Orion Lake ter se apaixonado pela perdedora do mesmo ano. Ele já era esquisito mesmo considerando todos os nossos padrões normais. Até Magnus e os outros enclavistas de Nova York, ao me oferecerem uma vaga garantida, não pensaram que *eu* era uma coisa fora do normal; pensaram que Orion estava escolhendo ser esquisito de mais um jeito. Quanto à minha sobrevivência ao escapar do salão de graduação, todo mundo presumiu que Orion havia me salvado. Só que Liesel espalhar os boatos de que eu podia conjurar La Main de la Mort enquanto estava dopada com gases ancestrais foi a última gota d'água no poço coletivo. Depois que o pessoal de Nova York de fato parou alguns instantes para pensar em mim, é claro que demorou menos de um dia para perceberem para onde toda o mana deles estava indo.

Naquela noite, quando deixei a biblioteca a caminho do quarto, olhei para trás e vi Magnus e três outros amigos se fechando ao redor de Chloe num sofá na sala de leitura, o espanto no rosto dela claro até mesmo pela fresta nas costas dos outros. Eu pensei em voltar, mas de que isso adiantaria? Eu pediria para Chloe mentir para seus amigos de enclave, para as pessoas com quem ela passaria o resto da vida, só para poder continuar sugando mana deles? Eu imploraria para que eles continuassem a me deixar ficar pendurada neles? Claro que não. Eu os ameaçaria? Tentador, mas também não. Não havia mais nada que eu pudesse fazer ou dizer. Então só virei de costas e desci as escadas, com a certeza de que eles insistiriam para Chloe me largar assim que ela acordasse no dia seguinte. Na verdade, esse era o cenário otimista. Para ser sincera, eu esperava que Magnus aparecesse na minha porta liderando a escola inteira brandindo tochas não necessariamente metafóricas.

A coisa é que eu nem sou extraordinariamente única na história da sociedade bruxa; nem mesmo Orion é, na verdade. Nós somos talentos nascidos uma vez a cada geração, mas eles aparecem, como você deve ter adivinhado, uma vez a cada geração. *É* mesmo uma coincidência estarmos na escola ao mesmo tempo e sermos exemplos consideravelmente extremos. Porém, tenho razoável certeza de que é porque há uma violação de equilíbrio sendo resolvida em cima de nossos ombros. Papai nobremente se deixa devorar por uma calamidade por uma eternidade de dor para salvar a mim e a mamãe, ela dá cura demais de graça para as pessoas; e eu acabo com uma afinidade para violência e destruição em massa. No ano anterior a isso, doze maleficentes assassinaram toda a turma do último ano, então um herói que salvaria centenas de alunos na escola é concebido. As leis físicas do equilíbrio da moral: reações iguais e opostas pipocando de ambos os lados.

A questão é que bruxos como nós aparecem de vez em quando: um indivíduo poderoso o bastante para alterar a balança de poder entre os enclaves dependendo de onde acaba. Há aproximadamente quarenta anos, um artífice enormemente poderoso com uma afinidade para construção de grande escala passou pela escola. Todos os grandes enclaves fizeram ofertas para ele. Ele rejeitou todas elas e voltou para casa em Xangai, onde o antigo enclave da família havia sido ocupado por uma calamidade. Ele organizou um círculo de bruxos independentes para ajudá-lo, pessoalmente liderando a luta para destruir a calamidade, e, como você pode imaginar, foi imediatamente acolhido como o novo Patriarca, e não fazia três anos que havia se graduado da escola. Ainda assim parecia um mau negócio para ele: o enclave que ele havia resgatado era velhíssimo e tinha absorvido magia por séculos, mas era pequeno e secundário considerando os padrões modernos, e na época a maior parte dos bruxos chineses realmente talentosos havia ido diretamente para Nova York, Londres ou para os enclaves da Califórnia. Até mesmo Guangzhou e Pequim precisaram recrutar bruxos da segunda leva.

Bem, depois de quatro décadas do governo de Li Shan Feng, Xangai agora tem seis torres e um monotrilho *dentro* do enclave, acabou de abrir seu sétimo portal e ultimamente tem sinalizado estar pensando em se afastar dos outros enclaves asiáticos e construir uma nova escola sozinho. Essa é uma das razões que faz Orion ser importante, tão importante que Nova York estava disposta a garantir uma vaga inestimável para uma perdedora aleatória só porque Orion gosta dela. Todo mundo sabe que há uma luta por poder vindo, e Orion não é só um dos melhores estudantes na Scholomance; ele é um divisor de águas do lado de fora. Ninguém vai partir para uma guerra aberta com um enclave que tem um lutador invencível, e isso sem sequer mencionar o recurso que ele representa se consegue converter *males* em *mana*. E o lugar dele é muito bem assegurado em Nova York: nada menos que filho da provável futura Matriarca, e tenho certeza de que ele é ao menos parcialmente responsável por ela estar nessa posição. Todos os alunos de Xangai aqui provavelmente vieram com instruções para ficar de olho nele e conseguir o máximo de informação que podiam.

Não ficaram menos ansiosos com relação a ele ao longo dos três anos, enquanto ele esteve ocupado angariando um bom fã-clube com todo o pessoal que salvou.

O que eu não havia percebido, quando fui para a cama, é que eu também seria promovida ao status de divisor de águas ao lado dele.

Chloe nem tentou mentir para Magnus — ela é uma mentirosa horrível de qualquer forma. Ela acabou tendo que argumentar desesperadamente que eles precisavam continuar me dando mana *ou não haveria outra alternativa*, e então relatou muito detalhadamente toda a alternativa arrasadora em potencial, com uma descrição vívida do desmembramento do seu male almofadado. Uma pessoa normal teria ficado apavorada ao descobrir sobre eu ser uma bomba nuclear que só estava esperando para estourar. Magnus decidiu que ele na verdade gostaria muito de levar uma bomba nuclear para os pais dele.

No café da manhã do dia seguinte, eu teria alegremente encarado qualquer número de tochas em vez de ter que ver a porcaria da cara dele, todo convencido, sorrindo metido para o pessoal de Xangai do outro lado do refeitório, como se ele tivesse feito algo esperto e me recrutado pessoalmente, em vez de ter tentado, em sua maior capacidade, *me matar* no último semestre. Em resposta, os alunos de Xangai todos pareciam soturnos e preocupados, só para constar. Quando chegou o período da tarde, eu sabia que eles estavam oferecendo coisas para pessoas em troca de *detalhes* sobre mim, porque tentaram novamente interrogar Sudarat: um deles havia até oferecido um compartilhador de mana pelo resto do ano, o que era uma garantia quase certa de mantê-la viva até lá.

— É melhor você pegar — falei para ela, amarga. — Alguém tem que se sair bem dessa.

Suponho que eu não tinha direito de reclamar: Nova York não ia me abandonar afinal de contas, então eu ainda tinha uma quantidade torrencial maravilhosa de mana a meu dispor. Se é que dava para entender, todo o pessoal de Nova York ficou *mais* entusiasmado em gerar mana agora que sabiam para onde ele estava indo. Porque é claro que eles esperavam receber um excelente retorno do investimento, no caso *eu*, uma pistola gigantesca agradavelmente colocada no bolso de trás do enclave, pronta para uso em caso de emergências. Todos estavam esperando com prazer para me dar precisamente a vida pós-Scholomance com a qual eu havia sonhado por anos. Aqueles filhos da puta.

Dois dias depois, Orion disse para mim, do nada:

— Ei, depois da graduação, o que você acha da gente fazer uma viagem?

Eu o encarei.

— Quê?

— Os caras estavam falando sobre fazer uma viagem em grupo — disse ele, entusiasmado. —O enclave tem um ótimo trailer customizado, e eles deixariam a gente pegar, e estávamos pensando...

Ele parou de falar, possivelmente alertado por minha expressão de completa incredulidade de que havia algo estranho naquela conversa. Não era só que ele havia realmente tentado fazer *planos concretos* para o futuro em voz alta que exigiriam pressupor que todos nós sobreviveríamos para poder aparecer nesses planos — um tabu horrível entre todo mundo exceto os enclavistas mais ricos, e mesmo eles tinham o tato de evitar tocar no assunto na companhia dos outros — mas ele estava tentando sugerir que eu voluntariamente passasse tempo com o resto dos enclavistas de Nova York.

Eu sei que ele não teve essa ideia sozinho. Chloe uma vez havia me falado sem nem piscar que Orion não queria nada a não ser matar males, o que era uma bobagem absurda, mas era o tipo de bobagem absurda que com certeza todo mundo ao redor dele, durante toda a sua vida, havia encorajado o bastante para que ficasse presa em sua cabeça. E o compartilhador de mana que ele tinha só funcionava por uma via, então ele *precisava* ficar matando males se quisesse mana, o que todos nós queremos. Eles o haviam programado muito eficientemente para passar todo o tempo pensando em caçar. A única outra coisa sobre a qual eu já havia ouvido ele expressar desejo era eu, o que eu escolhia acreditar que significava qualquer um que o tratasse como um ser humano, em vez de um robô exterminador de males.

Essa era a escala de coisas pela qual ele podia demonstrar interesse: amizade, amor, humanidade. Só que ele não se importava com o lugar onde se sentava no refeitório, não se importava com a roupa que estava vestindo, não se importava com quais aulas estava fazendo ou com quais livros lia. Ele fazia as tarefas mais ou menos como que por obrigação, era educado e preferia evitar os aduladores de heróis enquanto se sentia culpado por isso; se eu dissesse "Vamos plantar bananeira nas escadas do mezanino no refeitório", ele provavelmente daria de ombros e diria "Tudo bem, se é o que você quer". Ele certamente não havia surgido com o desejo repentino de fazer uma viagem para longe do enclave. Alguém havia *colocado* a ideia nele, e essa ideia era muito claramente para *me* levar até o pessoal de Nova York. Antes eles estavam mais preocupados em alguém me usar para conseguir Orion; agora estavam tentando usar Orion para chegar a *mim*.

— Lake — falei em tom comedido —, por que você não diz a Magnus que na verdade você quer fazer um mochilão pela Europa comigo em vez disso? Vamos ver o que ele acha da ideia. A gente pode fazer um tour! Começar em Edimburgo, visitar Manchester e Londres, seguir para Paris, Lisboa, Barcelona, Pisa...

Eu estava citando os nomes de cada cidade com um enclave que conseguia lembrar; Orion entendeu o recado, fez uma careta para mim e saiu marchando.

Depois disso, eu me senti bastante satisfeita comigo mesma, até que, à noite, Scott e Jermaine de Nova York passaram por nós na escada quando fui pegar um lanche com Aadhya.

— Ei, El, tudo bem? Oi, Aad — disseram os dois em tom alegre, com um aceno amigável.

Ela acenou de volta.

— E aí, pessoal? — disse ela, como um ser humano civilizado.

— Oi — falei em resposta, da forma mais gélida possível.

Assim que os dois estavam fora de vista, ela se virou para mim e disse:

— Qual é o problema *agora*?

Eu não havia reclamado sobre o encantador esquema de viagem para ela porque não podia fazer isso sem quebrar eu mesma o tabu horrível, e ainda acabaria sendo indelicada. A família de Aadhya morava em Nova Jersey e, apesar de ela não ter falado diretamente que gostaria de uma vaga no enclave de Nova York, era praticamente o que todos os bruxos no raio de quinhentos quilômetros ao redor da cidade desejava, já que eles mais ou menos já trabalhavam para o enclave de qualquer forma.

— Eles querem fazer planos pro meu futuro — eu disse, resumindo.

Ela suspirou, mas assim que voltamos para o quarto dela e comemos nossos *parfaits* improvisados — iogurte sabor morango saído de umas embalagens levemente antigas, cobertos por um mix de castanhas e frutas secas e chantili em spray; infelizmente precisamos descartar a lata de salsichas Viena, que não só estava amassada como também levemente furada, com um pouco de líquido verde ao redor do buraco — ela disse:

— El, eles não são assim tão ruins.

Eu sei que ela não estava falando dos *pairfaits*, que eram quase uma ambrosia, considerando nossos padrões habituais.

— São, sim — falei, revoltada.

— Não estou dizendo que são grandes exemplos de boa educação e nobreza — falou Aadhya. — Eles são todos meio escrotos, mas são o mesmo tipo de escroto que qualquer um é quando se está em um enclave. Tá, o Magnus está tentando demais ser um galã na escola. Mas o Jermaine é um cara legal! Scott é um cara legal! Chloe é praticamente legal *demais*. E você na verdade *gosta* do Orion, sendo que ele é meio bizarro...

— Não é não!

— Desculpa, mas ele é sim — disse Aadhya. — Na maior parte do tempo ele não consegue me reconhecer a não ser que eu esteja com *você*. Ele finge que sabe quem eu sou quando digo oi pra ele na oficina, mas o cérebro dele sempre entra nesse ciclo de pânico tipo "quem é ela? Ah, não era para eu saber quem ela é? Ah, não. Eu sou péssimo em ser um ser humano". E não é só comigo, ele faz isso com todo o mundo. Ele provavelmente consegue listar pra você todos os últimos males que matou durante o tempo que esteve na escola, mas nós seres humanos ficamos na categoria genérica de possível futuro resgate. Eu não sei por que ele *consegue* distinguir você, acho que é porque você é essa super-maleficente louca em potencial. *Bizarro.*

Eu olhei para ela, indignada, mas ela só bufou e acrescentou:

— E *você* tem certa dificuldade em aceitar que as pessoas têm o direito de existir mesmo que *não* pulem por cima de três mesas no laboratório para salvar a vida de um estranho aleatório, então vocês dois são totalmente perfeitos um para o outro. Me perdoe por te dar as más notícias, mas tanto você quanto ele ainda precisam *comer* e *dormir* em algum lugar, e pior ainda, ocasionalmente interagir com outros humanos. Por que você tá tentando incendiar todas as pontes disponíveis no caminho?

Eu deixei de lado meu copo de iogurte vazio e puxei meus joelhos para perto, passando meu braço em volta deles.

— Vou começar a achar que Magnus te obrigou a falar isso.

Ela revirou os olhos.

— Ah, ele tentou. Eu falei pra ele que *eu* não era louca e que eu pegaria uma vaga em Nova York sem pensar duas vezes se ele me oferecesse, mas que isso não faria ele chegar mais perto de garantir você. A questão é... olha, El, o que você vai *fazer*?

Aadhya não estava me pedindo para fazer planos; ela só queria saber o que eu ia fazer com a minha vida. Ela esperou que eu ofere-cesse *alguma coisa*, e, quando eu não o fiz, ela acrescentou, só para passar sal na ferida:

— Eu sei o que *eu* vou fazer. Não preciso que o idiota do Magnus me faça ofertas. Vendi dezessete peças de joias enfeitiçadas dos pedaços que sobraram do casco de sirenaranha e do argonete que você me deu. E não são só porcarias feitas por veteranos, são boas mesmo, as pessoas vão ficar com elas. Vou receber meus próprios convites. E sei o que a Liu vai fazer, traduções ou criar familiares, e a família dela vai ter feito o próprio enclave daqui uns vinte anos. A Chloe vai dar uma de Da Vinci e fazer uns murais e quadros por Nova York inteira, e ela nem precisa fazer isso. E eu sei que você *não* vai pra um enclave. Só isso. E uma vida "sem enclave" não é uma vida.

Ela não estava errada, mas eu não podia dizer nada. A brilhante e linda vida como uma construtora de enclaves-áureos com a qual eu havia sonhado murchou na minha boca completamente antes de ela recitar todas as suas ideias excelentes, sensatas e inteiramente pragmáticas. Eu não conseguia descrever o meu sonho para Aadhya: eu podia até imaginar a cara que ela faria, o rosto mudando de duvidoso para incrédulo, então horrorizado com preocupação. Seria como ouvir um amigo te contar animado sobre seu plano de subir uma montanha muito alta, com preparação perigosamente insuficiente, e então prosseguir descrevendo como, depois que conseguissem subir ao topo, pulariam e criariam asas e voariam para longe para viver nas nuvens.

Ela suspirou quando o silêncio se prolongou.

— Eu entendo que você não gosta de falar da sua mãe, mas já ouvi falar dela e eu moro em outro continente. As pessoas falam dela como se fosse uma santa. Então só pra não ficar tão implícito, você não precisa *ser* a sua mãe para ser um ser humano decente. Não precisa morar numa vila e ser uma ermitã.

— Eu nem posso fazer isso, não me aceitariam — falei, meio vazia.

— Com base no que você me falou do lugar, vou arriscar aqui e dizer que eles têm um medo justificável de que você vá atear fogo em todo mundo. *Tudo bem* você ir morar com seu namorado esquisito em Nova York, se quiser.

— Não *tá* tudo bem — digo. — Aad, não tá tudo bem, porque... *não* sou *eu* quem eles querem. Eles querem alguém que vá lançar feitiços mortais nos inimigos deles. Se eu fizer isso pra eles, não serei mais *eu*, então na verdade é melhor eu só *não* ir morar com um bando de escrotos. E você também acha isso — acrescentei, enfática —, porque, se não achasse, teria dito a Magnus que tentaria me convencer se isso pudesse te garantir uma vaga no enclave.

— Tá, porque isso realmente *funcionaria*.

— Talvez funcionaria pra *você* entrar — falei. — Ele te prometeria uma entrevista com certeza.

Ela bufou.

— Essa não é uma má ideia. Exceto que eu não quero convencer você a aceitar *Nova York*, eu só... — ela deixou a voz esvair. — El, não é *só* o Magnus — falou ela, franca. — Um monte de pessoas já me perguntou. Todo mundo quer saber de você agora. E se você *não* entrar pra um enclave... bom, eles vão começar a se perguntar o que de fato você *planeja* fazer.

E eu nem precisava falar meus planos idiotas para ela para saber sem dúvida nenhuma que os outros acreditariam neles ainda menos do que *ela*.

Para melhorar ainda mais meu ânimo, nossas notas do meio do semestre apareceriam naquela semana. Não importa o quão duro você trabalhe, sempre haverá alguma coisa com que se preocupar. Se estiver tentando ser oradora de turma, qualquer coisa menos do que um dez perfeito é uma condenação à catástrofe, e se você *de fato* recebe um dez perfeito, precisa pensar se a sua grade curricular está carregada o suficiente para que o seu dez perfeito vá se sair bem comparado com todos os outros alunos que querem ser oradores de turma com os dez perfeitos *deles*. Se não está tentando ser orador de turma, então você precisa gastar o mínimo de tempo na sua grade curricular de verdade para conseguir aperfeiçoar seja lá o que esteja tentando fazer para chegar à graduação — seja expandir a sua coleção de feitiços, criar ferramentas e preparar poções, além de, é claro, gerar mana. Se você tirar notas boas, perdeu tempo valioso que deveria ter gastado em outras coisas. Só que se suas notas forem ruins *demais*, vai acabar em recuperação ou algo pior.

Se você está se perguntando como são dadas as notas quando não existem professores para avaliar qualquer coisa, já ouvi um milhão de explicações. Muitas pessoas, em sua maioria enclavistas, dizem com uma confiança enorme que os trabalhos desaparecem da Scholomance e são mandados para bruxos independentes contratados para corrigi-los. Não acredito nisso nem por meio segundo, porque isso seria caro, e eu nunca conheci ninguém que conhece um desses bruxos. Outros dizem que o trabalho é corrigido de acordo com uma equação complicada baseada quase que inteiramente no tempo que você passou fazendo ele e nas notas que tirou antes. Se você quer irritar um candidato a orador de turma de verdade, é só falar que as notas deles são parcialmente aleatórias.

Pessoalmente, fico inclinada a pensar que nós mesmos os corrigimos, só porque é muito eficiente. Afinal de contas, na maioria das vezes nós sabemos que notas merecemos receber, e certamente sabemos que notas queremos ter e quais notas temos medo de ganhar, e quando conseguimos ver pedaços dos trabalhos de outras pessoas, temos alguma ideia de qual nota *elas* deveriam receber. Aposto que a escola mais ou menos faz uma média da soma dessas partes, dependendo de quanta força de vontade e mana colocou em seu julgamento. O que também explica o grupo de enclavistas convencidos que convenientemente preenchem a lista dos melhores da turma só um pouco mais abaixo dos candidatos a orador de turma todo ano, apesar de não fazerem tanto trabalho e não serem tão espertos quanto acham que são.

Nenhuma dessas possibilidades me disse o que eu poderia esperar com relação às minhas notas, já que este ano eu estava completamente sozinha em um seminário para o qual havia dedicado uma quantidade excessiva de tempo, energia, vontade e mana, e fora isso estava em outros três seminários de grupos pequenos que eu havia negligenciado agressivamente.

É de se pensar que as notas não seriam de muita importância no último ano a não ser que você estivesse querendo ser orador de turma, já que nós literalmente não fazemos aulas na segunda metade do ano. Depois que a lista de classificação é anunciada no final do primeiro semestre, os veteranos têm o resto do ano de folga para se preparar para o dia de graduação.

Porém, isso só acontece por natureza de uma rendição relutante. A graduação não foi *feita* para ser um abatedouro de males. O mecanismo de limpeza que consertamos no último semestre tinha a intenção de reduzi-los a uma quantia razoável a cada ano antes de os veteranos serem jogados no salão para fazer sua fuga de volta para o mundo real. Depois que o maquinário quebrou quatro vezes na primeira década e os enclaves desistiram de consertá-lo, os veteranos em sua maioria pararam de ir às aulas, porque chega uma hora em que treinar e praticar com os feitiços e equipamentos que você conhece é mais importante do que aprender coisas novas. Quando há mil males famintos uivando e te perseguindo por todos os lados, você quer que sua reação esteja tão ensaiada a ponto de ter virado memória muscular.

Então os poderes que controlavam a escola naquela época — Londres havia substituído Manchester àquela altura, com apoio substancial de Edimburgo, Paris e Munique; opiniões de São Petersburgo, Viena e Lisboa levadas em consideração; Nova York e Quioto ocasionalmente ouvidas de forma condescendente — decidiram que aceitariam a realidade e a transformaram em um prazo final. E até esse prazo chegar, a escola faz o que pode para *fazer* com que as notas importem. As penalidades ficam especialmente cruéis no último semestre. As provas finais são as piores, mas até as do meio do semestre são geralmente boas para acabar com pelo menos uma dúzia de seniores.

Eu estava relativamente segura com o seminário de Protoindoeuropeu porque havia colado naquele trabalho, o que sempre te dá boas notas. A escola não liga nem um pouco em deixar que você tenha lacunas perigosas na sua educação. O único problema era que eu havia de fato feito um pouco do trabalho além de ter simplesmente copiado; eu seria penalizada por isso, apesar de provavelmente não a ponto de ser reprovada.

A tradução que eu havia entregado como minha última tarefa de poesia no seminário Myrddin era um trabalho podre e malfeito que eu havia terminado em duas horas, chutando aleatoriamente os significados das várias palavras que eu não sabia. Não me deu nenhum feitiço que eu ousava dizer em voz alta, ao menos não se eu não quisesse arriscar explodir minha própria cabeça. Mas eu havia recebido nota máxima no adorável feitiço de desconstrução que havia usado no monstro de almofadas de Chloe, o que provavelmente deixava minha nota segura.

Aadhya me ajudou com a matemática no curso de Álgebra, e eu fiz várias traduções para ela. Artífices não têm aulas de idiomas no último ano; em vez disso, são designados a um projeto em alguma de suas outras línguas. Os projetos em geral são uma coisa divertida para artífices. Você recebe uma série de requerimentos para um objeto, escreve passo a passo como construir aquela coisa, e então a Scholomance a constrói *por* você. Exatamente de acordo com as suas instruções. Então você precisa pegar o objeto resultante desses esforços e ver o que ele faz. Você tem três tentativas para adivinhar o que acontece se as suas instruções estiverem erradas ou insuficientemente detalhadas.

Ter de fazer um desses projetos em um segundo idioma torna tudo ainda mais empolgante. Nesse caso, os idiomas de Aadhya são bengali e hindi, e ambos ela conhece muito bem, mas a escola desviou do caminho e entregou para ela projetos em urdu, o que às vezes acontece se a escola está se sentindo particularmente horrível. Ela não conhecia muito bem a escrita e, bem, diferenças sutis de significado importam bastante nessas circunstâncias. É preciso estar bem confiante de que não se está construindo uma pistola com o cano virado para o atirador, por exemplo.

Também seria ideal construir alguma coisa que possa ser útil na graduação, mas as escolhas dela eram um sifão de mana, uma furadeira de cascas e uma floreira. Um sifão de mana é sem dúvidas uma ferramenta maleficente e, enfim, é a última coisa de que algum aliado meu precisaria um dia. Uma furadeira teria sido uma arma incrível contra construtos, exceto que, na última linha das especificações, o trabalho dizia que o propósito dessa ferramenta em particular era adquirir cascas de mírcel utilizáveis. Mírceis são males construtos autorreplicáveis que se parecem um pouco com vespas do tamanho de um dedão. As cascas são feitas de um metal imbuído de mana e *são* bem úteis, mas uma furadeira de combate no tamanho apropriado os estraçalharia em pedacinhos.

— Você provavelmente poderia vender esse segundo para um enclave? — sugeri.

— Só depois que a gente sair — disse Aadhya, fazendo a careta que a situação merecia: ela estava certa; ninguém dentro da escola compraria uma ferramenta artífice medianamente boa.

Não era como o feitiço de agregação dos meus sutras, que era tão útil e tão caro do lado de fora que valeria para alguém trocar uma vantagem substancial aqui dentro para obtê-lo para o uso futuro de sua família. E também havia a questão de como a Scholomance faria ela testar isso aqui. Tenho certeza de que a escola seria generosa o bastante para providenciar um enxame inteiro de mírceis vivos com que ela pudesse praticar.

A última opção era uma combinação entre uma lâmpada artificial e uma floreira autoirrigável que poderia ser empilhada para utilização como um jardim vertical enquanto se usava pouquíssimo mana, para fazer uma estufa em um espaço pequeno com pouca luz natural. Seria muito legal ter um desses num quarto da Scholomance, então é claro que as especificações diziam que a floreira precisava ter quatro metros e meio, o que significava que ela não caberia nem mesmo dentro de um quarto de tamanho duplo. Depois que terminei de traduzir esse pedacinho, para meu espanto percebi que o lugar onde essas floreiras teriam funcionado perfeitamente bem era naqueles pequenos enclaves da Pedra Áurea que eu vinha sonhando tanto em construir. Era provavelmente culpa minha que Aadhya havia acabado com aquilo: passe tempo demais com seus aliados, e às vezes as intenções deles podem começar a influenciar seu próprio trabalho.

— Sinto muito — falei, lúgubre, quando entreguei a tradução para ela olhar.

— Argh, e vai demorar uma *eternidade* pra soldar essas camadas de calcedônia com a areia — disse ela, desanimada. — E eu ainda não terminei o alaúde.

Ela estava trabalhando no alaúde em cada minuto livre que tinha desde o último semestre, mas precisava desesperadamente de mais deles. Aadhya tinha uma afinidade por materiais exóticos, especialmente aqueles extraídos de males. Como você pode imaginar, eles têm muito poder, mas a maioria dos artífices não consegue lidar com eles; ou simplesmente não funcionam, ou é mais provável que o objeto dê errado de um jeito empolgantemente maligno. Aadhya quase sempre consegue persuadi-los para os projetos dela, mas o alaúde era dez vezes mais complexo do que qualquer coisa que já havia feito. A perna de sirenaranha que eu havia dado para ela servira como o corpo do alaúde, e o dente de argonete fora usado para sustentação do braço e dos fretes; o cabelo que Liu havia cortado no começo do ano serviu para fazer as cordas. Então ela gravou glifos de poder por cima da coisa toda e os alinhou com a folha dourada encantada que a família dela havia lhe enviado no dia de admissão. Fazer tudo aquilo do zero teria sido um desafio para qualquer artífice profissional com uma mesa repleta das melhores ferramentas, e havíamos depositado muitas das nossas esperanças da graduação nela.

No último ano, você passa um terço do tempo tentando ficar vivo, um terço tentando aprender nas aulas e um terço tentando desenvolver uma estratégia para conseguir passar pelo salão. Se não conseguir resolver essa equação de maneira equilibrada, você morre. A maioria dos grupos passa muito tempo procurando pela melhor tática — se vão contar com velocidade e desvio, abrindo caminho pela horda; se vão fazer um massivo escudo frontal e tentar forçar passagem diretamente até a porta; se vão tentar se transformar para ficar do tamanho de uma pulga para pular de um grupo para o outro e deixar que te carreguem; *et cetera*.

Nossa aliança tinha uma estratégia básica muito óbvia: todo o resto tentaria impedir os males de interromper meus feitiços, e eu dizimaria tudo abrindo um caminho ordenado diretamente para as portas. Era perfeitamente simples. Só que não, porque a maioria dos feitiços não pode matar *tudo*. Até mesmo La Main de La Mort não funciona com *tudo;* é inútil em toda a categoria de maleficências psíquicas, já que esses mais ou menos não existem para começo de conversa. Porém eles ainda conseguem te matar.

E nem mesmo uma parte do reservatório de mana de Nova York forneceria poder o bastante para mais do que um dos meus feitiços maiores. Havia outros seis alunos do último ano de Nova York que estariam no salão de graduação na mesma hora que Chloe, todos querendo quantidades consideráveis de mana para si mesmos e suas próprias equipes, e, mesmo que eles não quisessem me cortar de antemão, definitivamente ainda racionariam o quanto de mana eu poderia pegar para o evento principal.

Então todo o nosso planejamento se resumia a uma única função: como poderíamos conseguir mana o bastante para que eu pudesse *continuar* dizimando males até chegar aos portões. As duas peças principais eram o alaúde de sirenaranha de Aadhya e o feitiço familiar de Liu. A avó de Liu havia lhe dado às escondidas uma canção-feitiço muito poderosa para ampliar mana, mesmo que ela não pudesse lançar o feitiço — a afinidade dela era com animais, e de qualquer forma precisava-se normalmente de dois ou três dos bruxos mais poderosos da família para que o feitiço funcionasse. Depois de cuidadosamente estudar a pronúncia em mandarim, eu havia conseguido captar as palavras. A nossa estratégia era que, logo antes de entrarmos no salão, Liu tocaria a melodia no alaúde de sirenaranha enquanto eu entoava a letra, e então ela continuaria a tocar a melodia mesmo depois que eu terminasse. Com um instrumento mágico de acompanhamento, o feitiço continuaria funcionando, e nossa equipe toda teria o benefício do mana ampliado. Então Liu ficaria no meio do time, sustentando o feitiço; Chloe e Aadhya ficariam ao lado dela, cobrindo tanto ela quanto eu, e eu ficaria na frente.

Essa era a teoria, de qualquer forma. Infelizmente, o alaúde não estava exatamente funcionando de acordo com o plano. Tínhamos feito um experimento havia algumas semanas enquanto ainda estávamos urgentemente tentando fazer o pote de mel para Orion. Liu havia escrito um feitiço de Flautista de Hamelin para males, sendo que a ideia era que faríamos um pequeno desfile por uma seção dos corredores numa noite, eu cantando e ela tocando, e Orion batendo nos males um atrás do outro conforme eles aparecessem para tentar nos pegar.

Vou deixar para a sua imaginação o quanto eu gostava da ideia de perambular por aí gritando a plenos pulmões "ei, psss psss, gatinho". Passei minha vida inteira tentando *não* atrair males. Só que nós precisávamos testar o alaúde, e Orion não *exatamente* suplicou e implorou para conseguirmos uns males para ele matar, mas ele claramente *queria* suplicar e implorar, então depois de Aadhya ter terminado a última parte do revestimento, nós decidimos testar o plano.

Saímos correndo depois do jantar e nos apressamos para uma sala de seminário livre no andar das oficinas, então todo o resto ainda estaria lá em cima e não perto o bastante para nos ver fazendo uma coisa tão inacreditavelmente estúpida como aquela. Orion ficou em volta, esperançoso, e dessa vez nós amarramos todos os ratos em segurança nos copinhos da cartucheira por precaução. Isso pareceu ser uma boa ideia, porque todos eles começaram a guinchar freneticamente lá dentro assim que Liu começou a afinar o alaúde e eu cantarolei uma linha da melodia.

Em retrospecto, os ratos só estavam tentando nos avisar. Liu tocou as primeiras notas, eu entoei as três primeiras palavras, e os males apareceram em todos os lugares. Os males *bebês*. Lagartas de aglo saíram do bueiro, larvas de narigongo começaram a cair do teto, pedaços compridos semelhantes a lenços achatados que provavelmente se tornariam digestores começaram a se soltar das paredes e mímicas em formato de bolhas do tamanho de um dedinho e milhares de coisas flácidas irreconhecíveis começaram a sair de cada canto e esconderijo possível, convergindo para nós como uma onda lenta e horrível, inchando cada superfície ao nosso redor.

— Está funcionando! — disse Orion, extasiado.

O resto de nós, não sendo doidos varridos, correu para a porta imediatamente, com males sendo triturados e moídos embaixo dos nossos pés, e mais ainda chegando, rastejando dos pequenos vãos entre os painéis de metal, vazando dos cantos e caindo do teto, saindo torrencialmente da ventilação e do bueiro como um dilúvio. Orion mal conseguiu sair antes de fecharmos a porta, e estávamos fervorosamente erguendo uma barricada contra a massa sólida de males. Chloe se apressou para selar o batente com uma seringa inteira de gel criador de barreira de mana, enquanto Liu e eu invertíamos a invocação e Aadhya tirava as cordas do alaúde. Nós congelamos no lugar encarando a porta, prontas para fugir, até que tivemos certeza de que havia parado de estufar, e então todas pulamos no lugar e nos sacudimos loucamente, batendo e espanando uns aos outros para tirar as larvas do cabelo, das roupas e da pele diretamente para o chão, onde pisamos e esmagamos todas elas em um frenesi. Estamos acostumadas a nos livrar de males em larvas — é sempre satisfatório eliminá-los ainda tão pequenos quando temos a chance —, mas há uma diferença horrorosa entre um digestor pequeninho tentando muito comer um único milímetro quadrado da sua pele, e *mil* deles salpicados por todo o seu corpo, sua roupa e seu cabelo.

Enquanto isso, Orion estava no corredor atrás de nós.

— Mas vocês nem tentaram direito! — disse ele, exasperado e se lamuriando; disse também outras coisas insanas e estúpidas, até nos virarmos para ele gritando em uníssono para que ele calasse a boca para sempre.

E ele ainda teve o descaramento de murmurar alguma coisa — bem baixinho, ele não era suicida — sobre "garotas".

Eu *fiquei* agradecida por nós não precisarmos mais encontrar um jeito de fornecer males para Orion, porque, depois daquela experiência, nenhuma de nós queria continuar tentando. Exceto por ele. Orion até mesmo se deu ao trabalho de ir falar com outros seres humanos para tentar obter mais informações sobre os potes de mel. Ele passou o período do almoço com meia dúzia de alunos do enclave de Seattle e uma expressão desesperada, e depois voltou para o nosso canto de estudos na biblioteca, dizendo:

— Ei, eu descobri como fazer a isca para o pote de mel. — O tom era de urgência. — O ingrediente principal é sangue bruxo. Você só precisa pegar um recipiente para o sangue, e aí todo mundo pode doar...

Ele parou de falar, presumo, assim que ouviu as palavras que saíam da própria boca e viu as nossas caras; então simplesmente se calou, sentando-se com uma expressão mal-humorada. Esse foi o fim da ideia de trabalhar com potes de mel.

Entretanto, nós ainda precisávamos urgentemente do alaúde. E em vez de conseguir trabalhar nisso, ou ao menos em uma coisa útil, Aadhya precisou projetar uma floreira com muita atenção, e então eu precisei reescrever o projeto em urdu para ela, também com muita atenção, e, quando a Scholomance entregasse o produto finalizado para ser testado, a coisa mais útil que ela poderia fazer com aquilo seria plantar algumas cenouras do refeitório. Ela produziu cenouras do tamanho aproximado da cartola de um gnomo. Nós as demos para os nossos ratinhos. Preciosa comeu a dela muito delicadamente, sentada e segurando-a nas patinhas da frente, mordiscando da ponta até o final antes de cuidadosamente devolver a parte verde com folhas para ser plantada novamente.

Ao menos a floreira com certeza garantiria a Aadhya uma nota decente. Eu não tinha tanta certeza de que receberia notas decentes em Desenvolvimento de Álgebra: todas as leituras eram feitas em seus idiomas originais, especificamente em mandarim e árabe, os idiomas que eu havia acabado de começar a estudar. Aadhya conseguiu no geral entender quais eram as equações que realmente estavam sendo descritas, então eu consegui resolver os problemas, mas fazer o trabalho do meio do semestre — *compare e diferencie a explicação de Sharaf al Tusi sobre a avaliação polinomial com aquela de Qin Jiushao, incluindo exemplos de uso* — havia sido uma experiência que valia esquecer o mais rapidamente possível. A única parte daquelas leituras que eu havia de fato feito foram os nomes, que haviam sido o bastante para eu procurar o nome dos autores na biblioteca, descobrir que Horner havia reinventado aquele mesmo processo e aprender sobre ele em inglês. Eu me senti tão esperta ao fazer isso.

Então eu estava segurando a respiração quando apareci nas aulas naquela semana. Nós não sabemos *exatamente* quando vamos receber as notas. Previsivelmente, recebi a mais segura primeiro: um B+ para o seminário de Protoindo-europeu. Nossa aula agora acontecia no segundo andar, mas em uma sala ainda menor, e compartilhava uma parede com a dispensa de Alquimia, então constantemente ouvíamos portas batendo conforme as pessoas entravam e saíam. Liesel me fuzilava com o olhar em todas as aulas, com um ressentimento gélido, e os males no geral tentavam atacar a dispensa de Alquimia, graças ao fato de eu estar do outro lado, o que me deixou tão popular quanto você pode imaginar. Males o suficiente estavam começando a sair dos esconderijos àquela altura do ano e finalmente haviam começado a atacar pessoas que não fossem eu de vez em quando, mas mesmo assim eu continuava sendo o item mais procurado do cardápio.

O resto das minhas notas apareceu relutantemente nos dias seguintes: um B+ para o seminário Myrddin e uma nota alta o suficiente para passar no meu trabalho na oficina — uma adaga obsidiana sacrifical, claramente feita para funções desagradáveis, que eu havia escolhido porque, dentre as opções, era a que eu completaria mais rápido, então poderia usar o resto do tempo para terminar o baú de livro que estava fazendo para os meus sutras. Também consegui passar na seção de alquimia, para a qual precisei preparar um tonel de ácido semelhante a lodo que poderia dissolver pele e ossos em três segundos.

Na segunda de manhã seguinte, finalmente recebi minha nota de Álgebra, um D, e metaforicamente passei a mão na testa de alívio; então só precisava esperar por minha última nota, em Estudos Independentes. Eu queria receber as más notícias de uma vez, então a semana toda depois da entrega dos trabalhos, tentei fazê-la aparecer: ficava com a cabeça abaixada e focada na minha carteira o tempo todo, depois olhava para o outro lado durante trinta segundos bem no meio da aula, de modo que só havia um espaço de tempo para a nota aparecer, uma estratégia que geralmente faz com que elas apareçam rapidamente. Em vez disso, a nota só apareceu no finzinho da semana.

Exceto que naquele dia eu estava trabalhando na última parte do primeiro grande feitiço dos sutras, e fiquei tão profundamente atenta a ele que me esqueci de fazer a pausa no meio da aula. Minha carteira fixada no chão era uma coisa monstruosa de ferro fundido — eu arranhava os joelhos na parte de baixo dela pelo menos uma vez a cada duas semanas — e a única parte boa era que havia espaço para me espalhar. Eu sempre deixava os sutras bem na minha frente, envoltos nos ornamentos de couro que Aadhya havia feito para mim: passava pelos fundos da capa e da contracapa, com tiras largas e macias que ficavam presas ao redor das páginas, exceto pelo punhado no qual estava trabalhando naquele dia. Havia uma tira de trinta centímetros de comprimento acoplada que afivelava ao redor do meu pulso esquerdo, então sem precisar de um aviso eu poderia só dar um pulo e o livro ficaria comigo mesmo que eu precisasse usar as duas mãos para um feitiço. Eu deixava meus dicionários abertos em cima deles, e utilizava um bloco de notas de sete centímetros para fazer minhas anotações, que eu segurava com as mãos na beirada da carteira para que não tocasse as páginas dos sutras.

Não é que o livro fosse assim tão frágil; era feito de um papel realmente belo e pesado e não parecia ter envelhecido mais do que dois meses desde que o último pedaço de cola havia secado. Só que isso era claramente porque havia escapado de seu dono original aproximadamente dois meses depois que o último pedaço de cola havia secado, e eu não queria que isso acontecesse *comigo*, então eu o mimava o máximo possível. Valia a pena ficar com os pulsos doloridos ao final de cada aula. Em toda ocasião que eu ficava sem espaço no meu pequeno bloco de anotações — quase sempre —, eu só arrancava a página completa e a colocava dentro de uma pasta que deixava ao lado, e a cada noite eu as reescrevia em um caderno maior no meu quarto.

Naquele dia, eu havia preenchido umas trinta pequenas páginas com anotações de caligrafia apertada. O sinal estava prestes a soar e eu ainda trabalhava quando a pasta sofreu um puxão revoltado e voou para o lado na minha carteira, espalhando papel por todos os lugares. Berrei em protesto e tentei agarrá-la, mas era tarde demais, então precisei arrumar minhas coisas com pressa, aguardando que alguma coisa fosse pular em mim a qualquer instante. Só percebi que era minha nota sendo entregue quando finalmente terminei de coletar minhas anotações. Abri a pasta para colocar tudo lá dentro, e o pequeno pedaço de papel verde estava na pasta, a marcação de LEITURAS AVN. EM SÂNSC. aparecendo no topo. Eu a tirei e fuzilei o A+ com o olhar, um asterisco em uma nota de rodapé dizendo LOUVOR ESPECIAL no fim, que era só para esfregar na minha cara: *olha quanto tempo você desperdiçou.* Eu praticamente conseguia ouvir a Scholomance rindo da minha cara por meio do sistema de ventilação. No entanto, isso era só eu sendo mesquinha, e no final suspirei aliviada, já que poderia ter sido muito pior.

Era *bem* pior para outras pessoas. Na hora do almoço daquele dia, Cora foi até a nossa mesa com o rosto tenso de dor e um braço amarrado com a linda bandana amarela bordada com o feitiço de proteção, o sangue pingando através dela e se espalhando em manchas escuras.

— Reprovei na oficina — disse ela, a voz falhando. Ela estava segurando a bandeja contra a cintura com o outro braço, e o conteúdo era bem escasso. No entanto, ela não pediu por ajuda. Ela provavelmente não poderia retribuir. Ela ainda não havia conseguido garantir uma aliança para si.

Ela, Nkoyo e Jowani eram amigos, e tinham sido de grande ajuda um para o outro nas mesas e navegando os corredores entre as aulas, mas a mesma razão pela qual tinham sido ótimos nisso era a razão de não funcionarem como um time de graduação viável: todos eles estavam na linha de encantamentos e estudavam os mesmos idiomas. E Nkoyo conseguiria convites de alianças decentes. Na verdade, ela provavelmente já tinha uma, já que naquela manhã havia cuidadosamente mencionado que talvez fosse se sentar com outra pessoa no café da manhã do dia seguinte. Muitas alianças aconteciam depois que as notas do meio do semestre apareciam. Só que Jowani e Cora ficariam presos até o fim, quando todos os enclavistas já tivessem conseguido suas alianças e os que haviam sobrado se organizassem entre si.

Não é que eles eram muito piores como alunos, na verdade. Pelo que eu saiba, os três eram mais ou menos alunos medianos em matéria de aulas. Só que Nkoyo era uma estrela, e eles não. Ela sempre foi a que fazia amigos e conseguia conexões, e, quando se pensava nos três juntos, ela sempre era vista como o cabeça. Eles haviam se apoiado nas habilidades sociais dela o tempo todo, e isso havia sido bom para eles — até agora, quando todo mundo pensava em *Nkoyo*, e não em um deles.

Na maioria dos anos, isso significaria que as chances deles deviam estar em mais ou menos dez por cento. A regra é que cinquenta por cento da turma de graduação consegue sair, mas isso não significa que essas chances são iguais. Quase todos os alunos que têm alianças com os enclavistas conseguem, com talvez um ou dois membros de cada time sendo abatidos — raramente os próprios enclavistas —, e isso é mais ou menos quarenta por cento da turma. Então os que morrem quase que imediatamente saem dos sessenta por cento que não têm um enclavista do lado deles. É claro que até isso te deixa com chances melhores do que do lado de fora da Scholomance, e é por isso que os alunos continuam vindo.

Se o maquinário de limpeza no salão de graduação realmente foi consertado, se continuar a funcionar este ano, talvez eles consigam sair. Só que isso não aumentava as chances de Cora chegar à segunda metade do semestre com um braço machucado, que ganhou porque havia feito merda e julgado mal o tanto de esforço que precisava colocar no trabalho da oficina. Nenhum enclavista olharia para aquele braço e pediria que ela se juntasse ao time deles. Ela se sentou cuidadosamente, tentando ao máximo não piorar a ferida, mas, assim que se sentou, precisou fechar os olhos por longos minutos, respirando fundo enquanto tentava tomar seu leite com uma única mão trêmula.

Nkoyo silenciosamente esticou a mão e a abriu. Cora a pegou e bebeu sem olhar para ela. Nkoyo não havia tomado uma vantagem injusta. Ela os havia ajudado a chegar até ali; não era problema dela se não poderia carregá-los pelo resto do caminho. Se não eram bons o suficiente, ela precisava descartá-los para ela mesma conseguir escapar, como os propulsores de combustível de um foguete se desfazem enquanto o módulo orbital segue voando pela atmosfera. Não havia nada que ela pudesse fazer para salvá-los, e eles haviam feito suas próprias escolhas chegando até ali. Ainda assim, Cora não a olhou nos olhos, e Nkoyo ainda assim não disse nada, e todos na mesa fingimos que não estávamos olhando para o braço manchado de sangue de Cora, quando é claro que estávamos.

Eu não sabia que ia dizer alguma coisa até fazer isso.

— Eu consigo remendar o seu braço se todo mundo na mesa estiver disposto a ajudar — falei, e todos pararam de comer e me encararam, ou de soslaio ou só boquiabertos mesmo. Eu não havia pensado muito, só deixado escapar, mas a única coisa que eu podia fazer diante dos rostos que me encaravam era continuar. — É um círculo. Ninguém precisa dar mana nenhum; vai funcionar se todos nós simplesmente sustentarmos o círculo, mas todos precisam participar.

Na verdade, isso era uma simplificação de como o feitiço em questão operava. O princípio estrutural é que você precisa fazer com que um grupo de pessoas voluntariamente se coloque em segundo plano e ofereça seu tempo e sua energia para ajudar a realizar uma coisa para o benefício de outra pessoa, e que isso não beneficie nenhuma delas diretamente. E o truque é que, ao pedir a um grupo particular, se alguém no grupo se recusar a fazer ou não for capaz de se obrigar a fazer, o feitiço fracassa. É um dos feitiços de mamãe, caso você não tenha adivinhado ainda.

Ninguém disse nada por um momento. Não chega nem perto de ser como as coisas funcionam aqui. Não se faz nada por ninguém sem esperar algum tipo de retorno, e o retorno sempre precisa ser alguma coisa sólida, a não ser que exista uma conexão mais substancial no lugar: uma aliança, um namoro, qualquer coisa. Só que é por isso que eu sabia que o feitiço funcionaria se todo mundo *de fato* concordasse. Fazer algo a troco de nada significa muito mais aqui do que lá fora. Até mesmo Cora estava me encarando, confusa. Nós nem éramos amigas; ela estava disposta a se sentar numa mesa comigo *agora*, quando Chloe Rasmussen de Nova York era minha aliada e Orion Lake em pessoa estaria presente assim que saísse da fila com sua bandeja, mas ela mal havia tolerado minha companhia durante todos aqueles anos em que Nkoyo permitiu que eu fosse atrás deles quando iam para os laboratórios de idiomas de manhã. Ela era meio metida no geral, e sempre pareceu ter ciúmes da companhia da Nkoyo, mas era mais do que isso: ela era muito boa com magia espiritual, a família dela vinha de uma longa tradição, e ela claramente pensava — e provavelmente continuava pensando — que eu carregava algum tipo de bagagem desagradável na minha.

Nkoyo não falou nada. Ela estava encarando a própria bandeja sem olhar para cima, os lábios curvados entre os dentes, os punhos fechados de cada lado, esperando, esperando que outra pessoa falasse. Eu queria muito que Orion já tivesse chegado na mesa; então Chloe disse:

— Ok.

E então ofereceu a mão para Aadhya, que estava sentada entre nós.

Aadhya estava definitivamente no grupo que me olhava de soslaio, menos para o pedido do que para mim: eu quase conseguia ouvi-la dizendo "Ok, El, agora você tá tentando virar uma mártir também ou o quê?". Mas, depois de me olhar bastante, ela suspirou.

— Tá — disse ela. — Claro.

Ela pegou a mão de Chloe e esticou a outra para mim. Assim que eu a peguei, senti a linha viva do círculo se construindo. Eu me virei e ofereci a outra mão para Nadia, a amiga de Ibrahim. Ela olhou para Ibrahim, e depois de um momento a pegou, e ele pegou a dela, e esticou a mão para Yaakov do outro lado da mesa.

Eu já havia estado com mamãe em círculos um punhado de vezes. Ela não me pedia para participar com frequência, quase sempre apenas quando se tratava de danos mágicos, geralmente alguém que havia sofrido com um feitiço de um maleficente ou uma complicação de um feitiço que a própria pessoa havia feito, ou dos ataques de alguma maleficência. Curar alguma coisa desse tipo é muito mais fácil se você tem outro bruxo ajudando, mesmo uma criança, em vez de só você e um grupo de mundanos entusiasmados que não têm nenhum poder de mana. Só que ela não pedia com frequência porque a maioria dos bruxos que pedia ajuda para ela não conseguia deixar de se sentir inquieta perto de mim. Eles já estavam vulneráveis, então, quando olhavam para mim, eram como coelhos olhando para um lobo — um lobo semiesfomeado que tentava morder até mesmo a mão que o alimentava porque essa também o mantinha em uma coleira. Eu nunca queria muito ajudar. Eles eram doentes, fracos, amaldiçoados, envenenados e desesperados, mas ainda eram parte do grupo que me odiava, que me deixava sozinha, assustada e desesperada. Então mamãe só me pedia ajuda quando precisava muito do poder que vinha com a minha concordância em ajudar, porque de outra forma ela sabia que eu diria não às vezes. E eu fazia isso, relutante, parcialmente para deixar minha mãe feliz, parcialmente para tentar provar para mim mesma que eu não era aquilo que eles viam quando me olhavam

Só que eu nunca havia liderado um círculo sozinha antes. A ideia era simples o bastante: o mana que todos geram flui entre nós em um círculo e, já que todo mundo compartilha do mesmo propósito, ele se intensifica. Então você só deixa o mana continuar circulando em volta até que aumente o suficiente. No entanto, só porque a ideia é fácil de descrever não quer dizer que seja fácil de *fazer*.

Na verdade, percebi tarde demais que seria muito mais difícil *porque* todos na mesa eram bruxos. Com o feitiço de mamãe, é possível curar feridas internas com um círculo de pessoas normais porque você não precisa de mais mana do que é capaz de gerar só pelo esforço de ficar em um círculo, você só precisa de um bruxo no meio para "guardar" o mana e o segurar por tempo o suficiente para colocá-la no feitiço. Com um bando de bruxos quase adultos, estávamos gerando mana muito rápido, e eu conseguia sentir todos meio que *puxando*. Não era nem de propósito; se alguém tentasse deliberadamente pegar o mana para si, o círculo teria se destruído. Só que todos nós sempre pensávamos ativamente sobre *algum* tipo de magia a cada minuto de cada dia e em boa parte da noite. Todos temos feitiços meio prontos, projetos de artifícios em andamento, poções sendo preparadas no laboratório e graduação-graduação-graduação nas nossas cabeças, e eu estava pedindo a eles para usar isso para salvar o braço de Cora em vez de seus próprios pescoços.

Era difícil para eles e para mim. Precisei me concentrar ferozmente no feitiço de cura enquanto o círculo crescia ao redor da mesa, e um por um todos acrescentavam suas mãos, incertos. Jowani e Nkoyo fecharam o fim, as mãos unidas atrás das costas de Cora; quando o fizeram, o círculo se estabeleceu, e o fluxo de mana começou por inteiro. Todos pularam ou guincharam. Eu deveria ter avisado, mas àquela altura eu já não conseguia dizer mais nada que não fosse o feitiço. De qualquer forma, não tinha nenhuma energia mental sobrando. Todos continuaram segurando, o mana daquela escolha se alimentando, sendo reforçado repetidamente por todos nós compartilhando a intenção com o mesmo objetivo, um que não era *para* nós, então não havia nenhuma esperança ou medo de que pudesse embaçar a intenção. E a surpresa não atrapalhou, mas ajudou, porque todos escolheram ficar no círculo mesmo assim.

Bem, ajudou a gerar mana, mas eu comecei a sentir mais ou menos como se tivesse me voluntariado para ir cavalgar em um cavalo particularmente violento, e que estava fazendo o seu melhor para me jogar de cima dele enquanto eu me apegava às beiradas da sela em desespero. O mana era uma onda crescente que percorria o círculo, aumentando conforme andava. Tentei conjurar o feitiço literalmente na primeira vez que ele passou por mim, mas aconteceu tão rápido que perdi a chance, o que significou que a onda ficou ainda maior na passagem seguinte, e ainda mais agitada: aquele tanto de mana era extremamente inspirador para a imaginação de todos. Quando voltou para mim pela segunda vez, precisei fazer um tremendo esforço mental para firmemente arrastá-lo do círculo e forçá-lo no feitiço.

Ao menos as palavras não eram difíceis de lembrar. Mamãe não gosta de encantamentos complexos ou detalhados. Não se precisa deles quando o seu requerimento básico é altruísmo puro e nobre.

— Deixe que o braço de Cora seja curado, deixe que o braço de Cora seja restaurado, deixe que o braço de Cora fique bem — falei, sentindo como se estivesse arfando enquanto passava por águas profundas, a cabeça inclinada para trás para manter a boca acima da superfície, e o mana passava rugindo para dentro e fora de mim.

O feitiço arrancou a faixa do braço de Cora com o som de estalo de alguém que sacudia uma fronha que acabara de ser lavada. Ela emitiu um som engasgado e agarrou o cotovelo: e assim, o braço dela estava liso e sem marcas, como se nada tivesse acontecido. Ela abriu e fechou a mão algumas vezes, e então se debulhou em lágrimas e depositou a cabeça na mesa com os braços fechados ao redor em proteção, tentando se esconder de nós enquanto soluçava. A faixa amarela, pendurada no cotovelo dela, esvoaçou mais uma vez como uma flâmula, e até as manchas de sangue haviam sumido.

A regra é que se alguém tem um surto, você tem cautela em não prestar atenção a essa pessoa, e simplesmente continua a conversar até ela se recuperar. Porém, as circunstâncias eram um pouco fora do normal, e não era como se houvesse uma conversa previamente existente para continuar. Yaakov murmurou uma prece em hebraico para si mesmo, inclinando a cabeça, mas ninguém do resto de nós era religioso; enquanto ele tinha um ótimo momento espiritual consigo mesmo, nós todos continuamos sendo esquisitos e olhando uns para os outros ao tentar evitar olhar para Cora, que era obviamente o que todos queriam fazer. Jowani, que estava à esquerda dela, estava perdendo essa luta e deixando que os olhos baixassem um pouco para dar uma espiada.

— O que você fez? — indagou Orion, me fazendo pular de susto. Ele havia finalmente chegado ao assento vazio que Aadhya deixara para ele, ao meu lado, e encarava Cora exatamente do jeito que todos nós estávamos tentando muito não fazer. — O que foi isso? Você acabou...

— Fizemos uma cura em círculo — respondi, desdenhosa, o que precisou de algum esforço. — É melhor você se apressar e comer, Lake, está quase na hora do sinal. Já recebeu suas notas do seminário de alquimia?

Ele colocou a bandeja na mesa e se sentou ao meu lado, quase como se estivesse se mexendo em câmera lenta, sem tirar os olhos de Cora. Ele não se barbeava há uma semana, e já estava parecendo desgrenhado até mesmo antes disso; o cabelo havia crescido a um comprimento que precisava ser arrumado com um passar de dedos pelos fios — nossos padrões são bem baixos — mas ele não estava fazendo nem mesmo isso. A camiseta do Thor que ele usava era a mesma há quatro dias, e estava com mais cheiro do que o habitual, e havia traços persistentes de cinzas e pó azul de asfódelos como purpurina na bochecha. Eu estava determinada a não dizer uma palavra, porque não era da minha conta e continuaria a não ser até que ele ficasse tão fedorento que eu poderia justificar minha reclamação simplesmente por compartilharmos uma mesa, e talvez àquela altura outra pessoa já tivesse feito isso. Provavelmente não: a maioria do pessoal aqui tentaria engarrafar o aroma e vender como Eau de Lake ou algo assim. Eu suspeitava que ele vinha passando as últimas semanas caçando aqueles males que haviam acabado de passar do estágio de larvas e começado a se esgueirar pelos canos.

Eu o cutuquei nas costelas com o cotovelo, e ele finalmente pareceu sair do estado de espanto o suficiente para me encarar em vez disso.

— Comida. Notas de alquimia. E aí?

Orion olhou para a bandeja: ah, que surpreendente, comida! Coisas que te mantêm vivo! É tudo o que se pode dizer sobre os alimentos da Scholomance. Ele começou a comer tudo rápido o bastante depois que superou o choque extremo de redescobrir sua existência, e disse, com o canto da boca:

— Não, acho que hoje, ou na sexta.

Mesmo assim, ele continuou a encarar Cora até que eu o acotovelei novamente por ser um desgraçado mal-educado. Ele percebeu e desviou os olhos de novo para o prato.

— Você deve ter visto um círculo funcionando alguma vez, morando em Nova York — falei.

— Eles não dão *essa* sensação — respondeu ele. Então teve a audácia de me perguntar: — Tinha algum tipo de malia nele?

— Isso é para ser piada, né? — falei. — Não, seu energúmeno, é um dos feitiços de círculo de cura da minha mãe. Você não recebe nada em troca.

Isso não é verdade, ao menos de acordo com mamãe: ela insiste que você sempre ganha mais do que doa quando se deixa doar livremente, só que você não sabe quando esse retorno virá, e não pode pensar nele ou ficar antecipando, pois assim não virá da forma que espera. Então, em outras palavras, é impossível e inútil provar esse retorno. Por outro lado, nenhum investidor capitalista está fazendo fila para me dar carona em seus jatinhos particulares, então sei lá.

— Hum — disse Orion, parecendo vagamente duvidoso, como se não estivesse certo de que acreditava em mim.

— É malia negativa, se é que é alguma coisa — falei.

Às vezes, um maleficente arrependido vai até a mamãe pedir ajuda, alguém como o que a Liu estava a caminho de se tornar: não do tipo alegremente monstruoso, mas daqueles que percorreram metade do caminho — normalmente para conseguirem passar vivos pela puberdade — e agora mudaram de ideia e gostariam de voltar atrás. Ela não faz uma limpeza de espírito para eles nem nada do tipo, mas, se eles pedirem com sinceridade, ela deixa que se juntem ao círculo dela, e no geral assim que passarem tanto tempo fazendo trabalho de círculo quanto passaram sendo maleficentes, eles ficam bem de novo, e ela diz para irem fazer seu próprio círculo em algum outro lugar.

— Talvez seja por isso que é estranho para você — Aadhya disse para Orion. — Você está vendo alguma aura?

— Nhm — disse Orion, com meio quilo de espaguete pendurado na boca. Ele sugou o resto para dentro e engoliu. — Foi mais tipo... por um instante, ela estava com um contorno bem definido. Como você fica às vezes — ele acrescentou para mim, então corou e voltou a encarar o prato.

Eu o encarei, me sentindo pouco lisonjeada.

— E por que exatamente você achou que isso significava que eu estava usando *malia*?

— Hum — foi a resposta fraca. — É... talvez seja só poder? — tentou ele, meio desesperado.

— Os *males* têm esses contornos definidos? — questionei.

— Não? — Quando eu continuei encarando, ele cedeu. — Alguns deles? Às vezes?

Eu fiquei matutando isso enquanto engolia o resto do meu próprio jantar. Aparentemente, eu parecia uma maleficência para ele ocasionalmente? Se bem que Orion *não* via nada estranho em maleficentes humanos: ele não havia notado que nosso vizinho devorador de vidas Jack era um deles até que o galã tentou deixar meus intestinos em uma pilha no chão do meu quarto. E tudo bem, há tantos bruxos que usam quantidades pequenas de malia aqui e ali, roubada de coisas como plantas ou insetos, ou surrupiada de um pedaço de trabalho que alguém deixou desacompanhado, que Orion poderia plausivelmente ter dificuldade para descobrir quais eram os maleficentes para valer. Aqueles de nós que estritamente só usam mana que nós mesmos geramos ou que nos foi dado livremente são a minoria. Ainda assim: aparentemente, eu sou mais visivelmente um monstro do que um bruxo do mal é. Viva.

E em um viva ainda mais sonoro: Orion achava isso atraente. Parecia demais que Aadhya estava certa sobre o que Orion via em mim. Não sou do tipo romântica pálida que insiste em ser amada por minha personalidade maravilhosa. Minha personalidade é excepcionalmente rabugenta e com frequência nem eu mesma quero a companhia dela; enfim, uma das razões principais pelas quais eu estava evitando o quarto de Orion ultimamente era a sensação forte de que seria melhor para todos os envolvidos se eu não o visse sem camisa novamente, então isso era o sujo falando do mal lavado. Só que eu não ficava entusiasmada com a ideia de ser considerada atraente *porque* pareço uma criação apavorante de magia maléfica, em vez de *apesar disso*.

Eu matutei tanto sobre isso que relevei completamente o significado do restante do que Orion havia dito até que eu estava me arrastando até o andar de cima para a minha sessão na biblioteca às quartas-feiras. Só um pouco antes do último degrau — onde meu bando de calouros estava me esperando para liderá-los durante seja lá qual catástrofe em potencial da qual eu deveria salvá-los hoje — eu parei e percebi que, se Orion ainda não havia recebido os resultados do seminário, não era porque ele ia receber um A+, já que estava mal o suficiente com tudo para esquecer de trocar a própria camiseta. Ele ia *reprovar*.

E quando você é reprovado em alquimia, você não é atacado por males. Você só precisa interagir muito intimamente com seu último projeto de preparação, e ser uma máquina de matar monstros não serve de absolutamente nada quando se é banhado em um tonel de ácido corrosivo usado para gravar runas místicas em aço, que havia sido a tarefa do meio de semestre de Orion.

Encarei os oito calouros que estavam no topo daqueles últimos degraus. Eles me fitavam ansiosamente, então eu disse:

— Tá certo, vamos fazer uma excursão hoje.

Então me virei para guiá-los com pressa, pulando três degraus de cada vez, evitando por pouco fazer todos eles darem cambalhotas até chegar lá embaixo. Eu tive que literalmente agarrar Zheng para impedir que ele tropeçasse para além do andar do laboratório de alquimia. Assim que o estabilizei, corri pelo corredor com todos eles atrás de mim, com a máxima rapidez que suas pernas consideravelmente mais curtas conseguiriam alcançar.

Eu não sabia em que sala Orion estava, então só abri cada porta do laboratório que via e gritei:

— Lake?

Até que alguém gritou de volta:

— Ele está na 293!

Eu me virei e voltei passando pelo grupo de calouros que ainda estava seguindo na direção contrária, todos eles rodopiando para me seguir como uma revoada de gansos confusos. Passei pelo patamar e segui pela outra direção, escancarei a porta do 293 sem nem mesmo parar e pulei em cima de Orion, empurrando-o para longe da mesa do laboratório assim que o sinal para o início da aula tocou, e todo o complexo equipamento de preparação na estação dele começou a chiar e emitir fumaça.

O grande tonel de cobre espumou tão energicamente que a tampa inteira foi levantada e caiu no chão em cima de uma enorme coluna de espuma violeta que se expandia, saindo pelos lados, e então cascateava pela superfície da mesa até o chão, nuvens pretas de fumaça chiando por onde ela passava. Houve muita correria e gritaria do resto dos alunos, o que só piorou as coisas, os outros experimentos explodindo conforme eram abandonados às pressas. Nós nos atrapalhamos para ficar de pé juntos, mas não dava para ver nada. Mantive um aperto mortal no pulso de Orion, e teria levado nós dois para o lado errado, mas todos os calouros começaram a gritar da porta:

— El! El!

Então Zheng, Jingxi e Sunita — eu estava tentando muito não aprender os nomes deles, mas não estava dando certo — até mesmo fizeram uma fila para entrar na sala e conjuraram feitiços de luz para formar um caminho.

Ainda estávamos tossindo horrivelmente quando finalmente conseguimos sair para o corredor. Não conseguia falar nada até que Sudarat apareceu, deixando cada um tomar um gole de água de seu frasco portátil encantado, mas conseguia dar um tapão em Orion, e assim o fiz, imediatamente acertando-o com tudo na parte de trás de sua cabeça desnecessariamente dura, e então acenando os cinco dedos espalmados na frente do rosto dele como ênfase. Ele fez uma carranca sem convicção e afastou minha mão.

Capítulo 5

QUATTRIA

— EU DEVERIA FAZER ISSO NO laboratório — disse Orion.

— Você não precisa do equipamento na frente da sua cara para copiar uma receita simples, Lake, e também não precisa pensar que está sendo inteligente — falei, porque o que ele queria dizer com aquilo era que na verdade deveria enfiar o nariz pontudo em cada sala do andar de alquimia até encontrar um pobre noturnador malformado ou um striga inocente para matá-los. — Não consigo entender como é que você passou três anos e meio aqui dentro sem aprender quando tem que prestar atenção no seu trabalho e quando não tem.

Ele grunhiu profundamente e colocou a cabeça na carteira, que era o meu antigo cubículo de estudos no canto da biblioteca. Eu havia sentido uma grande fonte de prazer ao usar o mana de Nova York para limpar a armadilha que ainda me aguardava ali, que Magnus havia feito para mim no último semestre; foi uma das primeiras coisas que fiz quando Chloe me entregou o compartilhador. Arrastar Orion até a biblioteca e enfiá-lo em um canto escuro era minha última tentativa de obrigá-lo a fazer seu trabalho de recuperação de alquimia, que iria sem dúvidas desintegrá-lo antes do fim do mês, juntamente com vários espectadores inocentes e possivelmente *eu* também se ele simplesmente não aquietasse o facho para fazê-lo. Eu havia começado a obrigá-lo a me mostrar o progresso todas as noites durante o jantar; já que não havia progresso algum há uma semana e meia desde a *última* vez que ele quase tinha me desintegrado, eu o arrastei para fora da cama no primeiro sinal daquela linda manhã de sábado e marchei com ele para a biblioteca depois do café.

Mesmo aqui, sem nenhuma distração, ele passou ao menos dez minutos encarando as instruções do trabalho do laboratório com olhar aflito, como se pudesse fazê-las desaparecer, para cada minuto que passou realmente lendo.

— O que *tem* de errado com você? — perguntei, depois de uma hora e um pouco mais de suspiros profundos. — Você não era completamente incompetente antes. Está com seniorite ou algo assim?

Essa é uma condição altamente fatal na Scholomance.

— Só estou *cansado* — respondeu ele. — Os males continuam se escondendo de mim, e não há muitos deles. Eu fico sem mana o tempo todo... não, eu *não* quero isso! — acrescentou ele, irritado, quando gesticulei para o compartilhador no meu pulso de novo. — Se eu pudesse encontrar alguns males para conseguir usar mana, não precisaria puxar tudo do reservatório!

— Você precisa usar mana é no seu *trabalho de alquimia*, então pare de ser um energúmeno, *pegue um pouco* e termine logo! — falei.

Ele cerrou os dentes e então disse, amuado:

— Tá bom, mas só um pouco, e não quero o compartilhador.

Isso fazia ainda menos sentido, já que se perde um pouco de mana a cada transferência. Não um monte nem nada, mas mesmo um pouquinho já é um gasto em vão de um trabalho profundamente irritante de outra pessoa.

— Isso é algum tipo de fetiche que você tem? — perguntei, com suspeitas.

— Não! Você sabe que eu não posso ter acesso ao reservatório.

— Certo, porque você não se controla com mana e vai puxar um mundaréu quando não estiver prestando atenção — falei. Eu não ia ficar *mimando* ele por causa disso. — E daí? É só prestar atenção por cinco segundos.

O trabalho de alquimia de repente se tornou poderosamente fascinante, considerando o quanto ele estava encarando.

— Não é... assim que funciona.

— O quê, se você tiver acesso vai secar a coisa toda sem querer? — falei, sarcástica, mas ele enrubesceu como se fosse exatamente o que aconteceria. — Tá falando por experiência própria, ou...

— Recebi um compartilhador pra praticar uns seis meses antes da admissão, como todo mundo — disse Orion, inteiramente monótono. — Sequei o reservatório ativo do enclave inteiro em meia hora. Nem mesmo a minha mãe conseguiu me arrancar da coisa. — Eu o encarei boquiaberta, sem acreditar. Ele não virou a cabeça, só estremeceu, com um dar de ombros breve e endurecido. — Ela acha que tem alguma coisa a ver com a minha habilidade de conseguir tirar mana dos males. Que é o mesmo tipo de canal, e eu não consigo distinguir.

Eu estava o encarando, fascinada.

— E por que você só não... explodiu?

Era muito parecido com encher um balão de água com uma mangueira. Eu possuo o que qualquer um chamaria de boa capacidade para mana, o que quer dizer cem vezes mais que o normal, e mesmo isso não é uma fração da capacidade do reservatório ativo de mana de todo o enclave de Nova York. Ma ele só deu de ombros, impaciente, como se nunca tivesse se dado ao trabalho de pensar no assunto.

— E em que diabos você usou tudo? Com esse tanto de mana, deveria surfar tranquilamente por dez anos, mesmo se usasse em feitiços arcanos grandiosos todos os dias.

— Eu não *queria* pegar o mana! Eu devolvi! Assim que meu pai fez o compartilhador de uma via. — Ele ergueu o punho com a tira estreita ao redor.

Ele parecia um pouco desgastado, e foi aí que me ocorreu: é claro que aqueles arrombados do enclave dele provavelmente tinham feito ele se sentir um maleficente por causa disso, ou algo pior. Um dos jeitos mais comuns de enclaves serem derrubados é se um de seus inimigos consegue que um traidor lá dentro roube uma leva do mana do enclave e o entregue ao inimigo, de modo que o enclave inimigo consiga destruí-los usando o poder do próprio enclave. Já aconteceu um punhado de vezes, e são um assunto popular para histórias bruxas, ao menos entre as crianças que não moram em enclaves. Pode até mesmo ter sido a maneira como Bangkok foi derrotada, na verdade.

— Quanto tempo demorou para o seu pai fazer? — perguntei, e os ombros de Orion se encolheram.

— Uma semana — ele murmurou.

Dá para imaginar que todos os bruxos adultos de Nova York realmente adoraram ver um adolescente de treze anos andando por aí com o poder de destruir todo o enclave aninhado na barriga, e fizeram o possível para ele adorar aquela semana tanto quanto eles.

Eu queria ir lá atirar pedras neles, e também possivelmente colocar meus braços ao redor de Orion para abraçá-lo, mas obviamente ambas essas coisas eram impossíveis, então eu só dei um tapinha estimulante no ombro dele e disse, de todo o coração:

— Vamos resolver isso, então.

Tirei uma porção substancial através do compartilhador. Eu só tirava mana do reservatório em situações de crise; parecia estranho fazer isso deliberadamente, sem nada me ameaçando. Não era como tirar mana dos cristais que mamãe me deu, o mana que eu mesma gerava; esse mana tinha uma sensação diferente, um pouco mais bruta, como se eu ainda pudesse sentir o trabalho e a dor pelos quais eu mesma havia passado ao gerá-lo. Ou talvez fosse só que, quando eu fazia isso, estava sempre pensando no trabalho e na dor pelos quais precisaria passar para substituir qualquer quantia que pegasse. Era mais fácil e tranquilo tirar mana do reservatório compartilhado, pois eu não precisava preenchê-lo sozinha, e eu já estava irremediavelmente acostumada com ele. Orion não era o único ganancioso. Eu mesma poderia ter bebido tudo até preencher cada cantinho vazio em mim.

Em vez disso, retirei uma quantidade cuidadosamente medida, o mesmo tanto que eu normalmente colocava nas receitas de alquimia que eu mesma fazia, e coloquei uma mão no peito de Orion, direcionando-lhe mana. Ele arfou e fechou os olhos, cobrindo a minha mão com a dele e pressionando-a ali por um momento. Eu conseguia sentir seu peito expandindo, o coração acelerando, e a pele quente através do tecido gasto da camiseta — ao menos estava limpa; eu o havia obrigado a trocar de roupa e tomar banho naquela manhã. Ainda assim, tínhamos subido quatro andares de escada, e eu conseguia sentir o cheiro dele de qualquer forma, exceto que era um cheiro bom. Ele abriu os olhos e me encarou, mantendo a mão sobre a minha, o mana fluindo entre nós. Eu tinha quase certeza de que *alguma coisa* aconteceria e eu não impediria que acontecesse, e ao mesmo tempo também tinha uma certeza quase absoluta de que isso era uma ideia ruim; e uma que é muito divertida na hora, então Orion arrancou a mão repentinamente, guinchando.

— Ai!

O dedão dele estava pingando sangue. Preciosa havia saído de seu copo e corrido pelo meu braço sem que eu notasse; então, ela o *mordeu*.

Eu a encarei, incrédula, enquanto Orion choramingava e tentava pegar um emplastro da mochila e cobrir a marca dos caninos profundamente fincados. Ela ficou sentada na beirada da carteira, esfregando o rosto e os bigodes com um ar de satisfação enorme.

— Eu não preciso de uma babá, muito menos uma que é um *ratinho* — sibilei para ela, baixinho. — Não era para você estar tendo bebês no primeiro mês de vida?

Ela só franziu o nariz, sem se importar.

Orion evitou olhar para mim durante todo o resto da manhã, o que era um feito e tanto considerando que estávamos sentados um ao lado do outro. É claro que eu também consegui fazer o mesmo. Não fiquei tentada a fazer outra coisa. Mesmo naquele momento, seja lá o que estávamos prestes a fazer parecia uma má ideia, e, felizmente, eu não estava mais presente naquele momento. Eu nunca havia tido um momento com alguém antes, e não havia gostado nem um pouco. Que direito meu cérebro tinha de inventar uma ideia tão inequivocamente idiota como beijar Orion Lake em meio às estantes em vez de fazer minha lição de casa? Parecia mais o sintoma de uma infecção de lombriga cerebral, de acordo com a descrição encontrada no meu livro didático de maleficências do segundo ano: pensamentos misteriosos e pouco característicos que surgem em horas indesejadas e imprevisíveis. Se ao menos eu estivesse mesmo com uma infecção de lombrigas! Só o que eu tinha era Orion sentado ao meu lado com sua camiseta pequena demais do segundo ano, a última limpa que ele tinha para usar naquela semana, e o braço dele a uns dez centímetros do meu.

Passei aquelas três horas encarando o meu último poema do seminário Myrddin, que estranhamente se recusava a se traduzir por conta própria. Nesse ritmo, logo eu começaria a reprovar nas aulas também. Para piorar, quando o sinal do almoço tocou, Orion se inclinou para trás na cadeira e suspirou.

— Pronto, acabei — falou ele. Havia terminado o trabalho todo.

Ele ainda teria de preparar a poção em si, mas isso não era um fardo terrível: era uma mistura para aumentar os reflexos que o tornaria um terror ainda maior para os males de todos os lugares. Era um trabalho de recuperação absurdamente bom. Meus trabalhos de recuperação de alquimia sempre são poções que matam instantaneamente, matam horrivelmente ou, às vezes, matam instantaneamente *e* horrivelmente.

— Ótimo — falei, amarga, arrumando as coisas. — Precisa de mais ajuda com isso, Lake? Ou acha que consegue usar as colheres medidoras sem supervisão depois do almoço?

— Eu me viro — disse ele, com um fuzilar dos olhos, e então se lembrou de que algo quase havia acontecido. Aparentemente, ele não achava que havia sido uma ideia tão ruim assim, porque parou de me fuzilar e disse: — A não ser que você queira vir.

Aquilo era horrivelmente absurdo: "quer vir me ajudar com meu trabalho de recuperação lá no laboratório?", era possivelmente o pior encontro do mundo e ele não tinha direito nenhum de convidar alguém para fazer tal absurdo, e eu não tinha direito nenhum de sequer pensar em aceitar.

E eu também havia prometido a Aadhya que a ajudaria a afinar o alaúde à tarde, então não poderia aceitar. Melhor assim.

— Não seja ridículo — falei friamente conforme pegava os meus dois últimos livros.

Ele ficou encabulado e se encolheu. Saí pelo corredor na direção da sala de leitura e das escadas, silenciosamente me parabenizando por ter esmagado qualquer pretensão da parte dele, exceto que, quando começamos a limpar nossas bandejas, Aadhya disse para mim:

— Ainda vamos afinar o alaúde hoje?

E Orion me lançou um olhar estreito do outro lado da mesa, como quem diz "ah, então você teria dito sim se não fosse isso, né?". Eu evitei os olhos dele. Ele não precisava ter mais ideias do que já tinha, e eu também não. Em vez disso, eu me apressei para ir com Aadhya até uma sala vazia para trabalhar no alaúde, mas, no instante em que ficamos longe das outras pessoas, ela cutucou o meu braço e ergueu as sobrancelhas.

— Eeeeee? — disse ela, significativa.

— O quê? — falei.

Ela me deu um empurrão.

— *Agora* vocês estão namorando?

— Não!

— Ah, qual é! Sério, olha na minha cara e me diz que vocês não se beijaram nenhuma vez enquanto estavam lá — disse Aadhya.

— A gente não se beijou! — falei, com uma honestidade perfeita e contente.

No jantar, relutantemente dei para Preciosa as três uvas vermelhas maduras do copo de salada de frutas que havia pegado e que estavam cheias de restos de melão velho e pedaços de abacaxi ainda verdes que faziam minha boca arder.

— Isso não é um encorajamento — avisei a ela.

Ela os aceitou com uma graciosidade convencida e comeu as três, uma atrás da outra, e foi dormir no copinho com a barriga pequena inchada.

Quase não há feriados na Scholomance. São uma invenção sem sentido, mas não é por isso que não os temos. Nós não os temos porque nós — e a escola — não podemos arcar com eles. Precisamos *trabalhar* o tempo todo só para fazer as coisas funcionarem. Então só há o dia de graduação e o dia de admissão, no segundo dia de julho, e os semestres são divididos perto de primeiro de janeiro, que também é quando a classificação da turma do último ano é divulgada e a limpeza de inverno acontece. Só que isso deixa um dia sobrando no primeiro semestre, e os estadunidenses decidiram que isso era um problema terrível que obviamente precisava ser resolvido. Então um dia em cada outono, depois que os últimos trabalhos de recuperação de meio de semestre são entregues — ou não —, temos o Dia de Desafio.

É mesmo um divisor de águas no ano: marca o começo da temporada de matança. Até lá, todos os males que ficaram hibernando ou passando pelas fases reprodutivas depois da graduação já acordaram e começaram a fazer seu caminho de volta para a escola, ou seus adoráveis novos bebês rastejaram até encontrar o caminho, e a competição entre eles fica mais agressiva. Em média, um a cada sete calouros morre entre o Dia de Desafio e o Ano-Novo, como eu havia repetido em alto e bom som aos meus, e cujos nomes *todos* haviam entrado na minha cabeça a essa altura, apesar dos meus melhores esforços para impedir que isso acontecesse. Nunca é uma boa ideia ficar apegado aos calouros, e fazer isso tão cedo no ano era um convite à desolação; mas, depois de terem salvo a mim e a Orion de ficarmos tropeçando por aí enquanto quase morríamos sufocados, toda a aura mística de veterana fria e distante que eu havia cultivado se esvaiu, e eles começaram a *falar* comigo. Até mesmo minhas respostas mais agressivas não os desencorajavam o suficiente.

Acho que o propósito habitual de um Dia de Desafio seja aumentar o espírito escolar ao deixar que as pessoas corram por aí praticando esportes ao ar livre e parabenizando umas às outras por suas conquistas. Nós não temos nem ar livre, nem espírito escolar, então, em vez disso, todos nos juntamos no ginásio e parabenizamos uns aos outros por ficarmos vivos por tempo o bastante para desfrutar de mais um Dia de Desafio. A participação é obrigatória, imposta pelo fato de que o refeitório fica fechado o dia todo, então o único lugar para se conseguir comida é no bufê que é oferecido no ginásio na forma de enormes máquinas de venda automáticas antigas que são retiradas especialmente para a ocasião. Eu não faço ideia de onde ficam o resto do tempo. Só dá para destravá-las ao depositar fichas, que você só ganha ao participar de vários jogos de gincana maravilhosos, como corridas de revezamento e queimada. Para aumentar ainda mais a atmosfera festiva, normalmente ao menos um ou dois alunos são devorados a caminho do ginásio, já que há males por aí que conseguem se lembrar de datas e sabem que há um bufê sendo oferecido para *eles* ao longo das escadas e dos corredores.

Quando a Scholomance abriu as portas em 1880, havia vários feitiços extremamente complexos de várias camadas no ginásio para dar aos alunos a ilusão de estarem ao ar livre, na natureza, com árvores e céu aberto que mudavam de dia para noite. Era uma obra de arte de um time de artífices incrível de Quioto. Mesmo naquela época, Quioto era poderosa o bastante para que Manchester não pudesse arcar com as consequências de mandá-los pastar inteiramente quando a escola estava sendo construída, então, em vez disso, Manchester os despistou com o ginásio. Quioto teve sua vingança ao fazer o lugar tão espetacular que todo mundo que fizesse um tour pela escola não poderia falar de outra coisa. Há vários relatos fascinantes pendurados nas paredes entre os mapas com as plantas baixas, junto com fotos antigas que supostamente são do ginásio, mas que parecem fotos tiradas de um guia turístico do interior do Japão.

Ninguém vê as ilusões funcionando há mais de cem anos. Depois que Paciência e Fortitude, nossas calamidades residentes, estabeleceram seus lares no salão de graduação, e toda a manutenção começou a ser feita por estudantes, a coisa toda foi por água abaixo. Todas as plantas morreram há tanto tempo que não restou nem a terra embaixo delas, só as floreiras de metal vazias, e a cor já se esvaiu dos distantes murais mutáveis de morros e montanhas, então agora eles se parecem com a paisagem da vida após a morte. Há uma semana na primavera em que pedaços fantasmagóricos de um branco pálido se espalham misteriosamente — tudo o que restou da experiência das flores de cerejeira. Ocasionalmente, árvores desfolhadas crescem, e há um pequeno pagode que às vezes aparece e desaparece. Acho que ninguém foi louco o bastante para entrar nele, mas, se foi, nunca saiu de lá para contar a história.

No entanto, as lamparinas ainda funcionam, e ao menos há um salão aberto com espaço para correr e se mexer, com um teto enormemente alto que permite que as pessoas vejam os males caindo em cima delas com tempo de aviso o suficiente. A maioria dos alunos ama o ginásio. Eu evitei o local por praticamente minha carreira inteira na Scholomance. Os males vêm para o ginásio o tempo todo;

fica no andar mais baixo, então é a primeira parada para todos aqueles que conseguiram se esgueirar pelos feitiços de proteção lá embaixo. É um lugar ruim para ser uma zebra solitária. Se eu tentasse me juntar a qualquer coisa inofensiva, como um jogo de pega-pega, dentro de alguns minutos todo o resto do grupo misteriosamente decidiria jogar alguma outra coisa que envolvesse escolher times, e eu sempre seria deixada de lado. Eu de fato tentei correr sozinha em vez disso, mas isso só me tornava um alvo ainda mais apetitoso, e os outros alunos deixavam tudo pior. Eles deliberadamente iam jogar mais perto ou moviam algum pedaço de equipamento que haviam remendado para que eu precisasse correr na faixa estreita perto das paredes, ou tivesse de passar por um mural de paisagem nebulosa e cinzenta que era perfeito para males se esconderem. Não era uma simples aversão a mim, mas qualquer coisa que me pegasse seria uma coisa que não os pegaria.

Assim, eu não frequento o ginásio. Em vez disso, eu me exercito sozinha no quarto para gerar mana, e é sempre um bom estímulo se antes eu refletir sobre o *porquê* de precisar fazer isso sozinha lá, de ser rejeitada e uma perdedora. Esse é o tipo de coisa que realmente não te motiva a se exercitar e só faz você querer ficar deitado na cama tomando sorvete, exceto que não existe sorvete para tomar na Scholomance, o que te faz se sentir ainda pior; e, se você consegue se forçar a se exercitar de qualquer forma, apesar de estar infeliz e não querer se exercitar, *voilà*, mana extra.

Ainda assim, eu estive em todos os Dias de Desafio. Nunca pude desperdiçar um dia de comida, muito menos o melhor dia de comida que ganhamos a cada ano. Ao menos no Dia de Desafio, as atividades são planejadas e você deve formar uma fila para cada uma, então eu não poderia ser deixada completamente de fora. E por causa de todo o exercício que faço sozinha no meu quarto, geralmente consigo sair com uma bolada e tanto de fichas. E uma bolada ainda maior de ressentimento, já que claramente sou uma boa escolha para os times e nunca sou escolhida.

Até mesmo este ano, a caminho do ginásio, eu estava automaticamente pronta para Aadhya e Liu me largarem. Não digo que esperava que isso acontecesse — teria sido uma surpresa horrenda —, mas uma parte do meu cérebro já estava se planejando para isso de qualquer forma, lembrando-se da estratégia que eu sempre precisei usar no Dia de Desafio. Primeiro eu tentaria a subida de corda, porque todo mundo a evita logo no começo, quando ainda pode haver alguns males escondidos nos painéis do teto, ou camuflados contra as manchas cinzentas que um dia foram o céu. Portanto, a fila é curta e você consegue as fichas rapidamente, e, enquanto está lá em cima, consegue dar uma olhada e ver quais outras atividades estão com filas curtas, porque, se não tiver aliados cuidando da sua retaguarda, no geral suas melhores chances são correr alguns riscos logo de cara e conseguir fichas o bastante para passar o resto do dia comendo e torcendo sem ânimo até que as pessoas comecem a voltar para os seus quartos.

Então eu estava pronta e preparada para ser abandonada e deixada no banco reserva. Não estava preparada para Magnus. Ah, eu teria reagido com uma velocidade imensa se ele tivesse tentado me dar algum tipo de veneno por contato ou mandado um construto mordedor para comer uma corda enquanto eu estava nela. No entanto, eu estava completamente despreparada para o que ele de fato fez.

Um empurra-empurra começou enquanto eu fazia uma fila com Aadhya, Liu e Chloe para a corrida de revezamento, e um bando de garotos veteranos grandes chegou tropeçando pela fila, cortando Chloe e eu. Então todo mundo começou a se empurrar com raiva, tentando manter seus lugares ou conseguir lugares melhores na confusão, e acabamos sendo empurradas para fora da fila e encarando Aadhya e Liu através de uma confusão bagunçada de pessoas. Nós já estávamos fazendo fila havia vinte minutos, e a fila tinha aumentado bastante nesse tempo. Se Aadhya e Liu desistissem dos seus lugares e voltassem até nós, acabaríamos perdendo o tempo de uma ou duas atividades inteiras. Só que todo mundo na fila estava no maior bafafá, e ninguém deixaria que voltássemos para nossos lugares originais sem uma briga.

— Chloe! — gritou Magnus da fila mais próxima, onde ele estava prestes a entrar para o cabo de guerra. — O Sung e a Jaclyn estão atrás das suas aliadas, deixem que fiquem com seus lugares e venham aqui!

Aadhya já estava fazendo um joinha para nós por cima do mar de cabeças, e Chloe agarrou minha mão e correu comigo para o lugar onde Magnus e Jermaine haviam afastado alguns alunos mais novos na fila atrás deles, que não eram corajosos o bastante para começar uma discussão quando furamos na frente deles.

Eu estava tão completamente espantada por Magnus ter se dado ao trabalho de ser legal que já estava com as mãos na corda antes de entender que a coisa toda havia sido armada: seu aliado, Sung, definitivamente tinha sido um dos alunos que começou o empurra-empurra, e eu tinha certeza de que alguns dos outros também eram penduricalhos de Nova York. Estiquei o pescoço para olhar a outra fila: Aadhya e Liu ainda esperariam mais cinco minutos para o começo da corrida de revezamento, o que significava que, quando acabássemos aqui, Chloe e eu precisaríamos desperdiçar tempo paradas como estátuas para conseguirmos nos juntar a elas novamente. Faria muito mais sentido, obviamente, que elas ficassem com Jaclyn e Sung, e que nós fôssemos fazer outra coisa — com *Magnus*, que aparentemente *queria minha companhia*. Ou melhor, queria me separar de Aadhya e Liu, e se certificar de que eu estava firmemente enraizada com o pessoal de Nova York.

— Tebow, se ninguém te disse antes, você é um saco de lixo — falei para Magnus quando saímos do cabo de guerra. Nosso lado ganhou; eu havia puxado com uma certa fúria vingativa. Ele parou, boquiaberto, no começo de seja lá qual discurso motivacional que estava prestes a fazer, então provavelmente ninguém havia lhe dito aquilo antes, apesar de, na minha opinião, a semelhança ser desconcertante: inútil, nojento e pronto para ser descartado. — Foi mal, Rasmussen, não vou passar o dia todo com esse arrombado — falei para Chloe, então marchei na direção da fila comprida para as corridas com ovo na colher.

Essas são sempre populares, apesar de serem possivelmente a atividade mais estúpida na qual um ser humano possa se engajar, já que, mesmo se uma colher acabar sendo uma mímica, ou se um ovo chocar algo desagradável no meio da corrida, normalmente não tem como ser algo assim tão terrível se for apenas do tamanho de uma colher.

Chloe se juntou a mim na fila um momento depois, com uma expressão confrangida que me irritou por me lembrar da expressão semelhante que mamãe faz às vezes quando está tentando fazer as pazes entre mim e o morador da comuna que eu havia irritado mais recentemente. Ao menos Chloe não tentou me convencer de que eu deveria tentar ver as coisas sob a perspectiva de Magnus e procurar entendê-lo ao oferecer o meu próprio ponto de vista, *et cetera*. Ela ainda estava tentando pensar no que ela *queria* dizer — não sei por que os estadunidenses simplesmente não falam sobre o clima como pessoas razoáveis — quando Mistoffeles repentinamente colocou a cabeça para fora do copo no peito dela e emitiu alguns guinchos alarmados, e nessa altura notei que oito alunos do enclave de Xangai haviam casualmente começado a se afastar das filas nas nossas laterais e agora estavam nada casualmente se fechando em círculo ao nosso redor. E um deles já estava começando a murmurar um encantamento para algo desagradável que estava prestes a jogar nas nossas caras.

Chloe lançou um olhar assustado na direção de Aadhya e Liu — já focadas na corrida de revezamento e sem sequer olhar na nossa direção —, então olhou em volta à procura de qualquer outra pessoa de Nova York, mas Orion não estava à vista, presumo que ocupado demais caçando males nas escadas e nos corredores. E é claro que Magnus, o Magnífico, tinha arredado o pé com o resto dos seus aminguinhos para se juntarem do outro lado do ginásio para discutir o que fazer com relação à minha recusa em aceitar suas boas-vindas de braços abertos.

— Um saco *fedido* de lixo — falei, tentando desabafar a minha fúria o suficiente para pensar no que fazer naquela situação.

Não era a quantidade: consigo lidar com mil inimigos tão facilmente quanto com sete, desde que *conseguir lidar* signifique "matá-los de forma horripilante." Eu não tinha nenhuma ideia do que fazer com eles fora isso. Conheço um feitiço que é um arraso para se apoderar das mentes de um grupo de pessoas, só que não há uma restrição sobre o tamanho do grupo: precisa ser lançado em um lugar com espaço físico delimitado, isolado por coisas como paredes, e então captura todos dentro dele. Nesse caso, estávamos dentro do ginásio que continha literalmente todos os alunos da escola. Além disso, o feitiço era meio vago com relação aos efeitos colaterais nas mentes em questão.

Eu podia simplesmente esperar até que o outro aluno lançasse seu feitiço, então o pegaria e jogaria de volta na direção dele. É meio difícil descrever como isso funciona, e de fato não funciona para a maioria das pessoas. Os encantamentos dos livros no primeiro ano informam firmemente que você se dará melhor ou fazendo um feitiço de defesa ou tentando lançar seu próprio feitiço de ataque antes que o outro bruxo termine o dele. Só que eu sou brilhante em retrucar, desde que o feitiço que esteja sendo jogado na minha direção seja destrutivo ou maléfico o bastante, e eu tinha um pressentimento muito forte de que isso não seria um problema nesse caso.

Então eu teria o prazer de assistir de perto a pele *dele* voar de seu corpo, ou seus intestinos explodirem pela boca, ou seu cérebro vazar pelo ouvido ou qualquer outra coisa horrível que ele pretendia fazer conosco, e teria sido puramente autodefesa; ninguém nem me criticaria por isso. Não na minha cara, pelo menos.

Eu teria gostado muito de ficar brava naquele momento. Eu quase nunca tenho dificuldade alguma em contemplar violência extrema ou até mesmo assassinato quando estou brava, e consigo ficar brava com um enclavista sem nem precisar de uma desculpa. Só que eu não conseguia ficar brava com eles, não dessa forma, não com aquela chama justificada e conveniente de ódio, porque, no geral, eu sou muito boa em saber qual é a coisa certa a se fazer, e também a coisa esperta a se fazer, e comprar uma briga até a morte com uma bruxa que é capaz de matar com um aceno de mão não é nenhuma das duas coisas. Se eu sou perigosa o bastante para ter um mandado de morte, a coisa esperta, egoísta e correta para um enclavista fazer era ficar longe de mim pra cacete, o mais longe possível. Eles deveriam ter abaixado as cabeças, saído de maneira segura como iriam fazer, e voltado para casa para contar a seus pais sobre mim. Eles eram adolescentes; tinham todo o direito de me deixar ser problema dos adultos.

Em vez disso, estavam ali, todos eles apostando com suas vidas seguras e superprotegidas — deveriam ter presumido que eu eliminaria ao menos *um* deles e, pelo que eu conseguia determinar, nem mesmo estavam com os aliados perdedores para levarem o golpe mortal. O garoto na frente, preparado para conjurar o feitiço, era um enclavista: seu rosto era vagamente familiar do laboratório de línguas, redondo e manchado com um bigode que ele corajosamente vinha tentando fazer crescer durante os últimos dois anos. Nunca havíamos estudado nenhuma das mesmas línguas; eu não sabia o nome dele. Mas Liu poderia saber: a mãe e o pai dela haviam trabalhado para o enclave algumas vezes. Os pais deles talvez se conhecessem.

E eu realmente conhecia a menina atrás dele, Wang Yuyan, porque todo mundo na linha linguística a conhecia: ela estudava doze idiomas, o que nenhum aluno enclavista precisava fazer. Ou ela era ambiciosa ou era loucamente apaixonada por idiomas, ou talvez fosse uma tremenda masoquista, sei lá. Eu não a conhecia muito, nunca havíamos tido uma conversa nem nada do tipo. No entanto, estivemos na mesma seção de sânscrito no segundo ano, e uma vez eu estava com um dicionário de que ela precisava — quando se está tentando decifrar o significado de uma palavra mais obscura, é preciso persegui-la por três ou quatro dicionários até acabar em um idioma no qual você é fluente — e ela pediu que eu procurasse uma palavra para ela de um jeito perfeitamente educado, e se ofereceu para procurar uma palavra por mim em troca.

Isso pode não parecer muita coisa, mas, a título de comparação, no ano em que eu era caloura, um aluno enclavista de Sydney olhou para o dicionário muito bom de francês-inglês que eu tinha encontrado naquela semana e disse "passe pra cá, seja uma boa garota", nem mesmo perguntando. E, como eu lhe disse exatamente onde ele poderia enfiar o tal dicionário, no fim da aula ele fez com que dois de seus capangas/amigos me fizessem tropeçar enquanto outro agarrava minha mochila inteira e corria pelo corredor sacudindo todas as minhas coisas enquanto gritava "suprimentos grátis!" enquanto todo mundo ria e pegava minhas coisas.

Fiquei de pé sob o batente, com o lábio sangrando e a testa machucada. Ele estava parado ali com mais dois amigos, aproveitando o teatrinho, todos sorrindo abertamente. Eu o olhei diretamente no rosto e pensei, em meio à minha raiva incandescente, em todas as coisas que poderia fazer com ele; então ele parou de sorrir e fugiu correndo para longe. Desde então, ele ignora minha existência com firmeza. Ah, as vantagens de ser uma monstruosa feiticeira das trevas em estágio embrionário.

Só que ele não teria parado sozinho. É assim que os enclavistas são, a maioria deles. Como Magnus, que era a razão pela qual ficamos expostas, e também a razão pela qual os enclavistas de Xangai estavam se colocando em risco para me tirar da jogada. Porque eles podiam imaginar o que alguém como eu poderia fazer com o tipo de poder que eu tinha.

E provavelmente, talvez, ao menos metade dos alunos enclavistas ao nosso redor era semelhante a Magnus, mas Yuyan não era. Disso eu sabia, e também sabia o que ela estava conjurando, porque tinha ouvido pessoas comentarem sobre um feitiço fantástico que ela havia aprendido no seminário de idiomas que permitia que você conseguisse ficar atrás do feitiço de alguém para dar um *empurrão*, o que queria dizer que, seja lá o que o menino do bigode irregular fosse jogar na gente, ela dobraria seu efeito. Isso significava que, quando eu o revertesse, ela também seria atingida pelo rebote. E talvez ela merecesse, mas eu não queria fazer isso com ela, com nenhum daqueles alunos que estavam prestes a nos matar por nenhuma razão fora estarem absolutamente aterrorizados por mim e pelo que eu poderia fazer. Era como se tivessem *razão* em tentar me atacar.

Entretanto, eu queria menos ainda deixar que eles matassem a mim e a Chloe, então só estava reforçando minha coragem para ir em frente e espelhar o feitiço de qualquer forma, quando Chloe tirou do bolso uma pequena garrafa spray de plástico cheia de um líquido azul brilhante e pulverizou todo o ar à nossa volta. Do outro lado da camada brilhosa, a sala inteira parecia ter desacelerado, como se todo o mundo exceto nós duas estivesse se mexendo através de lama — o que, é claro, significava que ela tinha acelerado nós duas; muito mais fácil.

— Você tem o bastante para nós duas fugirmos? — perguntei, mas ela sacudiu a cabeça, erguendo a garrafa para eu ver: o reservatório era do tamanho de uma centopeia mal-alimentada, e quase não havia mais nada do líquido azul no fundo.

— Eu só não conseguia pensar em mais nada para fazer que seria rápido o bastante — disse ela. — Tenho um spray cegante comigo, mas, se eu usá-lo nos dois encantadores, Hu Zixuan que está no fundo vai nos atingir, e eu tenho quase certeza de que o que ele tem é um revisor. Ouvimos rumores sobre ele estar trabalhando em um desde que chegou aqui, e agora deve ter poder o suficiente para quando eles descerem para o...

Ela estava apontando para um garoto bem no fundo do grupo, do outro lado. Eu não havia prestado muita atenção nele, porque ele era tão mirrado que parecia no máximo um aluno do segundo ano; presumi que só estava ajudando a fornecer mana. Porém, assim que Chloe apontou para ele, percebei que era o contrário: as pessoas espalhadas na frente dele o estavam protegendo e oferecendo mana *de volta* para ele. Zixuan tinha um pequeno bastão verde-claro quase que completamente escondido em sua mão, conectado a um arame fino dourado que deveria ser o resto do artefato em seu bolso: eu conseguia ver uma luz brilhante desacelerada brilhando ao longo do fio.

— Certo — falei, séria. — Vá em frente e cegue os conjuradores. É permanente?

— Você quer mesmo que eu explique como funciona *agora?* — disse Chloe. — O spray causa enxaqueca, e talvez eles continuem tendo enxaqueca pelo resto da vida, e eles estão prestes a *nos fritar!*

— Tá, tudo bem! — falei, apressada. Eu *estava* perfeitamente contente em dar enxaquecas para alguém pelo resto da vida em troca de uma tentativa de assassinato. — Pegue o menino do bigode, a Yuyan só está fazendo uma amplificação. Se pegar ele, o feitiço dela não vai dar em nada.

— Mas e o revisor? — perguntou Chloe.

— Disso eu cuido — falei. Eu esperava muito não estar mentindo, mas, enfim, nós não tínhamos mais tempo.

Ao pegar o spray cegante, Chloe me atirou um último olhar desesperado, como se dissesse que também esperava que eu não estivesse mentindo; então a fumaça azul começou a diminuir e a minha garganta doía como se eu estivesse gritando com todas as minhas forças. As pessoas ao nosso redor na fila estavam se afastando, então nossa conversa deve ter soado exatamente como gritos. Chloe já estava atravessando o espaço vazio com a última resma da rapidez sobrenatural na direção do garoto do bigode, cujos olhos ficaram arregalados de alarme, mas permaneceram resolutos. Ele sabia que faria o primeiro ataque, aquele filho da puta corajoso, mesmo assim gritou e caiu no chão quando o spray o atingiu.

Eu me virei na direção do outro grupo assim que eles abriram um espaço e Zixuan, com os olhos de coruja ampliados atrás das enormes lentes dos óculos, ergueu o bastão de jade até a boca e disse uma frase clara dentro dele. Não consegui entender seu pedido, já que ele estava conjurando no dialeto xangainês, mas consegui fazer um chute razoável: provavelmente tinha algo a ver com "por favor, altere o chão para que não inclua mais essa garota".

Eu só havia visto um revisor antes em ilustrações. Eles são usados o tempo todo, mas somente em projetos grandes de enclaves. É um artefato genérico que permite aos artífices criar pedaços de artifícios vastamente mais complicados e difíceis — algo que ninguém seria capaz de conter na cabeça — ao começar com um pedaço completo, e então tornando-o mais complexo aos poucos. Os primeiros revisores foram usados para ajudar a construir a Scholomance, na verdade.

Era um jeito bastante esperto de tentar me atacar. Me jogar para dentro do vazio embaixo do ginásio certamente me faria deixar de ser um problema, e eu não poderia impedi-lo com nenhum tipo de escudo ou nem mesmo revertendo o feitiço, porque ele não estava de fato mirando o feitiço em *mim*; ele estava mirando na própria escola. Era uma revisão pequena o bastante a ponto de ele conseguir fazer e se safar. E eu não poderia exatamente destruir o pedaço de artifício no qual ele estava usando o artefato, não sem jogar *todo o mundo* dentro do vazio.

Felizmente, eu sabia o que fazer nessa situação, porque no meu ano de caloura precisei passar dois meses traduzindo um adorável conto admonitório em francês sobre uma maleficente verdadeiramente horrível que havia vivido de crueldade por cerca de uma década, à custa de muitas crianças bruxas em sua vizinhança. Seu escudo era tão bom que ela era efetivamente invencível em uma batalha, então matou todos os bruxos que haviam tentado acabar com seu reinado e colocou todas as suas cabeças no parapeito de sua torre elaborada e bem enfeitiçada. Ela finalmente foi vencida por um jovem artífice que havia raptado: um menino com afinidade para trabalhar·com pedras. Ele não tentou atacá-la; em vez disso, enfeitiçou a pedra da torre dela e a emparedou com todas as seis camadas de escudos que ela havia feito, tão próximas umas das outras que ela não conseguia se mexer, e a deixou mumificada para morrer asfixiada.

A escola então me pediu uma redação longa — em francês — explicando o que eu faria na mesma situação. Eu reprovei de cara na minha primeira tentativa, feita de qualquer jeito, na qual sugeri que ela deveria ter fugido e *não* matado mais nenhuma criança; então passei uma semana na biblioteca pesquisando para o trabalho de recuperação.

A resposta que encontrei foi que, quando confrontado com um artífice que está prestes a voltar o ambiente contra você, mate-o primeiro. Porém, se essa não for uma opção da qual você gosta, a segunda melhor alternativa é tentar interceptar o poder do feitiço, e então substituir a alteração deles com uma feita por você.

Mas Chloe não estava errada ao ficar preocupada comigo fazendo isso, porque se dois bruxos começarem a brigar pelo mesmo pedaço de artifício — o que nesse caso era a própria escola — quase sempre o artífice melhor é quem acaba com a vantagem.

Se Zixuan conseguia *fazer* um revisor próprio — não dá para trazer um consigo na admissão, porque precisam ser alimentados com um fio pequeno de mana constantemente ou se esgotam —, ele devia ser um artífice absolutamente brilhante. E eu *não* sou uma boa artífice. Fazer um artifício é fundamentalmente uma questão de fornecer ao universo uma história longa e complicada, completa com adereços atraentes para convencê-lo a atender seus desejos. Eu sou mais do tipo que grita com o universo para que me obedeça.

Só que havia uma persuasão considerável em mão que já havia sido feita para mim, mais de centenas de anos atrás, por um grupo inteiro de artífices muito mais habilidosos do que qualquer aluno veterano poderia ser. Então, quando a onda verde de poder veio na minha direção, pronta para retirar o chão embaixo dos meus pés da existência, eu pisei nela e abri meus braços para cumprimentá-la, dizendo:

— Arrume isso aqui no lugar, pode ser?

Então só a joguei para o teto do ginásio, com um empurrão de mana extra para ajudar.

O poder ferveu pelos meus braços na direção do teto salpicado de cinza. Cascateou sobre a superfície em forma de domo com a espuma selvagem de uma lava-roupas, gotas de verde pingando e alunos gritando e correndo em todas as direções ao meu redor, tentando desviar da chuva. Eu só estava vagamente ciente deles, absorta num choque ofegante como se estivesse embaixo de uma cachoeira, precisando olhar diretamente para a água que fluía com o rosto desesperadamente encolhido, mal conseguindo ver, respirar ou ouvir por causa da fúria impetuosa. Zixuan e os outros enclavistas haviam colocado *muito* poder nesse trabalho: se eu parasse de redirecionar por um segundo, suas instruções originais também seriam cumpridas.

Não notei quando a gritaria e a correria pararam à minha volta; ainda estava no meio da torrente, e precisava ficar ali até que a última gota relutante fluísse e eu saísse de lá, arfante, para encontrar Chloe parada na minha frente, com as mãos cobrindo a boca, chorando de um jeito chocante — debulhando-se completamente, com os lábios virados para baixo como um palhaço. Não vi Zixuan ou nenhum dos outros alunos de Xangai, nem mais ninguém que eu conhecia. Todos haviam se espalhado pelo ginásio como se mãos gigantescas os tivessem recolhido para dentro de um saco, e então os chacoalhado de volta à sala aleatoriamente, exceto pela pequena área ao meu redor.

Quase todos os alunos estavam chorando, especialmente os mais velhos, ou encolhidos no chão como se quisessem ficar em posição fetal, mas não pudessem abaixar as cabeças. Todos nós sob o azul nítido de um céu outonal, com folhas secas no ar e crocantes sob nossos pés, a luz solar se infiltrando em feixes através das folhas de bordo escuras, em uma mistura de escarlate brilhante, amarelo e verde pelas extremidades da sala, que de repente era a clareira de uma floresta, com o gorgolejo leve de água passando por pedras em um lugar não muito distante como uma promessa, grandes pedras cinzentas surgindo como ilhas em um tapete de musgo e folhas, enquanto no horizonte distante da neblina um morro subia um pouco acima da linha das árvores, com uma varanda de madeira e o teto de um pavilhão aparecendo entre as cores em cascata.

Fiquei ali, muda por um ou dois minutos, e então um pássaro piou em algum lugar, e eu mesma comecei a chorar. Foi horrível. Foi quase a coisa mais horrível que havia acontecido comigo aqui; não era exatamente tão horrível quanto a calamidade, mas era difícil comparar, porque era horrível de um jeito tão inteiramente diferente. Eu não fazia ideia do que haviam pensado quando fizeram aquilo, exceto que é claro que eu fazia. Queriam fazer uma sala que fosse adorável nas visitas guiadas para impressionar os outros bruxos, para fazê-los dizer o quão adorável seria para as crianças terem um lugar tão bom para se exercitar, o quão adorável era ter aquilo para compensar ficar preso dentro dessa escola durante quatro anos sem ver o sol ou sentir a brisa ou ver sequer uma folha verde. Onde toda a água que se bebe tem o gosto vago de metal amargo, onde toda a comida é uma pasta regurgitada das chaleiras enormes, repleta de vitaminas diferentes e encantamentos quase transparentes para te enganar, fazendo com que acredite que seja outra coisa, sabendo esse tempo todo que você provavelmente nunca vai conseguir sair, e aquilo não compensava absolutamente nada.

As pessoas começaram a correr para fora do ginásio aos montes. Os únicos que não correram foram os calouros idiotas, que estavam todos perambulando em volta, balbuciando bobagens.

— Uau!

— Olha, tem um ninho!

— É tão bonito!

Isso fez com que todos que estavam aqui por mais de cinco minutos durante nosso ano mais seguro ficasse com vontade de esfaqueá-los. Eu mesma teria corrido, mas minhas pernas estavam bambas como se eu tivesse acabado de nascer, então só fiquei sentada em uma daquelas pedras pitorescas soluçando até Orion me agarrar pelos ombros.

— El, El, o que *aconteceu*, qual é o *problema*? — perguntou ele.

Agitei minha mão freneticamente, e ele olhou em volta com a expressão simplesmente confusa. Então falou:

— Não entendi, você consertou o ginásio? Mas por que você está *chorando* por isso? Eu desisti de caçar um quattria para vir até aqui! — Essa última parte foi dita em um tom levemente acusatório.

Isso de fato ajudou. Consegui respirar, e disse diretamente, em meio a lágrimas e ranho:

— Lake, eu acabei de salvar sua vida de novo.

—Ah, pelo amor… Eu consigo encarar um quattria! — retrucou ele.

— Você não consegue *me* encarar — cuspi para ele. Então me levantei com força e saí batendo os pés com a energia da fúria pura, o que ao menos me levou para além das portas e para longe da mentira grotesca da gruta.

Cambaleei pelo corredor, enxugando o nariz que escorria com a barra da minha camiseta — da camiseta *dele*, na verdade, a de Nova York que ele havia me dado, que eu estupidamente havia vestido hoje, como uma declaração. Talvez tenha sido por isso que o pessoal de Xangai resolveu me atacar. Porque tinham medo das coisas que eu poderia fazer para ajudar Nova York a destruir seu enclave, suas famílias; por que não teriam medo? Eu podia fazer qualquer coisa.

Havia alunos chorando aos montes em grupos espalhados pelos corredores. Entrei no labirinto e fui até a minha sala de seminário, onde ao menos poderia ficar sozinha, com exceção de qualquer maleficência que poderia querer me atacar, uma coisa que eu teria apreciado muito naquele instante. Passei pelo corredor estreito até a sala e fechei a porta atrás de mim, encostando a cabeça na enorme carteira feia, e por meio do tubo de ventilação uma leve brisa de folhas de outono entrou na sala, e eu chorei por mais duas horas sem qualquer outra coisa tentar me matar.

Capítulo 6

TINTA ENFEITIÇADA &
CHAMA MORTAL

NINGUÉM ME INCOMODOU NAS últimas semanas do semestre, exceto por passarem perto de mim cautelosamente, como se eu fosse uma bomba que pudesse explodir inesperadamente. Leves sopros de ar fresco, aromatizados com folhas secas e geada, agora subiam pelas tubulações de ventilação em momentos ocasionais, enfatizando o quão horrível era a qualidade do ar no resto do tempo. Minha adorável sala na biblioteca recebia esses sopros com bastante frequência. Meus calouros aproveitavam para respirar bem fundo enquanto eu fazia meu melhor para não vomitar. Eu via alunos ocasionalmente se debulhando em lágrimas no refeitório quando um sopro vinha na cara deles. As pessoas olhavam para mim de soslaio todas as vezes, e então fingiam muito mal que não tinham feito isso.

O pessoal de Xangai havia se afastado consideravelmente; por falar nisso, o pessoal de Nova York também. Durante o mês anterior, as pessoas haviam começado a fazer coisas para mim aqui e ali, como me pedir para trocar livros, passar jarras no laboratório ou emprestar um martelo na oficina. Eu havia ficado irritada na época, já que entendia muito bem que era porque haviam decidido que eu era uma pessoa importante e digna de cortejo. Mas agora não me pediam nada.

Se eu por acaso dissesse:

— Posso ficar com a casca de psyllium?

Imediatamente, quatro alunos pulariam ao mesmo tempo para empurrar qualquer coisa de que eu precisasse na minha direção, com frequência derrubando o que quer que fosse e esparramando tudo pelo chão, e a essa altura todos teriam entrado coletivamente em uma rotina frenética de pedidos de desculpas e baboseiras enquanto limpavam tudo.

Eu realmente tentei responder coisas como "eu não *mordo*", porém disse isso quando estava enraivecida, então a mensagem repassada era que morder seria uma coisa branda em comparação ao que eu faria no lugar disso. E é claro que acreditavam em mim. Eu já havia feito algo muito mais horrível do que eles poderiam imaginar: eu havia tornado a Scholomance *pior*. Ganharia nota máxima por trauma em massa. Estava afetando até mesmo os calouros: três deles haviam *morrido* no ginásio durante as últimas semanas. Eu havia deixado claro para os meus que nenhum deles deveria chegar perto de lá, mas outros, que haviam sido menos bem aconselhados, continuavam a arranjar desculpas para descer até lá e participar de brincadeiras divertidas, como esconde-esconde-do-male-surpresa ou seja-comido-no-batente-da-porta. A contagem de mortes teria sido ainda maior, mas Orion começou a patrulhar o lugar como rotina para caçar os males que o estavam usando como terreno de caça. Eu não sabia se isso contava como ele usando calouros como isca se eles mesmos estavam se colocando em risco.

Como regra, todos nós somos cautelosos uns com os outros aqui. Maleficentes em germinação estão no topo da lista de potenciais ameaças de todo o mundo, seguidos de enclavistas, alunos mais velhos, alunos mais inteligentes e alunos mais populares. Qualquer pessoa poderia se tornar um inimigo mortal sem nenhum aviso prévio se as condições propícias aparecessem — normalmente, se um male estivesse planejando comer ao menos um de nós. Só que nós sabíamos como ter medo uns dos outros; o que poderíamos fazer uns com os outros tinha limites mais sensatos. Ninguém em dez mil anos teria imaginado que, se alguém tivesse tentado me matar no ginásio, eu teria respondido reconstruindo o cenário fantástico original, criando um novo tormento para todo mundo na escola, incluindo eu mesma. Eu certamente não teria imaginado isso.

Então agora eu não era só uma colega perigosamente poderosa, que deveria ser bajulada, observada e sobre quem fariam estratégias. Eu era uma força da natureza terrível e imprevisível que poderia fazer literalmente qualquer coisa, e todos eles estavam trancados aqui dentro comigo. Era como se eu mesma tivesse me tornado uma parte da escola.

Como que para confirmar, todos os males repentinamente pararam de vir atrás de mim. Eu não sabia o porquê. Passei algumas semanas em pânico até Aadhya entender o motivo.

— Certo, o que está acontecendo é o seguinte — disse ela, desenhando em um papel para que pudéssemos entender, em um diagrama de pauzinhos no formato circular da escola. — A escola precisa de mana para fazer com que todos os feitiços funcionem. No começo do ano, quando não há muitos males, a escola faz um truque legal: ela *anula* alguns desses feitiços, mirando precisamente em você, e usa o mana para reforçar todos os *outros* feitiços. Os males escolhem o caminho com menor resistência e, *voilà*, você é o alvo número um. Só que a essa altura eles são muitos, e estão passando pelos caminhos sozinhos, como sempre.

— E nenhuma maleficência vai vir atrás de você se tiver qualquer outra escolha — terminou Liu, como se isso fosse óbvio.

— Ah, bacana — falei. — Até os males concordam que eu sou um veneno. Ai! Sai de cima, sua coisinha...

Preciosa tinha acabado de morder minha orelha. Dei um tapa na direção dela, mas ela pulou sem dificuldade nos meus ombros encolhidos e agarrou o lóbulo da minha *outra* orelha com vontade, uma ameaça razoavelmente potente, considerando a dor que eu estava sentindo na orelha que havia sido mordida antes.

— Sem guloseimas para *você* — falei friamente depois de tirá-la cuidadosamente e colocá-la de volta dentro do copinho. Mas murmurei para Aad e Liu: — Desculpa.

Não era uma coisa boa ficar reclamando sobre eu ser *intragável*. Ainda me lembro exatamente como me senti quando Orion *me* disse que os males nunca iam atrás dele.

É claro que, mesmo depois que os males foram embora, meus gatilhos ainda não haviam desaparecido. Eu ainda dava pulos a cada barulho e quase destruía qualquer tonto que passava tropeçando sozinho pelo meu caminho em momentos inesperados. Eram sempre o tipo de perdedor patético e sem amigos que ninguém avisa para não chegar perto do corredor da biblioteca onde eu ficava escondida, ou não se sentar perto demais de mim. Exatamente como eu havia sido. Eu quase teria apreciado a distração de ser atacada de verdade. Orion teria apreciado ainda mais. Ele ainda estava irritado por ter perdido um quattria adulto para sair correndo ao meu resgate. Aquilo parecia crescer de tamanho cada vez que ele reclamava sobre tê-lo perdido. Ninguém havia visto a coisa desde então — ou melhor, ninguém que tinha saído vivo do Dia de Desafio. Havia quatro alunos que desapareceram durante o êxodo em massa do ginásio, então quase certamente o quattria havia conseguido garantir quatro refeições separadas de crianças soluçando em desespero, uma para cada boca, e então havia se escondido em algum lugar nas profundezas pelos próximos quatro anos para fazer a digestão até se dividir em quatro pequenos quattrias diferentes.

Suponho que troquei esses quatro alunos por aqueles de Xangai que haviam realmente me atacado. Não querer ter feito isso melhorava as coisas? Ou eu só estava sendo uma arrombada imbecil que se achava boa demais para olhar as pessoas nos olhos enquanto as matava?

Eu sabia o que mamãe diria: não fui eu quem os matou, foi o quattria — ou, melhor ainda, o alquimista que havia pego quatro inocentes bebês animaizinhos e os fundido em uma entidade só. Alquimistas fazem quattrias porque, se você os deixar sem consumir comida sólida por mais ou menos um mês, e então dar a cada uma das bocas um reagente diferente, consegue obter fusões alquímicas altamente úteis pelo outro lado, algumas das quais não se pode obter de nenhuma outra forma. Só que os quattria não gostam de passar fome, como você pode imaginar, então escapam com uma frequência relativamente alta e começam a devorar outras criaturas com mana, porque esse é o jeito mais eficiente de conseguir mana o suficiente para continuar sobrevivendo.

É sempre conveniente poder colocar a culpa das coisas em pessoas que não estão presentes, mas eu não sabia se aquilo ajudava a me sentir melhor. Tá, algum alquimista cruel havia inventado um quattria há um século e era na verdade culpa dele, mas ele já estava morto há muito tempo, e o quattria havia comido quatro pessoas na semana passada.

Enquanto isso, Orion vasculhava todos os cantos à procura de males patéticos e raquíticos que até mesmo um calouro poderia eliminar. Ele de fato pegou um berrante polifônico bem gordo em um dos banheiros femininos do segundo ano algumas semanas depois do Dia de Desafio. Pelo que sei, também houve alguns berros de não maleficentes enquanto ele corria pelas duchas compartilhadas durante o horário mais disputado da noite, apesar de ninguém ter de fato protestado o fato de que ele havia entrado de intruso lá, dado que a alternativa tinha muito mais tentáculos e cheirava muito pior do que um menino sem banho, o que ele não era mais quando a briga terminou.

Na semana depois disso, um gelidito cresceu silenciosamente sobre as portas do laboratório grande de alquimia durante o período de trabalho, congelou-as até ficarem completamente seladas e então começou a rastejar progressivamente pela sala. Para a sorte de todos os envolvidos — nesse caso, os trinta e poucos alunos lá dentro —, na hora Orion estava em um dos laboratórios menores, amuado, fazendo a sua (já atrasada) lição de casa, que ele instantaneamente abandonou para ser prestativo. Normalmente, só é possível matar um gelidito atravessando o seu núcleo sólido com uma flecha de fogo enfeitiçada especialmente para isso, mas Orion simplesmente começou a bater em vários pedaços do monstro com uma cadeira de metal e os incinerou com explosões de fogo antes que se fundissem de volta com o resto. Por fim, ele conseguiu arrancar massa o bastante para que pudesse enfiar a última perna da cadeira no núcleo, e então esquentou essa perna até que o metal derretesse e o atingisse.

— Bom, Lake, isso não vai ser adicionado às maneiras recomendadas de destruição do nosso livro didático, né? — falei friamente no jantar naquele dia, quando ele mostrou o globo metálico que era tudo que restava do gelidito, supostamente porque queria opiniões sobre se aquela coisa estava mesmo morta.

Eu não me deixei enganar: ele só estava tentando se safar por ter deixado o trabalho de laboratório de uma semana inteira se dissolver na própria bancada, quando ele poderia ter gastado trinta segundos para interromper a reação *antes* de sair ao resgate heroicamente.

Você poderia se perguntar o que eu tenho a ver com isso, então eu explicaria demoradamente como eu precisei resgatá-lo *de novo* só dois dias antes. Ele havia chegado à sua aula e começado a trabalhar imediatamente em um lote atrasado de tinta enfeitiçada sem prestar nenhuma atenção ao fato de que todos os outros quatro membros da sua aula sênior no laboratório haviam vazado naquele dia. É claro que toda a ventilação no laboratório dele havia silenciosamente se fechado e ele não havia notado; só continuou liberando mais fumaça tóxica que ele mesmo inalaria sem preocupação nenhuma enquanto devaneios vívidos sobre pitagoranos e polívoros preenchiam sua cabeça progressivamente.

A única razão pela qual eu descobri isso a tempo de salvar a vida inútil e estúpida dele foi porque um dos *outros* alunos notou que todos os seus colegas estavam na biblioteca trabalhando, e ela decidiu ganhar alguns pontos com Nova York correndo até Magnus para dizer a ele que Orion estava sozinho em um laboratório. Ela poderia ter corrido para falar diretamente comigo: eu estava na mesa central da sala de leitura naquela hora, com sete dicionários gordos esparramados ao meu redor e uma aura vingativa. Havia nove cadeiras completamente vazias na melhor mesa na sala de leitura porque Chloe e Nkoyo eram as únicas ali que ousavam se sentar comigo. Nem mesmo Magnus tinha a audácia de ir até ali; ele enviou um de seus lacaios para chamar Chloe, falou com ela e então deixou ela voltar para me avisar.

Quando finalmente cheguei ao laboratório, Orion estava alucinando tanto que pensou que eu também era uma pitagorana e tentou lançar um feitiço de imobilização em mim. Se tivesse me atingido, suponho que teríamos morrido alucinando juntos. Muito romântico. Peguei o feitiço e o atirei de volta à cabeça dele, e Orion prontamente caiu da cadeira com um barulhão, derrubando três banquinhos na descida. Ao menos isso fez com que ele ficasse fora do meu caminho para que eu pudesse prosseguir pulverizando o caldeirão com sua tinta cada vez mais tóxica, além de um bom pedaço da mesa de laboratório. Peguei pesado, mas eu estava irritada. Não fiquei menos irritada depois de precisar arrastar seu corpo inteiramente rígido para o corredor. Reclamei até não poder mais pelos cinco minutos seguintes nos quais ele ainda não podia se mexer, mas ele ainda estava muito chapado e só continuou me encarando, vidrado, até eu terminar.

— El? — ele finalmente disse, de um jeito meloso. — É você?

Então o efeito do feitiço de imobilização acabou e ele se sentou, e depois vomitou uma gosma roxa em cima dos meus pés.

Assim, ele não tinha nada que se envolver em encrencas evitáveis com a lição de casa e sabia disso; ele podia só enfiar a bola de praia enorme e congelada dele na lixeira mais próxima. Ele se contorceu sob o meu olhar e tentou apelar para Chloe, que havia sido treinada para ser legal com ele desde o nascimento.

— Bom, eu *acho* que deve estar morto, mas você pode tentar fazer uma análise nas partes internas — disse ela, prestativa.

— Sim, você poderia, se ao menos não estivesse com seis semanas de atraso nas suas lições de casa — falei entredentes.

— Eu não estou! — disse Orion. — São só *quatro* semanas...

Ele parou de falar tarde demais e me fuzilou com o olhar enquanto todo mundo na mesa, incluindo até mesmo Chloe, emitiu os guinchos apropriados de horror na direção dele. Eu sorri satisfeita, cruzando meus braços.

Naquela noite, ele foi repreendido por Magnus e Jermaine, e com isso quero dizer que eles o encurralaram no banheiro masculino e falaram com muita sinceridade sobre a necessidade de fazer os trabalhos direito e como ele estava sendo tonto por deixar a lição de casa acumular sem razão nenhuma quando isso poderia ser facilmente resolvido. Eu não estava lá para ouvir, mas não precisava estar; eles eram enclavistas.

Eu de fato vi os dois indo atrás dele, e me apressei para escovar meus próprios dentes; então esperei no corredor até Órion aparecer de novo, devidamente humilhado. Corri para alcançá-lo.

— Então, Lake, vai deixar seus coleguinhas de enclave entregarem sua lição de casa para algum coitado desesperado pra se dar bem com eles?

Ele me lançou um olhar de afronta: era minha culpa ele ter entrado naquela fria para começo de conversa; será que eu não poderia ter a decência de deixar ele em paz enquanto Magnus fazia com que o trabalho dele desaparecesse convenientemente? Só que claramente eu não tinha essa decência, então ele suspirou.

— Não — murmurou ele, relutante.

Eu assenti e perguntei, muito docemente:

— Vai continuar esfregando as *consequências* dos seus atos na minha *cara*?

A resposta correta para essa pergunta tampouco era muito difícil de encontrar, apesar de ele fazer uma carranca para mim antes de me entregá-la.

— *Não.*

— Ótimo — falei, satisfeita, e parei na porta do quarto dele, nitidamente esperando que ele entrasse e se fechasse lá dentro para fazer a lição de casa atrasada.

Ele olhou para a porta e depois para mim.

— El... se o maquinário de limpeza passar pelo salão de graduação de novo...

— No Ano-Novo, você quer dizer?

A limpeza do fim de semestre não era nem um pouco tão minuciosa quanto a limpeza do dia de graduação. A manutenção da escola havia precisado economizar bastante em quantidade e ambição uma vez que os próprios estudantes começaram a fazê-la no lugar das equipes de bruxos adultos profissionais que passavam pelo salão da graduação. Um dos lugares em que resolveram economizar era na limpeza de meio de ano. Só mais ou menos um quarto das paredes de chamas mortais é ativado, para poupar o gasto. Isso deixa muitas rotas de escapatória disponíveis pelas quais é possível sobreviver, então a limpeza realmente só abate os males mais desmiolados.

É claro que o lugar para o qual grande parte dos mais espertos se retira é o salão de graduação. Se o maquinário funcionar por lá, então era muito provável que acabaríamos com todos os males reduzidos para os níveis quase inexistentes do começo do ano.

— É — disse Orion, carrancudo.

Coitadinho: o maior herói em gerações, sem nenhum monstro malvado com quem lutar. Preciosa emitiu um guincho depreciativo em seu copo, mas, para a sorte de Orion, ele não estava a seu alcance para levar uma mordida. Ao menos ele não estava tentando reclamar disso com ninguém além de mim, a única outra pessoa que tinha um motivo decente para desgostar da ideia. Se os males realmente fossem dizimados nessa quantidade, a escola provavelmente conseguiria afunilar todos os ataques de volta para minha direção.

Só que eu não ia me solidarizar com ele em voz alta. Eu *estava* ao alcance, e já havia sido mordida duas vezes naquela semana.

— Vai fazer muita diferença se você for transformado em gosma antes porque não conseguiu sentar a bunda na cadeira e fazer algumas folhas de exercício — falei. — Estamos a isso aqui do Ano-Novo, e aí você nunca mais vai precisar fazer nenhum trabalho, a não ser que você reprove em absolutamente tudo. Você precisa de mais uma porção de mana?

— Não, tô bem — disse ele, apesar de ter que forçar os olhos para longe do compartilhador quando acenei meu pulso na direção dele. — Tenho o suficiente, eu só… fiquei acostumado, acho. — Ele encolheu um único ombro para o seu estado de fossa, mas ainda estava encarando o chão; depois de um instante, resolveu tocar no assunto do problema de verdade. — Não é como se tivesse uma penca de males em Nova York. No enclave, digo — acrescentou ele. — Poucos conseguem entrar.

Eu não consegui evitar.

— Ninguém está te acorrentando a Nova York — falei sem rodeios.

Isso era uma coisa muito legal e simpática para dizer a um menino que queria a mãe, o pai e a própria cama tanto quanto eu. Só que eu havia sido dominada por um instante deslumbrante de uma visão idílica: nós dois percorrendo o mundo juntos, bem-vindos em todos os lugares por todas as pessoas; ele acabaria com infestações e depois cuidaria da minha retaguarda enquanto eu construía os enclaves da Pedra Áurea com o poder dos males que ele havia eliminado.

Dava para dizer que eu estava só oferecendo a ele um futuro diferente, e eu tinha tanto direito de dar a ele essa possibilidade de futuro quanto ele tinha de me pedir para acompanhá-lo até Nova York, mas não parecia que eu tinha. Eu teria *gostado* de me sentir dessa forma; teria argumentado até ficar sem voz e sem fôlego se qualquer pessoa tentasse me dizer que eu não poderia fazer tal coisa. Porém, não havia um oponente conveniente por perto com quem eu pudesse argumentar, e, dentro da minha cabeça, eu não acreditava de verdade que tinha algum direito de pedir a Orion Lake que abrisse mão de seu futuro de segurança e tranquilidade no enclave mais poderoso do mundo só para passar a vida como um guarda-costas itinerante no meu encalço.

Mesmo que eu pudesse esmagar esse sentimento particularmente enfadonho, minha visão ainda significaria pedir para ele desistir de sua família e de todo o mundo que ele conhecia. Ele não estava dizendo que não queria *voltar para casa*; estava dizendo que não gostava da ideia de passar o resto da vida tendo que implorar para Magnus Tebow cada vez que quisesse um copo de mana. Eu não gostaria de ter que pedir para Magnus Tebow nem mesmo uma bala vencida. E me senti como um monstro egoísta assim que as palavras saíram da minha boca.

— Se você começar a anunciar seus serviços, vai ficar com a agenda cheia para ir matar os piores males no mundo inteiro — acrescentei, como se fosse isso que eu queria dizer. — Orion Lake: Caçador de Maleficências de Aluguel, nenhum male grande demais, alguns muito pequenos.

Ele soltou um barulho que tentou ser uma risada e acabou em um suspiro.

— Tô sendo babaca? — perguntou ele abruptamente. — Todo mundo sempre age como se... — Ele fez um gesto frustrado com a mão na direção das legiões de seu fã-clube. — Mas eu sei que é só...

Ele estava sendo tão articulado quanto, bem, um garoto comum de dezessete anos, mas eu o compreendi perfeitamente. Ele havia sido treinado para pensar que era bom apenas se corresse por aí sendo um herói o tempo todo. Naturalmente, assim que ele ousasse pensar no que *ele* poderia querer, certamente isso o tornava um monstro. Mas, como alguém que ouve desde bem jovem que é um monstro de quase todos os cantos, eu sei perfeitamente bem que a única coisa sensata a se fazer quando a insegurança bate é reprimi-la com violência descomedida.

— Quem você acha que eu sou, sua terapeuta? — falei, vigorosa. — Vai fazer sua lição de casa pra eu não ter que grudar seu corpo com pedacinhos e deixe sua crise existencial para outra hora.

— Valeu, El, você é uma amigona — disse ele, em um tom de afeição profundamente açucarada.

— Eu sou, não sou? — falei e larguei ele lá.

Então voltei para o meu quarto e não fiz nadinha da minha própria lição de casa. Em vez disso, passei o tempo todo lendo os sutras da Pedra Áurea, traduzindo mais alguns pedaços e desenhando figuras de palitinhos de enclaves minúsculos no meu caderno. Preciosa correu pela minha mesa, bagunçando as minhas canetas e comendo sementes de girassol de sua tigelinha de comida, ocasionalmente vindo inspecionar meu trabalho. Ela não aprovou o pedaço em que eu havia desenhado um boneco-palito com uma espada matando males; quando desviei o olhar, ela passou por debaixo do meu braço e depositou um cocô exatamente no lugar em que eu apoiaria minha mão quando voltasse a escrever, então esmaguei o excremento em cima da minha própria obra de arte.

— Não é como se ele fosse útil em um enclave — murmurei enquanto despejava metade da minha jarra na mão desonrada, esfregando-a para que ficasse limpa em cima do ralo do quarto. — Na verdade, acho que ele *preferiria* dar uma volta ao mundo caçando males comigo.

Mas é claro que ela estava certa; era uma coisa incrivelmente estúpida de se pensar. Havia boas chances de que ao menos uma das poucas pessoas que eu amava no mundo tivesse apenas meses para viver, e essa pessoa poderia muito bem ser eu, se eu me permitisse ficar distraída. Eu havia repreendido Orion por negligenciar suas tarefas, mas ao menos sua caça servia para um fim razoavelmente imediato: ele conseguia tirar mana daquilo, e cada male que ele matasse nos corredores seria um a menos para pular nas nossas cabeças no dia da graduação. Mas eu não construiria nenhum enclave *antes* de ter conseguido sair e fazer todo mundo com quem eu me importava passar por aquelas portas, então podia parar de desperdiçar tempo com aquela ideia agora.

Vamos lá, me pergunte quanto tempo eu desperdicei naquilo até o fim do semestre. Ou não pergunte; não quero realmente ter de contar quantas horas joguei pelo ralo. A escola esfregou isso na minha cara no dia do Ano-Novo. O dia inteiro foi uma puxação de tapete atrás da outra desde o comecinho: na noite anterior, eu havia caído no sono lendo os sutras — estava começando a conseguir ter um entendimento vagamente generalizado de uma nova página bastando enunciá-la algumas vezes — e, quando acordei, ainda estavam abertos na minha cama. Cometi o erro de olhar a página de novo e comecei a enunciá-la desde o começo. Foi como se tivesse ficado mais fácil com o passar da noite, foi incrível. Meia hora e dois parágrafos depois, eu notei o que estava fazendo e precisei correr sem ter tomado banho para alcançar os últimos retardatários e chegar bem no finalzinho da fila de veteranos no refeitório. Tudo que consegui pegar para o café da manhã foi uma tigela com a raspagem seca das laterais da cuba de mingau.

— Você poderia ter me dado uma mordida *útil* para variar — falei para Preciosa quando saí com a bandeja desagradavelmente leve. Ela me ignorou para continuar mastigando o pedaço de pão seco que eu havia pegado para ela, e só guinchou uma reclamação quando eu dei um pulo de meio metro porque a fila do serviço de comida se fechou atrás de mim: eu havia sido literalmente a última veterana a pegar café da manhã.

Essa nem foi a pior parte. Sudarat estava fazendo fila perto da parede com os outros calouros que esperavam sua vez; quando passei por ela, ela se virou para mim.

— Parabéns, El! — falou ela, em um tom bastante sincero.

— Pelo quê? — perguntei.

Ela apontou para a classificação da turma, que havia sido pregada em letras douradas embaixo do nosso ano em uma grande placa na parede. Eu não havia me dado ao trabalho de olhar ainda, já que não me importava qual dos vinte monstros agressivos que brigavam como cães e gatos havia de fato sido escolhido como orador, e sabia que eu mesma não estava nem perto dos cem primeiros.

Bom, eu estava certa sobre esse pedacinho; não estava mesmo perto dos cem primeiros. Meu nome estava listado bem acima de todo o resto — ao lado das palavras PRÊMIO ALGERNON DANDRIGE SINNET POR MÉRITO ESPECIAL EM ENCANTAMENTOS EM SÂNSCRITO. Eu nem mesmo sabia que *existiam* prêmios a serem entregues; nunca havia visto alguém receber um antes.

Antes que você pergunte, sim, havia um prêmio de verdade. Eu me joguei na mesa com meus aliados, que agora podiam ver em letras elegantes e douradas exatamente quanto tempo eu havia desperdiçado estupidamente. Quando depositei minha bandeja, ela não ficou reta.

— Cuidado, tem um coagulado na minha bandeja — falei, obviamente, e pulei para longe como todo mundo exceto por Orion.

Ele prontamente apontou um dedo e pulverizou minha bandeja inteira com um de seus feitiços de relâmpagos idiotas, mas altamente efetivos, incendiando o mingau que já era intragável até virar cinzas sólidas; então ele franziu o cenho.

— Não tem, não — disse ele.

Ele ergueu a bandeja que ainda fumegava para revelar que a causa da minha bandeja estar torta era meu prêmio: uma pequena medalha redonda, timbrada em um metal fosco cinzento, pendurada em uma faixa listrada de azul e verde com um broche reto no topo, aparentemente projetada para ser pendurada na minha lapela junto das minhas outras honras militares. Estava apenas levemente chamuscada.

— Ah, isso é muito legal, El, parabéns — disse Chloe, e parecia estar falando sério. Ela nem mesmo era uma caloura.

Entreguei o penduricalho para Aadhya sem me dignar a dar uma resposta.

— Vale a pena derreter?

Aadhya o pegou com as duas mãos e esfregou os dedões na superfície da frente, murmurando um feitiço de teste de artífice. O entalhe feito em alto-relevo — possivelmente Ganesha; o nariz parecia vagamente elefantino — iluminou-se em rosa por um instante, então ela sacudiu a cabeça, entregando-o de volta.

— É só estanho.

— Parabéns, Galadriel — Liesel disse para mim friamente quando passou por nossa mesa alguns minutos depois; mas o que ela queria dizer era *vai se foder*.

Ela havia conseguido o cargo de oradora de turma, mas ao menos aquela resposta era justa. Se eu tivesse passado esse tempo todo bajulando garotos enclavistas e fazendo a lição de casa deles, eu teria ficado com vontade de esfaquear qualquer um que tivesse conseguido colocar o nome em um lugar acima do meu por causa de um único seminário. Só que eu não ia sentir pena dela. Ela estava indo embora do café da manhã com Magnus, e já havia ganhado os primeiros pontos com ele por contar historinhas sobre mim. Suponho que ela tenha escolhido Nova York como alvo. Eu não teria escolhido isso, considerando que o preço era cortejar Magnus, mas ela obviamente tinha uma tolerância maior para sacos de lixo do que eu.

Uma tolerância *muito* maior, sendo bastante sincera. Saí tarde do refeitório porque, enquanto Min guardava seu lugar na fila dos calouros, Zheng correu até mim e me disse que ele e os outros alunos do seminário da biblioteca tentariam pegar alguma coisa para mim quando a vez deles chegasse. É muito raro conseguir pegar muito mais do que o necessário quando se é um calouro — o oposto, na verdade — e era assim até mesmo antes dos índices de sobrevivência da Scholomance terem subido a níveis de Orion Lake. Porém, entre todos os oito, eles conseguiram arrumar um pedaço de pão e uma caixinha de leite, então ao menos eu não perderia nossa manhã livre inteira sentindo tontura além de irritação.

Valeu a pena esperar por eles, mas, quando terminei, os primeiros avisos harmoniosos começavam a soar delicadamente — *din-don, a morte por labaredas se aproxima* — para lembrar qualquer um que houvesse esquecido que a limpeza estava prestes a começar. Dei uma corrida até o banheiro feminino para escovar os dentes e lavar o rosto, para não ficar nojenta nas horas seguintes, e parei sob o batente, espantada: Liesel estava lá se maquiando.

O uso de cosméticos aqui é aproximadamente tão alto quanto no meu primeiro ano do ensino fundamental. Por menor que seja a chance de você cometer um erro quando estiver misturando seu batom no laboratório de alquimia e derreter metade da sua cara, ainda assim é um risco grande demais para a maioria das pessoas. Se você é bom o suficiente para ter certeza de que não vai fazer isso, você é bom o suficiente para obter uma aliança de um jeito mais confiável. Namorar alguém não te garante uma aliança, da mesma forma que amizades também não garantem. Entretanto, lá estava Liesel, passando um gloss labial rosa brilhante em sua boca de oradora, e um pouco dele nas bochechas para corá-las. Ela já havia tirado o cabelo das tranças curtas e apertadas que sempre usava, sacudindo as ondas loiras por cima dos ombros. Havia colocado uma blusa branca limpa, que fora passada de verdade, e a deixado desabotoada o bastante para mostrar um pedaço bem decente do decote, com um colar dourado pendurado no pescoço. Ela estava bonita o bastante para um encontro lá fora; aqui dentro, em comparação com o nosso estado normal, ela poderia muito bem ter saído diretamente da capa da *Vogue* para deslumbrar todos nós, reles mortais.

Devo confessar que tive uma reação hedionda.

— Não o *Tebow* — deixei escapar, ainda no batente.

Seus lábios brilhantes se apertaram em uma linha fina.

— Bem, o Lake me parece muito *ocupado* — disse ela, entredentes, e eu nem podia dizer nada em resposta naquelas circunstâncias; ela tinha todo o direito de ficar irritada comigo como estava.

Talvez ela *quisesse* transar com Magnus, que afinal de contas tinha quase um metro e oitenta e não pareceria deslocado em um — bom, em um catálogo da Avon, ou ao menos em um folheto de uma loja de 1,99.

Sim, *talvez*, mas minha imaginação tinha limites, e isso estava além deles. Então, em vez de deixar isso para lá, eu disse:

— Olha, não é da minha conta, mas — comecei; considerando que aquilo estava saindo da minha boca, era um indício forte de que eu deveria ter parado ali, mas em vez disso continuei —, só para você saber, eles já me ofereceram uma garantia.

Em minha defesa, essa informação provavelmente importava bastante para ela. Mesmo que Magnus Tebow fosse o símbolo ideal de masculinidade e carisma para ela, Liesel havia conseguido ser a porcaria da oradora de turma com três anos e meio de trabalho brutal e incansável, e ela não ia querer desperdiçar isso com alguém que nem mesmo poderia lhe oferecer uma vaga garantida em um enclave. Nova York tinha muitos candidatos ávidos, a maioria deles bruxos já testados que haviam deixado a escola há muitos anos e feito trabalhos significativos; eles não deixariam que seus filhos oferecessem mais do que um lugar garantido ao ano para um adolescente inexperiente de dezoito anos, de jeito nenhum, e Chloe deixava ansiosamente claro em cada oportunidade que eu lhe dava que o lugar estava sendo *guardado* para mim. Mesmo que eu nunca o aceitasse, isso não significava que Liesel seria convidada depois.

É claro, eu não estava exatamente enaltecendo o cérebro dela ao supor que ela não era inteligente o bastante para se certificar de que teria um lugar garantido *antes* de desabotoar o resto da blusa, então, mesmo que eu estivesse dando uma informação útil, havia um insulto implícito de brinde. E ela o recebeu de acordo.

— Que legal pra você — disse ela, ainda mais furiosa, fechando o tubo de gloss com um estalo. Depois pegou o punhado de potes e coisas na bancada, guardou-os na necessaire e marchou para fora do banheiro sem olhar para trás.

— Parabéns — falei para mim mesma no espelho, com a escova na boca.

Eu precisava me apressar agora, já que o primeiro sinal tinha sido tocado; então escovei os dentes o mais rápido que pude antes de correr de volta para o corredor, onde derrapei nos meus calcanhares e bati a parte de trás da cabeça com tudo no chão. Liesel havia feito uma poça com o resto do gloss labial artesanal do lado de fora da porta, sacrificando o suficiente do produto para poder lançar um feitiço de maldição que fizesse *a próxima pessoa que sair daqui tropeçar*. Eu sabia o que havia acontecido mesmo enquanto estava caindo: no momento em que pisei na poça escorregadia, senti a intenção maliciosa do feitiço, mas já era tarde demais para fazer alguma coisa.

Eu de fato consegui me virar um pouco na queda, o que pode ter ajudado ou piorado as coisas, não sei. Eu não morri e não fiquei inconsciente, acho, mas ainda assim era grave. Sentia que minha cabeça inteira era como um sino de igreja que alguém havia ressoado de um lado para o outro com um pouquinho de entusiasmo demais, meu cotovelo e meus quadris estariam gritando de dor, se isso não fosse equivalente a gritar "o jantar está na mesa!" para qualquer male que estivesse no perímetro de escuta. Em vez disso, eu me encolhi em um montinho como uma criança e fechei a boca com um soluço agudo abafado, as duas mãos ao redor da parte de trás do crânio e o rosto inteiro retorcido por lágrimas.

Não saí dali por um bom tempo. O segundo sino começou a ressoar em algum lugar além das montanhas distantes, e só a certeza de que eu estava prestes a ser incinerada é que me obrigou a me mexer. Eu me levantei, apoiando o corpo nas mãos e nos joelhos, e comecei a avançar pelo corredor, engatinhando em três apoios, ainda pressionando a parte de trás do crânio com a mão que havia sido atingida. É claro que eu deveria ter me controlado e tomado algum tipo de remédio, mas, naquela hora, ainda tinha certeza absoluta, em um nível visceral, de que estava impedindo que meu cérebro caísse pela parte de trás da cabeça.

Em algum lugar atrás e em cima de mim, ouvi uma porta bater alto e passos se aproximando, atravessando a passarela de metal e descendo as escadas em espiral, de volta para o corredor. Continuei rastejando, devagar demais, mas ainda me mexendo. Sabia que não era ninguém que eu conhecia, então percebi que era Liesel, mas continuei rastejando porque não conseguia fazer mais nada. Então ela me alcançou, me agarrou por debaixo dos braços e me colocou de pé. Seu rosto ainda estava raivoso e corado sob aquele brilho rosado.

— Onde fica seu quarto? — disse ela, áspera. Então me ajudou a ir mancando na direção dele.

Percorremos cerca de metade do caminho antes da última sirene de aviso tocar; quando ela tocou, a quarta porta adiante de onde estávamos se abriu, e dela saiu Orion. Ele congelou como um cervo pego roubando calotas sob os faróis de um carro de polícia, então notou que eu estava ali, pronta para cair na frente de uma parede de chamas mortais e morrer em vez de gritar com ele. Não que eu não tenha feito o meu melhor para combinar ambas as tarefas enquanto ele me agarrava por debaixo do outro braço, mas ele ignorou o guincho violento que eu mirei em sua direção e ajudou Liesel a me levar para dentro do quarto dele assim que um estalo alto disparou atrás de nós, acompanhado das primeiras disparadas de males que começavam a fugir em pânico. Orion parou na porta para lançar um último longo olhar pelo corredor, então a fechou com uma batida infeliz conforme Liesel me levava até a cama.

— O que aconteceu? — perguntou Orion, aproximando-se.

— Ela caiu saindo do banheiro — explicou Liesel, curta.

Não providenciei os detalhes adicionais. Saber que ela ficou furiosa o bastante para cometer assassinato, mas também que não conseguiu seguir adiante me causou certa empatia.

— Me dá um copo de água — murmurei. Quando Orion o entregou para mim, respirei fundo algumas vezes para me impedir temporariamente de vomitar, então me sentei e conjurei o mais simples dos feitiços de cura da mamãe na água.

Então peguei a pequena garrafa de plástico que mantenho sempre comigo para emergências empolgantes como essa, virei seu conteúdo e bebi o copo d'água inteiro o mais rápido que consegui. Eu me segurei, contando até quinze, então dei uma guinada na direção do ralo do chão e vomitei para valer, com vontade. Depois, virei o corpo e me encolhi do meu outro lado com um grunhido, mas era um protesto consciente, não um gemido; eu já estava me sentindo melhor.

— O que é isso? — disse Liesel, pegando a garrafa de onde eu a tinha largado e dando uma cheirada cautelosa.

— Molho de pimenta e caramelo — falei.

Isso não era parte do feitiço da mamãe; era uma adição minha, que com certeza ela reprovaria muito, mas há alguma coisa em se forçar a beber a mistura horrível que faz com que o feitiço de cura funcione muito mais rápido. Acho até que existe algum tipo de ciência por trás disso, que remédios com gostos piores funcionam melhor ou qualquer coisa assim, mas pode ser só o mana que gero ao me fazer engolir uma coisa horrorosa por livre e espontânea vontade. Nem precisa ser molho de pimenta e caramelo; basta ser uma coisa inquestionavelmente nojenta, mas ainda assim tecnicamente comestível, para não desperdiçar o feitiço de cura se envenenando.

Enfim, depois disso eu não estava mais com uma concussão ou sentindo uma dor abominável, mas ainda assim sentia uma pena extrema de mim mesma. Subi de volta na cama de Orion e simplesmente fiquei ali deitada para me recuperar. Liesel começou a falar com Orion como uma pessoa normal e civilizada, e recebeu de volta apenas respostas distraídas e resmungos.

— Se ele tentar abrir a porta, ataque-o com a cadeira — murmurei depois da terceira vez.

— Eu não vou abrir a porta — disse Orion, mal-humorado.

— Cala a boca, seu lunático, você com certeza abriria a porta — falei. — E se a parede de chamas tivesse aparecido do lado da Aadhya dessa vez?

— Eu só... teria voltado para cá — disse Orion, como se ficar preso entre duas paredes de chamas mortais indo na direção uma da outra fosse algo fácil de lidar, cada uma acompanhada de uma onda de males frenéticos, sem qualquer saída para lugar nenhum em meio a isso. Ninguém abriria a porta durante a limpeza, nem mesmo se ouvisse Orion Lake, ou até a própria mãe, chamando do outro lado. Qualquer um que fosse idiota o bastante para fazer isso morria durante o primeiro ano ao *abrir* a porta e ser comido por um piolho myna do outro lado. — Eu não estava planejando ir para lugar nenhum.

Abri os olhos para fuzilá-lo com o olhar.

— Isso só quer dizer que você não tinha um *plano*, não que você não faria isso.

Ele fez uma carranca para mim e saiu marchando para a escrivaninha, fingindo que estava trabalhando em algo no caderno. Liesel bufou de leve e se sentou na cama, em um espaço vazio perto da minha barriga. Eu a encarei.

— Que foi?

Ela me olhou significativamente, mas não entendi o que queria dizer até ela falar:

— E o *seu* quarto?

Foi aí que eu percebi que ela pensava que Orion realmente planejava se esgueirar pelo corredor para passar o dia comigo. Eu estava prestes a explicar que Orion não era imbecil o bastante para arriscar sair no dia da limpeza e passar o dia sentado no meu quarto, onde eu gritaria com ele por ter saído no dia de limpeza; ele, na verdade, era bem mais imbecil que isso, mas me ocorreu que ela estava meio certa: se ele tivesse sido pego entre as duas paredes de chamas antes de chegar às escadas principais, teria que de fato vir bater à minha porta pedindo abrigo. E sim, eu sou idiota o bastante para abrir a porta caso ele batesse, mesmo que fosse manter uma jarra de ácido corrosivo de sobra por perto. O que significava que passar o dia comigo havia sido o plano *B* dele.

Eu até consegui a confirmação: ele estava sentado de costas para nós, mas havia cortado o cabelo recentemente porque eu insisti — melhor não falar sobre o estado em que estava antes disso — e o topo de suas orelhas estava visível e muito vermelho.

— Lake, se você por algum segundo teve um tipo de fantasia sinistra de que alguma hora transaria e que eu estaria envolvida nisso de alguma forma, quero que apague do seu cérebro até mesmo a memória de já ter tido esse pensamento — falei, com uma sinceridade profunda.

— El! — guinchou ele em protesto, virando-se para lançar um olhar mortificado para Liesel, mas não era nada menos do que ele merecia.

Enfim, foi tremendamente divertido passar o dia no quarto de Orion com ele e a garota que havia tentado me matar. Na verdade, Liesel é ok. Eu e ela acabamos jogando cartas; ela tinha um deque de cartas de tarô que ela mesma havia feito e que carregava consigo, e me ensinou a jogar canastra usando todos os arcanos maiores como coringa. Ela estreitava os olhos toda vez que eu pegava a Torre e a Morte, mas não era minha culpa; era ela quem estava carregando as cartas por aí e as imbuindo de poderes divinatórios.

Orion se juntou a nós algumas vezes, mas continuava a se distrair e ir até a porta para escutar os estalos conforme a parede rodava de um lado para o outro pelo corredor. No Ano-Novo elas rodam diversas vezes, o que em teoria deveria compensar pelo número reduzido, mas não na prática. Nós de fato ouvimos os gritos dos males morrendo algumas vezes, e houve um ruído de algo no ralo à certa altura que o fez pular, esperançoso, e esparramar todas as cartas, mas o som não passou para o lado do quarto mesmo quando o palerma doido tirou a cobertura do ralo e enfiou a cabeça no buraco para ver o que havia lá dentro.

Liesel recuou para longe dele com a expressão entre horrorizada e só enojada. Aproveitei a chance para colocar todas as cartas de volta na pilha de viradas para baixo antes que ela notasse que tanto a Torre quanto a Morte haviam caído com a ilustração virada para cima no meu colo dessa vez, junto com o Oito de Espadas, que no desenho de Liesel era uma mulher sentada de pernas cruzadas e com uma venda, presa entre um círculo de oito espadas enormes cujas lâminas apontavam para ela. Muito encorajador.

— Por que você não tenta colocar um pouco de leite? — falei para Orion, sarcástica.

Essa técnica de fato funcionava nos tempos antigos, quando havia males menores, que não precisavam de muito mana para sobreviver, e mais mundanos que acreditavam neles de verdade e, portanto, eram presas vulneráveis. Se você deixar uma tigela de leite para o povo das fadas de propósito, ou seja lá qual outro gesto equivalente, elas viriam e sugariam o pouquinho de mana que você gerava com sua intenção e então deixariam sua casa em paz para poder proteger esse fornecimento regular. Só que a maioria desses males não existe mais; foram comidos pelos males poderosos que consideram uma pessoa mundana o equivalente a um pacote de Doritos aberto no meio da estrada com manchas suspeitas e apenas duas lascas dentro.

Orion não se deu ao trabalho de parecer envergonhado. Ele só suspirou e colocou a cobertura do ralo de volta no lugar, voltando tristemente para o jogo por falta de um jeito melhor de passar o tempo, mas nem notou que eu não entreguei as cartas para ele na nova rodada. Liesel e eu jogamos outras partidas, até que, na sexta vez em que virei a Torre, ela arrancou a carta da minha mão e a sacudiu na minha cara.

— Você tá roubando!

— Por *que* eu roubaria? — retruquei. — É só tirar a carta do jogo, se te incomoda tanto assim.

— Eu *tirei*! — ela retrucou de volta, pegando a caixa e a abrindo na minha frente para mostrar seu conteúdo completamente vazio para nós duas; depois de encarar aquilo por um momento, ela pegou todas as outras cartas e as colocou de volta na caixinha, guardando-a no bolso sem dizer mais nenhuma palavra.

Depois disso, foi só um silêncio constrangedor o tempo todo. Empurrei a roupa suja de Orion para o lado, abrindo um espaço de chão livre, e fiz abdominais para gerar mana, amplificados pela leve pulsação que ainda acontecia na minha cabeça. Eu estava cansada, dolorida e faminta o bastante para que o exercício fosse altamente produtivo desde que eu conseguisse executar, mas perdi o fôlego antes de conseguir passar o tempo, então só me joguei de volta na cama de Orion e fiquei lá deitada, ainda mais cansada, dolorida e faminta do que antes, e agora suada para completar. Liesel estava sentada na escrivaninha de Orion, trabalhando em alguma coisa, que eu só percebi ser a lição *dele* quando ele percebeu.

— Ei, você não precisa... — disse ele, do jeito mais sem convicção com que essas palavras já foram ditas na história da humanidade.

— Não tenho mais nada para fazer — falou Liesel. — Depois você pode retribuir.

— Ele tá tomando conta do quarto, não tá? — falei.

Liesel deu de ombros.

— Ele também tá aqui. Não conta. — Eu pensava que contava sim, já que ele não queria ficar ali, e teria saído como um trem-bala se nós não estivéssemos trancadas ali dentro, mas eu era a única argumentando a favor dele. Ela acrescentou para ele: — Vou precisar de escamas de anfisbênia.

— Ah, claro, sem problema — disse Orion, muito entusiasmado.

Fiz uma carranca para ele do outro lado do quarto, mas não podia dar pano para manga nem mesmo metaforicamente; era uma troca completamente razoável por alguém fazer sua lição de casa. Mesmo que você pensasse que de alguma forma era dever dele ir caçar anfisbênias à toa, o que eu não pensava, ainda assim isso não significaria que ele não deveria poder receber algo em troca por se dar ao trabalho de coletar as escamas.

Enfim, ele provavelmente *não* caçaria anfisbênias à toa; só são um pouquinho mais perigosas para nós do que os aglos, suas presas. A pior característica delas é que, a cada década ou algo assim, um bom número de seus predadores é arrasado na limpeza, então as anfisbênias depositam uma safra tremenda de ovinhos emborrachados em lugares úmidos e quentes, como perto dos canos de água quente; quando eles eclodem, logo depois do Ano-Novo, os bebês chovem das torneiras e dos chuveiros aos montes, suas duas cabeças sibilando e mordendo. O que você teria razão de classificar como realmente um pesadelo, mas nesse estágio o veneno delas não é forte o bastante para causar mais que uma ardência, e não fica mais forte até que estejam grandes o suficiente para não passarem mais pelos canos. Você só as ouve presas lá, sibilando, enquanto toma banho, e torce muito para que o chuveiro não quebre naquele dia.

Certamente *haveria* uma infestação este ano, agora que eu parava para pensar. Eu precisaria avisar todo mundo, e também dedicar um tempo do meu crochê para fazer sacos de malha para colocar nos chuveiros. Liesel deve ter previsto isso faz um tempo e já arrumado uma estratégia baseada no que seria um recurso abundante; esperto da parte dela. Ainda mais esperto aproveitar uma vantagem dessas para pedir a Orion que fizesse a colheita, em troca de ela fazer sua lição de recuperação, que ela provavelmente terminaria em duas horas.

Fiquei emburrada na cama com um ressentimento inteiramente injustificado enquanto ela passava pela pilha inteira de lição como uma máquina, com o que deve ter sido o mesmo esforço que eu fiz para continuar deitada lá. A única coisa que diminuía seu ritmo eram os lugares em que Orion havia derrubado comida e/ou entranhas de maleficência em alguns dos exercícios; ela precisava pedir a ajuda dele para reconstruir o que outrora haviam sido as palavras impressas. Na verdade, eu havia chutado muito alto: demorou só trinta e oito minutos, e isso incluindo o tempo que ela passou separando as tarefas por ordem de prazo, colocando tudo em pastas para ele e organizando absolutamente todos os lugares.

Deixei de ficar irritada com ela para ficar irritada com Orion quando ele recebeu as pastas e só sucintamente as colocou ao lado de sua escrivaninha.

— Ótimo, valeu — disse ele simplesmente. — De quantas escamas você precisa?

Não tinha entusiasmo o suficiente nem para *mim*, muito menos para os padrões estadunidenses.

— O que Lake quer dizer é que ele será eternamente grato por não precisar passar os últimos seis meses do ano desviando de tonéis de ácido porque não podia sentar a bunda na cadeira para fazer a própria lição de casa — falei, rabugenta.

Liesel só deu de ombros com o cansaço de um veterano de guerra — suponho que ela deve ter passado todo o tempo na escola fazendo lição de casa para os enclavistas — e se virou para Orion.

— Consegue trinta couraças? Preciso que tenham ao menos duas semanas de idade.

— Claro — disse Orion, despreocupado, e eu não literalmente rangi os dentes porque ninguém faz isso, sabe, mas *senti* como se tivesse rangido os dentes. Sem mesmo uma justificativa sequer.

Liesel havia conseguido um bom acordo para ela, assim como Orion; quanto a *mim*, fora bom também, porque significava que eu não precisaria continuar salvando a vida inútil dele o tempo todo. Eu nem mesmo precisava me preocupar que ele estava negligenciando alguma coisa importante que voltaria para dar seu troco, como os trabalhos negligenciados costumavam fazer. Ele não *precisava* praticar alquimia, fosse para se graduar ou por qualquer outro motivo; ele não tinha nenhuma afinidade especial para isso pelo que eu sabia. Eu nem sabia porque ele havia escolhido a linha alquímica para começo de conversa. Nova York certamente tinha todo o seu espaço de laboratório lotado de gênios; ele não se graduaria para ser um alquimista modestamente competente pelo resto da vida.

O que me irritava mais, e não menos, era que eu não tinha um bom motivo para estar irritada. Eu não conseguia nem mesmo inventar uma razão para discutir o assunto. Se eu tentasse colocar em palavras o que estava sentindo, teria sido algo desagradável e invejoso e queixoso tipo "por que você deveria fazer acordos fáceis que te ajudam a se livrar perfeitamente das coisas da qual você não gosta?", com o forte argumento implícito de "sendo que eu nunca consigo", que nem era mais verdade, já que eu tinha um compartilhador de mana de Nova York no pulso.

Então não coloquei nada disso em palavras; só fiquei lá encolhida na cama dele, numa mistura desagradável de suor frio e ressentimento, enquanto eles discutiam seu felizardo acordo. Orion até parou de ficar distraído: mesmo que os males *fossem* aniquilados, Liesel havia acabado de esvaziar completamente a agenda dele de qualquer coisa que não fosse caçar, comer e dormir, com as duas últimas coisas sendo tarefas opcionais caso ele preferisse. Ela até se ofereceu para ajudá-lo a preparar uma isca de anfisbênia.

A única coisa que eu não sentia, nem um pouco, era ciúmes. Na verdade, eu estava tão distante desse sentimento que nem pensei em ciúmes até Liesel lançar um olhar exasperado para *mim*; então percebi que ela gostaria muitíssimo de me fazer sentir ciúmes, e teria tentado seguir esse curso de ação com afinco se ao menos estivesse levemente disponível como opção. Eu não podia culpá-la. Ela queria essa vaga garantida em Nova York o bastante para ter contemplado seriamente tanto Magnus Tebow quanto assassinato; eu certamente considerava Orion uma opção melhor do que essas alternativas. Se ele ao menos tivesse dado uma espiadinha rápida no decote dela, ela teria sido muito burra de não garantir que ele desse outra.

Mas ele não havia feito isso, e quando eu percebi que não tinha, comecei a entrar levemente em pânico, porque ele não tinha nenhum motivo para não dar aquela primeira espiadinha. Eu mesma sou apenas ligeiramente inclinada nessa direção, e absolutamente *havia* dado uma primeira espiadinha, até uma segunda, no decote, nos adoráveis cachos dourados e nos brilhantes lábios rosados. Acho que qualquer um que não fosse completamente blindado teria feito isso. Se você não come nada a não ser uma papa insossa por anos e de repente alguém aparece te oferecendo um pedaço de bolo de chocolate, e daí que você não gosta muito de bolo de chocolate? Se você gosta de algum tipo de comida, você ao menos pensaria um pouco no assunto antes de dizer um "não, obrigado".

Orion não tinha nada que dizer "não, obrigado". Eu tinha bastante certeza de que ele gostava *mesmo* de bolo, ou ao menos parecia bastante pronto para dar uma experimentada, e não ia pegar nem um pedacinho do meu prato se a escolha fosse minha, e era. Ele deveria ter ao menos lambido os talheres, mesmo que não quisesse comer tudo; em vez disso, ele nem mesmo baixou os olhos para dar uma olhada. Ele sequer era um ator bom o suficiente para fingir não ter interesse.

Isso irritou Liesel, compreensivelmente. Era como a lição de casa; aquele monte de esforço do cacete merecia ao menos um pouquinho de apreciação. Então, quando o sinal de que estava tudo limpo tocou, ela disse, rígida:

— Vou voltar pro meu quarto agora. — Então saiu antes de eu ter a chance de pular e pegar carona com ela.

— Vou também — falei, apressada, jogando minhas pernas pela lateral da cama.

Orion se aproximou.

— Tem certeza de que você tá bem? — disse ele, um pouco melancólico; então teve o descaramento irrestrito de dar uma espiadinha rápida nos *meus* peitos, que no momento estavam dentro de um sutiã de dois dias, estragado por manchas de alquimia e fuligem, com as pontas cortadas do meu cabelo escondendo a vista.

— Tô bem — falei rapidamente.

— Eu te acompanho até o seu quarto.

Eu deveria ter simplesmente deixado; Preciosa estava lá. Em vez disso, falei:

— Não preciso da sua ajuda pra andar nove portas, Lake.

Então meu estômago roncou. Ele disse:

— E você vomitou todo o seu café da manhã. É melhor comer alguma coisa.

Ele pulou para pegar uma barrinha de cereal fechada, vencida há apenas oito anos, que deve ter sido presente de algum fã ardente. Não era exatamente bolo, mas, para os padrões da Scholomance, ainda podia ser considerada culinária de alto padrão. Estupidamente, eu a peguei, e estupidamente fiquei ali sentada comendo na cama — tão estupidamente que tenho a sensação de ter feito isso de propósito — e ele obviamente sentou na cama ao meu lado. Hesitante, colocou o braço ao redor do meu ombro quando achou que eu não estava prestando atenção, e eu fingi que não estava prestando atenção.

— El — disse ele então, em uma voz vagamente esperançosa; eu disse a mim mesma para empurrá-lo para fora da cama.

Eu não fiz isso. Na verdade, deploravelmente, eu o beijei primeiro, e então tudo foi para o espaço, porque eu estava faminta, e eu *gosto mesmo* de bolo, e depois de dar essa primeira mordida eu queria outra, e mais outra depois dessa; coloquei as mãos sob a camiseta dele para pressioná-las contra suas costas nuas e quentes, e era tão bom ficar perto assim de alguém. Só que não era *alguém*, era *Orion*. Ele se estremeceu todo e colocou os braços ao meu redor, e eu consegui sentir o quanto ele era forte, sentir o movimento de todos os músculos que ele havia desenvolvido ao longo dos anos ao lutar contra as piores coisas que podem sair do escuro. Sua boca era quente e incrível e eu não consigo nem descrever o quanto aquilo era bom, o quanto melhorava tudo. Eu era como um daqueles pobres calouros idiotas, desejando a fantasia do ginásio que eu havia criado, só que isso era real e poderia mesmo ser meu, aqui dentro e depois que nós nos formássemos e então para *sempre*, e todo o resto do meu sonho também — uma vida construindo, criando e fazendo um bom trabalho, e toda a profecia sobre o mal e a destruição poderia ir para a puta que pariu; eu poderia começar o resto da minha vida agora, e eu queria *mesmo* aquilo, tanto que não conseguia me impedir, não queria me impedir.

Então eu não parei. Só continuei beijando e passando as mãos nele, respirando no mesmo ritmo que ele, nossas testas pressionadas uma contra a outra, criando entre nós um espaço particular perfeito para recuperarmos o fôlego, cheio de suspiros. Orion estava com uma mão completamente emaranhada no meu cabelo, movendo-a como se quisesse sentir as madeixas passando pelos dedos, apertando com força e relaxando em pequenas rupturas, a respiração saindo em arfadas grandes e roucas. Era tão bom que eu ri um pouco naquele espaço entre nós, então estiquei o braço para pegar a barra da camiseta dele.

Ele estremeceu convulsivamente e se afastou, me empurrando para ficar mais distante.

— Não podemos — falou ele, de um jeito agonizado e dolorido.

Ao longo de toda a minha vida, eu já havia ficado mortificada de várias maneiras horríveis, mas acho que essa deve ter sido a pior. Não era porque ele não queria; isso teria sido tranquilo. O problema é que ele queria tanto quanto eu, e mesmo assim ele havia conseguido se impedir, e eu *não*, como uma caipira indisciplinada agarrando um objeto brilhante que eu sabia perfeitamente bem que me levaria a um desastre completo. Ele até se levantou da cama no instante seguinte, praticamente levitando para o outro lado do quarto.

— Você tá certo — falei, e me atirei pela porta em direção ao corredor, ainda levemente chamuscado.

Preciosa estava do outro lado da minha porta quando eu a abri, tão frenética que estava pulando quase tão alto quanto a minha cintura. Eu a peguei no ar e disse, furiosa:

— Dá pra parar? Não aconteceu *nada*, e não foi graças a você.

Bati a porta com força atrás de mim e me joguei na cama. Preciosa subiu do meu braço para o meu ombro silenciosamente.

— E nem graças a *mim* — finalmente admiti, tão amarga quanto uma abóbora apodrecida. Ela se aproximou da minha orelha e esfregou o lóbulo com a ponta do narizinho, depois deu alguns guinchos reconfortantes quando ergui as mãos para esfregar as lágrimas que insistiam em cair.

Capítulo 7

ALIANÇA

ORION NEM MESMO TEVE a mínima decência de me evitar pelo resto do dia. Na verdade, ele passou a hora do almoço inteira lançando olhares patéticos de desespero e desejo na minha direção, exatamente como se tivesse sido eu quem o deixou com tesão apenas para cruelmente deixá-lo na mão depois. Ninguém deu um pio sobre isso para mim, mas deu para perceber que todos supunham que eu havia feito exatamente isso. Quando reclamei sobre esse assunto naquela tarde para Aadhya, ela disse — com uma falta de empatia completa — que ninguém estava passando tanto tempo assim pensando na minha vida amorosa, mas quem é ela para me dizer isso?

— Você devia é ficar grata que ele te salvou de si mesma! — acrescentou ela.

Eu a fuzilei com o olhar.

— E *quem* estava me pedindo agora há pouco por todos os detalhes sórdidos?

— Isso não quer dizer que eu não teria jogado um balde de água fria na sua cabeça se estivesse por perto. No que você tava pensando? Você sequer sabe quando foi a sua última menstruação?

Não dava mesmo para eu argumentar já que não, eu não fazia ideia de quando havia sido minha última menstruação, ou quando a próxima viria. Felizmente, isso é uma das coisas para a qual magia é útil. Quando os primeiros sinais aparecem, é só preparar um belo chá de vai-embora-cacete — uma receita alquímica fácil que qualquer bruxa sabe preparar de olhos fechados — e está feito. Algumas de nós realmente precisam ficar de olho no calendário, porque os sinais começam com manchas de sangue, e é melhor os males não sentirem nem o cheiro disso. Só que meu primeiro sintoma é uma boa e aguda cólica na barriga, completamente inconfundível, e chega com um aviso de cinco horas de antecedência.

Infelizmente, uma coisa para a qual magia *não* é útil é evitar a gravidez. O problema é que, se você deliberadamente faz algo que você sabe e morre de medo que possa causar gravidez, a intenção da magia fica confusa. Feitiços de proteção são tão confiáveis quanto o método do coito interrompido. A ciência é muito mais confiável, mas aí ou você precisa investir uma boa parte da quota de peso do dia da admissão para trazer camisinhas ou pílulas e então utilizá-las devidamente, ou obter um implante ou um DIU antes de ser admitida, e cruzar os dedos para que nada dê errado durante os quatro anos que com sorte você passará aqui antes de ver um ginecologista novamente. Eu não via um motivo para isso. Ou melhor, não via um motivo de fazer isso há quatro anos, quando estava razoavelmente certa de que ninguém falaria comigo, muito menos me namoraria.

— É só que... — Eu parei de reclamar e me sentei no chão do quarto dela com um baque. — Foi tão *bom*.

E talvez isso soe meio estúpido, mas eu não consegui impedir minha voz de estremecer. Algo bom não era uma coisa que tínhamos aqui. Dava para conseguir vitórias desesperadas ou até mesmo vislumbrar maravilhas às vezes, mas nada era *bom*.

Aadhya suspirou longa e profundamente.

— Bom, esquece isso. *Eu* é que não vou ser comida por uma calamidade porque você resolveu engravidar.

Eu só fiquei lá, com a boca aberta de fúria devido ao golpe baixo, mas Aadhya me encarou, firme e séria, e ela estava *certa*; é claro que estava. Eu já estava fodendo com tudo em excesso sem fazer isso da forma literal e, se eu continuasse, era provável que acabasse com algo ainda menos útil do que uma medalha de estanho.

Nós não sabíamos o que encontraríamos quando descêssemos para o salão de graduação. De alguma forma, isso era pior do que saber que seria a mesma horda terrível de males que os veteranos encaravam há cem anos ou mais. Não dava nem para chutar com base nos relatos antigos dos dias em que as limpezas funcionavam, porque naquela época a escola era novinha em folha, e os únicos males eram os pioneiros que haviam conseguido passar pelos feitiços de proteção. Agora havia infestações de um século e colônias soterradas em cantos escuros, maleficências antigas enraizadas nos alicerces, gerações que nunca haviam vivido longe do maquinário. Talvez houvesse sobreviventes das limpezas o suficiente para dar início a uma explosão populacional no espaço disponível, como a onda iminente de anfisbênias, e seríamos jogados em uma horda voraz de males famintos e recém-nascidos, tantos deles e tão pequenos que nossas estratégias não se aplicariam, assim como aquela massa horrorosa que acidentalmente havíamos convocado com o feitiço de pote de mel de Liu, só que dez mil vezes pior.

Ou talvez estariam todos mortos. Talvez tivessem comido uns aos outros até o fim da cadeia alimentar, e não haveria maleficências com exceção de Paciência e Fortitude, guardiãs de cada lado dos portões, e elas não teriam nada sobrando no cardápio além de nós.

Se encontrássemos isso lá embaixo, eu não tinha ideia do que faria. Havia uma coisa óbvia e sensata a se fazer, que era avisar com antecedência para toda a nossa turma que, se fosse nós contra as calamidades, eles deveriam formar um círculo enorme para me dar mana, e eu tentaria acabar com elas. Porém, não era só porque essa era a coisa óbvia e sensata a se fazer que eu a faria. Eu havia matado uma calamidade da única maneira possível, de dentro para fora, e, se eu tentasse pensar mesmo que vagamente e de forma longínqua em fazer isso de novo, um grito distante e incoerente começava dentro de mim e ocupava todo o espaço no meu cérebro, como ficar ao lado de um caminhão de bombeiros com a sirene tocando enquanto alguém tenta falar com você: a boca da pessoa se mexe, mas nenhum som é emitido, porque o mundo inteiro está tomado pelo barulho.

Talvez eu superasse isso se visse as outras calamidades vindo e não houvesse outra escolha. Talvez. Eu não estava nem um pouco confiante, por mais que fosse ter seis meses para aguçar meus reflexos até ficarem afiados como relâmpagos. Não era a mesma coisa. Não era nem remotamente a mesma coisa. Ter de escolher entrar novamente — não sei se é uma escolha que alguém poderia fazer mais de uma vez. Certamente não existiam muitas pessoas que haviam tido a oportunidade de fazer essa escolha. Se eu realmente conseguir sair, deveria ir dar um alô para o Patriarca de Xangai. Ele é a única pessoa viva que já fez isso. Poderíamos trocar experiências. Ou poderíamos só olhar um para a cara do outro e começar a gritar juntos, o que parece mais apropriado para mim.

É claro, era extremamente provável que não funcionaria de qualquer forma. A calamidade que eu havia matado era uma pequena, talvez uma que havia se separado de uma das maiores ou sei lá como nascem — que eu saiba, ninguém passou muito tempo estudando a reprodução de calamidades. Ela havia conseguido passar pelos feitiços e alcançar o andar de cima. Nem sei quantas pessoas estavam lá dentro, quantas outras vidas; não estava em condições de contar quantas mortes eu havia distribuído. Mas sabia que ela não chegava nem perto do tamanho de Fortitude, muito menos de Paciência, que havia dominado o campeonato de matança desde a abertura do salão. Acho que nem eu sou capaz de matar tanto assim. O único jeito de elas morrerem é se a escola morrer.

Enfim, o problema é que ainda precisávamos de uma estratégia melhor do que "esperar e ver se a El aguenta firme", e lá estava eu me queixando sobre como seria *bom* fazer algo inacreditavelmente idiota em vez disso, tipo dormir com Orion. Aadhya tinha todo direito de gritar comigo.

— Desculpa — murmurei.

Ela só assentiu, o que era uma gentileza maior do que eu merecia, sério, e depois partiu para os negócios.

— Então, acho que arrumei um bom cronograma pro ginásio — disse ela, desenrolando um calendário para eu olhar.

Depois do Ano-Novo, metade do ginásio é segregada exclusivamente para uso dos alunos do último ano, e toda semana aparece uma pista de obstáculos fresquinha para nós; assim podemos praticar corrida através de florestas de coisas afiadas que tentam nos matar o máximo possível. São extremamente realistas, cheias de construções artificiais fingindo ser males, além de males reais que prestativamente aparecem para habitá-las. É uma comprovação de nossa experiência educacional de qualidade máxima que tão poucos de nós morrem. Por favor, imagine que estou dizendo isso com uma mão depositada piamente sobre o coração. Enfim, sério, todos nós estávamos ficando preparados a essa altura. Há pouca coisa mais perigosa no mundo do que um bruxo adulto. É por isso que os males precisam nos caçar quando ainda somos jovens. Somos nós que estamos no topo da cadeia agora, não as calamidades; afinal de contas, elas só ficam sentadas ao lado das portas, murmurando para si mesmas e ocasionalmente tateando pelo jantar. Depois que passarmos pelos portões, estaremos entalhando nossos sonhos no mundo como vândalos alegres grafitando as pirâmides, e não vamos olhar para trás. Mas isso só depois de sairmos.

Normalmente, o ginásio reservado é útil e um privilégio altamente valorizado. Ninguém estava muito entusiasmado este ano, mas não havia nenhuma outra opção de lugar para praticar. O objetivo principal da graduação é ir da escadaria mais próxima até os portões do jeito mais rápido possível sem ser parado no meio do caminho. É uma distância de em média 150 metros, mais ou menos a distância de ir até uma ponta do ginásio e voltar, e, além de precisarmos ficar atirando feitiços para lá e para cá, nós também temos que *correr*.

— De manhã? — perguntei, protestando, porque Aadhya queria que nos encontrássemos três vezes por semana às oito, o que significava que precisávamos nos arrastar para fora da cama no primeiro sinal para ir tomar café da manhã e chegar lá embaixo.

Seríamos os primeiros nos corredores, sem mencionar que — muitíssimo importante mencionar — seríamos os primeiros a pegar a pista de obstáculos toda semana, sem ter nenhuma ideia de quão ruim seria.

— Falei com Ibrahim e Nkoyo hoje, durante a limpeza — disse Aadhya. — Fizemos um acordo. Vamos ficar com a dianteira, e eles vão impedir que sejamos rodeados pelos lados. Vamos praticar juntos todas as manhãs.

Esse tipo de acordo acaba sendo uma estratégia extremamente terrível para o grupo principal, tanto que há um aviso explícito contra isso no manual de pré-graduação que todos receberemos daqui uns três meses — tarde demais para ser útil de verdade; estamos todos usando as cópias que compramos no segundo ano dos veteranos daquele ano, que haviam comprado as próprias cópias dois anos antes, *et cetera*. Os conselhos variam um pouquinho de ano para ano, mas um dos pontos mais consistentes é que ir na frente absolutamente não vale qualquer vantagem que você pode receber dos grupos que estão te cobrindo. Assim que você estiver em perigo de ser esmagado, eles vão pular para o lado e deixar que a coisa que estavam segurando te esmague, o que significa que você não vai ter nem chance de se recuperar, enquanto eles aproveitam a abertura que você criou com a carga mais pesada e saem voando com chances muito melhores, que foram retiradas diretamente das suas.

Não é ótimo ser a pessoa na liderança mesmo dentro de uma aliança, mas ao menos dentro de uma aliança vocês estão praticando juntos e integrando suas habilidades rigorosamente; então, para os seus aliados, não é uma boa ideia aproveitar uma brecha e sair correndo. A não ser que eles estejam perto o bastante das portas, e nessa altura um montão de alianças de fato se desfaz. E é por isso, galera, que os enclavistas nunca vão na frente.

Porém, Aadhya não estava cometendo um erro. Existe uma situação em que ter alguém protegendo a sua retaguarda de fato faz muitíssimo sentido: se te largar *nunca* for uma boa ideia para eles. Por exemplo, se tudo o que eles têm são facas e o seu grupo tem uma metralhadora lança-chamas. Então ela estava confirmando que sim, nossa estratégia inteira dependia de eu aguentar firme.

— Certo — falei, séria.

O que mais eu poderia dizer? *Não, não contem comigo? Não, eu não vou fazer o meu melhor para fazer vocês passarem pelas portas, do mesmo jeito que fizeram por mim?* É claro que ela ia construir uma estratégia que dependesse de mim. E é claro que eu tinha que deixar.

— El — disse Aadhya —, você sabe que a gente aceitaria o Orion.

E você pode pensar que isso é uma coisa absurda e hilária de se dizer — sim, nós aceitamos, com toda a bondade de nossos corações generosos, o herói invencível em nosso time —, mas eu sabia o que ela estava querendo dizer. Ela estava dizendo *Orion não está no nosso time*, e, se eu estava, isso significava que não poderia largá-las para ajudá-lo, mesmo se, por exemplo, eu olhasse para o lado e o visse sendo arrastado para dentro das entranhas de uma calamidade, gritando da mesma forma que papai está gritando na cabeça de mamãe desde o dia que ela passou rastejando pelos portões comigo dentro da barriga dela. Se esse fosse o destino monstruoso sobre o qual mamãe estava tentando me alertar, ela saberia, saberia como mais ninguém no mundo como era horrível ter de viver com alguém que você ama gritando na sua cabeça para sempre.

— Vou perguntar pra ele — falei sem levantar a cabeça, fingindo que ainda conseguia ver qualquer coisa, quando na verdade estava com os olhos fechados para impedir que eles gotejassem no calendário cuidadosamente escrito da Aadhya.

Ela colocou a mão no meu ombro, calorosa, e então meio que pôs o braço ao meu redor; eu me inclinei contra ela por um momento, depois sacudi a cabeça com vigor e inspirei profundamente, porque não queria nem começar. O que eu ganharia com isso? Eu também não podia fazer nada sobre a situação.

Eu de fato perguntei a ele quando fomos juntos ao jantar, porque precisava fazer isso, só por precaução.

— El, vai dar tudo certo. — Ele teve a audácia de dizer isso, em um tom tranquilizador. — Tem mana o suficiente no reservatório. Vou conseguir mais, agora que há mais males soltos por aí, você tem a Chloe e...

— Cale a *boca*, seu burro de meio neurônio — rosnei. Ele se encolheu e oscilou entre ficar espantado e ofendido por um momento.

— Espera, você tá preocupada com...? — disse ele, parecendo confuso, e parou para me encarar boquiaberto, como se apenas a sombra da ideia de que qualquer ser vivo em algum momento havia emitido uma fração de preocupação pela saúde e bem-estar *dele* nunca tivesse passado pela janela aberta do seu cérebro do tamanho de molusco.

Subi o resto das escadas correndo para fugir dele, porque era isso ou dar um soco em seu nariz adunco, no qual eu havia me pegado pensando levianamente naquela manhã durante o café. Lembrava um pouco o do Marlon Brando jovem, o que pode expressar a você exatamente a profundidade do buraco onde eu estava me afundando, se a sua mãe for como a minha e achar que musicais antigos são o pináculo do entretenimento apropriado para crianças.

Aadhya, Liu e Chloe haviam subido antes, mas eu as alcancei antes de terem de fato entrado na fila da comida.

— Obrigada por guardarem meu lugar — falei, agarrando uma bandeja, sem avisar como havia sido a conversa.

Chloe mordeu o lábio; Liu parecia pesarosa, e graças aos céus Aadhya só disse:

— O que vocês acham de chamar o Jowani?

Isso nos fez discutir os méritos da proposta. Eu poderia listá-los para você. Ele tinha um feitiço de aviso de perímetro de primeira linha, do tipo que é conjurado uma única vez e perdura meia hora; o dele era notável porque funcionava com a intenção em vez da presença física, o que significava que avisaria sobre males incorpóreos.

Ele nos daria uma conexão pessoal garantida com o nosso trio de alianças, porque Cora havia se juntado a Ibrahim, Nadia e Yaakov. E garotos são inegavelmente úteis para o trabalho pesado; no momento eu era a coisa mais próxima de músculo do nosso grupo. A discrepância não parecia tão significante no começo do ano, mas ultimamente parecia que todos os meninos do último ano estavam se expandindo quando não estávamos olhando, e de repente estavam fazendo coisas tipo carregar um engradado inteiro de ferro até a oficina com um braço só.

Você pode achar que todas essas vantagens parecem pequenas, e são, relativamente falando. Todo mundo na escola pode ser comparativamente útil — isso é tudo que fazemos há quatro anos, criar maneiras de *sermos úteis*. Agora que todos sabiam que eu era *muito* útil, poderíamos ter escolhido a dedo alguns dos melhores candidatos. Na verdade, eu suspeitava que ao menos dois dos quase-oradores de turma haviam procurado Aadhya para fazer suas propostas; eu os tinha visto passando pelo quarto dela.

Nenhuma de nós levantou tais objeções. Todas concordamos que Jowani seria de muita ajuda e uma boa adição estratégica para equilibrar nosso time, mas não falamos sobre o porquê. Não falamos que não queríamos que ele ficasse para trás. Desde o acidente com o braço de Cora, estávamos todos comendo em grupo quase todos os dias, e no começo de todo café da manhã ele tirava um livro minúsculo cheio de páginas incrivelmente finas — uma para cada dia dos quatro anos, eu percebi depois das primeiras vezes — e recitava suavemente em voz alta um poema curto ou um excerto de um livro que o pai dele havia copiado à mão, dentre uma dúzia de línguas, cada pedaço cheio de amor e esperança: *seja corajoso*. A voz dele lendo em voz alta amainava até mesmo as minhas manhãs mais rabugentas.

Antes disso, eu nem mesmo o havia ouvido falar mais de uma sílaba. Eu sempre havia presumido que era repulsa da parte dele, mas na verdade não tinha nada a ver comigo, nem um pouco. Ele gaguejava, o que não o atrapalhava enquanto recitava poemas e, por sorte, tampouco quando conjurava feitiços, mas tornava praticamente impossível para ele falar uma palavra em uma conversa a não ser que já te conhecesse. E era por isso que ele havia se apegado às barras da saia de Nkoyo mesmo depois que isso parou de ser uma boa ideia, e por isso estava tendo dificuldade em encontrar uma aliança. E, se ele não conseguisse uma aliança, não conseguiria sair daqui.

Nós não dissemos nada disso uma para a outra. Não se falava nisso. Nunca. Ibrahim, Yaakov e Nadia não haviam escolhido Cora porque lembravam de ter feito o círculo ao redor dela, o mana fluindo entre nós como um rio para curar seu braço, um presente que não custava nada a não ser um mínimo de importância. Eles a tinham escolhido porque tanto ela quanto Nadia conheciam feitiços de dança — há um número razoável de feitiços que ficam mais poderosos se você, ao conjurá-los, dançar com o encantamento —, e agora elas estavam trabalhando em um número mágico de dança com espadas, usando lâminas que Yaakov estava fazendo. Ibrahim havia aprendido um ótimo feitiço de agregação de matéria para depositar nelas com seus amigos enclavistas, que haviam feito uma troca barata depois de ele ter conseguido criar sua própria aliança, como pedido de desculpas por não o terem convidado. Era um bom time de combate, que havia recebido ofertas de pelo menos dois ou três enclaves para se juntarem a eles. Era por isso que a escolha havia sido feita. Não dava para escolher pessoas porque você gostava delas, ou porque queria que elas continuassem vivas.

No entanto, conseguimos reunir razões boas o bastante para dizer sim a Jowani; quando chegamos à nossa mesa, Aadhya o puxou para o lado e perguntou, e depois disso as nossas três alianças estavam firmadas, e todo mundo concordou que faríamos a primeira tentativa já na manhã seguinte. Até mesmo Orion. Ele claramente não estava nem se dando ao trabalho de pensar em qualquer tipo de plano para chegar até as portas além de "mate tudo até não existir mais nada", mas nos escutou discutindo os méritos, ou a falta deles, de irmos primeiro, e como precisaríamos ficar de olho em qualquer maleficência *real* que houvesse entrado no ginásio durante a noite e se escondido na pista de obstáculos. Ao ouvir isso, ele se aprumou e disse:

— Ei, vocês se importam se eu descer com vocês?

Você ficará chocado em ouvir que ninguém se importava.

Então na manhã seguinte, logo depois do café da manhã, nós nos dirigimos até lá. Eu não ia ao ginásio desde o Dia de Desafio. Eu havia me preparado, mas não o suficiente. O lugar havia ficado ainda pior. Algum calouro com cocô de passarinho na cabeça — só pode ter sido um calouro — havia replantado as grandes floreiras ao longo das paredes com sementes do abastecimento de alquimia, e o feitiço do maquinário as havia feito crescer como sebes; não dava para determinar onde as paredes encontravam o chão, e era uma ilusão ainda mais perfeita lá de fora. As grandes árvores mais adiante haviam se desfeito de suas folhas, e havia uma cobertura emplumada de neve em seus galhos escuros e molhados, permeada ocasionalmente por um ponto vermelho que era um passarinho. Cada folha delicada de grama abaixo de nós estalava com a geada. Nossa respiração fazia fumaça.

— *Eita* — disse Jowani, e parou ali, o que mais ou menos realmente resumia todos os nossos sentimentos, acho.

Bem, não *todos* os sentimentos.

— É tão bonito, El — disse Orion para mim, quase sonhador, os braços esticados, o rosto virado para a lufada artística de neve que o céu permitia que caísse para nos cumprimentar. — Nem dá pra perceber que não estamos lá fora.

Acho que ele queria dizer isso como elogio.

Se você estreitasse os olhos, conseguiria ver os limites da pista: havia uma cerca de madeira baixa passando pela marca do meio que dividia a área da pista de obstáculos do resto do ginásio. Mas, fora isso, o artifício de ilusão havia integrado os obstáculos completamente ao ambiente: arbustos de espinhos afiados, árvores com galhos prontos para nos agarrar, um morro íngreme coberto por neve; uma neblina cinzenta pairando acima de um rio escuro congelado, pronto para se romper em estilhaços cortantes, e uma série de maneiras ameaçadoras de atravessá-lo: um pedaço de madeira raquítico, um punhado de pedras lisas esparramadas acima do gelo, uma ponte de pedra estreita que parecia mais saudável e que era indubitavelmente a opção mais perigosa. Se olhasse para cima ao lado das portas do ginásio, parecia haver dois enormes portões de ferro erguidos na parede de uma torre de pedra misteriosa e tentadora.

Nós já tínhamos começado errado. O melhor jeito de usar a pista de obstáculos é simplesmente se jogar nela instantaneamente, assim que a vê, sem ter tempo de examiná-la. Depois de sair dela machucado e mancando — presumindo que você de fato tenha saído —, essa é a hora de analisar todas as coisas que fez de errado e tentar coisas novas pelo resto da semana. Então uma nova pista aparece na segunda-feira e você começa tudo do zero. Se tiver sorte, a cada semana você fica melhor em percorrer a pista pela primeira vez sem nenhum planejamento. Não há tempo para se planejar na graduação. Mas, em nossa defesa: *eita*.

— Vamos logo antes do próximo time aparecer — falei.

Então percebi que todo o resto estava esperando por *mim*, o que era tanto óbvio quanto aterrorizante. Encarei a expansão de paisagem invernal perfeitamente adorável. Qualquer male que estivesse ali estava se escondendo, exceto pelas discretas luzes dançantes que eram visíveis do outro lado do rio, brilhando em cores através da neblina, como se fogo-fátuo houvesse se alojado ali; mas elas são construtos altamente decorativos e não muito úteis para o propósito do treino. Poderiam ser alguma variedade de devorador de almas, mas os devoradores de alma de verdade que ficam assim tão próximos um do outro teriam se fundido em um único devorador muito faminto, então um bando deles também não era útil para treino. Só que isso seria inútil de um jeito mais perigoso e desagradável, e, portanto, mais provável. Os males falsos que a pista recria são muito parecidos com os que são colocados em evidência nos Estudos de Maleficência — só porque não são reais não quer dizer que não podem te matar, e às vezes os de verdade se esgueiram e fingem ser falsos por tempo o bastante para conseguirem te pegar. Mas não estávamos fazendo nenhum favor a nós mesmos ao esperar para descobrir quais eram quais. Respirei fundo e assenti para Liu, que começou a tocar o alaúde; então comecei a cantar o feitiço de amplificação de mana, em uma voz levemente guinchada, e corri.

A neve explodiu ao nosso redor antes de darmos sequer um passo além das portas, foices agudas de pontas curvadas indo em direção a nossas entranhas, e depois disso não dava para dizer em qual ordem as coisas vieram. Precisamos cruzar o rio em ambos os sentidos, tanto na ida quanto na volta, mas não consigo lembrar se eu o transformei em lava enquanto estávamos indo ou quando estávamos voltando. Não fizemos contato com a parede, já que a ilusão no ginásio estava se esforçando muito para nos convencer de que não havia uma parede: quando chegamos perto, uma nevasca repentina começou a uivar na nossa cara com vozes fantasmagóricas tremulantes, avisando para darmos meia-volta.

Na verdade, a lava foi definitivamente na ida, porque na volta a pista de obstáculos ainda estava tentando resetar o feitiço de lava, então o rio começou a ejetar gêiseres de fumaça superaquecida através das rachaduras no gelo. Um deles pegou a perna de Yaakov. Ele gritou ferventemente o que eu tenho absoluta certeza terem sido palavrões vívidos a cada passo que deu na direção das portas: ele é normalmente um menino muito bonzinho e cuidadosamente educado; teria sido engraçado em qualquer outra situação, mas não ali: significava que ele estava sentindo o tipo de dor desesperadora quando tudo o que você quer fazer é se deitar no chão e uivar, e ele não podia fazer isso porque, senão, morreria. No instante em que saiu para o corredor, ele de fato se deitou no chão e começou a tirar bandagens para enfaixar a pele borbulhante, ainda arfando xingamentos baixinho, as lágrimas enchendo os olhos. Suas mãos tremiam tanto que ele não conseguia as desenrolar.

— Não dá pra você ficar gritando! — disse Ibrahim, perdendo a paciência, mesmo quando se ajoelhou ao lado do amigo.

Ele passou o braço pela testa — não foi muito efetivo; cada um passou uma faixa de sangue diferente para outro — e tirou o curativo das mãos de Yaakov para colocá-lo no amigo.

— Não — falou Liu, arfando. Ela estava de joelhos no chão, apertando o braço comprido do alaúde de sirenaranha. — Não, deu tudo certo. Foi para a música. Nós todos deveríamos gritar, acho, ou cantar.

Ela se saiu melhor do que a maioria de nós; ficou tocando o caminho todo em nosso lugar protegido no centro da nossa aliança.

Chloe tremia, com os olhos arregalados o suficiente para parecer à beira de um estado de choque, e revirava alguns curativos; Jowani a estava ajudando. Seu lado direito — o lado que estava exposto — havia sido perfurado quando os galhos das árvores que agarravam a atacaram de muito perto, sangue e pele aparecendo pelos rasgos da roupa, desde o ombro até a coxa, as beiradas esgarçadas com manchas escuras. Aadhya havia ficado na retaguarda; estava parada com os braços envolvidos ao redor de si, as mãos ainda apertando firmemente os bastões de luta que ela havia feito para o treino. Não vi nenhum ferimento, mas ela parecia bastante enjoada. Eu estava prestes a ir até ela quando ela respirou fundo, então andou até Liu para olhar o alaúde e se certificar de que continuava afinado.

O time de Nkoyo havia sido atingido por uma enxurrada de estilhaços de lâminas de gelo afiado; eles estavam mais ensanguentados que o resto de nós, exceto por seu enclavista designado, um menino chamado Khamis, de Zanzibar, que havia ficado firmemente bem acomodado no lugar mais protegido do time, bem no meio. Ele era um alquimista, armado apenas com um cinto de borrifadores, um dos quais estava usando naquele instante no braço cortado de Nkoyo: a ferida começou a desaparecer junto com o sangue conforme ela limpava as lágrimas do rosto.

Todos estávamos surtando e tremendo por causa de uma dúzia de experiências de quase-morte abarrotadas em um período de cinco minutos, e também cientes de algo muito pior: no caso, de que isso não era nada, absolutamente nada. Era a primeira pista de obstáculos no primeiro dia depois do Ano-Novo, era um aquecimento, e não tínhamos outro caminho a seguir além de uma estrada toda íngreme. A maioria de nós estava acostumada a ser atacada por males, mas há uma diferença substancial entre um ataque e um fluxo interminável deles. Mais ou menos metade de nós estava chorando, e a outra metade parecia que estava com vontade de chorar.

Quando eu digo *nós*, o que quero dizer é *eles*. Eu estava bem. Não; eu me sentia como se tivesse acordado de um sono profundo, feito uma boa rotina de exercício ao ar fresco e me alongado bem, e agora estava contemplando com interesse a ideia de um almoço farto. Sentar à beira de um ataque de nervos em uma sala de aula por várias horas, rodeada de calouros fofinhos olhando para mim, esperando um male atacar: pesadelo. Convocar um rio de magma para pulverizar instantaneamente vinte e sete ataques cuidadosamente planejados de uma vez só: nada de mais.

— Olha, acho que foi bom — disse Orion, encorajador, vindo se juntar a nós, dando saltinhos conforme caminhava arrastando o cadáver mutilado de algo espinhoso pendurado nas mãos: ele de alguma forma havia conseguido farejar o male de verdade escondido entre os falsos. Normalmente, qualquer palavra que sai da boca dele produz uma eclosão de adorações, mas todos no nosso grupo havia passado tempo o bastante sentado com ele durante as refeições para que o brilho inicial diminuísse, e, dadas as circunstâncias, todos o encararam com ódio puro no olhar. Estou quase certa de que o salvei de ser fisicamente agredido quando interrompi sua tentativa de cavar uma cova mais funda: — Quer dizer, vocês todos conseguiram se sair bem...

— Lake — falei —, o que é essa coisa morta e por que você tá carregando ela por aí?

— Ah, é... eu não sei, na verdade — respondeu ele, erguendo-a; o corpo era vagamente do tamanho de um Doberman, com pernas de Dachshund, e estava coberto por espinhos estreitos como cones que continham pequenos buracos nas pontas. Eu mesma não fazia ideia do que era aquilo. Males estão sempre sofrendo mutações, ou sendo modificados, ou novos são feitos, *et cetera*. — Os espinhos emitem algum tipo de gás. Não queria deixar por ali; estava coberto de neve e o gás ficava misturado na neblina. Achei que alguém podia pisar nele.

Que atencioso da parte dele.

Os outros veteranos estavam começando a descer cautelosamente do café da manhã àquela altura. Conforme nos arrastávamos para lamber nossas feridas — metafórica e literalmente falando —, ouvi alguém perguntando a Aadhya:

— Oi, vocês vão na primeira rodada?

Ela deu de ombros e respondeu:

— Estamos pensando no assunto.

Isso significava que estávamos abertos a ofertas: ao menos um ou dois times ficariam felizes em nos subornar para sermos os primeiros a passar pelas portas, para depois poderem aparecer bem cedinho eles mesmos e ainda assim saberem que alguém já tinha limpado o caminho. Já que pretendíamos fazer isso de qualquer forma, ao menos poderíamos ser pagos.

Ela negociou o acordo na hora do almoço com três alianças que queriam compartilhar a rodada depois de nós. Conseguimos uma promessa de limpeza deles, o que significava que não precisaríamos gastar nossos próprios suprimentos de cura e remendagem. Foi um bom negócio para nós: nos ajudar depois de passarmos significava que eles precisavam esperar em vez de começar o próprio treino antes de outra pessoa aparecer. Eles concordaram porque precisavam esperar de qualquer forma: a pista de obstáculos demorava um certo tempo para terminar de resetar depois de termos passado.

Normalmente, esse processo leva o tempo necessário para que as portas se fechem nos calcanhares dos alunos e se abram novamente. Os treinos não são de verdade. Mil bruxos lançando seus feitiços mais poderosos por aí três vezes por semana arruinaria tudo quase instantaneamente; além disso, se estivéssemos de fato conjurando nossos feitiços mais poderosos, não teríamos mana o bastante para a graduação, nossos trabalhos de artifícios se desgastariam, nossas poções acabariam, *et cetera*. Então, em vez disso, a mágica da pista de obstáculos desbota tudo: quando você conjura um feitiço dentro dela, a sensação é a mesma, mas você está conjurando metade de um porcento do feitiço, e a pista frauda a reação para que seja como se você tivesse conjurado a coisa com força total. A pessoa acha que está tomando um grande gole de poção, mas ela está sendo diluída; acha que está usando um pedaço de artifício, mas ele está embrulhado em um feitiço de proteção de viagem. E, quando se sai da pista, abracadabra, tudo volta ao normal — tirando qualquer um dos ferimentos que tenha conseguido; esses são inteiramente persistentes, para encorajar um progresso mais rápido — e o próximo grupo de veteranos ávidos pode entrar.

E tudo isso funciona porque nós voluntariamente entramos na pista: o consentimento é a única forma da mágica de uma outra pessoa poder afetar seu mana e seu cérebro dessa forma. Bem, exceto pela violência. A violência sempre funciona.

Entretanto, aparentemente ainda era necessário um esforço substancial para limpar até metade de um por cento de um rio gigante cheio de lava. O feitiço específico que eu havia usado no rio naquela manhã havia vindo de um maleficente ambicioso demais do reino de Avanti, que decidira que sua fortaleza do mal seria muito mais impressionante se fosse rodeada por um fosso de lava. E como ele estava certo. Os times depois de nós foram forçados a ficar sentados chupando o dedo no batente da porta por dez minutos até as portas se abrirem novamente, revelando a adorável paisagem invernal do abatedouro.

Passamos o resto do dia da forma como passaríamos o restante dos nossos dias a partir de agora: aglomerados ao redor de uma mesa na biblioteca, repassando cada movimento que havíamos feito e tentando decidir em que havíamos errado. Conforme observado, eu quase não tinha ideia do que havia feito, e ninguém mais tinha também, o

que tornou nossa primeira reunião difícil. Todos se lembravam claramente do rio virando lava, mérito meu, então gastamos muito tempo
discutindo se deveríamos tornar isso a parte central da nossa estratégia: só dar um jeito de eu criar um rio de magma no meio do salão de
graduação, jogar um feitiço de esfriamento em nossos pés e correr por
cima do rio até as portas. Parecia mesmo bom, simples e legal, mas
existem muitos males que ficam bem tranquilos até mesmo em níveis
de calor de lava ardente, e todo o pessoal atrás de nós acabaria pegando a estrada para o céu, o que concentraria demais a atenção dos
males. Males forçariam uns aos outros a entrarem na lava por mera
pressão de números, e a segunda onda escalaria os corpos carboniza-
dos para chegar até nós. Também era bom considerar que não só as
calamidades não se importavam com o calor, como também jogariam
partes de si no meio do caminho para torná-lo sua própria bandeja
cheia de comida assim que começássemos a correr na direção delas.
Não é como se pudéssemos simplesmente *parar*. Não existem muitos
feitiços de esfriamento que vão durar tempo o bastante para a pessoa
simplesmente ficar parada em cima da lava por um tempo.

— E se você invocar o rio na sala pelo outro lado, logo atrás de
nós? — sugeriu Khamis. — Isso impediria os males de nos ataca-
rem pelas costas.

— Aí eu também bloquearia o caminho dos *outros* alunos atrás de
nós — falei, firme.

Ele claramente considerava que aquilo era problema deles e não
nosso, mas era um cara esperto e não disse isso na minha cara. Estou
razoavelmente certa de que ele, de fato, disse isso na cara de Nkoyo,
mas em um tom de "não dá pra você argumentar com sua amiguinha
que ela tá sendo boba?". Eu o vi puxando Nkoyo de lado para falar
com ela quando descemos para jantar, e ela estava com uma expressão de resignação controlada quando entrou na fila, seu brilho de
sempre obscurecido.

Certa vez, um cara foi até a comuna com a namorada e tratou todo mundo com superioridade, fazendo perguntas educadas

demais com um desdém no sorriso que sempre dizia "vocês acreditam mesmo nesse tipo de coisa?", era um desdém familiar: o mesmo
que preenchia meu próprio coração cada vez que alguém me dizia
com sinceridade o quanto eu poderia limpar meus chakras se ao
menos usasse esse colar de contas ou aquele bracelete de cobre mag-
nético. Eles sempre ficavam magoados quando eu dizia que colocar
uma coisa que havia sido cuspida de uma máquina e feita com um
minério lavrado por trabalhadores em condições de semiescravidão
provavelmente não melhoraria o meu equilíbrio de mana. Ainda assim, odiei aquele arrombado desde o instante em que ele apareceu.
Ele só havia vindo, pelo que pude entender, para fazer a namorada
se sentir mal por passar um final de semana agradável fazendo yoga
na floresta com pessoas que eram legais o bastante para perguntar
como ela estava se sentindo, ainda que balbuciassem um monte de
bobagens sobre os chakras dela.

O jeito cansado dela era o mesmo jeito cansado de Nkoyo agora,
e isso me deixou tão irritada quanto na época, quando eu de fato
marchei até o cara e disse que ele deveria ir embora e nunca mais
voltar. Ele riu e sorriu para mim, e eu só fiquei lá olhando para ele,
porque normalmente isso funcionava, mesmo eu só tendo onze anos
na época; quinze minutos depois ele de fato foi embora, mas fez a
namorada ir junto.

Então não falei para Khamis ir embora. Só me certifiquei de pa-
rear minha bandeja com a de Nkoyo e dizer:

— Pode dizer pra aquele babaca que eu quase gritei com você
quando sequer tentou sugerir a ideia.

Ela olhou para mim e curvou a boca, um pouco daquele brilho
retornando. Eu deveria ter sentido orgulho de mim mesma; tenho
certeza de que mamãe teria dito que eu havia evoluído. Sinto dizer
que tudo que senti foi uma vontade ainda mais passional de jogar
Khamis por uma tubulação de manutenção.

Quando refizemos a pista dois dias depois — cada grupo tem direito de ir um dia sim, um não; qualquer um que tentar monopolizar

a pista por mais do que isso começa a ter experiências desagradáveis, como os feitiços pararem de funcionar em um momento crítico —, eu não transformei o rio inteiro em lava. Em vez disso, conjurei só o suficiente de lava no fundo para ferver a coisa toda enquanto simultaneamente esfriava a lava. A variedade de armadilhas e imitações de males espreitando no rio foi quase que completamente enclausurada dentro da nova pedra, ou ao menos se tornou completamente visível, e nós pudemos só andar em cima do rio em qualquer ponto que quiséssemos.

— El, essa foi a coisa certa a se fazer — disse Liu depois, atenta. Nós havíamos conseguido chegar ao final e fazer a volta sem mais nenhum sangramento sério, o que fez aquilo parecer óbvio, mas ela estava falando mais no geral. — Foi a coisa certa a se fazer porque nos deu opções. Ter uma opção é a coisa mais importante.

Eu já havia ouvido aquilo. Está em um ponto destacado do manual de graduação: *como regra geral, independentemente da situação específica em que você se encontra, a cada passo você precisa se certificar de preservar ou aumentar o seu número de opções.* A ficha não tinha caído propriamente antes, mas agora tinha. Ter uma opção significava poder escolher algo que funcionava para você, o que estivesse carregando e o que tivesse preparado. Ter uma opção significava poder escolher sair.

Liu olhou para as portas.

— Só mais seis meses.

Eu assenti. Subimos as escadas para voltar ao trabalho.

Capítulo 8

DESLIZEIRO

EU GOSTARIA DE DIZER que Khamis era do tipo que melhorava depois de conhecê-lo melhor, mas não era. Na segunda semana da pista de obstáculos, fizemos tudo direitinho: eu entoei o feitiço de amplificação de mana antes mesmo de as portas se abrirem por inteiro e invadi a pista sem parar para me permitir dar uma olhadinha. Entrei diretamente em uma tempestade de neve na altura dos joelhos em uma paisagem montanhosa glacial, vazia exceto pelas enormes pedras altas que protuberavam do chão como pilares, com rajadas de nevasca assoprando nas nossas caras com quase tanta força quanto o vendaval que indicava o limite do ginásio da última vez. Ainda assim era lindo, mas era o tipo de beleza que normalmente a pessoa só vê pessoalmente se passar uma semana se arrastando montanha acima com uma mochila maior do que o seu tronco.

Tropecei nos primeiros passos, então meu pé deslizou e eu caí para trás. Se não fosse pela barreira de Aadhya — depois de eu ter lhe contado sobre meu encontro com Liesel, ela fez modificações para dar conta de quedas acidentais, bem como de impactos propositais —, eu provavelmente teria ganhado uma concussão de verdade. Mesmo assim, caí com tudo, e os montes de neve dos meus lados caíram em cima da minha cabeça e começaram a ativamente tentar me sufocar. Jowani me puxou de volta para fora e me colocou em pé — ah, como eu estava feliz por tê-lo convidado — no momento em que as pedras começaram a se desdobrar em formato de trolls, como Transformers feitos de pedra, e a jogar granizo nas nossas cabeças.

Nós todos saímos com os corpos doloridos e muitos hematomas; Chloe estava com uma clavícula quebrada, um ombro deslocado e mancava muito: ela fora atingida por uma das pedras voadoras. Nossos ajudantes a remendaram um pouco, enquanto dentro do ginásio as pedras se rearranjavam novamente da massa de pedregulhos pulverizados e pó que eu havia deixado para trás, mas Chloe precisava de mais tratamento do que poderíamos esperar do nosso acordo.

— Vamos te levar para o seu quarto. Podemos trabalhar lá em vez de na biblioteca — disse Liu. Chloe assentiu sem dizer nada, os olhos baixados ao chão e a boca pressionada em uma linha fina.

Khamis apareceu e disse para ela:

— É *você* que tá dando o mana. Da próxima vez, *você* deveria ir no meio.

Eu havia passado a semana me parabenizando repetidamente por meu autocontrole, mas ele havia se esgotado. Eu estava prestes a dizer para Khamis que, na verdade, Liu estava gerando o mesmo tanto de mana ao carregar o feitiço de amplificação de mana no alaúde o tempo todo enquanto corríamos, e também queria dizer exatamente o que pensava dele e lhe dar sugestões detalhadas sobre onde ele podia enfiar aquela opinião, mas, antes de eu abrir a boca, Aadhya disse:

— Sério? Um menino grande feito você, com medo de uns arranhões e machucados? — Khamis se virou para ela. Aad só sacudiu um dedo de um lado para o outro no peito dele, com um desdém exagerado. — Se quer se machucar só quando for de verdade, meu filho, pode continuar se escondendo lá no meio. A Chloe vai sair pelas portas antes de *você*, com certeza.

Chloe ergueu a cabeça, os olhos úmidos. Sendo sincera, não acho que ela pensava dessa forma mais do que eu, mas Aadhya tinha razão. Enclavistas não apanhavam, não como o resto de nós, não diariamente. Talvez uma vez por mês avistavam um male, com mana na ponta dos dedos, muita ajuda e alvos mais fáceis por perto. Era prática. Mas não o suficiente para se *machucar*. Eu não sabia se Chloe de fato havia sido atacada antes. Definitivamente não do jeito que eu fui, nem do jeito que Liu, Aadhya ou Jowani foram, ou qualquer outro otário mediano, ao menos meia dúzia de vezes. Não importa se você tem todo o mana ou equipamento do mundo. Basta ter azar uma vez. Se for atacado com muita força, você cai; e aí, se não se levantar rápido o bastante, fica caído para sempre. E não dá para aprender a se levantar até ter caído uma primeira vez.

Chloe engoliu em seco.

— Obrigada por se preocupar — disse ela para Khamis. — Estou bem com o meu grupo.

Ele não gostou disso, em especial porque provavelmente não conseguiu deixar de perceber que Aadhya tinha um argumento alarmantemente bom com o qual ele agora precisava se preocupar, mas aceitou o agradecimento, apesar de bufar e olhar para Aadhya como se desejasse ter um lacaio que a empurrasse no corredor antes que ele desse meia-volta e retornasse para seu time.

Dito isso, sendo um bom argumento ou não, eu nunca havia visto Aadhya trocar farpas com um enclavista antes. Ela não era uma puxa-saco empenhada como o Ibrahim, só sensata demais para fazer algo tão — bem, idiota. Diferente de certas pessoas que não vou nomear (eu).

— Uau — falei baixinho para ela conforme descíamos as escadas.

— Como se eu tivesse tido uma escolha — disse ela, bufando e me lançando um olhar significativo. Eu gostaria de poder dizer que senti vergonha de mim mesma por tê-la colocado naquela posição de precisar brigar com alguém só para evitar que eu tentasse desmembrá-lo, mas estava irredutivelmente feliz que *alguém* havia brigado com Khamis. Aadhya suspirou. — Só me faz um favor, fica de bico fechado até o fim do mês.

— E depois? — perguntei.

— Depois ele não pode mais sair dessa *com a Nkoyo*. Acorda.

Foi a minha vez de suspirar.

— Ok, tá bom.

Às vezes, quando seus amigos estão certos, você fica satisfeita; às vezes, é só insuportavelmente irritante.

Só que ela estava certa, então mordi minha língua repetidas vezes nas semanas seguintes enquanto as últimas alianças eram firmadas e investíamos mana e tempo suficiente na nossa colaboração que ele não poderia só vazar e encontrar outro acordo, arrastando Nkoyo e os amigos dela junto. O desgraçado até começou a assumir uma posição parcialmente exposta nas nossas *segundas* corridas, tentando conseguir o tanto ideal de dor para si mesmo.

Eu estava contando os minutos até poder acabar com a raça dele do jeito certo quando começamos nossa quinta semana. Todos os treinos até então haviam sido lindas paisagens invernais de morte: florestas espessas, profundas e silenciosas; um grande lago congelado, tão longo que não dava para ver a outra margem. Hoje era uma larga clareira nevada, com plácidos arbustos comuns e pequenas florezinhas azuis que apareciam através da névoa — e absolutamente nada apareceu para nos pegar. Corremos até a parede de árvores do outro lado e voltamos como se estivéssemos fazendo uma corrida normal; então, assim que cheguei às portas, houve um barulho profundo, e o campo de neve se abriu talvez uns dez metros atrás de nós, e o que parecia mil videiras espinhentas emergiu chicoteando de lá.

Quase todo o mundo havia chegado ao outro lado da fenda até então; somente Yaakov e Nkoyo estavam atrás da linha. Yaakov estava perto o bastante para só gritar e dar um pulo antes de as videiras se erguerem o bastante; ele caiu do outro lado com as plantas agarradas às pernas, tentando arrastá-lo de volta. Cora e Nadia estavam próximas o bastante para cortar as videiras com suas espadas, enquanto Ibrahim e Jamaal agarraram os braços dele e o puxaram.

Porém Nkoyo estava ainda um passo para trás, e esse único passo colocou uma parede sólida de videiras entre ela e os portões. Tentei conjurar um feitiço de putrefação nas raízes, o que deveria tê-las destruído por completo, junto com a maior parte da paisagem, mas nada disso aconteceu; olhei para baixo e percebi que eu não só havia passado da linha, como já havia *saído*: estava no corredor, do lado de fora das portas do ginásio. Não poderia ajudar Nkoyo assim como não poderia ajudá-la no salão de graduação depois que passasse dos portões e estivesse de volta ao país de Gales.

Só que se eu tivesse passado pelos portões lá embaixo, tampouco estaria parada ali tendo que *assistir* enquanto minha amiga era estraçalhada em pedacinhos. Nkoyo estava conjurando feitiços de esmaecimento, feitiços de toque rápido, mas só conseguia lançá-los em uma videira de cada vez, e estava ficando sem mana e sem fôlego. Ela não conseguia fazer um buraco grande o suficiente para atravessar em um pulo sem ser arrastada de volta, e as videiras continuavam crescendo e crescendo. Uma delas deu um golpe certeiro para longe do emaranhado e se enrolou ao redor da garganta de Nkoyo, começando a estrangulá-la para que não pudesse mais conjurar feitiços, o sangue escorrendo do pescoço e dos braços por causa dos espinhos enquanto ela se debatia desesperadamente.

Eu não sabia o que eu ia fazer, mas *não ia* ficar parada ali. Mesmo que eu precisasse fazer algo real, algo permanente — algo tão ruim quanto o que eu havia feito com o ginásio antes. O mana estava nas minhas mãos, e o feitiço na minha respiração, minha língua se curvando ao redor das palavras: um feitiço de destruição e arrasamento, um que estraçalhasse o maquinário da pista de obstáculos e derrubasse o ginásio inteiro se preciso fosse...

Então aquele arrombado do cacete do Khamis *voltou para buscá-la*. Ele jogou uma garrafa de líquido verde em cima dos emaranhados de videiras e elas se incendiaram e queimaram completamente, em um único instante, abrindo um buraco grande na frente dela. Ele pulou o buraco, agarrou Nkoyo por baixo das axilas e joelhos e meio que a atirou pesadamente pela abertura — ele *era* um garoto grande — antes de pular atrás dela, empurrando-a pelo resto do caminho na frente dele através das portas, tropeçando conforme as últimas videiras agarravam e arranhavam suas pernas, deixando uma trilha de sangue fresco na neve antes de as portas se fecharem atrás dele.

Tá, você nunca quer perder um membro da sua aliança assim tão perto da graduação, e o time era mais da Nkoyo do que dele; ele só havia concordado em compartilhar os recursos e uma quantidade enorme de mana, enquanto ela havia juntado todo o resto de sua rede enorme de amigos, todo aquele monte de gente que ficou feliz em se juntar a ela. Só que esse trabalho estava feito, e ela não era nem de longe insubstituível como encantadora. Na verdade, havia um número suficiente de perdedores sem aliança sobrando por aí para ele poder arrumar dois outros alunos como substitutos, que estariam desesperados o bastante para concordarem em ficar com uma posição mais exposta lá no fundo e uma quota menor dos recursos do grupo.

Em vez disso, ele havia ido mais longe do que qualquer um, só para salvá-la. Mamãe sempre me dizia que não dava para saber o que as pessoas fariam em um momento de crise, mas eu sempre pensei que ela estava falando que nós deveríamos perdoar as pessoas por se comportarem como antas diante de circunstâncias ruins, não que um zé-mané igual o Khamis pudesse repentinamente se tornar um herói na hora do aperto.

Depois daquele primeiro momento de *nossa, o que rolou?*, o resto do nosso grupo se juntou ao redor dos dois no corredor, em uma anarquia de barulho e parabenizações; até o grupo seguinte de veteranos, que aguardava a própria vez, se aproximou: estavam ajudando de bom grado agora, oferecendo curativos, lenços e boas pomadas. Nós somos todos fãs de escapar por pouco, ou escapar com sobra, ou de qualquer escape: queremos muito acreditar que são possíveis, mesmo depois de todos esses anos aqui. Nkoyo só se afundou de joelhos no chão na frente das portas, os olhos fechados, dois rios de lágrimas escorrendo brilhantes pelo rosto; seus outros aliados, Janice e Fareeda, estavam segurando seus braços frouxos para fazer os curativos. Khamis estava sentado ao lado dela, encarando os rasgos manchados de sangue nas calças e nos sapatos. Ele parecia praticamente tão chocado quanto todos os outros por ter feito aquilo.

Saí do caminho em alguma hora, não me lembro quando. Eu havia me afastado das portas para abrir espaço para todo o mundo que estava ajudando, o grupo emoldurado pelas grandes portas de metal do ginásio. Somente Ibrahim estava um pouco mais longe no corredor com Yaakov, suas testas encostadas, as mãos dele segurando o rosto de Yaakov enquanto lágrimas saíam de seus próprios olhos. Ele se aproximou para roubar um beijo desesperado que fez Yaakov perder o controle, fechando os olhos e também começando a chorar.

Fiquei lá com as costas apoiadas na parede do corredor, bem longe de todos eles, a execução da destruição ainda vívida na boca, e o mana que eu havia puxado ainda revirando dentro de mim. Estávamos fazendo a pista de obstáculos há um mês e já estávamos tão melhores, tão mais rápidos. Nós *precisávamos* do ginásio, *precisávamos* da pista. Se eu tivesse destruído tudo para salvar Nkoyo, eu teria feito outra barganha com a vida de pessoas que não conhecia, rostos para os quais eu não estava olhando, da mesma forma que eu havia trocado os alunos de Xangai por aqueles que o quattria devorou.

Eu não tinha o direito de fazer isso, não tinha o direito de fazer nada a não ser a única coisa que eu tinha o direito — sair pelos portões —, porque todos nós concordamos que tínhamos esse direito, de sair como conseguíssemos, dentro da única limitação estreita, não matar uns aos outros — e mesmo isso poderia ser ignorado desde que fosse feito de maneira discreta o suficiente. Era senso comum que você só prometia ajudar as outras pessoas porque elas poderiam te ajudar em retorno, e era senso comum que suas promessas paravam de valer quando você chegasse perto demais dos portões; ninguém poderia te culpar por passar por eles o mais rápido que conseguia, mesmo que todo o resto do seu time morresse. Ninguém nunca esperaria que você desse meia-volta, e ninguém prometeria fazer isso.

Mesmo se você tentasse, ninguém acreditaria, porque talvez não desse para saber como as pessoas agiriam em um momento de crise, mas você saberia. Se desse meia-volta, você não salvava ninguém, só morria junto com os outros. Na melhor das hipóteses, você morria *em vez* dos outros; você se colocava dentro de uma calamidade pela eternidade para deixar eles passassem pela porta *em vez* de você. Isso era tudo que qualquer um poderia razoavelmente torcer para acontecer, então não era algo que você poderia pedir para alguém fazer. Você poderia pedir às pessoas que fossem corajosas, que fossem bondosas, que se importassem, que ajudassem. Poderia pedir por mil coisas diferentes, dolorosas e difíceis, mas não quando algo era tão obviamente inútil. Não dava para pedir para que alguém deliberadamente trocasse a si mesmo pelos outros, tudo que tinham e que poderiam ser, só para te dar uma chance, quando no fim das contas — e mesmo se os portões fossem o fim, o fim de tudo — você sabia que não era mais especial do que eles. Não era nem heroísmo; era só uma equação ruim que não podia ser equilibrada.

Exceto eu. Eu poderia dar meia-volta. Com só um tanto normal de coragem, nem mesmo o tanto que Khamis Mwinyi havia conseguido cavocar das próprias entranhas, sem aviso-prévio para ninguém; eu poderia dar meia-volta ao chegar aos portões e passar todos do meu time através deles, e depois causar desolação em cada *male* que estivesse por perto, até todos os meus amigos estarem seguros. Então eu precisava fazer isso. É claro que precisava. Eu não podia correr pelos portões para ir em direção à segurança, para as florestas verdes de Gales e para o abraço de mamãe enquanto todos os que eu amava ficavam para trás. Eu precisava dar meia-volta e manter os portões incólumes para eles até que todos tivessem passado. Eles não haviam me pedido, e não me pediriam, porque isso iria contra as regras do senso comum, mas eu faria mesmo assim porque eu podia. Eu podia salvar Aadhya, Liu, Chloe e Jowani, salvaria Nkoyo, Ibrahim, Yaakov e Nadia.

E então, depois de fazer isso, só aí eu mesma poderia passar pelos portões. Eu resgataria as pessoas com quem me importava, e então poderia dar as costas para todo o resto. Poderia passar pelos portões e deixar que os outros encontrassem seu próprio caminho para a saída ou que morressem. Eu não devia nada a eles. Eu não os amava. Eles não haviam feito nada por mim. Exceto Khamis, que estava sentado no chão tremendo, com sangue escorrendo pelas pernas em gotas largas, formando uma poça abaixo de si, sangue que ele havia derramado para salvar a Nkoyo quando eu não havia conseguido. Eu salvaria Khamis. Eu ficaria em pé nos portões por tempo o bastante para salvar Khamis, que eu não amava nem um pouco, por que como eu poderia fazer outra coisa agora?

Dei um passo para trás, para longe do emaranhado de pessoas ao redor dele e de Nkoyo, para longe dos estranhos ajudando alguém com quem eu me importava, de jeitos pequenos que tinham custos com os quais não poderiam arcar. Dei outro passo para trás, depois mais um, e me virei; em um piscar de olhos eu já estava na metade do corredor, correndo, correndo como se os portões estivessem diante de mim e eu pudesse sair, pudesse escapar. Havia mais alunos veteranos indo até o ginásio àquela altura. Eles viraram as cabeças, ansiosos para me seguir conforme eu passava, perguntando-se do que eu estava correndo; mas eu estava correndo deles, de qualquer um que pudesse acabar sendo uma pessoa decente, sendo tão especial quanto as pessoas que eu amava. Que talvez merecesse viver tanto quanto elas.

Acelerei ainda mais, o que eu conseguia fazer porque durante as últimas semanas estava correndo quase todos os dias como se minha vida dependesse disso; no fim das contas, isso foi uma péssima ideia, porque dei de cara com o Magnus. Ele estava saindo das escadas para ir treinar com o próprio time: um grupo de cinco garotos que ocupava quase o cumprimento inteiro do arco do batente, de modo que eu não conseguiria passar por eles, então precisei parar imediatamente.

— El? O que aconteceu? A Chloe tá bem? — disse ele, esticando a mão instintivamente para me equilibrar, como se até mesmo *ele* tivesse tempo para pensar no bem-estar de outro ser humano, desde que fosse um ser humano com o qual ele tivesse convivido desde a infância. Ou talvez desde que ele pudesse se arriscar se importando com ela, porque ele sabia que as chances de ela não morrer antes de completar seus dezoito anos eram altas.

— Ai, eu te odeio — falei, com uma estupidez infantil.

Eu estava prestes a irromper em lágrimas, ou em alguma outra coisa, eu sei lá o quê, quando Orion literalmente desceu as escadas rolando e derrubou nós seis como se ele fosse uma bola de boliche, um strike perfeito. Um deslizeiro monstruoso, debatendo os tentáculos de lula ao redor da boca de tubarão pré-histórico, desceu as escadas atrás dele, gargarejando, rugindo e se atirando; todos os meninos gritaram e tentaram fugir, o que foi difícil, já que estavam todos emaranhados no chão em um montinho.

Ao menos Magnus não fez nada heroico; ele só se debateu loucamente, tentando escapar como o resto dos garotos. Mas não havia nenhuma escapatória; o monstro já estava em cima de nós, pegando Orion e todos os colegas de Magnus com os tentáculos e arrastando-os para dentro da boca, batendo os dentes e lançando mais tentáculos na nossa direção; mas, depois de eu empurrar Magnus para longe de mim, eu me sentei e gritei:

— Murche e *morra*, seu saco de larvas fedorento!

Essas não eram precisamente as palavras usadas para o feitiço de putrefação que eu havia tentado conjurar nas videiras, mas aparentemente isso não importava, porque o deslizeiro me obedeceu sem a menor hesitação: sua pele murchou até estourar ao longo dos tentáculos, liberando uma massa contorcida de pequenas larvinhas horríveis no chão e soterrando uma parte dos meninos conforme os soltava — ainda gritando, possivelmente mais alto agora — até se desintegrar. Todos os meninos se atiraram para longe e saíram correndo pelo corredor, lançando as larvas em todas as direções, pisoteando-as como se estivessem esmagando uvas. Exceto Orion, que simplesmente emergiu do mar de larvas, se sacudiu sem um grama decente de horror — estavam *no cabelo dele* — e olhou em volta para os restos do male que desapareciam rapidamente: as larvas estavam fugindo pelos ralos em uma migração em massa, sem deixar nada para trás a não ser as enormes mandíbulas ossudas cheias de dentes serrados, ainda escancaradas no chão, como que saídas de um museu de história natural.

Ele não ousou me censurar, mas de fato deixou escapar um suspiro levemente decepcionado.

— Nem começa, Lake — falei. Eu me sentia melhor; talvez por ter gastado todo o mana que havia juntado forçando um novo feitiço a existir, ou talvez fosse só o mesmo tipo de calma de ter passado por uma crise de choro e saído ilesa, mesmo quando sabe que nada mudou e tudo ainda é horrível, mas não pode chorar para sempre, então não há nada que possa ser feito a não ser seguir em frente. — Me diz uma coisa, qual é o plano? Você *tem* um plano ou só vai improvisar tudo?

— Er, o plano? — disse Orion.

— Para a graduação — falei, me certificando de enunciar claramente cada sílaba caso ele perdesse alguma. — Acabar com os males. Antes deles *devorarem* todos.

Ele me lançou um olhar magoado.

— Eu não preciso de um plano!

— Em outras palavras, você não se deu ao trabalho de pensar em um fora "corra e mate os males até um deles te pegar". Bom, azar o seu, não é isso que a gente vai fazer.

— O que *a gente* vai fazer? — perguntou ele depois de um instante, receoso.

— Bom, olha só pra você — falei, fazendo um gesto condescendente para a bagunça que ainda se contorcia nas escadas. — Se eu deixar você limpar o salão sozinho, você vai tropeçar nos próprios pés e ser devorado por um gru em cinco minutos. Vai ser vergonhoso.

Ele não sabia se queria ficar mais ofendido do que satisfeito, e obviamente também pensou por um segundo em emitir um protesto cavalheiresco do tipo "não, você não pode fazer algo assim perigoso", mas depois pensou melhor e fechou o bico antes de deixar isso escapar. Em vez disso, cruzou os braços sobre o peito e disse friamente:

— Então qual é o *seu* plano? Transformar todos os males em larvas? Isso vai ser divertido pra todo mundo.

— Eles vão aceitar e agradecer se souberem o que é bom pra tosse — respondi.

Na verdade, eu não tinha nenhum plano melhor do que "correr e matar os males até um deles nos pegar". Eu não sabia o que ia fazer. Eu só sabia o que não ia fazer. Eu não ia passar pelas portas. Não até todo mundo ter passado.

Capítulo 9
ENCHARCADOR

É CLARO QUE NINGUÉM SEQUER notou minha grandiosa e nobre decisão de salvar a vida de todos, já que comecei com a única coisa na qual conseguia pensar, que era simplesmente não passar pelas portas do ginásio até todo o mundo ter passado por elas. Mas isso não era exatamente perceptível, porque, considerando os obstáculos ridículos da semana, essa era a única coisa sensata a se fazer. O trajeto não costuma mudar durante a semana, mas achamos que haveria mais ataques durante nossas segunda e terceira tentativas, porque de outra maneira elas seriam completamente inúteis, mas não. Durante toda aquela semana, para todo o mundo que o percorreu, o trajeto era esse: uma boa corrida, com um único ataque não-tão-surpresa-assim ao final.

Mesmo que eu estivesse cheia de uma determinação de ferro para abandonar todos atrás de mim e cruzar os portões de graduação assim que tivesse a chance, ainda teria sido idiota permitir que meus colegas de time fossem atacados no ginásio durante os treinos.

Então ninguém sequer piscou quando, na quarta e na sexta-feira, eu parei nas portas e me virei para desintegrar toda a floresta de trepadeiras mesmo enquanto elas continuavam a chicotear para fora do ginásio. Nós nem discutimos estratégias nem nada; não havia estratégia para se discutir, fora concordar que, depois do treino de quarta-feira, Nkoyo e Khamis deveriam ficar de fora na sexta-feira para gerar mana enquanto se curavam. Não foi nem uma folga boa para eles; era só deixar uma situação horrível menos pior. Nenhum de nós queria uma folga. O que nós queríamos era mais do treino de que precisávamos desesperadamente para conseguirmos sair vivos da escola. Pessoalmente, eu queria isso ainda mais do que antes.

Tentei compensar indo caçar com Orion pela escola, mas isso foi ainda mais inútil. Nada nos atacou, e quando escutávamos um guincho leve em algum lugar, ele instantaneamente me abandonava e saia correndo em velocidade máxima para pegá-lo. Na melhor das hipóteses, eu conseguia alcançá-lo e o encontrava satisfeito consigo mesmo, em cima de alguma coisa morta. Na pior das hipóteses, eu passava meia hora vagando pelo labirinto das salas de seminário, tentando encontrá-lo novamente. Espera, desculpa, não é bem assim. Na pior das hipóteses, eu passava meia hora vagando na tentativa de encontrá-lo, tropeçava em uma poça enorme de alguma gosma que era a única coisa restante do que quer que ele tivesse matado, então desistia e o encontrava novamente no refeitório almoçando, ainda satisfeito consigo mesmo. Ele não falava que eu havia pedido para ficar coberta de gosma, mas sua expressão dizia tudo. Nessa altura, eu percebia que a única coisa que eu mataria seria ele, então desistia.

Então a semana seguinte chegou e o trajeto de obstáculos mudou novamente, e a escola deixou bem claro que estava mais do que pronta para compensar pela semana calma. Nós não conseguíamos percorrer dez metros antes de alguma coisa tentar nos atacar. Para expressar a experiência por completo, na sexta-feira o trajeto da semana anterior havia demorado um total de três minutos do começo ao fim, incluindo o tempo que levei para pulverizar todas as trepadeiras até virarem pó. Mesmo em um trajeto mais típico, normalmente demorávamos dez minutos. Quando o percurso da graduação de verdade leva mais do que quinze minutos, normalmente significa que você não vai conseguir sair de jeito nenhum.

Na segunda-feira, só consegui sair depois de vinte e sete minutos, e havia uma plateia: tínhamos demorado tanto tempo que havia outras oito alianças já aguardando do lado de fora das portas do ginásio, esperando a própria vez. Nenhuma delas parecia muito entusiasmada. Normalmente, você evita descobrir o que está no trajeto de obstáculos para conseguir fazer a primeira vez às cegas, mas dessa vez os times que aguardavam estavam interrogando com diligência todos do nosso grupo que haviam saído, entrando em negociações apressadas com as outras alianças para passarem pelo trajeto juntos.

Não acho que a minha aparência os tenha tranquilizado muito. Surgi trazendo nuvens de fumaça verde-escura com brilhos fosforescentes, relâmpagos estalando atrás de mim: os restos minguantes do furacão que eu havia criado para dissolver o exército de monstros de coisas de lama congelada. Havia também um grande anel com esferas brilhantes de fogo laranja-arroxeado orbitando minha cintura. Todos os feitiços se desfizeram quando passei pelas portas, mas ficaram no ar por tempo o suficiente para fazer uma declaração estilosa que dizia *pasmem, contemplem sua deusa trevosa*. Enfim, fiquei parada ali no batente por pelo menos cinco minutos, lançando esferas e relâmpagos em alvos estratégicos para liberar o caminho até as portas. Todo o resto dos nossos três times estava cambaleando. Nkoyo até mesmo se sentou no corredor bem ali e fechou os olhos, apoiando a cabeça no ombro de Khamis quando ele se sentou do lado dela. A pior parte dos arranhões em sua garganta mal havia se curado, e alguns dos ferimentos haviam aberto e estavam sangrando de novo.

— E aí, quem quer um resumão? — perguntei, gesticulando para afastar os últimos pedaços de fumaça da maneira mais prosaica que consegui. O que não era muito, mas o desespero ainda fez com que as pessoas fossem falar comigo, ou ao menos se aproximassem o bastante para ouvir aquilo que eu estava dizendo para os mais corajosos. Fiquei lá no corredor pelos dez minutos seguintes, respondendo perguntas para ajudar todos a elaborar suas estratégias para passar pelo trajeto. Então as quatro alianças que haviam se alistado para ir depois de nós foram tentar, juntas. Conseguiram chegar a uns dez metros depois da porta, então desistiram e correram para fora. Nessa altura, todo o resto tinha simplesmente ido embora. Esse novo trajeto era inútil do jeito oposto: era difícil demais para qualquer um passar por ele. Exceto por mim.

Na quarta de manhã, saímos da nossa rodada depois de apenas quatorze minutos; havíamos pensado em um monte de maneiras melhores para eu conseguir dizimar tudo no nosso caminho. Não havia ninguém esperando lá fora. Nós mesmos tivemos de nos remendar, o que foi um processo lento; todos no nosso grupo estavam exaustos. Exceto por mim. Eu me sentia energizada e extremamente pronta para a hora do almoço.

Durante o almoço, percebi que, se ninguém mais estava tentando, o ginásio estava completamente livre. Normalmente, a escola te pune se você tenta fazer o trajeto mais do que três vezes em uma semana para te impedir de monopolizá-lo, mas é permitido fazer o percurso mais uma vez se ninguém mais estiver na fila.

— Subo pra biblioteca daqui a pouco — falei abruptamente enquanto levantávamos para levar nossas bandejas. — Vem comigo, Lake.

Orion reclamou o caminho todo enquanto descíamos as escadas — todos os males de verdade haviam abandonado o ginásio, já que ninguém lá embaixo estava tentando fazer o trajeto, então, na opinião dele, não havia nenhum motivo para ir até lá —, mas cedeu e veio comigo. Fizemos o trajeto juntos.

Foi uma ideia ainda pior do que caçar com ele, de um jeito completamente diferente. Incendiar toda a horda infinita de males falsos, Orion matando a torto e a direito de um jeito entediado e birrento, abrindo caminho para mim, e sem ninguém às minhas costas com quem me preocupar, inteiramente livre, sem medo. Eu o obriguei a fazer o percurso três vezes seguidas e, quando ele reclamou da quarta, pulei em cima dele bem na frente das portas do ginásio. Nós ficamos nos pegando e, na minha opinião, tudo estava indo muito bem; então ele colocou uma mão na lateral do meu peito, na maior parte por acidente, entrou em pânico e foi para longe de mim.

— Eu tenho que, é, er, eu não, você tem, a gente — balbuciou ele, incoerente, e praticamente colidiu com o cadáver do encharcador bem real que ele havia matado na nossa primeira rodada, que ainda estava ensopado e molhado e seria perfeitamente capaz de dissolver a pele de seus pés e pernas se ele tivesse tocado na coisa. Eu tive que pular em cima dele e arrastá-lo para o lado, e ele nem notou o porquê; só se desvencilhou de mim e fugiu, me deixando sozinha na frente das portas.

Dessa vez, porém, nem mesmo a humilhação poderia me deixar para baixo. Subi as escadas respirando fundo, repleta do meu próprio poder, irremediavelmente feliz, embora aquilo tenha sido obviamente idiota em todos os aspectos. Eu já sabia que poderia passar pelas portas se não me desse ao trabalho de me preocupar com os outros. Eu não precisava esfregar na minha própria cara quão fácil e incrível seria, e especialmente não precisava contemplar o quanto eu poderia me divertir com Orion fazendo isso.

Se eu *precisasse* de ajuda para reconhecer a tamanha estupidez de tudo aquilo, Preciosa estaria aguardando ansiosamente para providenciar isso, sentada em uma prateleira na frente das portas da biblioteca. Nós não estávamos levando os ratinhos conosco durante o trajeto; eles não eram o tipo de familiares que ajudam em situação de combate, então, em vez disso, estávamos praticando com bolinhas pequenas recheadas, guardadas em lugares seguros em meio aos nossos equipamentos. No entanto, eu não precisava levar uma mordida na orelha quando finalmente cheguei lá; tive longos lances de escada para contemplar a tolice dos meus próprios atos.

— É, eu sei — falei rapidamente para ela ao esticar o braço para descê-la; ela só deu uma batida com o nariz no nó do meu dedão e entrou de volta no copinho da cartucheira.

Na sala de leitura, parei na frente de um dos times com quem Aadhya havia negociado nossos suprimentos de cura e falei que, se quisessem descer na sexta-feira, eu faria o trajeto com eles depois do nosso. Eles me encararam como uma manada de gnus a quem um crocodilo bem grande ofereceu passagem segura pelo rio Nilo.

— Ou não — acrescentei, irritada. — Só acho que posso treinar mais, é isso.

Eles não conseguiram decidir o que queriam, mas evidentemente compartilharam a oferta com outros para saber mais opiniões, porque na sexta-feira dois times diferentes estavam me esperando quando saímos de lá. Não me pediram diretamente para acompanhá-los, como se eu fosse um ser humano ou algo assim; só ficaram me olhando de soslaio. Engoli a contragosto e disse para Aadhya:

— Te vejo lá em cima. — Depois de o meu time ter saído pelo corredor, eu me virei para os outros. — Vamos lá.

Então marchei de volta para o trajeto.

O outro time não era tão bom quanto o meu — ou ao menos eles não eram tão bons quanto nós tínhamos ficado após seis semanas treinando juntos —, mesmo assim eu os tirei todos vivos de lá. De fato precisei transformar uma garota em pedra para salvá-la de ser cortada pela metade, mas depois a transformei de volta ao normal, então não vi problema.

Todo mundo, menos eu, aguardava ansiosamente a mudança do trajeto, mas, na segunda-feira, o novo era tão ruim quanto o anterior. Todos os três times do nosso acordo estavam esperando ao lado das portas abertas quando saímos, com seus rostos claramente espantados. Dei meia-volta imediatamente e fiz o trajeto com eles; quando saímos, havia outro time esperando — o time de Liesel. Depois do Ano-Novo, ela havia aparentemente tirado Magnus da lista e, em vez disso, havia se conformado em se aliar a Alfie, de Londres. Não sei o que ela tinha contra o enclave de Munique, que tinha três veteranos altos entre os quais ela podia escolher, se isso fosse mesmo seu critério principal, mas dava para presumir que havia *algo*, já que Munique definitivamente era uma escolha melhor do que Londres para uma garota alemã que parecia perversamente determinada a conseguir um lugar em um enclave de primeira antes dos trinta anos. A não ser que houvesse alguma coisa especialmente *certa* com Alfie, mas não vi nenhum sinal notável disso nesses últimos três anos e pouco.

— El, como vai? — perguntou ele, exatamente como não nos víssemos há anos e ele estivesse agradavelmente surpreso em me encontrar ali.

Eu o ignorei e me virei para Liesel.

— Ok, vamos nessa.

Ela assentiu friamente e fomos. Ela era praticamente minha alma gêmea.

E também era muito boa. Ela não era como Orion, mas era muito melhor do que qualquer outra pessoa com quem eu havia feito o trajeto, mesmo eu tentando não notar isso, por pura lealdade. Todo o time dela era melhor, na verdade. Até mesmo Alfie não era nem remotamente um elo mais fraco: ele havia ficado no meio, obviamente, mas não ficava lá parado como um covarde, usava sua posição para fazer feitiços de defesa complicados, lançando-os para todos os lados para cobrir todos, e era muito bom nisso. Tinha reflexos rápidos e o que devia ser uma coleção enciclopédica de feitiços defensivos que ele sabia de trás para frente: Alfie conjurava o feitiço correto na hora e no lugar corretos, consistentemente, então o resto de nós podia só confiar nele e partir totalmente para a ofensiva. Completamos o trajeto em onze minutos; eu havia demorado vinte e dois quando passei pela primeira vez com meu próprio time.

É claro que vinte e dois era melhor do que nunca, que era o que teria acontecido com Liesel e companhia se eu não tivesse ido junto. Todos estremeceram quando chegaram ao trecho final e o chão gelado sobre o qual estávamos correndo rachou abruptamente, transformando-se em pedras gigantes e pontudas do tamanho do fêmur de um tiranossauro e fervilhando com vapores ectoplasmáticos que pareciam ter uma forma psíquica, além da física. Alfie conjurou o que era o melhor escudo grupal que eu já havia visto, que teria aguentado um ou dois golpes, mas literalmente não havia outro lugar para onde ir.

Até eu recitar o sétimo feitiço restritivo de *O Cipreste Frutífero*, o primeiro livro de feitiços escrito em idioma marata. Foi organizado por um grupo de encantadores-poetas da região de Pune, que desejavam mais feitiços em seu próprio vernáculo — quanto mais você entende um idioma e suas nuances, melhor são seus feitiços falados nele —, então se juntaram para uma sessão de escrita e troca de feitiços. A sessão foi tão boa que eles formaram um círculo em longo prazo e continuaram, com feitiços cada vez mais poderosos. Por fim, a coleção se tornou tão valiosa que conseguiram trocar aquele único livro com o enclave de Jaipur por feitiços construtores de enclaves.

Imediatamente depois disso, o grupo implodiu em uma drástica cisma interna. A maioria deles morreu, alguns foram para Jaipur; outros renunciaram à magia, purgaram todo o seu mana e foram viver na selva como ascéticos, e é por isso que não existe um enclave em Pune. Mas *antes* disso eles escreveram uns feitiços dos bons, incluindo uma série de encantamentos restritivos que ficavam cada vez mais complexos. O mais difícil deles só é cobiçado pelo tipo de maleficente que deseja restringir um dos males mais abomináveis na categoria de manifestação para que se torne seu servo pessoal. Ou, bem, por um círculo de bruxos decentes que estão tentando se livrar de um desses males, mas aposto que você consegue adivinhar porque a escola *me* deu uma cópia. As solas dos meus tênis haviam começado a ficar gastas no meio do meu primeiro ano, e achei que estava sendo perfeitamente específica quando pedi por um feitiço para colá-las novamente, mas não. Você ficaria pasmo ao descobrir o quão pouco eu precisei de um benibel de estimação que exigia uma dieta regular de cadáveres humanos nos últimos quatro anos, embora eu suponha que você pode me acusar de ter uma falta crônica de imaginação.

Mas aquele era exatamente o feitiço que você quer quando está enfrentando uma entidade possuída do tamanho de uma geleira. Era minha terceira vez passando pelo trajeto, e eu havia conseguido pegar o jeito, então era uma experiência praticamente indolor. Eu só enunciei o feitiço, achatando os picos de gelo cortante, e lá fomos nós pelas portas. Mas isso não proporcionou uma experiência menos enlouquecedora para Liesel e seu pessoal. O problema é que, não importa o quão inteligente ou o quão esforçado fosse, ninguém além de mim poderia ter feito muita coisa em uma situação daquelas. Mesmo se conseguisse acesso ao feitiço restritivo, normalmente é preciso um círculo de doze bruxos entoando tudo durante uma hora. O rosto dela estava rígido de fúria quando passamos pelas portas. Eu nem a culpava por sair marchando sem nem dizer um "obrigada". Alfie era um pouco mais bem programado.

— Obrigado, El. Foi bom — ele conseguiu dizer antes de sair atrás dela, mas até mesmo para ele soou mecânico.

Quando chegou a hora do almoço e a fofoca se espalhou, todo o mundo começou a entrar em pânico. Fora o perigo bastante real de morrer por falta de prática, esse novo trajeto não fazia sentido de uma maneira particularmente alarmante. Há alguns males tão grandes quanto montanhas por aí no mundo, mas também dá para dizer que existem baleias-azuis por aí no mundo. Se uma baleia-azul aparecesse bem no meio do salão de graduação, certamente seria um desafio para todos nós, mas ela não teria conseguido chegar lá por vontade própria. Então por que algo assim teria repentinamente aparecido na pista de obstáculos? Ou a escola estava fazendo isso por pura maldade, sob a justificativa de que ao menos *um* aluno conseguiria passar pela pista, mesmo que isso tornasse o trajeto inteiramente inútil para qualquer um que não estivesse comigo no time — o que seria ruim o bastante —, ou *havia* alguma coisa lá embaixo.

Ninguém conseguia pensar em algum motivo para isso estar acontecendo; pelo que sabiam, nada havia mudado. Eu era a única que sabia o que havia mudado. *Eu* havia mudado. E as pistas de obstáculo brutais eram uma resposta muito óbvia. Você quer salvar todo o mundo, sua tonta ingênua? Tá bom então, vamos deixar isso mais difícil para você: ninguém pode praticar durante o resto do semestre, então todos vão estar em pânico e perdidos pelo salão. Boa sorte salvando todo o mundo.

Porém, eu não ia compartilhar meu grandioso plano, então todo o mundo continuou em sua ignorância, espalhando o pânico. Naquela tarde, na biblioteca, alguns dos outros times se levantaram, desesperados, e pediram para eu fazer uma corrida com eles. Na manhã seguinte, Ibrahim me aprontou uma pior ainda: ele me encurralou no meu caminho sonolento para o banheiro feminino e se demorou quase cinco minutos inteiros antes de eu finalmente entender que ele estava tentando decifrar se eu tinha algum tipo de opinião sobre ele estar beijando Yaakov.

Ele não havia feito nada de errado pelos padrões da Scholomance ao não me contar. É de fato *preciso* comunicar qualquer conflito de interesse desse tipo para seus potenciais aliados antes de pedir que acompanhem você e seu parceiro — claramente não era um acidente que, no time deles, ele estava na frente e Yaakov estava na retaguarda, as duas posições mais perigosas e mais separadas, onde eles não teriam a oportunidade de dispensar os outros e dar no pé juntos. Só que eu *não era* um de seus aliados. Meu nome não estava escrito na parede com o dele e o de Yaakov, então ele não estava me devendo nada, e minha opinião não deveria ter feito diferença. Mas lá estava ele, tentando descobrir qual era, como se isso *importasse*.

Foi horrível, e eu nem podia gritar com ele, porque agora *importava*, considerando o procedimento padrão dos otários da Scholomance. Aadhya havia feito um acordo estratégico para nós com a aliança deles, mas fica sempre subentendido que, nesses acordos, cada lado tem o direito de dispensar o outro ou trocar de acordo se a oportunidade assim permitir. E a oportunidade assim permitia, agora que eu havia me tornado um recurso extremamente escasso e valioso. Se tivéssemos a chance de, ah, sei lá, subir de nível e percorrer a pista com Liesel e Alfie, Ibrahim e seu time estariam repentinamente tão presos quanto todos os outros que não estavam correndo comigo.

E não foi por acidente que ele e Yaakov não haviam deixado transparecer que não eram somente amigos, durante todas aquelas noites em que nos sentamos juntos para estudar no quarto de Chloe. No geral, todos mantemos o nariz no próprio trabalho em vez de no dos outros, mas, ainda assim, um dos tópicos mais comuns de conversa são fofocas sobre quem está namorando quem, ou quem quer namorar quem. Só perdia para fofocas sobre quem está se aliando a quem.

No geral, não havia muitas fofocas acontecendo, porque, estranhamente, estar constantemente à beira da desnutrição, da exaustão e do terror mortal não era exatamente propício para romances, mas ainda assim extraíamos todo o entretenimento possível dos casais que conseguiam ter energia para tal coisa — a maioria deles era composta de ao menos um enclavista, como esperado. Nós soubemos quando Jamaal começou a coordenar suas pausas do lanche ao mesmo tempo que uma menina do Cairo — ela com um grupo de garotas, ele com um grupo de garotos, tudo muito certinho. Sabíamos que Jermaine de Nova York havia passado o ano anterior em um triângulo amoroso competitivo com um garoto de Atlanta por uma das melhores alquimistas do nosso ano, e todos soubemos quando, ao fim de uma época tempestuosa de fofocas, tudo se resolveu deliciosamente com um trisal *e* uma aliança, na metade do primeiro mês do semestre. Todo o mundo também havia se divertido à *minha* custa por conta de Orion enquanto isso. Ibrahim e Yaakov decidiram não compartilhar a informação. Decidiram que era um risco que não podiam correr.

Muitos enclavistas, especialmente os dos enclaves ocidentais mais poderosos, gostam de falar sobre como a sociedade bruxa é muito iluminada quando comparada às massas de mundanos. De sua perspectiva rarefeita, suponho que seja verdade. Passe décadas recrutando os bruxos mais inteligentes do mundo todo, porque são eles que serão mais capazes de salvar a vida de seus filhos e te tornar mais rico e poderoso, e você pode olhar para seu enclave internacional, tolerante e cheio de diversidade, e se dar um tapinha nas costas como parabéns. No entanto, isso não quer dizer que não há preconceito entre nós. Só significa que temos uma outra linha adicional que nos divide e que para bem nas portas dos enclaves, e é afiada o bastante para cortar sua garganta.

E Ibrahim não estava do lado seguro daquela linha. Ele não é um enclavista; ele não é um dos melhores alunos, que poderia se garantir conseguindo uma aliança com algum deles. Seu dom principal, o talento em que ele havia se apoiado para conseguir passar esses anos todos na escola e obter a aliança com Jamaal — o menino de Dubai que estava no time dele — era ser um puxa-saco entusiasmado e muito determinado. Se você gosta de receber uns elogios aqui e ali e de alguém que te anime e te reconforte quando está cabisbaixo, que dá um tapinha nas suas costas e diz que você é inteligente e está certo mesmo quando você está obviamente errado, que te ajuda a passar por uma crise inconveniente de consciência e culpa, então Ibrahim era quem você deveria procurar, e uma boa quantidade de enclavistas realmente gostava disso.

O que dificilmente é uma estratégia original. Aproximadamente metade dos alunos solitários segue ao menos parcialmente a linha de lacaios: alguns deles oferecem trabalho e músculos; os mais desesperados se oferecem mais ou menos explicitamente como escudos humanos. Eles ficam com as piores cadeiras e mesas do refeitório e das salas de aula, buscam os suprimentos e entregam lição de casa, andam com o pessoal dos enclaves até seus dormitórios à noite e ficam de vigia para eles durante o banho sem nem pedir nada em troca. Porque quase todos os enclavistas, exceto os mais ricos mesmo, acabam com algumas posições que precisam ser preenchidas em suas alianças, abertas aos alunos medianos que conseguem fazer quatro ou cinco feitiços decentes em dez minutos, conseguiram juntar uma quantidade modesta de mana apesar do trabalho escolar e tiveram sorte o suficiente para manter o corpo intacto e estar em condições físicas aceitáveis durante os anos que passaram na Scholomance.

Era esse tipo de posição que Ibrahim estava almejando durante todo o seu tempo aqui. Ele não tinha outras opções. Ele era perfeitamente competente, mas isso não o tornava especial, não para os padrões do salão de graduação. E, se você está seguindo a linha de lacaio, não dá para priorizar qualquer coisa tão insignificante como suas crenças pessoais mais ardentes ou suas necessidades emocionais mais profundas. Não dá nem para priorizar a porra da sua vida quando está descendo as escadas primeiro, com o coração na garganta, só para o caso de *haver* alguma coisa esperando que vai pegar você em vez do enclavista sete passos atrás, qual de vocês dois está fingindo com muito afinco ser um bom amigo por deixar você ter a oportunidade.

Era por isso que ele havia ficado em silêncio. Ele queria manter aberta a opção de se dar melhor com um enclavista que fosse o tipo de pateta obtuso que se importava com os assuntos pessoais dos outros, e agora ele estava perguntando para mim se *eu* era um desses patetas — porque a vida dele dependia disso.

Eu queria berrar na cara dele, furiosa, e sair batendo o pé, mas não podia fazer isso. Ele parecia prestes a chorar, o tipo de choro que a pessoa choraria se tivesse que implorar desesperadamente por sua vida e pela vida de alguém que você amava para uma menina aleatória com quem você tinha sido mal-educado constantemente. Ele teria sido um imbecil completo em não mentir para mim do jeito que eu quereria, se isso me mantivesse associada à aliança dele. Nesse quesito, se ele fosse mesmo esperto, saberia que eu não dou a mínima e teria a conversa da mesma forma, como uma desculpa para exibir sua dedicação à subserviência.

Mas eu sabia que Ibrahim não tinha esse tipo de esperteza. Ele era um bom puxa-saco porque era sempre sincero. Acho que ele gostava mesmo das pessoas para começar — um conceito completamente alienígena para mim — e ficava *abertamente* fascinado. Ele continuou puxando o saco de Orion por muito tempo após ficar bastante claro que Orion não tinha interesse em ter lacaios. Também tinha a questão de que Ibrahim havia sido burro o bastante para se apaixonar dentro da escola; e devia ser amor de verdade, porque pegar Yaakov em nome de uma aliança era obviamente uma má ideia que havia colocado os dois nas posições mais perigosas.

— Eu não sou uma arrombada, Haddad. Divirta-se à vontade. Te vejo amanhã de manhã — falei, grosseira, e *então* saí batendo o pé.

Naquele mesmo dia na hora do almoço, Magnus teve a cara de pau de pedir a Chloe que me repassasse um *convite* para se juntar a ele e ao seu time se eu ainda quisesse praticar mais, o que na cabeça dele deveria ser o equivalente às súplicas desesperadas de Ibrahim. Cerrei os dentes e treinei com eles naquela tarde. Eles eram tão bons quanto o time de Liesel, e da mesma maneira teriam morrido sem mim.

Quando voltei com meu próprio time novamente na quarta-feira de manhã, havia aproximadamente trinta pessoas lá embaixo esperando antes mesmo de nós chegarmos, e todas estavam com raiva — furiosas. Elas ainda não sabiam que eu queria ajudá-las. O que elas sabiam era que, se quisessem praticar, precisavam ir até mim, de cabeça baixa, pedir uma ajuda que não teriam no dia da graduação, porque é claro que eu não as ajudaria nesse dia; quando viram outros trinta alunos em fila para pedir a mesma coisa, souberam que este era o dia em que eu começaria a cobrar pela ajuda, e eu pediria coisas com as quais elas não poderiam arcar.

Não sei se eu poderia ter consertado a situação avisando que salvaria todos eles. Acho que eles não acreditariam em mim. Não sei direito, porque nem tentei. Eles estavam olhando para os meus amigos; olhavam para Aadhya e Liu e todas as pessoas que haviam me dado uma chance; e eles eram perdedores olhando para enclavistas, exceto que quinze minutos atrás eram *eles* os enclavistas, aqueles que sairiam da escola vivos. Alfie com Liesel e o time brilhante que ela havia reunido, Magnus e sua matilha de lobos; eles não haviam passado quatro anos aprendendo várias e várias vezes que outra criança tinha o direito de viver e eles não.

E eu conseguia ver nos rostos de todos que, se eu pudesse ser *tomada*, como se fosse um pedaço de artifício que podiam arrancar ou roubar das mãos de alguém, teriam feito isso. Teriam usado cada vantagem injusta que tinham e atacado meus amigos, e naquele exato momento a maioria deles estava pensando em alguma forma de fazer isso, assim como Magnus e aquela palhaçada que ele havia feito no Dia de Desafio.

— Pelo visto, muita gente tá disposta a ir primeiro na pista — disse Alfie, do jeito alegre que alguém poderia dizer "Bom, parece que está chovendo!" quando está uma torrente lá fora e você se abrigou com outras cinco pessoas embaixo de um toldo, todas elas armadas com facas, e você está discretamente colocando a mão no seu bolso para tirar uma pistola.

Então não falei nada reconfortante do tipo "Podem parar de suar frio, Orion e eu vamos tirar todos vocês babacas inúteis daqui". Eu nem disse alguma coisa sensata sobre irmos todos de uma vez. Chloe olhou para mim, e consegui ver que ela estava se preparando para dizer alguma coisa sensata em meu nome, pacificar todos os garotos enclavistas; antes que ela fizesse isso, resolvi agir.

— Não tem motivo pra esperar mais gente aparecer — falei. Então marchei diretamente até as portas, dei um empurrão nelas e entrei.

Houve uma confusão de tropeços atrás de mim, então todos concluíram a mesma coisa ao mesmo tempo: se quisessem se certificar de conseguir treinar comigo, precisavam ir *imediatamente*. Todos entraram atrás de mim, juntos.

Fazer a pista de obstáculos com cinquenta pessoas geralmente não é uma boa ideia, porque você pode até passar, mas não consegue treinar o suficiente. Isso não foi um problema quando estávamos sendo atacados por todos os lados. Percebi depois que, na verdade, tinha sido um treino ótimo para *mim*, o mais próximo que consegui chegar de como seria o dia da graduação de verdade, todos nós sendo jogados em um oceano de maleficências ao mesmo tempo. Mas naquele momento não tive tempo de pensar em nada a não ser na luta, evocando feitiços desesperadamente em todas as direções para impedir ataques que estavam prestes a sobrecarregar as defesas de alguém. Foi como um daqueles jogos dinâmicos horríveis em que há dezessete coisas para fazer em tempos separados com alarmes, e você corre de um lado para o outro freneticamente tentando fazer tudo e sempre está à beira de falhar em uma delas. Era exatamente desse jeito, exceto que eu tinha quarenta e sete alarmes diferentes e, se eu perdesse um deles sequer, alguém ia morrer. Foi um alívio gigantesco quando chegamos ao ataque final e eu pude simplesmente conjurar um feitiço relaxante horrivelmente poderoso, e todos puderam correr pelos portões enquanto eu batalhava com a geleira ancestral.

Saímos mancando, com a pele mais ou menos intacta, mas inteiramente exaustos. Até eu estava esgotada, com as costelas doendo, o coração batendo como se tivesse começado uma briga com os pulmões e estivesse agora na cozinha guardando as panelas com raiva enquanto tentava dar um jeito de sair pelo esterno. O que suponho ser bom, na verdade, pois significava que eu tinha feito um exercício de verdade, mas eu não estava pensando nos benefícios em longo prazo no momento. Alguns dos outros times haviam descido e estavam esperando, mas, depois que saí tropeçando, foram embora sem nem mesmo tentar me subornar por um treino, então imagino que minha aparência refletia bem o que estava sentindo.

Não houve nenhuma conversa depois.

— Quero tomar banho — disse Aadhya.

— É — respondi, e basicamente todas as vinte e sete meninas do nosso grupo foram juntas para o banheiro.

Era quase a hora de Orion colher sua safra de anfisbênias para Liesel; as larvas tinham parado de sair na água fazia uma semana, e agora estavam só sibilando e se debatendo para nós de dentro dos chuveiros, impotentes, como se os canos tivessem enlouquecido. Houve um momento em que a parede rachou ao redor de um dos chuveiros e a anfisbênia que estava lá dentro começou a se debater loucamente para tentar terminar de escapar, mas era apenas uma anfisbênia, então a menina no chuveiro sequer parou de enxaguar o cabelo, só pegou um canivete comprido e encantado da necessaire de banho e o enfiou na abertura. O chuveiro parou de chacoalhar. Seria desagradável se a anfisbênia morta começasse a apodrecer lá, mas provavelmente as outras a devorariam antes de isso acontecer.

Nenhuma de nós puxou conversa. Revezamos nossos banhos em silêncio completo, fora o ocasional "alguém tem xampu para trocar por pasta de dente" e coisas do tipo. Vestimos nossas roupas e subimos até a biblioteca para os nossos respectivos descansos, e ninguém disse nada para mim, ou umas para as outras até nos sentarmos na mesa do nosso grupo. No entanto, os meninos estavam lá esperando por nós — fedendo, o que era muito mais notável já que nós estávamos limpas —, e antes mesmo de eu conseguir sentar minha bunda na cadeira, Khamis se prontificou.

— O que foi aquilo? — questionou ele, categórico, como se estivesse guardando as palavras em uma coleira apertada até eu entrar no âmbito de conversa e ele poder soltá-las.

Eu o encarei. Sim, estou sempre reclamando de todo o mundo que se afasta de mim, mas de todas as pessoas que acham que *podiam* brigar comigo sem sofrer consequências — e então tive um momento de indignação ainda maior quando percebi que *ele* vinha mordendo a língua por um mês, assim como eu tinha feito, esperando até tempo o suficiente ter passado no semestre e termos acertado as coisas, de modo que eu não poderia mais descartá-lo sem cruzar a linha do que é considerado decência comum por aqui.

— Qual é o problema, Mwinyi? — retruquei. — Ficou com um calo hoje?

— Qual é o *problema*? — disse ele. — Vou dizer qual é o problema! A Fareeda caiu seis vezes hoje. *Seis vezes.* — Ele indicou um dedão para a coitada da Fareeda, que estava sentada a três cadeiras de distância dele. Ela era uma amiga artífice de Nkoyo que eu não conhecia muito bem, e muito claramente achava que *não* podia comprar uma briga comigo. Ela alternou o olhar entre nós e se encolheu na cadeira enquanto fazia seu melhor para demonstrar que todo o seu ser estava em outro plano de existência, e era só um erro de nossa parte achar que ela estava ali. — Na segunda, ela só caiu uma vez. O que você tem a dizer sobre isso?

Há um feitiço adorável que eu conheço que faz com que todos os órgãos de sua vítima dissequem ainda dentro dela. O original foi desenvolvido eras atrás por razões de mumificação perfeitamente respeitáveis, e caiu em desuso junto com a prática, mas a versão que eu tenho é uma inglesa bem horrível do século XIX, que o maleficente vitoriano favorito de todos, Ptolomey Ponsonby, conseguiu traduzir da coleção de artefatos egípcios de seu pai. Naquele momento, eu senti como se o estivessem conjurando em mim.

— Ela não *ficou* no chão, ficou? — foi o que consegui espremer das minhas entranhas ressequidas.

Khamis não estava errado em se preocupar por Fareeda estar caindo com frequência: ela era a posição frontal do seu time. Ela havia passado todo o semestre passado construindo um escudo frontal gigantesco, o que teria sido uma estratégia ruim a nível individual, exceto que isso lhe garantiu um lugar na aliança de um enclavista, ainda que fosse um lugar extremamente perigoso.

— Nkoyo a levantou três vezes. James a levantou duas vezes. Eu mesmo a levantei uma vez — disse Khamis. — O que você tava fazendo? Vou dizer. Tava eliminando um navalhasa que ia atacar Magnus Tebow. E não estou vendo Magnus nesta mesa. Você acha que estamos nos colocando em perigo para te dar cobertura pra ajudar seus amigos de Nova York?

Chloe estava do outro lado de Aadhya, ou no mesmo plano astral que Fareeda — quase todos na mesa estavam prontos para se juntar a ela, tentando se transmutar para virar um boneco de ventríloquo automatizado —, mas, ao ouvir aquilo, ela deixou escapar um pequeno guincho estrangulado, então cobriu a própria boca e desviou o olhar quando todo o mundo olhou para ela.

— Tebow tentou me matar com tudo uns sete meses atrás, bem naquele canto ali — falei, estupidamente grata por Khamis ter me dado um argumento com o qual eu achava que poderia vencer. — Eu não levantaria um dedo sequer para fazer ele passar pelos portões na frente de qualquer outra pessoa dessa escola.

— Ah, então ele não é seu amigo — disse Khamis, pegando pesado no sarcasmo. — Você não gosta dele, não quer um lugar em Nova York.

— El já tem uma vaga garantida — disse Chloe, obviamente decidindo que precisava voltar para este plano terreno se aquilo fosse ser algum tipo de desafio a Nova York.

Todos na mesa estremeceram por instinto; é o tipo de fofoca ao qual todos prestamos atenção, porque normalmente a pessoa consegue trocar a informação por alguma coisa, mas ninguém parecia surpreso.

— Que eu não vou aceitar — falei entredentes. — Eu *não* gosto do Magnus, ele *não* é meu amigo, e eu *não vou* pra Nova York.

Com isso, todo o mundo ficou surpreso, e foi a vez de Chloe estremecer. Mas Khamis só olhou para mim, incrédulo, e então ficou bravo, muito bravo mesmo, como se pensasse que eu estava contando uma mentira tão estupidamente óbvia que era um insulto esperar que ele a engolisse. Então ele se inclinou para frente e disse, rangendo os dentes:

— Então preciso perguntar de novo. O que foi isso? Por que tá ajudando Magnus Tebow, se não gosta dele, se ele não é seu amigo, e se no enclave dele você não quer entrar, quando deveria ajudar a *gente*?

Mas ficar bravo comigo não é algo seguro, porque isso me dá permissão para ficar brava também. Coloquei as mãos na mesa e me levantei um pouco, me inclinando para frente, e não fiz de propósito, mas eu não precisava fazer esse tipo de coisa de propósito: as luzes na sala começaram a enfraquecer e piscar, exceto ao meu redor, e o ar ficou gélido, e as palavras que saíram da minha boca foram acompanhadas de uma fumaça fina quando sibilei:

— Eu ajudei Magnus porque ele *precisou*. Do mesmo jeito que eu impedi aquela tempestade de pedras de esmagar seu crânio quando *você* precisou; e se Fareeda tivesse caído e ficado caída, eu teria ajudado ela também. Se é demais pra você pedir a ela que cuide da sua cabeçona gigantesca pra que eu possa salvar a vida de outra pessoa enquanto isso, então você pode tentar ir sem mim, seu cretino egoísta.

Khamis já estava se inclinando para trás nessa altura, o brilho verde iridescente da luz refletindo nas maçãs do rosto e nos anéis escuros de seus olhos arregalados, mas ele estava em uma sinuca de bico, afinal. Se ele *fosse* um covarde, talvez tivesse ficado quieto só para eu me afastar, mas ele não era. Pior para nós dois, eu precisava estar mentindo, porque essa não podia ser a verdade aqui. Ele respirou fundo o ar gélido, dizendo, fraco:

— Isso é loucura. O que você vai fazer? Salvar todo mundo? Ninguém consegue salvar todo mundo. Nem mesmo você *e* Lake.

— *Espera pra ver* — falei, furiosa e desesperada; mas mesmo enquanto rosnava para ele, eu sabia que o desastre estava prestes a acontecer.

Eu mal tinha conseguido passar pela pista de obstáculos com cinquenta alunos — nem bem cinquenta alunos — e havia mais de mil de nós: a maior turma de veteranos em toda a história da Scholomance. A turma de veteranos que Orion Lake conseguira formar ao nos salvar várias e várias vezes. Mil alarmes disparando, todos ao mesmo tempo.

Khamis tinha estado no ginásio durante o treino, então depois de eu falar em voz alta aquelas palavras idiotas, ele não estava mais bravo comigo do mesmo jeito, porque havia compreendido que eu não estava mentindo para ele. Era a diferença entre alguém ameaçar te dar um tiro e alguém correr em círculos gritando loucamente enquanto disparava tiros no ar. Ele empurrou a cadeira para trás e ficou em pé.

— Salvar todo mundo? Você *é* louca! — Ele esticou os braços para englobar a mesa inteira. — O que acontece com a gente enquanto você tá salvando todas essas pessoas de quem não gosta? Você vai acabar matando todo mundo enquanto banca a heroína. Acha que pode pegar nosso mana, nossa ajuda, e fazer o que bem entender, é isso o que acha?

— Khamis — disse Nkoyo, em um tom baixo e urgente. Ela também havia se levantado, e estava esticando uma mão para colocar no braço dele. — Foi uma manhã difícil.

Ele a encarou, incrédulo, a expressão toda retorcida de indignação; então olhou pela mesa para todo o resto — todo o resto que não estava falando nada para mim, da mesma forma que ninguém nunca havia falado nada para ele em todos esses anos, enquanto ele pegava o mana deles, a ajuda deles, e fazia o que bem entendesse com aquilo, porque não tinha sentido nenhum dizer alguma coisa quando a resposta é "sim". Era só esfregar aquilo na própria cara, e a única razão pela qual ele não sabia disso ainda é porque ele nunca tinha sido um perdedor antes, o enclavista sortudo de merda.

Só que ele era um agora. Era um perdedor, assim como Magnus, e Chloe também, e todos os outros enclavistas ali, porque eles não passariam pela pista de obstáculos sem mim. Era inteiramente possível que não conseguissem passar pelo salão de graduação sem mim. Então se eu oferecesse a eles um lugar ao meu lado, em troca de qualquer coisa que eles pudessem me dar, fosse mana, trabalho ou até amizade, e tomasse tudo o que me dessem e usasse isso para bancar a heroína — embora fosse claro que não queriam que eu fizesse isso, porque na verdade era um jeito muito provável de acabar matando todos —, ainda assim aceitariam e diriam obrigado, se soubessem o que era bom para tosse. Obrigado, El. Muito obrigado, mesmo.

O silêncio se prolongou. Khamis não disse mais nada e não olhou para mim. Ele não era estúpido e também não era covarde, e agora que a cara dele *havia* sido esfregada, ele entendia muito bem. E a minha também, é claro, mas não era bem a mesma coisa. Da minha parte, era só vergonha, na verdade. Que infelicidade alguém ter feito uma cena dessas, um alvoroço desnecessário. Se ao menos eu fosse uma enclavista, acho que eu teria sido treinada para lidar com momentos como esse com graciosidade. Nessa altura, Alfie teria dito, um pouco pesaroso, "Sabe, acho que todos estamos precisando de uma boa xícara de chá", e teria pegado seu enorme reservatório de mana e transformado a nossa jarra de água em um bule de chá quente, com leite e açúcar na mesa — o tipo de consolo reconfortante de que seu próprio espírito levemente ferido precisava. E todos na mesa teriam aceitado, porque, quando não se tem nada, aceita-se qualquer coisa.

Só que eu não era uma enclavista, então não lidei com o momento graciosamente, e ninguém sequer ganhou uma xícara de chá para aliviar a tensão. Eu só dei as costas para a mesa e corri para dentro da biblioteca.

Capítulo 10
HIMALAIAS

ADHYA ME ENCONTROU UM tempo depois. Eu não sei que horas eram. A luz do sol não entra aqui e a paisagem nunca muda. Eu estava sozinha na pequena salinha da biblioteca onde não dá para ouvir o sinal tocando, a salinha onde nunca ninguém teve uma aula, onde esse ano a Scholomance havia tentado e tentado — não me matar, mas me fazer dar as costas e deixar as pessoas morrerem, garotos que eu nem conhecia. Como se a escola soubesse com o que precisava se preocupar, muito antes de eu mesma ter percebido. Assim como havia percebido que eu podia matar uma calamidade e tinha tentado me subornar para ir para o outro lado.

Meus calouros ainda apareciam para suas sessões todas as quartas-feiras, mas Zheng havia dito a Liu que os ataques haviam parado completamente. Este deveria ser o lugar mais seguro da escola para começo de conversa, e agora era mesmo. Não havia razão nenhuma para mandar males para cá. A escola havia tentado, e não havia funcionado. Eu não havia aprendido a lição, não havia dado as costas.

— Esta salinha é mesmo boa — disse Aadhya sob o batente, olhando ao redor do espaço e vendo-o como eu havia visto naquela primeira manhã, uma promessa de segurança, abrigo e silêncio, antes de eu imprudentemente assinar meu nome no horário e aceitar o desafio que a escola havia lançado pra mim. Ela entrou e arrastou a carteira na minha frente para o outro lado, sentando-se para poder me encarar. — O resto do pessoal foi almoçar. Liu e Chloe vão pegar alguma coisa para nós. Todos ainda estão dentro, se você estiver se perguntando.

— Não estava — respondi e ri um pouco, um som estrangulado e inútil, e coloquei as mãos no rosto para não precisar olhar para ela. Minha amiga, a primeira amiga que eu já havia tido, além de Orion, que não conta; a primeira pessoa normal e sã no mundo que havia olhado para mim e decidido que me daria uma chance de não machucá-la.

Então Aadhya disse:

— Eu tinha uma irmã.

Assim que ouvi isso, levantei a cabeça para encará-la. Ela falava sobre a família o tempo todo. Ela havia me entregado uma carta para eles, da mesma forma que ela, Liu e Chloe tinham cartas minhas para mamãe, só por garantia; mas mesmo sem olhar para o envelope eu já sabia o endereço da casona nos subúrbios de Nova Jersey, com a piscina no quintal. Eu havia ouvido todas as descrições dolorosamente apetitosas da competição de culinária contínua e profundamente brutal entre suas avós, Nani Aryahi e Daadi Chaitali, e todo um repertório de piadas ruins adquiridas na oficina da garagem de seu avô, onde ele havia lhe ensinado como usar uma serra e soldar peças. Eu sabia tudo sobre sua mãe astuciosa e bem-vestida, que costurava tecidos encantados à mão, que eram usados nos enclaves de Nova York, Oakland e Atlanta. Sabia tudo sobre seu pai silencioso, que saía seis dias por semana para fazer um trabalho de especialista em tecnologia no enclave que o havia contratado naquele mês. Conhecia seus nomes, suas cores favoritas, quais peões escolhiam para jogar banco imobiliário. E ela nunca havia mencionado uma irmã antes.

— O nome dela era Udaya. Eu não tinha nem três anos quando ela morreu, então não me lembro muito bem dela — disse Aadhya. — Ninguém na minha família fala sobre ela. Por um tempo achei que eu tinha inventado essa irmã, até os dez anos, quando encontrei uma caixa de fotos dela no sótão. — Ela bufa. — Eu *surtei*.

Eu sabia o que ela estava fazendo, e o que eu deveria fazer em resposta. Era para eu perguntar o que havia acontecido, depois deixar que Aadhya me contasse tudo sobre a irmã que havia morrido aqui, talvez até no dia da graduação; aí ela me diria que entendia que eu precisava tentar salvar o máximo de pessoas possível, então era para eu descer as escadas e, se não conseguisse parar de olhar para o meu próprio umbigo por tempo o suficiente para fazer uma boa xícara de chá para todo o mundo, Chloe provavelmente faria isso por mim, e todos voltaríamos a nos concentrar nas nossas estratégias naquela tarde como se nada tivesse mudado. E eu sabia o porquê: porque essa era a única coisa prática e sensata que ela podia fazer, mesmo que o que ela quisesse fazer fosse gritar comigo duas vezes mais alto do que Khamis havia gritado.

— Não consigo fazer isso — disse, a voz trêmula como se estivesse chorando, apesar de não ter chorado nada. Eu só havia ficado sentada ali sozinha. — Desculpa. Não dá.

Eu me atrapalhei para pegar o compartilhador; Aadhya esticou o braço e me agarrou pelo punho, prendendo-me na carteira.

— Sério? Tudo que eu preciso que você faça é esquecer o drama da sua própria cabeça, calar a boca, e ficar sentada aí enquanto eu falo por cinco minutos. Eu *acho* que dá pra você fazer isso.

Não tinha muito como dizer não. Enfim, ela tinha o direito de me dar um chute tão grande que eu acordaria só na semana seguinte, porque não adiantaria nada para ela se eu desistisse da aliança. Liesel tinha acesso às toneladas de mana de Alfie, além de cérebro, tirania e um time inteiramente dedicado a sair daqui, e ainda assim aquilo não havia servido de merda nenhuma quando os Himalaias atacaram. Todos ainda estavam dentro exatamente pela mesma razão que todos estavam dentro de qualquer acordo aqui na Scholomance, que era exatamente a mesma razão pela qual todos se enfiavam nesse buraco infernal que chamavam de escola: porque essa era a melhor alternativa. Isso era tudo que eu poderia ser: o menor dos males.

Aadhya ficou me encarando com os olhos estreitos, até ter certeza de que eu havia me acovardado, antes de tirar a mão e se sentar novamente.

— Ok, vamos fingir que logo depois que eu te contei sobre Udaya você falou "o que houve com ela?" como uma pessoa normal.

— Ela morreu aqui — falei, monótona.

— Isso não é um jogo de adivinhação, e não. Não foi isso — disse Aadhya. — Meus pais eram bem jovens quando Udaya nasceu. Eles estavam morando com os pais do meu pai, e meu avô era incrivelmente careta. Ele insistiu que minha mãe nos ensinasse em casa, e nunca podíamos ir a lugar nenhum, nem mesmo ao parquinho na quadra de baixo. Não podíamos nem brincar no quintal sem ter um adulto por perto. Eu me lembro disso; ele colocou um feitiço na porta dos fundos que dava um choque se tentássemos passar por ela sozinhas. Udaya ficou de saco cheio. Quando ela tinha oito anos, saiu pela janela e foi até o parquinho. Um lagartecido a pegou antes de ela andar metade da quadra. Eles vinham até nossa casa de vez em quando para depositar ovos, para que os filhotes pudessem passar pelos feitiços e mastigar o tear da minha mãe. Naquele dia, o bicho só deu sorte.

— Eu sinto muito — falei, me sentindo idiota da forma que um *eu sinto muito* sempre parece idiota quando é sincero.

Aadhya só deu de ombros.

— Mamãe pediu aos pais dela para ficarmos nos EUA depois do velório. Minha tia havia se casado em Calcutá nessa época, então eles puderam ficar. Ela me levou para morar com eles em um apartamento de um quarto só e me matriculou em uma pré-escola mundana na vizinhança. Papai veio depois de um mês. Alguns anos depois, eles pegaram tudo que haviam economizado para conseguir entrar num enclave, transformaram em dinheiro e compraram uma casa em frente a uma boa escola, e sempre se certificaram de que a casa tivesse um monte de comida e brinquedos para que os meus amigos de escola gostassem de ir brincar lá, mesmo que isso significasse que eles não podiam praticar mágica enquanto meus amigos estivessem por lá. Daadi foi morar com a gente quando eu estava no jardim de infância, e Daduji já tinha falecido. Ninguém nunca me confirmou, mas tenho quase certeza de que foi suicídio.

Eu também tinha; não havia muitas causas de morte para bruxos entre as idades de dezoito a cem. Câncer e demência por fim ficam agressivos demais para se curar com magia e, se você mora fora de um enclave, mais cedo ou mais tarde se torna o gnu mais lento e um male te pega no final da manada, mas, até lá, não há mais nada.

— Eu gritei com a minha mãe por esconder isso de mim — disse Aadhya. — Ela só me disse que não queria que eu tivesse medo. Daduji amava nós duas, ele queria muito nos proteger, era tudo o que ele queria, mas não conseguiu. E minha mãe também queria me proteger, mas também queria que eu vivesse o máximo possível enquanto ainda tinha a chance, porque Udaya sequer pôde viver.

Sério, isso não era nem chocante. Era só estatística. Se tiver dois filhos bruxos, é provável que não consiga ver os dois se tornarem adultos. Possivelmente nenhum dos dois. Udaya só teve um pouco mais de azar do que o normal. Ou muito mais azar, se você considerar que ela tinha passado todos os minutos da própria vida trancada em uma versão mais legal da própria Scholomance.

— Enfim, desde então eu sei que provavelmente vou morrer antes de ser velha o bastante para votar — continuou Aadhya. — E não quero morrer, quero sair daqui, mas não vou abrir mão de ser um ser humano até conseguir isso. Então não vou fingir que eu não sabia. Eu sabia quando pedi pra você ser parte do meu time, sabia que eu só tinha sido sortuda. Não foi nada que eu fiz. Eu era só uma perdedora como você, uma garota indiana como você, e não era uma escrota completa com você, então você me deixou chegar perto o suficiente para entender que você era um foguete no qual eu podia me agarrar.

— Aad — falei, mas não sabia como prosseguir depois disso. Nem sei se ela sequer tinha me ouvido. O apelido saiu em um som fino e rachado como vidro quebrado, e ela não estava olhando para mim.

Estava olhando para a carteira e traçando com o dedão de um lado a outro o grafite que dizia DEIXE-ME SAIR DEIXE-ME SAIR DEIXE-ME SAIR, e sua boca estava retorcida para baixo.

— Alguém sempre tem sorte, né? — disse ela. — E por que não eu? Por que não deveria ser eu a ganhar essa loteria? Eu falei isso pra mim mesma, mas não conseguia acreditar, porque era sorte *demais*. Eu sabia que precisava fazer alguma coisa pra merecer isso. Como eu sabia que você precisava fazer alguma coisa pra merecer aquele livro que recebeu. E eu não tinha feito nada, então fiquei esperando você me largar, fiquei esperando ter de fazer alguma coisa, mas não fiz. E estou te contando sobre Udaya porque na minha cabeça, a certa altura, acho que decidi que era tipo uma troca. Eu não pude ter uma irmã, então recebi você.

Um som estrangulado horrível estava enfiado na minha garganta, porque eu não conseguia pedir para ela parar. Eu não podia querer que ela parasse, mesmo que estivesse com as mãos pressionadas na boca e lágrimas estivessem se acumulando nas pontas dos meus dedos.

Aadhya só continuou falando.

— Sei que isso é a maior bobagem, mas fez eu me sentir melhor sobre não fazer nada. Então todos esses meses, fiquei pensando nisso, o que foi muito idiota da minha parte, porque, se você é a pessoa que eu recebi no lugar da minha irmã… Não posso simplesmente deixar você pra trás e continuar sendo um ser humano. — Ela ergueu o olhar para mim e, no fim, também estava chorando, as lágrimas descendo pelas bochechas e começando a pingar do queixo, mesmo que sua voz não parecesse nada diferente. — Não vou te deixar para trás.

Eu queria mesmo estar soluçando como um bebê, mas em vez disso precisei me controlar para impedi-la.

— Eu não quero isso! Não estou pedindo pra você ou qualquer outra pessoa ficar pra trás comigo!

— Tá, óbvio. — Aadhya passou a manga pela cara e engoliu uma fungada. — Você prefere fugir e ficar se lamentando com raiva do que *pedir ajuda* ou qualquer outra coisa horrível desse tipo.

— Se quiser me ajudar, vai sair por aqueles portões o mais rápido que conseguir. Esse é objetivo da coisa! Dane-se o que o Khamis acha, eu vou levar vocês até lá...

— Não sozinha, não vai dar — disse Aadhya. — Khamis é um saco de escrotidão, mas ele não tá errado. Eu não ligo se você colocar a maior capa de super-heroína que existe, mas não vai conseguir levar mil pessoas porta afora sozinha.

— Então o que você vai fazer? Se der as costas para o portão e ficar comigo, vai ser só mais um alvo que eu vou precisar acobertar. Eu não vou ficar parada lá e deixar as pessoas morrerem, mas isso não quer dizer que eu vou *trocar* você por elas. *Não vou.*

— Hã, eu não falei isso? — Aadhya sacudiu a cabeça e se levantou da cadeira. — Vamos lá. Eu não sei o que eu vou fazer, mas sei que consigo pensar em alguma coisa melhor do que *dar o fora dos portões sem pensar duas vezes em você* ou *morrer tragicamente e sem sentido ao seu lado.* Nenhuma das duas opções parece genial para mim. Já que isso é tudo que você tem, tire a cabeça de sei lá qual buraco onde você a enfiou e considere a ideia maluca de que talvez nós, pessoinhas patéticas, possamos te ajudar a solucionar esse problema. Sei que é contra os seus princípios mais sagrados pedir qualquer coisa para qualquer pessoa, e obviamente nós não temos razão nenhuma pra nos importarmos em dar um jeito de você salvar a vida de todos, mas talvez alguns de nós estejam muito entediados e não tenham mais nada pra fazer.

Ainda assim era uma droga. Pode até ser que Aadhya não quisesse me deixar para trás, mas Khamis não veria problema nisso, e eu tinha bastante certeza de que a diferença entre ele e todo o mundo era que ou ele tinha a coragem ou a audácia de demonstrar isso. É claro que não queriam que eu salvasse a vida dos outros se isso significava que eu não tinha mais tanto tempo para salvar as suas vidas. Isso não os tornava grotescamente egoístas; só os tornava *pessoas*. Era até justo; foi com eles que eu fiz um acordo, foram eles que prometeram cuidar da minha retaguarda. Esse acordo significava que era para eu cuidar da retaguarda deles em troca. E tá, Aadhya havia me dado uma desculpa, falando que ela não tinha feito nada para me merecer, mas todos eles tinham feito mais para me merecer do que todo o resto, mesmo que eu não precisasse ser *merecida*.

A única coisa que ajudou foi que Aadhya havia feito mais do que qualquer um deles. Se ela não estava exigindo que eu a colocasse em primeiro lugar, então mais ninguém tinha o direito de fazer essa exigência. Só que isso não dava nem a mim nem a ela o direito de voluntariar todo o mundo para salvar a escola. Eu não tinha o direito, mas tinha o poder, porque a única outra alternativa era sair da aliança, ou talvez abrir um dos bueiros no chão e pular lá dentro, o que parecia razoavelmente tão bom quanto qualquer outro plano de sobrevivência. Todos eles sabiam disso, e eu também, e isso significava que eu os estava *obrigando* a isso, assim como Khamis ao escolher a posição ao centro mais segura em seu time.

Porém, minha única alternativa era dizer para deixarem aquilo para lá, que eu não ia mesmo salvar todos, que eu ia só me concentrar em fazer nosso grupo passar pelos portões, e depois disso eu ajudaria os que haviam sobrado. Que não seriam muitos. Não havia nenhuma cerimônia longa e entediante de graduação para nós. Historicamente, de acordo com o manual de graduação, metade das mortes acontece antes de a primeira pessoa passar pelos portões, e o tempo entre a saída desse primeiro sobrevivente sortudo e a do último sobrevivente sortudo é de dez minutos, todos os anos. Eu estaria carinhosamente guiando meu próprio rebanhinho para a segurança em meio a algumas centenas de alunos gritando enquanto são massacrados. Quando chegássemos aos portões e eu virasse as costas, a maioria deles já estaria morta.

Eu não conseguia suportar nenhuma das alternativas, o que era péssimo para mim, já que não havia uma terceira opção ao meu ver. A maneira como tentei fazer uma aparecer foi me sentar na mesa da biblioteca como uma tábua, sem olhar para o rosto de ninguém, encarando fixamente o pão que Chloe havia me trazido, sem comê-lo. Fingi que as pontadas no meu estômago eram fome e deixei Aadhya conduzir a conversa.

— Ok, vamos resolver isso — disse ela, para todo o resto sentado ao redor da mesa, em um profundo silêncio constrangedor.

— O que precisamos resolver? — disse Khamis friamente. Ele estava sentado com os braços cruzados sobre o peito, me encarando com tanta força que eu sabia que ele estava fazendo isso sem nem precisar olhar para qualquer área próxima do seu rosto. — Agora *nós* temos que nos preocupar em salvar Magnus também? Não acho que ele vá retribuir o favor.

Todo o mundo se remexeu, desconfortável.

— Bom, ele deveria — disse Liu.

— Quê? — disse Khamis.

Só que Liu não estava falando com ele; ela já havia virado para Chloe.

— E se a gente convidasse Magnus e o time dele para se juntar a nós? Eles não diriam sim?

Chloe a mirou.

— Bem... — Ela se virou para mim, então voltou para Liu. — Quer dizer, sim, claro, mas...

Ela parou e olhou para mim novamente; tudo bem, eu claramente havia comunicado a ela em mais de uma ocasião que conseguia pensar em muitos usos variados para Magnus, como, por exemplo, testar objetos pontiagudos e substâncias tóxicas, então ela tinha uma causa razoável para duvidar se eu concordaria com a sugestão de Liu. Mas não retribuí seu olhar. Sentia que não tinha o direito de fazer objeções a qualquer outra ideia que alguém tivesse, considerando que havia rejeitado a que envolvia todos eles saírem dessa vivos.

— Esse é o único jeito de fazer isso funcionar. Todos que quiserem percorrer a pista de obstáculos com a El precisam se juntar a nós, virar aliado de verdade — disse Liu. — Não dá para ser só a El e o Orion cuidando de todos. Eles não vão conseguir fazer isso. Todos precisamos ajudar a proteger todo o mundo para que eles possam lutar contra os piores males, ou salvar qualquer um que esteja prestes a cair.

Ninguém mais estava participando de verdade dessa conversa; tenho quase certeza de que estavam simplesmente se perguntando o que diabos fariam para se salvar enquanto eu estava ocupada salvando todo o resto. Mas Yaakov estava escutando, e pelo jeito estava sinceramente pensando sobre essa possibilidade.

— Mas se isso continuar acontecendo, logo todo o mundo vai tentar percorrer a pista no mesmo horário — disse ele em resposta.

Ibrahim piscou, surpreso de verdade por Yaakov estar levando a conversa a sério.

— Ok, e daí? — disse Aadhya. — Na maioria dos anos todos tentam conseguir um horário próprio no ginásio, mas esse não é mais o problema que nós temos. Alguém aqui sentiu que o treino não estava difícil o suficiente hoje de manhã? Mesmo com cinquenta outros alunos lá? — Ninguém sentia, claramente. Aadhya nem se deu ao trabalho de responder a pergunta retórica. — Vamos supor que El e Orion façam o treino duas vezes por dia. Todos que quiserem fazer com eles podem ir uma vez, dia sim, dia não, assim como deveríamos. Mesmo que literalmente todos se alistem, tudo bem, o ginásio aguenta algumas centenas de alunos ao mesmo tempo sem problema. Nenhum cálculo desse é engenharia aeronáutica. A gente já sabe que precisa de aliados. Se a gente *não* se aliasse pro dia da graduação, se todos decidissem ir sozinhos, praticamente todos iam morrer. Isso é só… Um pouco mais difícil. *Todos* vamos ser aliados, porque vale a pena salvar um colega aleatório se isso significa que dali a cinco minutos El vai impedir que um vulcão caia na sua cabeça.

— E tudo isso é muito bom e legal até o instante em que todos estivermos no portão ao mesmo tempo, e Paciência e Fortitude pegarem todos de uma vez só — disse Khamis, aquele idiota. Aadhya olhou para mim, fazendo a pergunta da qual eu ainda queria sair correndo gritando se ouvisse.

Mas era justo, afinal de contas: eu estava fazendo todo o mundo pular todos esses obstáculos para que eu pudesse ser uma heroína, então era melhor eu ser uma heroína daquelas, certo?

— Eu acabo com elas se for preciso — falei. Estava tentando fazer as palavras saírem sem ter um ataque histérico, mas foi como se eu estivesse falando em um tom impertinente.

Metade da mesa achou que eu estava brincando e soltou risadinhas educadas, um jeito de dizer a Khamis para calar a boca e parar de tornar as coisas desnecessariamente constrangedoras, mas Liu e Chloe entenderam na hora que eu não estava brincando nem um pouco; Khamis ainda estava me fuzilando tanto com o olhar que presumivelmente pôde perceber que eu estava a trinta segundos de vomitar diretamente na cara idiota dele. Com todos me encarando, o burburinho morreu, então todos começaram a se olhar de soslaio para checar *se El tinha mesmo perdido o último parafuso*. Depois houve uma rodada de incerteza se eu estava dizendo aquilo da boca para fora ou se tinha uma razão válida para imaginar que eu era capaz de fazer algo do tipo.

Acho que ninguém tinha se decidido ainda quando Nkoyo disse:

— Deveríamos nos separar por idioma. Você sabe os quatro maiores, correto? — ela perguntou para mim, referindo-se ao inglês, o mandarim, o hindi e o espanhol, e eu meio que consegui consentir rapidamente. Suponho que deveria agradecer pelo meu seminário na biblioteca, afinal de contas, e por todas as lições de Liu.

— Vamos deixar escrito ao lado das portas do ginásio — disse Liu. Depois de uma discussão breve, todos nos dividimos para começar divulgar nosso plano.

Aadhya me levou junto com ela — acho que ela sentia que não podia confiar que eu não sairia e ficaria emburrada em um canto —, mas não foi rápida o bastante. Assim que eu estava plausivelmente, mas não de verdade, fora do campo de audição, todos começaram a fofocar, e ouvi Cora dizer:

— Orion nunca encontrou nada, e ela estava tão doente naquele dia.

Eu me virei para Aadhya, falando com muita calma, na minha opinião:

— Desculpa.

Depois disso, corri até a escada e desci para o banheiro mais próximo, do lado de fora do refeitório, onde vomitei o que parecia quase todo o meu revestimento estomacal, e depois só fiquei encolhida ali no vaso, chorando com as mãos sobre a boca. Aqui, ao final do primeiro ano de calouro, a pessoa aprende a chorar de olhos abertos, sem fazer barulho nenhum. Exceto que, é claro, nada viria me atacar de qualquer forma, porque eu podia matar calamidades desde que tivesse mana, e havia um compartilhador de Nova York no meu pulso naquele instante, que aparentemente não deveria ser removido não importava qual reviravolta extravagante eu resolvesse fazer, então que male seria idiota o bastante para vir me atacar?

Aadhya chegou alguns minutos depois e esperou por mim do lado de fora da cabine. Eu finalmente consegui me controlar e saí de lá para lavar o rosto. Ela ficou me observando até eu terminar, então disse:

— Vamos começar.

Orion me deu uma cutucada nas costelas na hora do almoço — os garotos que estavam atrás de mim na fila o deixaram furar sem ele nem pedir — e disse:

— *"Ei, Orion, tenho uma ótima ideia: que tal você parar de caçar* males de verdade *que estão matando* pessoas de verdade *e passar seis dias por semana fazendo treinos idiotas no ginásio duas vezes por dia em vez disso?"*

Eu não me virei. Não ia perder o pudim de arroz que pela primeira vez era pudim de arroz mesmo. Havia uma colônia das larvas glutinosas de sempre crescendo rapidamente na vasilha de metal, mas só haviam chegado até a metade até agora, e eu consegui pegar uma tigela cheia. Ah, os privilégios de ser uma veterana. Também peguei três maçãs, apesar do leve brilho verde que dava para ver se as colocasse debaixo da luz no ângulo correto: Chloe tinha um spray ótimo que eliminaria a cobertura tóxica por inteiro.

— Lake, sei que você gosta dos seus passeiozinhos, mas até agora menos de doze pessoas foram comidas esse ano, e umas quinhentas vão ser devoradas nos primeiros dez minutos lá embaixo. Deixa de ser tosco. Dá pra você correr por aí e brincar com os outros males depois que o trabalho acabar.

Ele me lançou uma carranca, mas as estatísticas estavam fortemente do meu lado, então ele parou de discutir e, com a cara emburrada, pegou uma colher de espaguete à bolonhesa e a salpicou com uma porção generosa de antídoto ralado na falta de queijo parmesão.

Nós esperamos uma hora depois do almoço, para dar tempo de a novidade se espalhar, antes de descermos para nossa primeira rodada em hindi. Havia cerca de vinte pessoas esperando: dois times compostos em sua maioria de amigos e conhecidos que faziam trocas com Aadhya, incluindo uma menina do enclave de Calcutá que conhecia os primos dela. Minha caloura Sunita havia conversado com o irmão mais velho, Rakesh, para convencer o time dele a aparecer, que incluía um enclavista desconfiado de Jaipur.

Os outros eram rejeitados, alunos que ainda não haviam conseguido entrar em nenhuma aliança. Poucos dos que estavam sozinhos eram falantes de hindi. Os enclaves na Índia e no Paquistão só têm vagas disponíveis o bastante para metade dos alunos que gostariam de se mudar para lá, então há provas cruéis e entrevistas antes mesmo de um convite ser entregue, e até os piores candidatos que conseguem entrar quase sempre são melhores do que os rejeitados entre os otários da Scholomance. Mas alguns pais gastam muita grana comprando lugares, mesmo que os filhos não se qualifiquem por mérito próprio. Às vezes eles são ótimos em fazer amigos, às vezes conseguem se dar bem sob pressão, e às vezes são sortudos; esses não eram nenhuma dessas coisas.

Eles haviam aparecido para o treino porque não tinham muita esperança de qualquer forma, então isso aqui era melhor do que nada. Era um pouco útil só aparecer e encontrar alguns colegas que *tinham* alianças, porque esses colegas podiam acabar com vagas que precisavam ser preenchidas. Mas todos pareciam profundamente desconfiados enquanto Aadhya dava a palestra oficial de que todos precisavam ajudar qualquer pessoa que pudessem, ou não seriam mais bem-vindos aos treinos. Um dos garotos, Dinesh, com cicatrizes alquímicas horríveis que haviam derretido metade da cara — um acidente que custaria uns cinco anos de mana para consertar se ele conseguisse sair daqui —, ficou encarando Aadhya o tempo todo, como se ela fosse uma alienígena vinda de uma galáxia muito distante.

Mas quando cruzamos o rio pela primeira vez e os rilkes saíram da lama semicongelada nas margens do rio, atacando Dinesh e outros dois rejeitados com suas garras afiadas, ele deu um passo à frente e lançou um escudo sobre todos em vez de só sobre si mesmo, o que me deu os dez segundos de conjuração de que eu precisava para terminar de desintegrar o uivoaminto que irrompia do gelo e estava prestes a engolir todos eles, com rilkes e tudo, e vários outros membros do nosso grupo.

Todos ainda pareciam estar sofrendo de choque ao saírem do ginásio, mas um deles ofereceu um gole de água para Dinesh, que saiu andando com o grupo pelo corredor. E eu saí sem fôlego, mas ninguém havia morrido, e eu também não estava à beira de um ataque de nervos.

Orion não estava nem arfando, só emburrado e entediado conforme me seguia.

— Você quer mesmo fazer isso todos os dias, duas vezes? — perguntou ele, lamentando-se.

Preciso confessar que fiquei cruelmente satisfeita no dia seguinte durante o primeiro treino em espanhol, quando as geleiras maléficas se ergueram alguns minutos mais cedo do que na primeira vez e ele *tropeçou* porque não estava prestando atenção. Precisei usar um feitiço de telecinesia para salvá-lo do enorme abismo azul dentado e jogá-lo — possivelmente um pouco mais brutalmente do que o necessário — em um monte de neve.

— Talvez você precise *mesmo* de mais um pouco de prática, Lake — falei docemente no saguão conforme ele espanava a neve das roupas, irritado, e me encarava com ódio. Abri um sorriso e joguei uma bolinha de neve no nariz dele, então ele visivelmente parou de ficar irritado e começou a querer me beijar, mas havia outras *pessoas* em volta, então só devolvi seu olhar de raiva.

O treino em espanhol era quase fácil demais para ser um bom treino: era um grupo ainda menor que a rodada em hindi: só uma meia dúzia de estudantes mexicanos e porto-riquenhos que haviam escutado sobre o plano de seus amigos aliados com enclavistas de Nova York, e uma aliança liderada por uma menina do enclave de Lisboa que era amiga de Alfie. Mas isso deixava bem mais fácil identificar quem é que não estava ajudando ninguém. Adivinha quem, três chutes; você não ganha prêmio nenhum se chutou a enclavista de Lisboa de primeira. Ela ficou ofendida e indignada quando, depois do treino, falei que ela não seria bem-vinda se fizesse aquilo de novo e, se quisesse essa chance, era para gastar o mana dela curando todos os ferimentos da rodada.

— É isso que você acha? — disse ela, furiosa. — Que eu vou seguir suas ordens? Pois eu acho que não. Quem é que precisa de você de qualquer forma? Vamos, estamos indo embora — disse ela para seu time, exceto que havíamos acabado de fazer um treino em que ficou abundantemente claro que *eles* precisavam de mim, muito mesmo.

Seu melhor recruta, Rodrigo Beira — sexto lugar na classificação da turma, quase chegando a orador —, se levantou de onde estava agachado, ofegante, e silenciosamente se aproximou para ajudar uma das meninas porto-riquenhas que estava com um braço dilacerado cheio de agulhas de gelo, que relutantemente derretiam. A menina enclavista o encarou, então se virou para o resto do time; nenhum deles sustentou seu olhar, e todos seguiram Rodrigo para ajudar os outros.

Se eu estava me sentindo um pouco convencida depois disso, o que talvez fosse o caso, o treino da tarde resolveu esse problema: quando Orion e eu descemos com Liu para fazer nosso primeiro treino em mandarim, não havia uma única pessoa lá. Esperamos por quase vinte minutos, Liu mordendo o lábio e parecendo arrependida. Os círculos de falantes de inglês e mandarim são razoavelmente distintos aqui dentro, já que dá para ficar a sua carreira inteira fazendo aulas em um idioma ou no outro, mas um time falante de mandarim do pessoal de Singapura e de Hanói estava entre a multidão nos portões há dois dias, e Jung Ho do time de Magnus fazia aulas misturadas de inglês e mandarim e havia prometido espalhar a notícia, que certamente não precisava ser tão espalhada.

Isso significava, percebi, quando finalmente desistimos de esperar mais, que alguém havia enviado uma mensagem *diferente*: uma que dizia para *manter distância*.

— Dei uma perguntada no jantar — disse Liu naquela noite. Ela estava sentada de pernas cruzadas na cama, dedilhando o alaúde cuidadosamente enquanto eu, de costas para a parede, fazia crochê de um jeito lento e esporádico, cada ponto relutante. Olhei para ela. — O enclave de Xangai fez uma reunião com seus veteranos ontem sobre os treinos. Depois que perguntei para algumas pessoas, Yuyan mandou alguém me convidar para encontrar com ela e Zixuan na biblioteca.

Eu me sentei direito e larguei o crochê no colo.

— E aí?

— Eles queriam me perguntar sobre como você faz magia — disse Liu. — Concordei em contar, se eles me contassem o motivo de quererem saber.

Assenti, um pouco amarga; era uma troca de informações sensível. Do tipo que você só negocia com alguém que considera um inimigo em potencial.

— Zixuan queria saber se você tem dificuldade em fazer feitiços *pequenos*.

Eu a encarei. Se eu tivesse que chutar qual seria a pergunta dele, essa nem teria entrado na lista. Eu estava preparada para aquela sobre o que eu faria para conseguir energia para meus feitiços se, por exemplo, eu ficasse sem mana no dia da graduação, ou talvez como exatamente eu era tão boa em controlar maleficências gigantescas. A maioria dos bruxos não está nem aí se eu sou ruim em ferver um copo d'água para o chá depois de me verem colocar fogo em lagos inteiros.

— Eu tenho dificuldade em *aprender* feitiços pequenos.

— Você também tem dificuldade para conjurar eles — disse Liu. — Não percebi que era importante até Zixuan me fazer pensar no assunto, mas eu já tinha notado. Lembra em agosto, quando estávamos começando a trabalhar no feitiço de amplificação, e primeiro eu tentei te ensinar aquele feitiço pequeno de tom, para que você não cantasse no tom errado acidentalmente e trocasse o significado?

— Argh — grunhi, o que abrangia em totalidade as alegrias daquela tarde, que, sim, estavam guardadas firmemente na minha memória. Precisei tentar dez vezes o feitiço e foi como se minha língua estivesse sendo pinçada por uma prensa até eu desistir e falar para Liu que eu precisaria aprender as porcarias dos tons certos e pronto, a não ser que quisesse me explodir.

Liu assentiu.

— É pra crianças pequenas que estão aprendendo a falar, pra poder ensinar a elas a conjurar o feitiço de "gritar por ajuda". Eu sabia fazer esse feitiço quando tinha três anos. — Eu devia estar encarando Liu boquiaberta, a incredulidade na minha cara, porque ela acrescentou: — Está acontecendo com você e Preciosa também.

Minha mão instintivamente foi abraçar o copo na cartucheira no meu peito, onde ela estava enroladinha dormindo.

— Tem alguma coisa de errado com ela?

Liu sacudiu a cabeça.

— Não *errado*. Mas demorou muito mais pra ela se manifestar, e agora ela já é muito mais estranha que os outros. Outro dia eu vi ela tentando *morder* Orion na biblioteca quando ele estava prestes a colocar o braço em volta do seu ombro. Isso significa que ela tá exercendo julgamentos que vão além dos seus. Não é uma coisa que acontece com ratos.

Eu estava prestes a declarar que meu julgamento estava perfeitamente alinhado com Preciosa quando o assunto era Orion colocar o braço ao redor do meu ombro, ou em qualquer outra parte de mim, mas Liu me lançou um olhar significativo e eu não consegui forçar as palavras a saírem da minha boca.

— Enfim, também percebi que você quase nunca usa feitiços *normais* — continuou ela. — Você prefere varrer o chão com uma vassoura a usar um feitiço.

— É mais provável que os meus feitiços varram qualquer pessoa viva na sala do que o chão — falei.

Liu assentiu.

— Sim. E esses são os feitiços nos quais você é boa, que faz com facilidade. Então você nunca usa mágica quando pode usar outra coisa.

— Mas como é que *Zixuan* percebeu tudo isso? — perguntei depois de um instante.

Eu estava com dificuldade de digerir essa ideia. Eu *de fato* nunca recebo feitiços comuns, e os que recebo são quase sempre desnecessariamente complicados — como os feitiços de limpeza em inglês antigo que ganhei no último semestre, que no fim eram inúteis para usar em acordos até mesmo além do fato de serem em inglês antigo, porque precisavam de duas vezes mais mana do que os feitiços modernos de limpeza que todo mundo tinha, e ainda exigiam um foco maior. Sempre presumi que a escola — ou bem, o universo — estava contra mim, não que não *existissem* feitiços comuns e baratos que eu pudesse fazer. Eu não tinha certeza se aquilo fazia eu me sentir melhor ou pior, sendo sincera.

— Ele disse que funciona da mesma forma que um revisor — disse Liu. — Abstrai os detalhes e te deixa operar em uma escala maior, controlar mais poder. Só que não dá pra usar um revisor pra fazer trabalhos detalhistas. Então é como se você fosse um revisor ambulante. É por isso que você tem dificuldade com feitiços pequenos, e não com os grandes. Ele teve essa ideia porque você conseguiu canalizar o poder do revisor *dele* com muita facilidade.

— Eu não diria que foi *fácil* — murmurei, mas só estava resmungando. Eu gostaria muito de ter uma conversa com ele eu mesma, na verdade; parece que ele entendia mais como minha magia funcionava do que eu. — Mas nesse caso eles sabem que eu não estou mentindo. Sabem que eu *consigo* fazer todos eles passarem pelo percurso. Por que não apareceram?

— Eles não acreditam que você possa ter escondido seu poder de todo o resto — disse Liu. — Eles acham que Nova York sabia esse tempo todo, que você estava com eles desde o começo e só escondia pra que nenhum dos outros enclaves descobrisse o que você faz antes da graduação.

Grunhi e bati a cabeça com força nos joelhos. O problema era que eu não conseguia ver nenhuma maneira de refutar essa teoria. Fazia todo o sentido do mundo na perspectiva deles, que era limitada pela barreira idiomática que percorre metade da escola. Durante meus quatro anos aqui, eu já tive aulas com ao menos metade do pessoal da linha de língua inglesa, e quase nenhuma com o pessoal da linha de mandarim. Eu conhecia alguns, como Yuyan, que estudava idiomas o bastante para que nós compartilhássemos aulas de vez em quando, e os estudantes bilíngues da linha de mandarim que faziam as aulas gerais em inglês para que valessem créditos de língua para o currículo. Mas era só isso. A maioria dos alunos não se mistura para começo de conversa — a maioria das conversas em grupo aqui na escola acontece ou em inglês ou em mandarim, então você acaba ficando com as pessoas que preferem a mesma língua que você. Liu deliberadamente escolheu passar mais tempo com o pessoal que falava inglês porque estava trabalhando em feitiços de tradução, que requerem muita fluência e composições complicadas de poesia métrica, com várias palavras obscuras em uma língua estrangeira.

Só que eu nunca me misturei, porque nunca estava em conversa nenhuma e pronto. Ia às minhas aulas e não falava com quase ninguém, comia sozinha, estudava sozinha e me exercitava sozinha, aninhada em minha própria célula apertada, *exatamente* como eu teria feito se estivesse deliberadamente escondendo uma luz muito ofuscante atrás de um arbusto. A explicação verdadeira, que eu não tive alternativa nenhuma porque ninguém gostava de mim, apenas levantava a questão de por que eu não tinha *obrigado* todo o mundo a gostar de mim ao fornecer uma boa visão daquela luz ofuscante já mencionada, e, assim, me tornado cortejada por todos em vez de perigosamente isolada.

Essa era uma pergunta tão boa que eu havia literalmente passado três anos agressivamente convencendo a mim mesma a me juntar a um enclave assim que tivesse a chance, e então cuidadosamente evitei qualquer possibilidade disso enquanto fingia para mim mesma que estava fazendo planos em um longo prazo extremo. Se alguma vez eu tivesse admitido para mim mesma que talvez mamãe estivesse certa e eu não queria me juntar a um enclave afinal, eu provavelmente só teria me encolhido e morrido sem esperança nenhuma ao pensar no que me aguardaria pelo... resto da minha *vida*. Eu só havia sido capaz de admitir isso para mim mesma depois de Orion, Aadhya e Liu; depois de não estar completamente sem amigos.

— Suponho que não deixaram você convencer eles do contrário? — perguntei, desesperançosa.

Parecia estupidez, em retrospecto, até para *mim*, então imaginei que Yuyan e Zixuan não acreditariam. Talvez alguém que estava entre o pessoal que deliberadamente havia me evitado, mas o pessoal de Xangai não tinha nenhuma ideia de que uma perdedora como eu existia até eu de repente irromper do nada, já em destaque. Então, de repente, Chloe e o pessoal de Nova York haviam me acolhido, me oferecendo uma aliança e uma vaga garantida, só porque Orion havia saído comigo por algumas semanas? Eu achei que eles estavam completamente loucos. Faria muito mais sentido se eu fosse secretamente parte do grupo deles esse tempo todo, ou pelo menos há um ano ou mais.

Liu sacudiu a cabeça.

— Eles foram educados, mas tenho quase certeza de que a outra razão pela qual queriam falar comigo era pra entender se você tinha me enganado, ou se eu estava tentando estabelecer uma relação com Nova York.

Soltei a respiração. Isso era Liu tentando ser educada comigo, mas eu sabia o que ela queria dizer: que o pessoal de Xangai queria entender se ela — e, por extensão, sua família — estava pronta para passar a perna nos enclaves chineses estabelecidos e fazer uma aliança com Nova York para obter o próprio enclave.

— O que eles escolheram?

Liu ergueu as mãos, dando de ombros.

— Eu disse a eles que não podia provar nada, mas que você é minha amiga e quer mesmo que todo o mundo consiga sair, e que você não vai pra Nova York. Então... eles acham que você me enganou. — Ela deu um pequeno suspiro.

Não era nem especialmente paranoico da parte deles. Os enclaves asiáticos estão há décadas em um cabo de guerra lento e cada vez mais pernicioso com Nova York e Londres para forçá-los a entregar mais vagas na Scholomance. A linha idiomática de aulas gerais em mandarim literalmente só começou por aqui no fim dos anos oitenta. Antes disso, era inglês ou nada, mesmo depois que boa parte da escola começou a chegar com algum dialeto chinês como primeiro idioma, e isso só mudou quando os dez maiores enclaves asiáticos, sob a liderança de Xangai, anunciaram publicamente um comitê exploratório com o objetivo de construir uma nova escola sob o seu controle.

É claro que os enclaves não quiseram seguir em frente com essa ameaça. A população bruxa tem aumentado continuamente desde que a Scholomance abriu, mas, por enquanto, acrescentar uma segunda escola e dividir metade da população enclavista entre elas significava que eles precisariam *competir* com a Scholomance pelos alunos que não pertencem a um enclave. As duas escolas teriam que melhorar as chances para nós — a custo de seus próprios filhos. Fora isso, havia ainda o custo copioso de construir a escola em si.

O que eles queriam mesmo foi o que conseguiram: mais vagas na Scholomance para seus enclavistas e aulas em um idioma mais fácil para seus filhos. Não era pedir muito, mas precisaram fazer uma *ameaça* para conseguir isso, e as atribuições ainda estão bem longe de serem justas. Estou aqui graças a uma vaga que Londres nem deveria mais ter de ceder, e enquanto isso crianças sem enclave em toda a Ásia ainda estão fazendo uns exames horrendos pela chance de ser uma entre duas crianças que consegue uma vaga.

Mas isso não pode ser consertado sem que se comece a tirar vagas dos maiores enclaves internacionais nos Estados Unidos e na Europa, e nenhum deles quer abrir mão delas. A próxima realocação deve acontecer logo — e há uma guerra de verdade borbulhando sob a superfície. Nova York, Xangai e os aliados dos dois lados estão fazendo coisas cada vez mais horríveis uns com os outros nos últimos anos, brigando por posições. Seria um pouco chocante descobrir que um aliado de Nova York foi atrás de Bangkok e literalmente destruiu o enclave, mas ainda assim é algo passível de se imaginar. Todos sabem que é inteiramente possível que uma guerra entre enclaves em larga escala esteja acontecendo neste instante.

Todos, inclusive eu, mas a verdade é que só sei disso de um jeito meio de quem está olhando a paisagem. Todos esses anos eu fui uma perdedora se debatendo naquela sopa; a dança geopolítica e taumatúrgica entre os melhores enclaves do mundo não importava para mim mais do que eu, uma perdedora otária, importava para os melhores alunos do enclave de Xangai. Mas agora *importava*, e quanto mais eu pensava no assunto mais parecia uma bagunça horrorosa. É claro que Yuyan e Zixuan não confiariam em mim. Eles achavam que eu estava planejando me graduar e ir direto para Nova York, e lá eu presumivelmente tentaria matá-los junto com suas famílias. Por que eu não faria isso logo aqui se tinha a chance?

— Mas qual é a alternativa deles? — perguntei, frustrada, tendo repassado e revirado isso na minha cabeça sem encontrar uma saída. — Não importa o que façam, não vão conseguir passar pela pista de obstáculos sem mim, e, se eles não conseguirem praticar nada, vão morrer de qualquer forma. Admito que é uma possibilidade ruim, mas é a única que eles têm. Por que não tentam? Ou por que ao menos não mandam alguns lacaios pra fazer o teste e se certificar de que tá tudo certo?

Liu sacudiu a cabeça.

— A pista é no *ginásio*.

Eu grunhi e me deitei esticada no chão, encarando o teto. O ginásio, que eu havia *reformado completamente* no último Dia de Desafio, em um uso de poder completamente bizarro e sem sentido, que de repente faria muito sentido se o que eu estivesse fazendo fosse, por exemplo, orquestrar algum tipo de sabotagem misteriosa da pista de obstáculos para forçar as pessoas a serem subjugadas ao meu poder. Idealmente de uma forma que me permitisse mantê-las sob meu poder mesmo depois de terem saído da escola e seguido para casa em seus enclaves. Essa é toda a ideia do percurso para começo de conversa — é necessário consentir para que ele funcione. Se algum maleficente — um maleficente *hipotético* — conseguisse dar seu jeitinho, esse seria um mecanismo excelente para forçar as pessoas a se tornarem seus servos zumbis obedientes, *et cetera*.

— Sinto muito — disse Liu, baixinho. — Já tentei chamar alguns alunos sem enclaves, mas... eles não confiam em mim.

Ela levantou a mão e a passou pelos fios curtos e espetados da cabeça, um gesto inconsciente que havia adquirido desde o corte de cabelo. Ela não havia feito mais amigos do que eu em seus primeiros três anos na Scholomance. Sua família não precisava que ela criasse uma rede de contatos; precisava que ela ficasse viva e mantivesse os priminhos vivos durante o ano de calouros, e ela deveria fazer isso com malia. E quando você é um maleficente de nível baixo, as pessoas notam isso e começam a ficar nervosas.

— Eles confiam no pessoal de Xangai — continuou ela. — A maioria não teria vagas aqui se Xangai não tivesse lutado por isso.

Eu teria discutido sobre a autenticidade dos motivos dos enclavistas, mas posso admitir que eu não tinha um argumento muito bom, sendo que havia entrado com uma vaga garantida que mamãe *perguntou* para mim se eu queria pegar.

— Você acha que ajudaria se eu falasse que realmente *tenho* um feitiço de controle mental que funciona em uma multidão de pessoas ao mesmo tempo? — falei em voz alta.

— Não — disse Liu veementemente. Então ela acrescentou: — ... você acha?

Fiz uma careta, o que era uma resposta. Ela estava certa, é claro; isso não inspirava muita confiança.

Mas se não encontrássemos um jeito de fazê-los mudar de ideia — se Zixuan e Yuyan e todos os outros alunos de Xangai não aparecessem, se todos ficassem longe dos nossos treinos na pista de obstáculos porque estavam com medo de serem uma armadilha enorme que tomaria controle de seus cérebros e os transformaria em cavalos de Tróia — e a graduação chegasse e todos *morressem*, aos montes, porque não tiveram treino nenhum, enquanto todos que tivessem seguido a liderança de Nova York saíssem tranquilos e voltassem para suas casas e famílias — então no fim das contas *seria* mesmo uma armadilha, no resultado, e não na intenção, e acho que os pais deles não estariam particularmente interessados nas minhas melhores intenções.

Como que para enfatizar o problema, na manhã seguinte mais de cem pessoas apareceram para o treino de inglês. Esse tanto de alunos juntos foi uma tentação tão grande que um grupo de males nos atacou durante o treino, surgindo das geleiras e de trás das torres afiadas de gelo. Não foi uma decisão sábia da parte deles; dava para ver que eram os de verdade porque não apareceram no treino no começo da semana, então Orion correu diretamente para cada. Ele eliminou todos sem nenhuma preocupação, exceto pelo digestor do tamanho de uma arraia que se descascou da frente da geleira durante o ataque e tentou se atirar completamente por cima dele. Esse eu só desintegrei por inteiro.

Eu estava com atenção sobrando, porque todos já estavam melhor. Fui relutantemente forçada a admitir que era graças a Liesel. Ele estava esperando na frente das portas enquanto todos se reuniam e, quando cheguei lá, ela preventivamente anunciou em um tom retumbante:

— Precisamos começar a fazer o percurso de um jeito diferente. Parem de pensar em como podem ajudar as pessoas mais próximas a vocês. Pensem em qual é o melhor tipo de ajuda que vocês podem oferecer e procurem a pessoa mais próxima que precisa dessa ajuda.

Aquilo não era nada intuitivo, e pouquíssimas pessoas já estavam dispostas a deixar suas alianças para trás assim tão completamente. Mas no meio do treino ficou tão óbvio que essa era a melhor estratégia que todos ao menos estavam *tentando* segui-la. Ao final, quase senti como se Orion e eu estivéssemos fazendo aquilo sozinhos — a mesma euforia exceto que ainda melhor, apesar de a pista ainda ser mil vezes mais difícil —, porque o plano estava *funcionando*. Todo mundo estava ajudando todo mundo, salvando o restante, e tudo que eu precisava fazer era aparecer quando a sorte de alguém virava azar.

À tarde também havia bem mais pessoas para o treino em hindi: Ravi e outros três enclavistas de Jaipur apareceram com seus times, então evidentemente toda a bajulação de Liesel havia dado frutos, afinal. Porém, ainda não havia ninguém de Mumbai, nem ninguém da região de Maarastra. Isso não era bem uma surpresa. No começo do nosso ano de calouros, quando todos nós que não éramos enclavistas estávamos naquele primeiro corre-corre frenético para fazer amigos, os outros alunos começaram a fazer esforços para me evitar depois de me encontrarem pela segunda vez. Porém, assim que ouviam meu nome, os alunos de Mumbai literalmente pegavam suas coisas e iam para longe de mim, para o outro lado da sala, sem sequer dizer uma palavra.

Não sei exatamente o que tinham ouvido sobre mim. A família do meu pai não havia procurado espalhar a profecia, acho. Se tivesse feito isso, certamente alguns daqueles enclaves que eu deveria assombrar e destruir teriam um interesse mais ativo no meu bem-estar, ou melhor, na falta dele, já há algum tempo. Então presumo que tudo que sabem é que a família ia acolher mamãe e eu, e não duramos um dia inteiro dentro daquelas paredes.

Talvez isso não pareça mérito o bastante para me ostracizar *de imediato*, mas os Sharma têm uma reputação entre as famílias bruxas de Maarastra assim como mamãe tem sua reputação no Reino Unido. Eles já produziram alguns curandeiros famosos, mas a razão pela qual são conhecidos — e como mantêm uma família grande que cresce cada vez mais — é magia divinatória, com um adendo. A magia divinatória no geral não funciona por muitas razões, mas uma delas é porque seres humanos não são muito bons em prever o que vai deixá-los felizes. Não estou falando que, se você desejar alguma coisa, ela será usada contra você de uma forma horrível como naquela história sobre a pata do macaco de W. W. Jacobs; estou falando do jeito prosaico como você pode sinceramente ter certeza de que gostaria de ter um vestido que viu em uma loja, então o compra e o leva para casa, e aí ele passa anos parado no seu armário, sem uso, enquanto você insiste que um dia irá usá-lo, até que finalmente você o doa para alguém com uma sensação de alívio.

Bom, a família do meu pai tem videntes que podem dizer como você pode obter coisas que *de fato* trarão felicidade. A pessoa mais famosa viva entre eles é minha vários-ta-tataravó Deepthi, que hoje em dia é principalmente abordada em súplica por Patriarcas e Matriarcas dos enclaves que estão em posições estratégicas difíceis e lhe pagam o equivalente a milhões de libras em troca de uma única conversinha rápida. Diz a lenda que, perto de seu terceiro aniversário, enquanto a família preguiçosamente discutia perspectivas sobre seu casamento, ela desviou o olhar dos brinquedos e disse, muito séria, que não deviam se preocupar com isso até ela se graduar na Scholomance. Isso foi muito espantoso para eles, já que era 1886, antes do maquinário de limpeza ter quebrado pela primeira vez, e naquela época a escola recebia exclusivamente enclavistas. Até as crianças enclavistas de Mumbai precisavam competir entre si pelas seis vagas que Manchester havia alocado para elas a contragosto. Sem mencionar o fato de que era perfeitamente óbvio para eles que jamais gastariam uma vaga inestimável na Scholomance com uma menina.

Ela tinha sete anos quando Londres assumiu o poder, dividiu os dormitórios, quadruplicou as vagas e permitiu a admissão de bruxos independentes. Naquela altura, a família já sabia que, se de fato conseguissem uma vaga na Scholomance, absolutamente dariam a vaga para ela, e também precisariam encontrar um marido que estivesse disposto a casar dentro do clã. Nenhuma família bruxa vai casar de graça uma menina que pode prever corretamente eventos futuros significativos que ainda não vão acontecer por anos.

Ela também estava perfeitamente correta sobre não arranjar um casamento antes. Quando finalmente se graduou, a família havia angariado ofertas entusiasmadas de praticamente todos os meninos indianos que haviam estado na escola com ela em qualquer momento dos quatro anos anteriores, aos quais ela havia discretamente dado alguns conselhos ao longo dos anos, como "não compareça à sua aula de laboratório hoje" no dia que a cadeira em que um sempre se sentava foi incinerada por uma explosão de canos, ou "aprenda russo e fique amigo daquele menino tímido da sua aula de matemática", que no fim viraria orador da turma e faria um convite para que se juntasse à sua aliança. Aparentemente houve até um grupo de meninos que se ofereceu para se casar com ela conjuntamente, como os Pandavas ou sei lá. Em vez disso, ela escolheu um jovem alquimista bonzinho de uma família bruxa independente da região de Jaipur — já vegetariano e mana adepto — que tinha dois irmãos mais velhos e estava mesmo disposto a se mudar e se juntar à família. Eles tiveram cinco filhos saudáveis, e quatro deles sobreviveram à graduação, o que é considerado melhor do que as estatísticas gerais, e continuaram a partir daí. Meu pai era aparentemente seu tatarataraneto favorito, entre várias dúzias de outros. Eu não entendo porque ela não o avisou para não ficar próximo demais daquela garota galesa loira no último ano; talvez ela tenha feito isso, e ele escutou o conselho tão entusiasticamente quanto adolescentes escutam esse tipo de aviso. Eu pessoalmente nunca ignoraria esse tipo de conselho inestimável, se fosse dado a mim, é claro.

Seja lá qual tenha sido o conselho que meu pai recebeu, ele não o seguiu bem o suficiente, já que como resultado aqui estou eu, e ele não está mais em lugar nenhum. E eu não sou uma Sharma de Mumbai, sou uma Higgins de Gales, porque trinta segundos depois de me conhecer minha tataravó pronunciou meu destino horripilante — bem, horripilante para todos que estivessem vivos; pelo que sei, eu ficaria bem contente em me tornar uma maleficente do mal grotesca que aniquila enclaves até se submeterem a mim. E certamente não posso dizer que essa ideia não possui um apelo visceral. Então minha mãe precisou me levar correndo de volta para uma comuna, porque a família do meu pai estava pronta para sentenciar o bebê Hitler que eu era à morte; assim poderiam salvar o mundo que estou destinada a assolar com escuridão e carnificina, *et cetera*.

Eu deveria dizer que essa é a mesma família que é tão devotada a não usar violência que recusou uma oferta inestimável para se mudar para o enclave de Mumbai, porque o lugar não era exclusivamente mana-adepto, e eles não roubariam o preço da vida nem mesmo de um besouro.

Dá para entender por que as pessoas familiarizadas com a reputação dos Sharma me olham com desconfiança. Mesmo sem todos os detalhes, é razoável imaginar que deve haver algo extremamente desagradável em meu futuro. Mesmo assim, ninguém imagina algo tão extremo quanto a profecia verdadeira.

Então logo parei de me apresentar para qualquer um dos alunos que falassem marata. Na verdade, passei a maior parte dos últimos três anos com uma leve preocupação de que talvez eles comentassem sobre mim com outras pessoas, o que prestativamente ajudou a preencher as horas em que eu não estava preocupada com problemas mais imediatos, como se eu ia conseguir o suficiente para comer naquele dia ou se alguma coisa ia me comer.

É claro que agora eu não precisava mais me preocupar com isso. Eles podiam ter subido em uma mesa no refeitório com um feitiço de amplificação e repetido a profecia palavra por palavra, e as pessoas que apareciam nesses treinos não teriam confiado nem um pouco menos em mim. Elas já não confiavam em mim para começo de conversa. Elas não estavam ali porque acreditavam mesmo que eu iria salvá-las. Elas estavam se juntando a mim porque, mesmo se eu *for* uma maleficente sanguinária, ainda assim não havia outro jeito de praticar. Com certeza a maioria delas estava secretamente fazendo planos com os aliados e os outros times sobre o que fariam no salão de graduação, e especialmente o que fariam se eu de fato acabasse sendo uma maleficente sanguinária.

Isso era o que tornava a declaração de Liesel tão importante. Não era possível fazer um treino, nem mesmo um sequer, com todo o mundo trabalhando em suas forças e suas necessidades mais urgentes sem perceber o quanto era melhor do que qualquer outra coisa que conseguíamos em alianças particulares, mesmo na melhor das alianças. Era tão melhor que, mesmo se no fim das contas eu *fosse* uma maleficente sanguinária e estivesse planejando eliminar um número substancial de alunos, eles provavelmente ainda se dariam melhor seguindo a estratégia e aceitando o meu risco em vez do risco de qualquer outra coisa lá embaixo.

Isso ficou claro o bastante para o pessoal do treino em hindi assim como havia ficado claro para o pessoal da manhã, e a palavra continuou a se espalhar. No sábado de manhã havia quase oitenta alunos para o treino em espanhol e, naquela tarde, os primeiros cinco alunos finalmente apareceram para o treino em mandarim. Eram todos rejeitados.

Não há uma coisa única que faz alguém ser um "rejeitado". Às vezes é só má sorte — você já foi atacado demais, ou gastou todo o seu mana lutando contra males, e agora não tem como contribuir com o reservatório compartilhado. Às vezes é uma sorte pior ainda — você tem uma afinidade com algo verdadeiramente inútil, como manipulação de água. Isso é legal lá fora; você conseguiria uma fortuna ajudando enclaves com suas redes de esgoto, mas não vai ter essa chance, já que isso não serve de nada nem para você nem para os outros aqui. Às vezes você só não é muito bom nem com magia e nem com pessoas — dá para se virar só com um ou com o outro, mas, se você não tem nenhum dos dois, está encrencado.

Eu havia tentado não pensar muito em qual era a sensação — a ideia de ter que entrar no salão de graduação sozinha, a multidão se alastrando para os portões na sua frente, um mar de pessoas com planos, amigos e armas, com feitiços de proteção e poções de cura, e as maleficências ao redor começando a arrancar pessoas dessa multidão, estraçalhando-as até virarem ossos e sangue — e correr, porque sua única esperança é correr, sabendo que na verdade você não tem esperança nenhuma e morrerá vendo outras pessoas passando pelos portões. Passei três anos tentando não pensar nisso, porque achei que essa pessoa seria eu.

Nesse caso, um desses pobres coitados havia desenvolvido um caso de tremeliques que ocasionalmente interrompia a conjuração de feitiços, provavelmente um efeito colateral de ter sido envenenado, ou talvez só trauma. Isso não falta por aqui. Outra falava mandarim tão bem quanto eu, o que era um mau sinal, considerando que esse era supostamente o idioma no qual ela havia feito todas as aulas durante os seus quatro anos. Estatisticamente falando, *não* vale a pena mandar seus filhos para cá se eles não forem devidamente fluentes em inglês ou mandarim, o que geralmente também é um sinal de que não são bons com idiomas. Não importa que sejam bruxos brilhantes de outra forma: vão estar em desvantagem demais quando não conseguirem se manter em dia com as aulas gerais. É melhor deixá-los em casa, protegidos da melhor forma que puder, ensinando-os com o vocabulário e o idioma que *dominam*. Mas algumas famílias tentam mesmo assim.

De fato, nenhum dos cinco prestou durante a corrida. A sabedoria do nosso povo é cruel, mas raramente é errada. O menino com os tremeliques, Hideo, teria sido um bom feiticeiro, exceto que ele teria morrido duas vezes durante o único treino quando interrompeu os próprios encantamentos. Mas isso não importou; com apenas cinco colegas comigo e Orion, ainda assim todos passamos ilesos.

Depois, eu me forcei a falar com Hideo.

— Vou arrumar uma poção que vai te segurar durante o treino — falei.

Minha mãe tem uma receita para algo que ela chama de águas--calmantes. Ela faz uma porção mensal para dar a bruxos que estão com espasmos musculares causados por feitiços demais — quando você tenta fazer um feitiço para o qual não tem *exatamente* mana o suficiente, você consegue tirar o que precisa do seu próprio corpo, mas isso com frequência causa efeitos colaterais dos quais é brutalmente difícil se livrar. Eu tinha quase certeza de que funcionaria para os tremeliques.

O problema é que eu não conseguiria preparar a poção. Precisava pedir para Chloe fazer isso por mim. Eu me dei uma recompensa por isso: pedi para Orion descer para os laboratórios também. Ele ficou todo entusiasmado e com os olhinhos brilhando, e depois me lançou um olhar de decepção ferida quando descobriu que Chloe ia também, que era exatamente o motivo de eu ter pedido para ele. Da próxima vez que eu pedisse, ele se certificaria de perguntar se teríamos companhia, e eu precisaria dizer sim ou admitir que estava convidando ele para um encontro, o que eu com certeza jamais faria. Era a melhor solução para me proteger de mim mesma que eu consegui imaginar.

Ele ficou ainda mais irritado quando demorou três horas para preparar a merda da poção. Chloe ficava fazendo perguntas excelentes como "precisa triturar as cascas em pó ou só amassá-las de modo grosseiro?" e "você mexe no sentido horário ou anti-horário?", nenhuma das quais eu conseguia responder se não imitasse os movimentos de mamãe, tentando lembrar com meu próprio corpo e depois chutando como podia. Sou horrível em alquimia no geral, e também sou horrível com coisas de cura também, então a combinação é quase sempre um desastre. A última vez que mamãe tentou me ensinar, a gota da poção de teste desintegrou um pedaço do tamanho do meu punho no chão da nossa tenda.

— Isso não tá certo — disse Chloe, olhando para a poção amarela que fervia agressivamente no caldeirão, e que de fato não se parecia nada com águas calmantes.

— Não tá — falei, lúgubre. — Acho que errei o tempo do sal e do enxofre.

Ela suspirou.

— Vamos ter de começar do zero.

— Ah, qual *é* — resmungou Orion. Para ser justa, o que eu não seria com ele em voz alta, já era a quarta tentativa.

— Para de reclamar — falei. — Finge que você tá usando a gente de isca. Nós duas sozinhas neste laboratório estamos tão em risco de sermos atacadas quanto o resto da escola.

A julgar pelo olhar de soslaio de Chloe, não acho que ela gostou muito do meu argumento.

A quinta tentativa saiu vagamente parecida com o azul-esverdeado frio que deveria ser, com apenas uma faixa de marrom-amarelado lamacento. Eu não tinha ideia nenhuma do que tínhamos feito errado àquela altura, mas Chloe muito cuidadosamente mergulhou uma mecha do próprio cabelo, esfregou-a entre os dedos, cheirou e, finalmente, tocou-a com a língua. Fez uma careta e cuspiu na pia.

— Tá, acho que entendi — disse ela. Então limpou a mesa com um ótimo feitiço de limpeza e recomeçou.

Ela fez muito mais rápido dessa vez, e nem consegui ver o que ela fez de diferente, mas quando ela terminou a faixa lamacenta amarela havia sido devidamente absorvida e desaparecido por completo, e uma única gota na minha língua foi o bastante para concluir que ela *de fato* havia conseguido.

A gota não foi o suficiente para afastar a explosão de inveja amarga: eu não conseguia preparar águas-calmantes, a receita da minha própria mãe, e Chloe conseguia. Eu precisaria beber uma dose tripla da poção para tirar o gosto da boca.

Mas ela fez um lote grande e o colocou em trinta garrafinhas. Daria para Hideo ficar bem pelo resto do semestre e deixar o bastante para qualquer um que entrasse em pânico no dia da graduação: havia normalmente um número razoável de surtos. Orion levou a caixa até o quarto de Chloe para nós e me lançou um último olhar magoado antes de dar as costas e ir caçar, já que eu me sentei com firmeza em um dos pufes e deixei claro que não ia a lugar nenhum sozinha com ele.

Chloe mordeu o lábio e não disse nada, mas continuou em silêncio mesmo depois que ele foi embora, o que não era um comportamento normal para ela. Estava claro que ela poderia muito bem usar uma dose de águas-calmantes para deixar de se preocupar com a questão "será que El vai levar Orion para longe de nós?". Eu mesma não queria pensar nesse assunto, já que deixar essa ideia entrar na minha mente poderia me levar na direção de muitas decisões ruins.

— Você sempre planejou fazer alquimia? — falei em vez disso, para distrair nós duas. — Os seus pais não são artífices?

— Aham — respondeu ela. — Mas minha avó é alquimista. Ela começou me ensinando a cozinhar, quando eu tinha uns dez anos. Ela ficou muito feliz que eu queria aprender, nem minha mãe nem meu tio quiseram. Ela entrou no enclave trabalhando na mudança do refeitório.

Mesmo que a comida aqui no geral seja horrível e regularmente contaminada, nós temos sorte por tê-la. Originalmente, o refeitório da Scholomance ministrava uma mistura nutritiva três vezes ao dia — uma água fina o bastante para passar pelos estreitos canos enfeitiçados — e, se você quisesse alguma outra coisa, precisava transformá-la você mesmo, e ninguém podia arcar com esse custo.

Fazer uma comida específica a partir de outra coisa com mágica é quase impossível, porque não se está apenas interessado em sentir o gosto na boca: a pessoa quer que a comida funcione como nutriente para o corpo assim que ela passar pelo estômago e pronto. Se você transformar uma caixa de pregos em um sanduíche, pode pensar que comeu, mas vai estar errado. Considerando isso, se transformar um mingau em pão, geralmente vai estar errado também, porque as duas coisas não são tão semelhantes aos olhos de suas enzimas digestivas. Já *foi* feito, mas só em laboratórios alquímicos financiados por enclaves, pelo tipo de bruxo que vai terminar seu treinamento na Scholomance e então passar dez anos em uma universidade mundana buscando diplomas avançados em química e engenharia de alimentos.

Dá para começar com algo que tecnicamente se qualifica como alimentação e depois colocar uma ilusão sensorial naquilo, mas a ilusão vai acabar assim que você começar a mastigar. O resultado no geral vai ser mais desagradável do que simplesmente engolir seja lá qual for a comida original. A única solução pragmática é transmutar seletivamente quaisquer partes que entrem em contato significativo com seus sentidos: você perderá os valores nutritivos dos pedaços que foram transmutados, mas isso envia o resto com sucesso até seu estômago.

Entretanto, isso é muito mais complicado e caro em termos de mana do que só gesticular com a mão e transformar, por exemplo, um bastão em uma caneta, quando você não dá a mínima sobre o que está acontecendo no nível molecular desde que consiga escrever com aquilo. Nem mesmo os enclavistas poderiam arcar com os custos de fazer isso regularmente. A maioria dos alunos saía daqui um tanto subnutrida, e todos gastavam a maior parte da quota de peso trazendo comida. Essa era uma das causas tão significativas das mortes que, depois de uns dez anos, foi tomada a decisão de abrir um buraco nos feitiços de proteção para transportar pequenas quantidades de comida de verdade, o suficiente para que todos pudessem pegar lanchinhos três vezes por semana.

Porém, depois da Segunda Guerra Mundial, Nova York e um consórcio dos enclaves estadunidenses apareceram e alegremente assumiram o controle da escola (Londres não estava em condição de brigar por isso). Eles contrataram um monte daqueles bruxos-químicos que foram para seus laboratórios e desenvolveram um processo de transmutação de comida de uma magnitude grandiosa para fazer a sopa, o que era mais barato do que todas as soluções anteriores.

Evidentemente, a avó de Chloe havia sido uma das alquimistas que tornou isso possível — e foi boa o bastante para obter um lugar em Nova York por esse trabalho. Eu já sabia que o pai dela havia sido aliado do tio durante a graduação, e entrou no enclave ao se casar com a mãe dela, que era irmã do tio. Então o pai e a avó haviam sido bruxos avulsos que conseguiram entrar aos socos e pontapés, dando o máximo de si. A família dela não tinha importância no conselho nem nada; eram relativamente novos. Não era à toa que ela estava tão preocupada em não perder o filho da Matriarca.

Mas eu não podia dizer nada para reconfortá-la. Eu não iria para Nova York. Não faria o acordo que a avó dela havia feito, nem mesmo a versão melhor disso que eu poderia fazer. Então, se Orion me quisesse mais do que queria Nova York, suponho que eu o levaria embora, e não me sentiria culpada por isso. Não depois da forma como todos os trataram, como o criaram para ser um herói em vez de só mais uma criança. Passei a maior parte da minha infância gritando com mamãe por *não* ter me levado para um enclave. Eu não havia percebido o que qualquer enclave faria com alguém como eu, o que exigiriam de mim, o que diriam para uma criança nova demais para resistir a eles, só para conseguir o que queriam.

Eu não daria o braço a torcer por eles. E nem por ninguém: nem Magnus, nem Khamis, nem Chloe, nem mesmo Orion, se ele pedisse. Eu não daria o braço a torcer para Nova York, nem nenhum dos outros enclaves, e, acima de tudo, não daria o braço a torcer para a Scholomance.

Depois de deixar Chloe no quarto dela, voltei sozinha até o ginásio. As portas estavam fechadas: não havia treinos aos domingos. Do outro lado, havia o rangido e o tinir do maquinário, progressivamente rearranjando a pista de obstáculos para tentar nos matar, tudo em nome de nos tornar mais fortes. Fiquei de frente para as portas escutando por muito tempo. Eu podia fazer isso; nada tentou me atacar.

— É isso mesmo — falei em voz alta, desafiando. — Nem tente. Você não vai ganhar. Nós vamos tirar todos daqui. *Eu* vou tirar todos daqui.

Capítulo 11

ENCLAVISTAS

ECLARAÇÕES DRAMÁTICAS SÃO SEMPRE ótimas e excelentes, mas, na segunda-feira, duzentas pessoas apareceram ansiosas para fazer o próximo treino em inglês, e Orion e eu começamos a chegar ao nosso limite.

O novo percurso em si era absolutamente horrível. O ginásio estava cheio de ameixeiras prestes a florescer, com um riacho gorgolejante passando entre as raízes, os últimos traços de gelo apegando-se às margens e um último contorno de geada rodeando a grama. A luz solar se infiltrava por entre as folhas e pequenos pássaros apareciam no horizonte, gorjeios vindos dentre os galhos, adoráveis e convidativos, ao menos até nos aproximarmos o bastante das árvores e elas começarem a nos golpear selvagemente, com seus membros cheios de espinhos que destroçavam a maior parte dos feitiços de proteção, e os pequenos pássaros nos atingirem em uma revoada, revelando-se picanços carnívoros.

Eu tentei atingir o bando todo com um feitiço de matança, mas não funcionou. Logo antes de o feitiço pegá-los, a nuvem de picanços se desfez e começou a nos atacar separadamente. Orion passou o treino todo correndo de um lado ao outro pela multidão, golpeando um de cada vez, mas eu não conseguia fazer isso: lançar um dos meus feitiços fatais em um único picanço enquanto ele voava rapidamente era um jeito excelente de me fazer errar o pássaro e matar a pessoa e seus três vizinhos mais próximos ao mesmo tempo.

A única coisa que impediu o treino de ser um desastre foi que todos *estavam* se ajudando — lançando barreiras novas nas pessoas que haviam sido golpeadas, acertando um picanço por vez caso se aproximassem demais, neutralizando as nuvens de gás venenoso que ocasionalmente saíam das ameixeiras. Eu também não fui inútil; na metade do caminho, as árvores começaram a ficar criativas. Uma dúzia delas tirou as raízes do chão, tecendo-as como um espantalho vivo. A criatura andava, pegava punhados de pessoas e as enfiava dentro da cavidade no próprio peito, e então irrompia em chamas com todos aprisionados e aos gritos assim que um segundo número de árvores copiou a primeira.

As barreiras que todos mantiveram em pé contra os picanços eram completamente inúteis contra os espantalhos-ocos-de-árvores, e nem mesmo Orion conseguia arrancar uma lasca daquelas coisas. Não eram consumidas pelo próprio fogo, que aparentemente era psíquico em vez de corpóreo. Elas só continuaram felizes em chamas, até o momento em que eu os desmembrei com um feitiço útil que tenho para construir uma torre de ritual sombrio. O feitiço utiliza qualquer material de construção na área. As pessoas lá dentro foram despejadas e as árvores foram debulhadas e rearranjadas em uma torre hexagonal feita de paredes sólidas, com estacas recurvadas posicionadas em intervalos que faziam parecer que a estrutura havia sido planejada para ter pessoas empaladas em toda a superfície. Mesmo enquanto escapavam dos picanços, todos mantiveram a devida distância da torre.

Ninguém morreu, mas sete pessoas saíram com fraturas expostas, doze com queimaduras de terceiro grau e duas tiveram os olhos arrancados. Alguns alquimistas enclavistas relutantemente compartilharam gotas de extratos restauradores, que eram bons o bastante para curar os danos imediatos, e ninguém reclamou que, se saíssem vivos da graduação, o custo seria um olho, mas foi duro descobrir nossas limitações. Havia males rápidos e pequenos o bastante.

Na verdade, eles eram candidatos excelentes a sobreviver à limpeza lá em baixo.

Na biblioteca, mais tarde, Magnus puxou Orion para um canto da sala de leitura para abrir o coração, em um lugar onde eu não conseguiria escutar antes de me levantar e silenciosamente espreitar para ouvir escondida.

— Olha, cara, desculpa ter de ser a pessoa a falar isso. Eu sei que você está tentando mover montanhas aqui, mas… a gente precisa de um plano para quando você não conseguir — falou ele.

Isso significava que ele precisava ter um plano para deixar as pessoas para trás. Era o que todos os enclavistas tinham.

— Se isso acontecer, acho que vamos ter que deixar os que estão mais bem preparados pra se virarem sozinhos, Tebow — falei, tão doce quanto uma maçã envenenada, atrás dele. Ele deu um pulo e me lançou um olhar feio antes de conseguir se impedir.

Mas a verdade é que *todos* tinham esse plano: como reconhecer quando um dos seus aliados havia sofrido um golpe duro demais e havia chegado a hora de deixá-los para trás e continuar. Eu havia vivido com esse plano na minha própria cabeça por anos e anos, e somente declarar que eu ia desistir dele na verdade não era uma solução para o problema estrutural. Precisávamos de um plano para salvar todos em vez disso, e claramente ainda não tínhamos um. Magnus não estava errado sobre isso.

Só que ainda tínhamos uma opção melhor do que qualquer uma das outras disponíveis. Mais colegas estavam se juntando ao treino durante a semana, exceto na sessão de mandarim, que continuava quase vazia. Um dos antigos enclavistas de Bangkok de fato apareceu, cauteloso, e, mais tarde naquela semana, Hideo — as águas-calmantes haviam agido lindamente para interromper seu tique por pelo menos meia hora, o que foi tempo o suficiente para fazer o treino — trouxe um grupo de três colegas, uma aliança de perdedores com a qual ele tinha um acordo para seguir no salão de graduação, sem mais nenhum outro benefício: até mesmo o pior entre os rejeitados conseguia arrumar esse tipo de acordo ruim. Acredito que ele tenha pedido para virem e o observarem fazer os feitiços com sua doença medicada, na esperança de que concordassem que ele se juntasse de verdade, e a perspectiva de um quarto membro de verdade os impeliu até lá — ou isso, ou eles gostavam dele e queriam ser convencidos.

Aparentemente eles ficaram convencidos, e foi contagiante, porque na segunda-feira seguinte — depois de o ginásio ter inaugurado mais um percurso ao qual era completamente impossível sobreviver — todos os enclavistas do Japão apareceram em massa para fazer o treino, trazendo consigo seus aliados, o que resultou numa multidão repentinamente substancial. Os maiores enclaves japoneses estabelecem que cada um de seus alunos deve formar seu próprio time, cada um com não mais do que um ou dois enclavistas em potencial entre os alunos japoneses independentes. Os outros são bruxos estrangeiros, os quais serão fortemente encorajados a entrar em enclaves estrangeiros depois da graduação; a ideia é criar relações espalhadas por todo o mundo. Um monte de alunos aprende japonês e compete pelas vagas como resultado disso, já que é uma ajuda substancial para entrar em um enclave onde você quer morar de verdade. A maioria das pessoas se considera sortuda e aceita qualquer enclave que conseguirem, mesmo que isso signifique se mudar para o outro lado do mundo, longe de sua família.

Alguns deles estavam vindo para o treino em inglês antes disso, já que a maioria falava tanto inglês quanto mandarim, mas obviamente fazia mais sentido aparecer para um treino menos lotado. Eles só não queriam comprar briga com o enclave de Xangai, e quem poderia culpá-los? Aparecer assim era o equivalente a falar publicamente que estavam convencidos de que não conseguiriam sair vivos de outra forma, uma demonstração de zero confiança em seja lá o que o pessoal de Xangai estivesse tentando organizar.

O que eles certamente não estavam organizando eram treinos na pista de obstáculos, já que, pelo que eu sabia, ninguém na escola, fora eu, conseguia prender mentalmente um castigador, que era o convidado especial daquela semana. Demorou quase dez minutos para *eu* conseguir enfiar a coisa lá enquanto ela gritava, berrava e debatia os membros horripilantemente pegajosos, pingando ácido por todo o ginásio, comendo buracos enormes da campina larga de primavera que zumbia com dezessete enxames diferentes de insetos devoradores de mana que todos os outros estavam desesperadamente combatendo. Orion literalmente teve de cruzar o ginásio trinta e duas vezes durante um único treino com um feitiço de rede, que ficava se desfazendo cada vez que uma gotinha dos braços do castigador a atingia.

— Talvez não importe — sugeriu Liu, cansada, naquela tarde na biblioteca, onde todos nós estávamos esparramados ao redor da mesa. Orion havia repousado a cabeça em cima dos braços e roncava baixinho dentro deles. O resto de nós estava tentando pensar em maneiras de falar com os enclavistas de Xangai. — Ninguém vai recusar ajuda no dia da graduação, e os mais desesperados, que mais vão precisar de ajuda, estão vindo para os treinos. Talvez a gente só consiga incluir esses.

— É, não é como se eles fossem ser inúteis — disse Aadhya. — Eles estão fazendo *alguma coisa*. Estão na oficina o tempo todo. Já vi Zixuan lá trabalhando com ao menos uma dúzia de colegas cada vez que vou atrás de suprimentos.

— Isso é idiotice. Eles não vão estar *preparados* — disse Liesel. Se você está se perguntando como é que Liesel apareceu nas nossas discussões, o resto de nós também se perguntava a mesma coisa, mas ela era tanto insensível a dicas de que não era bem-vinda quanto horrivelmente inteligente, então não havíamos conseguido de fato afastá-la do planejamento. Na verdade, ela conseguia se sentar mais perto de nós na mesa a cada sessão. — Eles são mais de trezentos, e não estão fazendo treino nenhum. Nós ainda não conseguimos organizar um grupo de duzentas pessoas direito. *Nós* somos inúteis? *Nós* não estamos treinando? É apenas sorte ninguém ter morrido esta semana. E isso é só o começo! Se eles não começarem a praticar antes do fim do semestre, não terão nenhuma chance. Esqueçam isso.

— Então, você gostaria que eu só abandonasse trezentas pessoas? — falei, afiada.

Ela revirou os olhos.

— Ai, a grande heroína tá brava. Se eles quiserem a sua ajuda, vão aparecer. Até lá, você deveria se preocupar menos com como vai salvar eles e mais com como eles vão te atrapalhar. Será que agora podemos falar sobre a ordem de entrada? Não podemos continuar correndo lá pra dentro sem nenhuma organização. Essa não é uma boa estratégia quando todos estamos colaborando.

Então ela tirou quatro diagramas inteiramente diferentes, com alternativas múltiplas organizadas por cor, e espalhou-os em cima da mesa.

— Precisamos ser metódicos e tentar cada uma dessas opções durante os próximos seis treinos. Primeiro, vamos começar com os alunos que têm as melhores barreiras e tentar criar um perímetro de defesa que possa ser monitorado de perto...

Vou descer uma cortina misericordiosa sobre o resto da conversa. Liesel estava claramente certa, então nós não conseguimos impedi-la de nos guiar firmemente na direção correta; mas, pessoalmente, eu me senti muito como se tivesse sido colocada contra a parede pela tia da cozinha mais brutamontes do jardim de infância.

Naquela semana, sem se dar ao trabalho de avisar ninguém, Liesel também havia separado todos os alunos da linha de escrita criativa de nossos treinos e dado ordens expressas para que inventassem encantos pequenos que fariam coisas como iluminar qualquer pessoa encrencada com uma aura que mudaria de âmbar a vermelho vivo conforme sua situação piorava — era algo que ninguém no salão de graduação poderia ter desejado antes, já que era mais ou menos como colocar um farol para os males — e automaticamente marcar o chão onde uma pessoa havia visto um male pela última vez, para avisar as que estavam atrás. De novo, não era algo no qual alguém teria gasto mana no passado. A primeira vez que descobri sobre esse plano esperto foi quando as pessoas começaram a brilhar por todos os lados na sexta--feira, e Liesel deu um sermão em mim e no Orion sobre como não deveríamos nem nos dar ao trabalho de olhar para qualquer um que não estivesse vermelho-sangue.

Eu tinha várias coisas a dizer sobre seu comportamento despótico, exceto que estava deitada de costas no chão com os olhos fechados, tentando convencer meu coração e meus pulmões de que estava tudo bem, sério, e eles deveriam só se acalmar e continuar funcionando, e Orion estava de joelhos, arfando, a camiseta inteiramente ensopada de suor. Havíamos chegado a trezentos alunos no treino em inglês.

E todos eles haviam de fato saído vivos, e ninguém havia acabado com um membro semidissolvido no processo, porque adentrar o ginásio atrás de um perímetro de alunos com as melhores barreiras era, de fato, extremamente efetivo, assim como os novos sistemas de aviso. Quando finalmente consegui me levantar, almoçar e recuperar energia o bastante para contemplar um bate-boca com Liesel, eu infelizmente havia percebido que o único motivo possível para eu poder bater boca com ela era que ela havia se apossado de uma autoridade que ninguém queria ter dado a ela. Os fundamentos desse argumento eram tão sólidos quanto um mangue. Ao menos ela estava fazendo isso com base em sua competência apavorante, e não só no acaso aleatório da afinidade.

Enfim, qualquer energia restante que eu tinha para bater boca logo desapareceria. Naquela tarde, havíamos chegado a cento e cinquenta alunos no treino em hindi: o pessoal de Maarastra finalmente apareceu. Ainda estavam mantendo a maior distância de mim que podiam, mas haviam aparecido. Na manhã seguinte, o treino em espanhol também tinha mais de cem pessoas. Eu estava pateticamente grata pelo treino em mandarim ainda ser escasso; correr com quarenta alunos parecia um passeio relaxante em comparação. Ficou ainda mais claro que, sem as melhorias impiedosamente impostas por Liesel, nós estaríamos perdendo pessoas a torto e a direito.

O que na verdade não me reconciliava com a abordagem dela.

— Como é que você conseguiu passar sua carreira escolar inteira até agora fingindo ser uma pessoa legal? — questionei, mal-humorada, enquanto arrastava os pés até o refeitório na segunda-feira da semana seguinte.

Durante a nossa sessão na biblioteca após o treino em inglês naquela manhã, ela havia aparecido com uma longa lista das muitas, muitas coisas que eu havia feito errado ou de forma ineficiente e que precisavam ser corrigidas, que ela havia cuidadosamente observado enquanto de alguma forma passava pelo treino inteiro sem nenhum problema pessoal. Ela ainda estava chamando minha atenção para mais algumas das minhas falhas nas escadas mesmo depois que o sinal do almoço tocou.

Ela fungou, depreciativa.

— Aparentar ser legal com as pessoas não é nada difícil! Só identificar quais são os alvos mais populares em cada uma das suas aulas, descobrir do que gostam em si mesmos, e aí oferecer o mínimo de três elogios relevantes a cada semana. Se eles acharem que você é uma pessoa agradável, os outros também vão achar.

Não havia me ocorrido que existia uma *resposta* para minha pergunta, supostamente completa com outra lista de tarefas atualizada regularmente. Devo ter parecido espantada, porque ela me olhou feio e disse, em tom afiado:

— Ou, em vez disso, pode passar anos emburrada pela escola enquanto todo o mundo acredita que você é uma maleficente incompetente. Você sabe como tudo seria mais simples agora se você ao menos tivesse nos dado um tempo razoável pra nos preparar? Sem mencionar o fato de que não estaríamos tendo todas essas dificuldades com os enclavistas de Xangai! É melhor você tomar cuidado. Eles estão esperando tempo demais.

Ela deu as costas para mim e foi se juntar a Alfie e o pessoal de Londres que estavam mais à frente na fila. Todos abriram espaço para deixar ela entrar atrás dele, até Sarah e Brandon, apesar de os dois serem enclavistas e ela não.

— Ela é um monstro — falei sem emoção para Aadhya e Liu enquanto fazíamos fila.

As duas também estavam com sombras sob os olhos: além de fazermos todos os treinos em inglês juntas, Liu estava indo conosco ao treino em mandarim, tentando aumentar o feitiço de amplificação de mana para cobrir o máximo de pessoas possível a cada vez, e Aad estava fazendo os treinos em hindi, sem mencionar que as duas estavam sofrendo com Liesel muito mais regularmente do que eu, já que elas e Chloe ficaram responsáveis por toda a organização. Eu era grata por ter que passar mais do meu tempo correndo desesperadamente por minha vida.

— Ela é a *oradora* — disse Aadhya, o que era de fato um bom ponto, já que uma impiedade cruel é um critério tão necessário quanto qualquer outro. — Pare de comprar briga com ela. A gente precisa de todas as coisas que saem daquele cérebro gigante. Já estamos exaustos do jeito que estamos. Até o pessoal que está fazendo um único treino.

Eu mesma estava cansada o suficiente e não havia prestado atenção, mas, quando ela gesticulou para as mesas do refeitório onde as pessoas estavam sentadas, eu instantaneamente pude ver que ela estava certa: qualquer um que andava fazendo os treinos conosco estava mais ou menos caído sobre a bandeja de uma forma que teria sido um convite para ser atacado por ao menos três males diferentes durante um ano normal na Scholomance. Dava para literalmente ver os opositores remanescentes só de observar quem *não* estava caindo em cima da sopa de legumes. Vários dos alunos que haviam saído do treino em inglês naquela manhã literalmente não estavam nem comendo ainda; estavam revezando para tirar cochilos na mesa.

— E *por que* nós estamos tão cansados? — perguntei. — Você acha que a escola está sugando nosso mana de alguma forma?

Mas olhei de volta e Aadhya e Liu estavam me encarando com um olhar assassino que eu havia visto ser lançado para Orion no passado.

— Estamos todos sendo atacados muito mais a cada treino do que antes — disse Liu. — Não são só as maleficências extremas. Nessa mesma época, no ano passado, a pista de obstáculos só continha dez ataques, todos separados. Os treinos gerais de luta não deveriam começar antes de junho.

— Ah, certo — respondi, constrangida, como se eu só precisasse de um lembrete.

Nós passamos pela fila e abastecemos a bandeja com cumbucas de espaguete — precisamos tirar as manassugas vermelhas escondidas no molho, mas estamos todos acostumados a isso — e porções enormes de pêssegos fatiados dentro de uma calda amarela alucinógena que Chloe provavelmente conseguiria neutralizar para nós quando voltássemos para a mesa que ela estava guardando. Para nossa irritação, a última porção do pão de ló que deveria acompanhar o prato acabou bem na nossa frente, apanhada por um garoto de Veneza que tinha uma espécie de gancho de pesca que ele usou para fisgá-la entre as larvas-espeto que a rodeavam. Ainda mais irritante foi o fato de que, depois de pegar a porção, ele hesitou, se virou e a *ofereceu* para mim, exatamente da mesma forma que faziam para puxar o saco dos enclavistas o tempo todo. Aadhya me deu uma cotovelada antes de eu poder explodir na cara do garoto como gostaria, então precisei dizer, no tom mais malcriado que consegui:

— Não. Valeu.

— A gente precisa pensar nisso — disse Aadhya quando chegamos à mesa. Eu estava comendo os pêssegos, mal-humorada, sem de fato aproveitá-los, e não era só porque o neutralizador havia dado a eles um gosto vagamente metálico. — E se a escola *estiver* fazendo a gente treinar mais de propósito? E se estiver tentando te cansar tanto pra poder te atingir durante um treino e dar um jeito em você ou no Orion?

— Bem — falei, tentando pensar em como enunciar a resposta de forma a não receber mais olhares mortais da mesa inteira. Eu *estava* cansada, mas, para ser perfeitamente honesta, só estava reclamando. A pessoa *deve* ficar cansada durante o treinamento para a graduação. Se não fica, é porque não está trabalhando o bastante. Eu estava cansada de trabalhar o dia todo, não cansada do tipo "dormindo em cima da minha sopa".

Orion *estava*, e eu havia salvado o prato dele duas vezes até agora nessa refeição, mas isso era porque ele estava se esgueirando para ir caçar males de verdade depois do toque de recolher. Eu havia tentado persuadir Preciosa a ficar de olho nele, mas ela se recusava. A única coisa que ela fazia era insistir em vir comigo cada vez que eu ia até o quarto dele para forçá-lo a deitar na cama e fechar os olhos, e depois apagar as luzes antes do sinal do toque de recolher ecoar. Quando fazia isso, ele imediatamente caía no sono e dormia até a manhã seguinte. De outra forma, ele estaria no refeitório ao amanhecer, comendo uma montanha gigante em uma bandeja antes de qualquer um ter chegado. Caso você esteja se perguntando, estar fora do seu quarto depois do toque de recolher é normalmente uma sentença de morte, e provavelmente ainda era para qualquer outro aluno mesmo neste ano tão estranho, mas àquela altura todos os males estavam energeticamente fugindo de Orion. Na maior parte, ele só conseguia matá-los durante os treinos, quando algum ficava distraído demais tentando matar outro estudante e acabava entregando seu disfarce.

— Ou talvez queira matar alguns de nós durante o treino, pro caso da maior parte de nós realmente conseguir sair — disse Liu, uma preocupação perfeitamente razoável que prontamente me livrou de precisar explicar alegremente que não estava assim tão ruim, ao menos para mim.

— O que vamos fazer? — perguntou Ibrahim, ansioso.

— Por que não tiramos uma folga? — sugeriu Chloe, o que suponho ser a solução óbvia para alguém que já havia tido o luxo de poder *tirar uma folga*. — A gente podia tirar o resto do dia, pular amanhã e a quarta-feira de manhã. Ninguém perderia mais do que um treino. Não é tanto assim.

Quase todo o mundo aprovou essa ideia assim que foi pronunciada. Até Orion se endireitou dramaticamente assim que acordou o bastante para ouvi-la. Presumi que ele estava planejando fazer um festival de caça o dia todo. Eu dormi até a gloriosa hora das oito da manhã, cedo o bastante para ainda conseguir tomar o finzinho do café da manhã se me apressasse, e estava em pé amarrando o cabelo num rabo curto quando alguém bateu à porta. Eu havia ficado muito mais cautelosa com esse tipo de coisa desde meu adorável encontro com Jack no ano passado, mas, com um reservatório de mana a meu dispor, isso agora significava que eu mantinha um ótimo feitiço fatal na ponta da língua e abri a porta me afastando um pouco.

Orion estava lá parado, parecendo um pouco nervoso, segurando uma xícara grande de chá e uma caixa de suprimentos do laboratório de alquimia com três pães, um pequeno copo cheio de geleia de pêssego e pedaços de manteiga que estavam começando a se juntar permanentemente, uma tigela cheia de mingau de arroz com um ovo inteiro e uma tangerina meio verde. Eu o encarei.

— Você… você quer… tomar café comigo? — soltou ele; então, quando as palavras saíram de sua boca, percebeu que não tinha tornado a situação horrível o bastante e acrescentou, com um guincho barulhento: — Em um encontro?

Bati a mão na gaiola de Preciosa, onde eu a tinha deixado com algumas sementes de girassol, e a tranquei bem a tempo. Ignorei os guinchos e chiados furiosos lá dentro e respondi da mesma forma trôpega, antes de qualquer coisa que se parecesse com bom senso pudesse se impor:

— Sim.

Precisei dedicar uma boa parte de mim para não pensar muito no que estava fazendo, mesmo enquanto seguia Orion pelos corredores. Eu nem podia me distrair procurando por ataques ou armadilhas; nada que tivesse uma mente, sã ou não, estava atacando Orion ultimamente. Ele havia crescido pelo menos uns sete centímetros até agora este ano, e seus ombros e braços estavam forçando cada costura da camiseta; ele havia tomado banho e seu cabelo prateado estava escuro, fazendo cachos na base do pescoço. Eu precisava fazer um esforço enorme para ignorar o fato de que estava sendo uma bocó enorme, quando de repente notei onde estávamos e parei, esquecendo tudo isso em uma fúria estarrecida, no batente das portas do *ginásio*.

Orion sequer perdeu o compasso. Ele passou pelas portas e foi para a metade do ginásio que havia sobrado, a que não estava ocupada pela pista de obstáculos. As famosas cerejeiras haviam aparecido nessa semana, e estavam só começando a ficar prontas para formar um cenário e tanto, com minúsculos botões brancos e rosados saindo das pontas dos galhos escuros.

Eu quase não podia acreditar que ele havia feito aquilo. Eu o segui sem reação, esperando ele explicar que aquilo era algum tipo de piada, que certamente seria de mau gosto. Ele simplesmente parou embaixo de uma árvore particularmente cheia e começou a cuidadosamente estender um cobertor puído para nosso piquenique, enquanto eu estava parada o encarando, tentando decidir se ele era literalmente insano e se eu gostava dele o suficiente para fingir que não era. Eu já gostava dele o suficiente para beber a água quente horrível que mal tinha gosto de chá que ele havia me dado, então a resposta quase certamente era sim, mas eu não sabia se gostava o suficiente para *fazer um piquenique no ginásio* com ele.

Foi por sorte que eu estava estarrecida demais para me mexer, suponho, e foi por isso que eu ainda estava de pé quando Orion olhou para cima e notou algo vindo. Naquele primeiro momento, eu ainda não fazia ideia do que ele havia visto; ele não esboçou nenhum tipo de expressão positiva ou negativa, apenas focou em algo atrás de mim. Mas eu sabia que algo estava vindo atrás de mim, e que eu não havia visto ou sentido nada. Aquilo foi aviso o bastante.

Mesmo enquanto eu me virava para descobrir o que era, minhas mãos já estavam se mexendo para conjurar o feitiço de barreira que Alfie havia me dado duas semanas atrás. Eu havia me obrigado amargamente a pedir isso a ele, sabendo que ele diria exatamente o que disse: "Claro, El, fico feliz em te ensinar". Diabos. Era um dos melhores feitiços que até mesmo a sua família enclavista de Londres tinha, e valia muito em um acordo. Aqui, provavelmente valeria mais do que meus sutras, já que um veterano de habilidades razoáveis poderia usá-lo durante a graduação, e os sutras não ajudariam ninguém em nada até que saíssem daqui vivos.

Não era exatamente um feitiço de barreira. Era uma evocação de recusa — não querendo ser enfadonhamente técnica, uma evocação mais ou menos pega algo intangível e o traz para a realidade material. O que a evocação de recusa produzia — nas mãos de Alfie — era uma linda redoma translúcida de uns dois metros de diâmetro. Enquanto ele a conseguisse manter de pé — ele conseguia conjurá-la por três minutos, o que é uma eternidade no salão de graduação —, poderia recusar qualquer coisa que não quisesse lá dentro, incluindo males, magia hostil, destroços voadores, peidos fedidos, *et cetera*. E embora existam muitos feitiços que te deixam ficar enclausurado do mundo, a qualidade extremamente especial desse é que ele permite a entrada de coisas que você *de fato* quer, como oxigênio, purificado de qualquer gás venenoso que esteja nas proximidades, ou feitiços de cura dos seus aliados. Eu havia visto Alfie usá-lo pela primeira vez durante nosso treino contra as montanhas de gelo do mal. Ele havia o utilizado várias vezes desde então para salvar a vida de alunos aleatórios. Alfie não era um dos enclavistas que reclamava por precisar ajudar outros alunos; sua graciosidade englobava todos os lados, ou talvez ele tenha secretamente internalizado a fantasia da obrigação da nobreza, porque havia se dedicado incondicionalmente ao projeto de resgatar todos que se encontravam eu seu caminho.

Porém, quando fiz a evocação, consegui um globo de quase três metros e meio, que demonstrava todos os sinais de que permaneceria em pé desde que eu me desse ao trabalho de continuar o conjurando; depois que o coloquei ao redor de alguma coisa, eu pude *mover* o globo e todo o seu conteúdo, o que queria dizer que eu conseguiria pegar alguns dos alunos e depositá-los em um lado diferente do percurso, sem nenhum male ir junto. Isso mudava completamente nossa estratégia. Eu poderia dizer que foi por isso que pedi o feitiço, pelo bem de todo o mundo, mas isso também seria besteira. Eu não tinha certeza do que conseguiria fazer com ele quando o pedi a Alfie. Eu só sabia que era um feitiço muito bom, e que tinha como ser melhor — e eu poderia ser a pessoa a melhorá-lo.

Cobri a mim e a Orion com a redoma antes mesmo de terminar de me virar, o que foi bom, porque não queríamos de jeito nenhum os vinte e sete feitiços mortais e artifícios fatais diferentes que voaram nas nossas cabeças, cinco deles sustentados por um círculo de bruxos verdadeiro. Acho que não conseguiria ter bloqueado ou revidado todos eles de nenhum outro jeito. Só que nenhum deles conseguiu passar pela impenetrável camada de "não mesmo, muito obrigada" do globo. A maioria deles só se dissolveu. Os feitiços mais elaborados deslizaram para onde o globo intersecccionava com o chão e se dissolveram em nuvens frustradas de fumaça de uma dúzia de cores diferentes que nos rodearam, fervendo e borbulhando, até que finalmente se dissiparam, uma por uma.

Àquela altura Orion já estava de pé ao meu lado, encarando através da parede cintilante os rostos dos trinta e dois alunos que haviam feito uma tentativa e tanto de nos assassinarem. Reconheci Yuyan à frente, e Zixuan estava parado com o círculo — todos veteranos de Xangai, na verdade, junto de seus aliados, e uma dúzia de outros alunos que eu sabia com certeza serem de Pequim, Hong Kong e Guangzhou.

Não me surpreendeu de forma alguma, exceto que eu havia sido pega de surpresa. Eu devia ter imaginado que uma coisa desse tipo aconteceria. Orion, porém, só pareceu confuso a princípio, como se não pudesse conceber como é que poderiam ter cometido um erro tão bizarro. Ele precisou ver a decepção sombria nos rostos do pessoal de Xangai enquanto observavam seus feitiços se dissolvendo para realmente aceitar a ideia de que o ataque fora *intencional*.

Imagino que todos se arrependeram muito no segundo seguinte, e eu também, porque aquilo o deixou furioso e, no fim das contas, eu nunca havia visto Orion ficar furioso antes. Não furioso *de verdade*. E entendo que não tenho nenhum tipo de superioridade moral para falar sobre isso, mas não gostei. E eu nem era a pessoa com quem ele estava furioso. Por um momento horrível, tive a sensação real de que não estava mais sustentando a redoma para protegê-lo: eu estava mantendo *ele* longe dos *outros*.

— Lake! — falei, tentando parecer irritada, mas o nome saiu com um estremecimento horrível de que não gostei. Não consegui evitar.

O rosto dele estava todo *errado*, os lábios esticados em um rosnado e uma leve luz sobrenatural saindo dos olhos, tanto mana acumulado para um feitiço que praticamente dava para a ver a olho nu, como um punho se fechando. Tive a visão clara e terrível de Orion dilacerando graciosamente todos eles, da mesma forma que fazia com uma horda de maleficências, o pensamento consciente completamente inerte até que todo o resto — *todos* — morresse.

Mas, felizmente, ele conseguiu dizer:

— Eles queriam *te matar.*

Apesar do meu horror visceral, consegui conjurar uma faísca de indignação por isso, o bastante para acender meus reservatórios sempre prestativos de irritação e revolta.

— Por acaso eu pareço estar em perigo? — retruquei. — O que *você* ia fazer é o que eu gostaria de saber. Provavelmente ter seus ossos dissolvidos até virarem geleca, se tivesse encarado tudo sozinho. A minha contagem está em onze, aliás.

Isso o distraiu o bastante do confronto, o suficiente para que a fúria dele mostrasse rachaduras.

— Onze!

— Posso fazer a lista pra você depois — falei, conseguindo uma aparência de frieza decente. — Agora, vamos arrumar tudo e fazer nosso piquenique na biblioteca, como *pessoas normais*. O que mais podemos fazer?

Essa foi a pergunta errada a se fazer, porque Orion olhou de novo para eles e ainda claramente sentia que "matar todos" era uma resposta perfeitamente válida — e, quando digo perfeitamente válida, quero dizer que ele estava a um centímetro de ir atrás deles, e eu não tinha nenhuma ideia do que fazer. Porém, de repente, a escolha deixou de ser minha, porque as pessoas literalmente começaram a aparecer ao meu redor em grupos, começando por Liesel e seu time: Alfie com o rosto todo retorcido de esforço, sustentando a própria evocação de recusa conforme entraram voando pelas portas.

Não eram só eles, no entanto: outros times estavam entrando no ginásio ao nosso redor, com a qualidade de um feitiço puxa-puxa que havia sido acionado, o qual percebi, depois de um olhar incrédulo, estar associado ao escudo no meu cinto. Ibrahim e seu time apareceram; até Khamis veio, acompanhado de Nkoyo.

E, mais importante, Magnus e seu time apareceram, junto de Jermaine com o dele; depois veio um time de Atlanta e outro da Louisiana — e, dentro de minutos, o que qualquer observador de fora poderia afirmar era que os enclavistas de Nova York e Xangai estavam se enfrentando, com seus vários aliados, todos prontos para cair nas garras da Armadilha de Tucídides juntos, sim seria uma guerra quando uma potência emergente ameaça substituir uma grande potência. Seria ao menos tão eficiente em matar bruxos quanto uma horda de maleficências, especialmente quando algum sobrevivente voltasse para casa e contasse que a guerra que todos já estavam esperando havia começado aqui dentro.

Eu não fazia ideia de como impedir isso. Só de olhar eu sabia que Orion não seria de ajuda nenhuma: ele seria a liderança. Magnus já havia ordenado que o pessoal de Nova York se juntasse atrás dele. As únicas pessoas que *não* estavam presentes eram Aadhya, Liu e Chloe, supostamente porque seja lá quem tenha organizado esse esquema de proteção — três chutes, todos Liesel — sabia que elas me contariam sobre isso antes e, portanto, lhe negariam a satisfação de *me resgatar*.

Como se as coisas já não estivessem ruins o bastante, naquele momento a escola também resolveu se juntar ao grupo: todos paramos assim que ouvimos os rangidos do maquinário da pista de obstáculos se desacoplando, da maneira que fazia ao final de cada semana antes do lugar se refazer, só que era duas vezes mais alto quando estávamos todos lá dentro na hora; então o chão inteiro sob nossos pés estremeceu e ficou *maleável*, aberto a reformas.

Todos estão sempre atentos a qualquer coisa como uma vantagem em potencial, então todos começaram a agarrá-la imediatamente. Como a rodada de abertura de algum jogo de estratégia em que todos estão tentando estabelecer suas posições antes de começar a atirar bombas. Os morros verdes subiram e sacudiram como ondas flutuantes conforme todos tentavam reformulá-los em coisas úteis como trincheiras e fortalezas. Era como tentar surfar em uma placa continental acima do oceano com nada para guiar seu caminho a não ser as rédeas de um cavalo.

Assim que pensei nessa metáfora, percebi que eu tinha uma coisa possivelmente útil para usar: o único feitiço que eu já havia escrito sozinha com sucesso. É também o único feitiço que já tentei escrever, porque o que eu produzi naquele lindo ímpeto de criatividade foi um feitiço para detonar um supervulcão. Queimei o pergaminho na hora depois de escrevê-lo, mas o feitiço permaneceu firmemente alojado no meu catálogo mental com todos os outros feitiços mais horrendos que eu já havia visto.

Tirei mana do compartilhador em um só fôlego e exalei, abrindo os braços e entoando a abertura do encantamento. Duas linhas brilhantes começaram a se espalhar no chão de cada um dos meus lados, espiralando por todo o piso como os braços de uma galáxia, e todos os lugares que eles tocavam estavam abruptos e vívidos na minha mente, tomados pelo poder do meu feitiço. Todos continuaram tentando se segurar nos pequenos pedaços que haviam conseguido controlar, mas o feitiço os arrancou impiedosamente e os deu para mim, até que eu estivesse com o ginásio inteiro fervilhando e estremecendo sob meu controle mental.

Foi aí que todos os melhores feiticeiros começaram a perceber para onde meu feitiço estava claramente *indo* — isto é, diretamente para um tipo de erupção gigante de extinção massiva que aniquilaria todo o mundo na escola e possivelmente todos os quatro andares diretamente acima de nós.

— O que você tá *fazendo*? — Magnus gritou comigo em pânico absoluto. Ele era de fato um bom feiticeiro, e houve um momento perfeitamente claro em que todos no ginásio pararam de se preocupar com o outro lado e começaram a se preocupar comigo.

E era bom mesmo terem feito isso, já que eu havia chegado ao fim do encantamento inicial; assim que eu começasse a parte dois, não teria como parar. Paralisei o corpo inteiro, tenso ao redor do poder que havia acumulado, e achatei o ginásio com as duas mãos, tão abruptamente que metade do pessoal caiu dos morros e sumiu atrás deles, e as trincheiras os colocaram no ar. Todos que ainda estavam de pé começaram a se afastar de mim, os olhos arregalados e horrorizados, e rosnei para todos eles:

— Parem com isso. Só *parem*. Se eu quisesse que vocês morressem, se quisesse que qualquer um de vocês morresse, já estariam mortos! *Rú guǒ wǒ xiǎng nǐ sǐ, nǐ men sǐ dìng le*! — tentei traduzir no meu mandarim fajuto.

Aquilo era tão objetivamente verdade dentro das circunstâncias — já que eu estava tendo que me esforçar muito para *não* matá-los — que deixou uma impressão marcante. Bom, o máximo que podia enquanto estavam todos morrendo de medo de eu realmente matá-los. Ao menos eles haviam parado de se preocupar em fazer a própria matança. Até Orion havia superado sua fúria e só me encarava boquiaberto — em uma idolatria enfurecedora, no caso dele, demonstrando sua constante falta completa de juízo e bom senso.

Quando fiquei satisfeita por todos terem parado, deixei que meu controle sobre nossos arredores alarmantemente maleáveis se esvaísse lentamente, os morros e vales voltando a seus lugares, as árvores se desdobrando do chão de maneira sobrenatural conforme a ilusão voltava ao lugar. Demorei quase quinze minutos para me desvencilhar do feitiço, mas absolutamente ninguém fez nada para me interromper ou me distrair; alguns colegas até foram até a porta do ginásio para impedir que outros entrassem. Eu estava tremendo quando terminei, enjoada. Eu teria gostado de ir deitar num quarto escuro por uma quantia significativa de tempo, mas enchi o pulmão de ar e disse:

— O que eu quero é fazer todos *saírem*. *Todos nós* sairmos. Será que dá para tirar a porcaria dos seus egos da frente e *ajudar*?

Capítulo 12

INTERVALO

NA QUINTA-FEIRA, QUATROCENTOS ALUNOS apareceram para o treino em mandarim. Depois, Orion e eu nos arrastamos até a biblioteca e cada um rastejou para um dos sofás, onde nos deitamos, deixando que os outros fizessem a análise como pano de fundo. Eu me sentia como um pedaço de papel-toalha que havia sido usado mais de uma vez, e espremido bastante entre esses usos.

Não era só o número grande: a maioria do pessoal novo não havia aprendido nossas estratégias nada intuitivas e, fora isso, o percurso de obstáculos *funciona* para cacete. Então pular o treino por sete semanas os havia deixado substancialmente para trás em comparação ao restante de nós. O único motivo de não haver uma tonelada de mortes hoje foi porque eu havia trapaceado por puro desespero, usando a evocação de Alfie em um punhado de estudantes e males ao mesmo tempo e os atirado para fora da pista do outro lado do ginásio. Os males haviam se dissolvido, já que eram apenas construtos falsos. Os males no salão de graduação não iam convenientemente se dissolver por conta própria, então não seria uma manobra eficiente no dia. Mas eu precisava fazer *alguma coisa* para tirar todos vivos do treino.

Eu não estava prestando muita atenção na discussão, já que todos concordavam que a questão principal era que esse novo grupo precisava nos alcançar, o que era bastante óbvio. Yuyan — ela havia se juntado ao grupo de planejamento — sugeriu que eles corressem todos os dias durante as duas semanas seguintes, deixando que todo o resto, com exceção de mim e de Orion, óbvio, tivesse mais alguns dias de folga. Todos concordaram com isso.

— Na verdade — disse Aadhya, pensativa —, nós provavelmente logo vamos juntar todos de espanhol e de hindi pro treino em inglês ou mandarim. Queremos começar a fazer treinos com quinhentas pessoas… — e, quando notou que eu havia esticado o pescoço no sofá, indignada, ela acrescentou: — …daqui a um mês!

Baixei a cabeça de novo, brevemente apaziguada, mas Liesel soltou um suspiro alto e exasperado, indignado demais para ignorar. Eu a encarei através do tecido gasto do encosto um pouco além do meu nariz e consegui ranger:

— Semana que vem o de inglês. Na outra, o de mandarim.

Orion grunhiu de leve no sofá perpendicular ao meu, mas não discutiu. Já estávamos quase em abril. Faltavam menos de três meses.

Não vou dizer que aproveitei a semana seguinte, mas, na quarta-feira, o pessoal do treino em mandarim estava quase conseguindo sobreviver, e, depois do treino de sexta-feira, Zixuan foi até Liu e Aadhya e ofereceu seu revisor para que elas aprimorassem o alaúde de sirenaranha. Eles passaram todo o entardecer juntos na oficina e, no sábado, quando Liu tocou as primeiras notas e eu entoei o feitiço, a onda de amplificação de mana passou por toda a massa de alunos, ricocheteou nas paredes do ginásio e *voltou* para uma segunda onda, quadruplicando o poder dos feitiços de todos. Não precisei trapacear nenhuma vez; e não fiquei exausta no fim.

— Ele não te obrigou a *dar* o alaúde pra ele? — murmurei para Liu depois.

Todos estavam ao redor de Zixuan, parabenizando-o. Eu havia acabado de incinerar um enxame inteiro de gafanhotos, tão grande que havia coberto todo aquele horrível céu azul: eles simplesmente continuavam se multiplicando, então eu literalmente precisei manter uma tempestade psíquica do tamanho de um furacão acima das cabeças de todos durante os quinze minutos de treino, mas eu já estava tirando aquilo de letra. Ou talvez a tempestade tivesse sido tão perturbadora que todos estavam bloqueando a memória agressivamente. Ou um, ou outro.

Liu e Aadhya já haviam conversado sobre o alaúde e concordaram que a família de Liu pagaria Aadhya pelo serviço, presumindo que Liu e o alaúde conseguissem sair inteiros. Esse acordo estabeleceria o preço-base para Aadhya como artífice e lhe daria uma boa quantidade de recursos para começar uma oficina. Além disso, o clã de Liu teria muito mais uso para o alaúde do que apenas Aad e a família dela. Porém, o custo para revisar um pedaço de artifício normalmente é setenta e cinco por cento do *resultado*. Zixuan tinha todo o direito de se considerar o dono majoritário da peça a essa altura e, já que ele era um enclavista de Xangai, ele provavelmente poderia comprar a parte de Liu muito mais facilmente do que ela poderia comprar a dele.

Eu só estava perguntando por perguntar, não queria dizer nada com aquilo, exceto para duvidar se existia algum outro motivo envolvido na troca. É claro que essa melhoria era claramente interessante para todos, mas alguém ficaria com o alaúde depois disso, então seria esquisito se não tivesse acontecido *nenhuma* negociação sobre o assunto. Mas Liu ficou muito vermelha, depois piorou a situação colocando as mãos nas bochechas, como se quisesse tirar o vermelho delas, o que certamente não foi eficaz se o objetivo era me impedir de ficar encarando boquiaberta.

— Ele pediu para ir conhecer minha família depois de sairmos — disse ela em uma voz abafada e estrangulada.

Não fiquei menos boquiaberta; isso era uma declaração e tanto. Não é que todos os enclavistas — ou pessoas que estavam próximas de se tornarem enclavistas, como a família de Liu — oficialmente arranjassem casamentos e namoros ou qualquer coisa do tipo, mas muitas vezes há *algum* envolvimento familiar. Todos os bruxos da geração dos pais dela, e as duas anteriores, haviam trabalhado como condenados para conseguir recursos para comprar os feitiços de construção de enclave. E não uma versão mais fajuta e antiga como os Enclaves Áureos dos meus sutras: eles estavam se organizando para construir torres no vazio, outra estrela moderna na constelação chinesa. Assim que conseguissem comprar os últimos dos feitiços principais, eles começariam a receber ofertas de bruxos independentes de várias cidades chinesas. Escolheriam a cidade cujos bruxos apresentassem a melhor oferta, e o mana e os recursos fornecidos construiriam o novo enclave. Os bruxos que tivessem contribuído mais poderiam se mudar imediatamente; o resto conseguiria entrar durante a próxima década ou duas, conforme as fundações se ajeitassem e o lugar expandisse.

Liu havia nascido sob as diretrizes daquele projeto, e esperavam que ela contribuísse. A própria Liu esperava. Qualquer pessoa que ela sequer namorasse sem dúvidas também seria avaliada como potencial parte do projeto. A família dela podia não estar planejando se envolver ativamente nesse aspecto, mas certamente ficaria *satisfeita* se ela levasse para casa um candidato digno de nota. Coisa que um artífice de Xangai bom o bastante para conseguir um revisor na escola certamente era.

— Então isso é... bom? — perguntei.

Liu me encarou com uma expressão semidesnorteada, como se ela não soubesse decifrar a resposta, então olhou para ele e depois de volta para mim.

— Ele é... legal? E bem bonitinho? — disse ela, como se estivesse me fazendo uma pergunta.

Que eu saiba, ela nunca havia tido nenhuma quedinha. Suspeito que ela considerava isso uma coisa tão distante quanto eu, durante todos aqueles anos em que ela havia seguido a linha maleficente. As relações entre maleficentes tendem a ser meio Bonnie e Clyde ou Frankenstein e Igor: não são muito atraentes. Então ela estava abrindo uma caixa que havia acabado de receber e olhando o que tinha dentro pela primeira vez.

— Entendi — falei, solene, então obviamente fiquei por perto até o fim. Senti que era meu trabalho como amiga observar tudo de perto e também aproveitar a chance para conseguir minha vingança após todas as risadinhas à *minha* custa.

Liu podia não ter certeza sobre Zixuan, mas ela definitivamente tinha certeza de que eu devia me afastar e parar de fazê-la ficar se contorcendo; ela não parava de sussurrar que eu podia ir embora. Eu continuei fingindo que não entendia o que ela estava dizendo enquanto a multidão lentamente se esvaía para longe de Zixuan, até ele conseguir educadamente se desvencilhar dos últimos puxa-sacos; nessa altura eu casualmente me afastei de Liu, mas não o suficiente para não conseguir ouvir quando ele se aproximou dela e perguntou se ela queria andar até a biblioteca com ele.

Liu se virou para mim e perguntou:

— El, você vem?

— Podem ir — respondi, sorrindo da forma mais insuportável que consegui.

Ela ficou vermelha de novo e fez uma careta rápida para mim, então se endireitou com uma dignidade calma antes de se virar novamente para ele. Eu sorri o tempo todo enquanto os observei ir embora; era só tão... normal, um passo comum e hesitante em direção ao futuro do outro lado deste lugar horrível.

Suponho que era possível dizer o mesmo da minha própria situação complicada de namoro, mas relacionamentos pareciam bem mais incertos, dramáticos e falhos quando era eu que estava envolvida, sem mencionar mais inviáveis, visto que arrastar Orion para um projeto quixotesco de construir enclaves ao redor do mundo seria uma coisa bem menos aceitável para a família *dele*. Isso era uma coisa feliz e ordinariamente humana que eu podia aproveitar, e parecia um ponto-final perfeito para aquele treino mágico.

Pela primeira vez, quase senti que poderia me permitir acreditar naquele plano — tanto que, quando os perdi de vista, soltei uma gargalhada em voz alta e me virei de volta para as portas do ginásio.

— Ainda acha que vai me impedir? — falei, exultante. — Não vai mesmo. Eu *vou* conseguir tirar todos daqui. Vou conseguir isso, e nada que você faça vai me obrigar a deixar qualquer um deles pra trás. Você não vai conseguir pegar nenhunzinho. Eu vou acabar com você, eu vou *ganhar*, tá me ouvindo?

— Com quem você tá falando? — perguntou Sudarat.

Ela me deu um susto daqueles, e eu merecia, já que estava tão entusiasmada com meu discurso estúpido que não havia notado sua aproximação; quando terminei de acalmar meu coração acelerado o suficiente e engolir todos os dezesseis feitiços mortais que haviam instantaneamente aparecido na minha mente, respondi, tentando soar calma e contida:

— Nada, estava só pensando em voz alta. O que você tá fazendo aqui embaixo?

Então olhei para o pequeno pacote que ela estava carregando, com um pedaço de pão aparecendo de dentro, e notei, abismada, que ela seguia a mentalidade de Orion sobre piqueniques no ginásio.

— Você só pode tá brincando — falei, revoltada. — Eu não gritei o suficiente? Você vai ficar com a cabeça desmiolada, isso se não acabar morta. Já tá aqui há tempo o suficiente, deve ter começado a entender. *Não é de verdade.*

Ela só ficou lá parada e ouviu o sermão, pequena, com os ombros curvados para frente, segurando a alça da mochila com as duas mãos.

— Minha mãe me disse que como presente de graduação ela me levaria para ver o festival das cerejeiras em Quioto — disse ela, baixinho. — Mas eu nunca vou ver o festival.

Parei de falar, e então meio que parei de respirar. Ela fez uma pausa, mas, como eu não disse mais nada, ela continuou:

— Na minha escola, no enclave, eles nos ensinavam a identificar as crianças espertas, as boas, as que iam nos ajudar mais. Então eu sei como são os bons. E eu não sou muito boa. E ninguém quer ser meu amigo. Todos os enclavistas estão com medo. Eles não sabem o que aconteceu em Bangkok, e eu também não sei. Todos acham que eu tô mentindo, mas não eu não tô. Eu levei o cachorro da minha avó pra passear e aí, quando voltamos, a porta... a porta para o enclave não funcionava mais. Era uma porta pra um apartamento vazio. E todos tinham desaparecido. — Ela claramente engoliu em seco. — Minha tia tava trabalhando em Xangai, então voltou pra casa e cuidou de mim. Ela me deu tudo que podia. Mas não é o suficiente pra salvar uma pessoa que não é muito boa, e de quem ninguém gosta. Eu sei que não é.

Ela parou. Ainda assim, não consegui dizer uma palavra. Depois de um momento, suponho que ela ficou cansada de ficar parada no corredor como uma estátua muda, então passou por mim educadamente e abriu as portas. Ela percorreu um caminho decente: não tão longe que não tivesse nenhuma rota de fuga disponível, mas longe o bastante para estar afastada da área perto das portas. Ela se acomodou na base de uma árvore que estava se exibindo demais, os galhos escuros pesados de flores, e tirou uma pequena caixa de morangos da bolsa, nos quais devia ter desperdiçado um monte de mana para encantar a partir de uma fruta duvidosa no refeitório. Ela ficou lá sentada, comendo os morangos e lendo um livro, parecendo uma foto tirada diretamente de um manual de orientação de calouros, com pequenas pétalas flutuando pela cena como neve rosada. Vivendo o máximo que podia, porque não teria muitas outras chances depois.

As portas se fecharam diante da cena, lançando uma fragrância doce no meu rosto ao se fecharem com um estrondo.

— Não — falei estupidamente para elas, o que obviamente ajudou horrores, e então só ri de novo para mim mesma, um som agudo de zombaria. — Deus, eu sou tão idiota, tão idiota, não dá pra acreditar. — E não consegui continuar. Coloquei as mãos no rosto e solucei algumas vezes, então ergui a cabeça e gritei para as portas, para a escola: — Por que você tentou me impedir? Por que se dar ao trabalho? Foi inútil. Sempre foi inútil.

Como resposta, houve um imenso estrondo de vidro quebrando e madeira rachando atrás de mim. Eu me virei na hora. Estava treinando para minha prova olímpica de inutilidade com tanto afinco, com tanto ardor, que não foi sequer uma reação voluntária. Eu havia programado meus músculos para que pudessem pular a reação do meu cérebro e só seguir adiante, para salvar todas aquelas vidas, todas aquelas mil fantasticamente insignificantes vidas, então eu me virei com as mãos em posição de conjuração, a adrenalina já fluindo como um rio abundante nas veias antes mesmo de ver que o barulho havia vindo de uma das pesadas plantas baixas penduradas no corredor, um punhado de estilhaços espalhados, a moldura quebrada em pedaços de gravetos, pálida nos pontos em que a madeira poeirenta banhada a ouro havia se lascado.

Baixei as mãos assim que mantê-las erguidas passou a envolver pensamento consciente, respirando pesadamente entre soluços e o alarme instintivo.

— Então por que eu não devo simplesmente desistir de tudo, é isso que tá tentando me dizer? — perguntei, só uma menina falando sozinha no corredor.

Uma menina estúpida fingindo ser uma heroína porque salvaria mil alunos antes dela, para *então* sair saltitando pelos portões, deixando para trás... Quais eram os números? Mil e duzentas crianças mortas todos os anos, e já faz cento e quarenta anos, o que dava um número tão grande que eu não poderia compensar mesmo se ficasse para trás e protegesse os portões pelo resto da minha vida. Seja lá quantos minutos me restassem, eu ainda seria apenas uma menina com o dedo enfiado no buraco do dique, e quando eu finalmente caísse a enchente viria.

— É isso que você queria que eu aprendesse? — perguntei selvagemente para o quadrado pálido e vazio na parede metálica onde a moldura estivera, uma janela para a sujeira de mais de um século. — Devia ter feito isso mais rápido. Nessa altura, é *melhor* eu salvar todos do que não salvar.

Então eu olhei para baixo, e a moldura quebrada não era uma planta baixa. Era a primeira página do jornal *The London Whisper*, de 10 de maio de 1880, que estava dominada por uma fotografia grande de um grupo de homens vestindo ternos vitorianos, um loiro com um bigode grandioso na frente, com os braços afastados dos quadris e um ar de autossatisfação. Havia cópias desse jornal espalhadas por todo o prédio. Durante anos eu as tinha lido sem prestar atenção, andando sonolenta para aulas de história ou na fila do refeitório, da mesma forma que se lê caixas de cereal enquanto come porque não tem mais nada para fazer com os olhos.

Mas agora eu o peguei e observei de verdade. Os homens estavam parados em uma saleta de painéis de madeira familiar, repleta de estantes e cheia de cadeiras pesadas de ferro com escrivaninhas de madeira; no canto da foto havia um pergaminho grosso coberto de assinaturas, em cima de uma escrivaninha de madeira com uma esteira enorme. Era a minha sala de aula especial, lá no topo da escola.

O artigo dizia: *Os últimos feitiços de ligação da Scholomance foram realizados com sucesso hoje através do que pode ser considerado o feitiço de círculo mais extraordinário já concebido pela mente do homem, com vinte e um representantes dos enclaves mais proeminentes do mundo, unindo suas vontades e recursos obtidos de todos os seus vários domínios sob a liderança de Sir Alfred Cooper Browning de Manchester, para um único objetivo, o de estabelecer uma instituição acima de todas as disputas e rivalidades, cujo propósito fundamental será oferecer santuário e proteção para todas as crianças favorecidas do mundo.*

Eu li de novo e de novo, até que não pudesse deixar de entender o que o texto significava. Eu já conhecia as palavras, é claro; provavelmente poderia tê-las recitado de cabeça. A mesma foto estava no manual de orientação de calouros que nos enviavam antes de virmos, e o mesmo artigo glorificado estava na parede de uma dúzia de salas de aula e nos livros de história. As palavras estavam até esculpidas no corrimão das escadas e no batente da sala de leitura da biblioteca, exatamente aquelas mesmas palavras: *oferecer santuário e proteção para todas as crianças favorecidas do mundo*, mas absolutamente ninguém as levava a sério. Nem mesmo Sir Alfred Cooper Browning e todos os seus colegas de colete convencidos acreditavam na própria baboseira naquela época. Eles não admitiram crianças de fora de seus enclaves até serem obrigados, e, quando foram, fizeram de tudo para dar aos enclavistas toda vantagem possível, e certamente nenhum único estudante conseguiu durar um dia inteiro aqui acreditando neles. Ninguém pensava que aquilo era verdade.

Exceto, aparentemente, a própria Scholomance. E tudo bem, era justo: vinte e um dos bruxos mais poderosos do mundo haviam formado um círculo e forçado aquelas palavras na própria estrutura do lugar — as palavras que eles haviam juntado para formar uma mentira deslavada que concordaram em contar juntos. Eles construíram a Scholomance e lhe disseram com muita firmeza que seu propósito fundamental era *oferecer santuário e proteção para todas as crianças favorecidas do mundo*.

E talvez a escola não estivesse conseguindo fazer isso com muito sucesso, mas aparentemente ainda *queria* fazer isso — ser algo além do menor dos males.

Não posso fingir que entendi totalmente logo de cara; muito pelo contrário. Tive uma primeira noção vaga da ideia e então joguei o artigo de volta na pilha da moldura quebrada e me afastei andando

pelo corredor. Estava caminhando sem rumo, uma nuvem de estáti-
ca tomando conta dos ouvidos, e qualquer coisa poderia ter me matado. Mas nada me atacou, mesmo quando continuei andando. Eu
não saberia dizer onde estava, até que a porta pela qual passei abriu
com tudo, fazendo um barulhão, e percebi que estava no corredor
que levava à minha adorável sala de seminário individual, aquela em
que eu havia sido atacada incansavelmente durante os dois primeiros
meses do ano.

Ataques que, de repente, consegui ver por uma ótica totalmente
diferente. Parei e encarei o corredor. A escola não estava tentando
me matar, e não estava tentando me transformar em uma maleficente. Não queria que eu sugasse todos e fugisse para lançar sombras
sobre a terra. Então, o *que* a escola queria de mim?

Entrei na sala. A porta estava aguardando, aberta. Parei no batente e olhei para dentro; com um estouro, um dos painéis externos ao
lado da pia literalmente caiu, expondo um túnel com uma escada
escondida dentro da parede. Eu sabia o que era: eu havia estado lá
dentro no fim do ano passado, para uma daquelas experiências escolares adoravelmente únicas que eu torcia para nunca reviver. Era o
túnel de manutenção que descia até o salão de graduação.

A mensagem era extremamente clara. Já minha cabeça não estava nada clara, e foi por isso que não pensei tanto quanto deveria
antes de entrar no túnel e começar a descer as escadas no escuro.
Porém, não ouvi nenhum barulho de maleficências, nenhum som
de pegadas, ou arfadas ou sibilos ou respiração; apenas os gorgolejos e as batidas da própria escola, o vasto conglomerado de artifícios funcionando, continuamente bombeando ar, água e comida
do refeitório e filtrando lixo o tempo todo, o murmúrio baixo de
mana sendo canalizado para os feitiços de proteção. A descida não
demorou muito: a escola queria que eu chegasse lá rápido, e meu
cérebro estava tão vazio que não insistiu para a descida demorar
um tempo racional. Parecia que haviam passado apenas alguns minutos, e então eu estava saindo da escada e entrando na estreita

câmara de manutenção no fim, o lugar de onde havíamos saído em nossa grande missão para consertar o maquinário de limpeza.

Criei uma luz. Ela iluminou o metal curvo e vazio da parede — havia sido um pouco amassado pelo lado de fora, como se os males tivessem batido nas paredes para tentar sair depois de termos feito nossa fuga com o feitiço puxa-puxa. O salão de graduação ficava do outro lado, junto de sei lá o que a escola estava preparando para todos nós — para *mim*. O semestre inteiro, com todos os treinos infinitos e ridiculamente horríveis e aos quais era impossível sobreviver, forçando, forçando e forçando todos nós a encontrar estratégias inteiramente novas, para aprender a trabalhar como uma aliança única e enorme, a derrotar seja lá o que estivesse do outro lado. Era isso que precisávamos derrotar.

E, aparentemente, era hora de eu encará-lo. Eu não tinha uma escotilha de manutenção comigo, mas um dos painéis de metal da parede simplesmente se abriu, os parafusos saindo dos lugares e caindo no chão um atrás do outro. Só fiquei lá parada, observando. Os dois painéis da parede caíram com um barulho enorme, um na minha direção e outro na oposta.

Nada saiu da abertura.

Não foi especialmente chocante; eu já havia entendido o que estava acontecendo. Sabia o que estava esperando do outro lado, e elas não se dariam ao trabalho de vir atrás de uma única mera estudante. Eu soube o tempo todo o que seria, na verdade, não importa o quanto tivesse fingido que não. Não seriam geleiras do mal, ou um enxame de gafanhotos, ou um demônio castigador. A escola vinha me tratando com gentileza, como se eu fosse café com leite, me levando aos poucos, mas o tempo estava acabando agora, e eu precisava encarar tudo para estar pronta no dia da graduação. Eu havia prometido, afinal. Eu havia prometido a Khamis, Aadhya, Liu e Chloe, e a todos da escola.

Não consegui me forçar a dar um passo. Mesmo que fosse seguro agora, num sentido ridículo da palavra, eu não queria olhar.

Não queria ter de voltar lá para cima e avisar a todos o que iríamos encarar. Não queria passar os próximos três meses pensando nisso todos os dias, fazendo planos, discutindo *estratégias*, para reviver a coisa mais horrível que já havia acontecido comigo. Eu queria me encolher em uma bolinha no fundo da câmara. Eu queria chorar chamando a mamãe, o Orion, ou qualquer pessoa para me salvar, e não havia ninguém. Só havia eu. E elas. Paciência e Fortitude, esperando nos portões, com tanta fome que haviam comido tudo o que estava no salão de graduação.

Eu sabia que precisava ir olhar para elas, então não poderia voltar pela escada — se é que a escola me deixaria fugir —, mas também não conseguia ir em frente. E fiquei lá por muito tempo. Acho que devia ter passado quase uma hora quando ouvi um guincho ansioso do túnel. Preciosa colocou o narizinho para fora, segurando-se no último degrau da escada.

Ergui as mãos para pegá-la. Aninhei-a nas mãos e a coloquei contra a bochecha, e meu rosto inteiro ficou amassado como uma tarefa de casa descartada; simplesmente solucei algumas vezes, deixando seu pelo molhado com as lágrimas que escorriam. Ela só me cutucou com o nariz e aguentou firme. Quando eu finalmente consegui me controlar, ela subiu no meu ombro, escondida atrás da minha orelha, e emitiu barulhinhos baixos de encorajamento. Eu respirei fundo pelo nariz e me fiz entrar no salão antes que eu desistisse de novo.

O salão não estava completamente vazio: uma família de aglos adultos, as conchas brilhando com joias imbuídas de mana, pedaços de artifícios reluzentes e pequenas jarras, vidros de poções e unguentos, dormiam calmamente na parede ao fundo, perto do maquinário de limpeza que havíamos consertado no ano passado. Todos acordaram com o som dos meus passos e começaram a rastejar para os cantos escuros em velocidade máxima, o que no caso de aglos adultos é mais ou menos dez centímetros por minuto.

Meus passos faziam barulho ao esmagar escamas de anfisbênia e cascas secas de digestores infantes, nenhuma maior que um lenço.

Nenhum deles estava à vista. O teto tinha padrões de leves linhas escuras, os fantasmas de teias de sirenaranha de centenas de anos que haviam sido incineradas na limpeza. A única coisa que restava das sirenaranhas em si eram alguns pedaços derretidos grudados no teto, pedaços de pernas saindo em alguns lugares. Não havia nada sobrando dos outros males com exceção de alguns excrementos e esqueletos, alguns males construtos que haviam caído em montes mecânicos aqui e ali, sem nenhum mana. Algumas coisas em estágio de larvas correram de mim, tão pequenas que nem consegui identificar o que eram; então fechei as mãos em punhos e me virei com força para encarar os portões.

— Mas... — falei, depois de um momento, em voz alta.

Fiquei lá parada estupidamente até Preciosa me dar um cutucão, então atravessei todo o salão de graduação, diretamente para as enormes portas duplas, os portões da escola. Havia duas enormes marcas de queimadura de cada lado no chão, contornos pretos onde as calamidades haviam estado, como o giz policial que demonstra a posição de um cadáver removido. As marcas tinham ondas: dava para ver onde as chamas mortais haviam ultrapassado algumas camadas, embora houvesse sobrado o suficiente delas ao final.

Eu estava meio certa. A limpeza havia funcionado. Paciência e Fortitude não haviam morrido, mas haviam sido queimadas e cegadas, provavelmente se debatendo ferozmente, enquanto os veteranos corriam para fora. Elas haviam perdido sua refeição anual. Depois, haviam se recuperado e tentado encher as barrigas vazias devorando todo o resto dos males que sobreviveram. Mas, depois de fazerem isso — quando não havia mais nada que pudessem comer —, elas haviam... *sumido*.

Eu não fazia ideia de onde poderiam estar. Teriam se escondido em algum lugar dentro da escola? Certamente não haviam conseguido chegar aos andares principais — todos nós teríamos ouvido os gritos. Há espaços desocupados, muitos deles, nas áreas vazias entre o teto do salão de graduação e o chão do andar da oficina, e esses não possuem feitiços de proteção, então elas poderiam ter rastejado para lá, mas ainda assim não teriam nada para comer. De qualquer forma, calamidades não costumam se esconder. Será que haviam realmente ido embora? Poderiam ter feito isso; os feitiços serviam para as maleficências não entrarem, não para não saírem, e se Paciência e Fortitude tivessem saído mundo afora para jantar enclaves, não ouviríamos falar disso até nós mesmos termos saído.

O que aparentemente conseguiríamos fazer sem problema nenhum. Nenhum de nós precisava treinar dia nenhum, ou fazer mais nenhuma corrida de obstáculos. Poderíamos só sair como em um passeio.

Encarei as portas enormes, feitas de bronze sólido. Havia diagramas e pinturas delas espalhadas por todo o lugar, como as plantas baixas, todas um pouco diferentes. Mas não consigo imaginar que alguém tenha passado um milissegundo sequer olhando para elas desde o dia em que a escola foi inaugurada. Havia um selo gigantesco no meio, esculpido com o lema da escola, *In Sapienta Umbraculum* — Sob Conhecimento, Abrigo —, e círculos incrustados ao redor do selo estavam gravados com feitiços de proteção que haviam sido colocados em camadas de vários idiomas: o mesmo feitiço em inglês moderno, inglês medieval e inglês antigo, um depois do outro, todos na mesma órbita anelar. Não era só em inglês: havia círculos do mesmo feitiço em dezenas de idiomas, e todos os que eu conhecia bem o suficiente para reconhecer também tinham múltiplas versões — havia árabe moderno e medieval, francês moderno, francês antigo e latim.

Traduzir um feitiço e de fato *conseguir* um feitiço dessa forma é quase impossível; provavelmente foi preciso um poeta gênio ou um time de doze pessoas para cada versão de cada língua, e isso só foi possível porque não eram feitiços muito complexos: todos os que eu conseguia decifrar sem um dicionário tinham apenas uma ou duas linhas e eram uma variação de "não deixe nada maligno passar pelas portas". Ligada ao lema, a inscrição em inglês dizia "maldade, afaste-se, a sabedoria guarda o abrigo de sua oportunidade", obviamente não uma coincidência; havia uma versão dessa frase em todos os idiomas que eu conhecia.

E não eram *só* inscrições. As letras haviam sido esculpidas até a última camada de bronze, e algum tipo de substância alquímica reluzente era canalizado por todas elas para que a luz brilhasse. E não só brilhavam constantemente: a luz movia-se por cada inscrição com a velocidade e o ritmo que você precisaria usar para enunciar cada feitiço. Estava efetivamente conjurando os encantamentos repetidas vezes, renovando-os continuamente. E os feitiços separados estavam até sincronizados de alguma forma — eu não conseguia exatamente acompanhar, mas dava para ver que vários deles começavam ou terminavam ao mesmo tempo, os novos começando conforme os velhos acabavam. Como uma grande canção de coral com várias dezenas de versos acontecendo ao mesmo tempo.

Aquilo me hipnotizou; eu quase conseguia ouvir os feitiços funcionando, então percebi que estava mesmo ouvindo: havia pequenas perfurações no metal, que pensei serem apenas pontos decorativos; quando me aproximei e olhei, pude ver que havia um pedaço de artifício atrás deles que abria e fechava cada buraco individualmente. Quando um deles abria, um sopro de ar passava através do buraco, enunciando o som de uma letra ou sílaba, e cada som combinava com os caracteres que estavam acesos naquele instante. Eu mal podia ouvir os sussurros por cima do leve tique-taque do maquinário que controlava as aberturas, a moagem e o gorgolejo da entrada e saída de líquidos, mas eles estavam presentes.

Nunca havia visto nada assim antes, mesmo dentro da escola. De tanto nos ensinarem nas aulas de história, sei que Sir Alfred havia convencido os outros grandes enclaves a construir a escola em estágios separados — o custo da obra era tão catastrófico quanto se pode imaginar. Ele inicialmente havia proposto construir um enclave normal para as crianças, com essas mesmas portas poderosas. Depois que as portas foram construídas, ele mostrou para todos o resto de seus planos ainda mais elaborados, e supostamente eles olharam para as portas e concordaram com o resto. Parada ali, não fiquei surpresa. Passei quase quatro anos morando dentro da escola, quase morrendo várias e várias vezes, e quase pude acreditar; acreditar que essas portas podiam afastar todo o mal, manter os monstros lá fora e deixar todos nós seguros.

E obviamente elas haviam feito isso, mais ou menos. Não podia nem imaginar quantas maleficências poderiam ter nos atacado sem elas. A Scholomance era um pote de mel, o pote de mel mais delicioso que dava para imaginar: todos as crianças bruxas mais tenras, mais cheias de mana do mundo reunidas em um único lugar. Qualquer male que conseguisse sentir um cheirinho desse lugar tentaria entrar. E alguns deles conseguiam, mesmo com as portas. De vez em quando, uma letra não acendia, um sopro de ar não ecoava; certamente havia certos lugares naquela composição gigantesca que eram um pouco mais fracos, cujos feitiços não soavam exatamente na mesma hora, fazendo rachaduras por onde um male muito determinado poderia fazer um esforço e passar, como se tirasse um tijolo solto do muro de uma fortaleza. Mais do que o suficiente de males havia conseguido passar, mesmo naqueles primeiros anos, para tornar esse saguão um abatedouro. As portas não eram *impenetráveis*.

Mas eram quase isso. Então depois que as chamas mortais funcionaram no último ano — e depois que Paciência e Fortitude comeram tudo em seu caminho até não sobrar mais nada — e Orion perseguiu qualquer male que teve a audácia de mostrar o nariz nos andares das salas de aula, o salão inteiro estava limpo. Por um brilhante momento, em um ano de inacreditável sorte, poderíamos descer até aqui e andar diretamente para a segurança, a primeira turma na história da Scholomance a conseguir sair da graduação sem uma única morte.

E então os males voltariam. Cada portal que se abrisse para mandar um de nós para casa faria uma abertura nas proteções; dois ou três males se esgueirariam para dentro sempre que um de nós fosse embora. Mais deles apareceriam junto com os calouros que seriam admitidos. Os males psíquicos seguiriam os sonhos intranquilos dos pais de seus filhos; os males ancestrais e gasosos flutuariam pelos tubos de ventilação, e os amorfos se derramariam pelos canos.

E mais cedo ou mais tarde, se Paciência e Fortitude não retornassem, uma nova calamidade rastejaria por uma dessas aberturas e se acomodaria com orgulho ao lado dos portões. O maquinário quebraria novamente. A quantidade de mortes voltaria ao normal quando os calouros atuais fossem se graduar, ou no máximo um ou dois anos depois. Sudarat, Zheng e meus outros calouros não conseguiriam sair de graça. Aquele menino de Manchester, Aaron, que havia me trazido um bilhetinho de mamãe a troco de nada. Todas as crianças que eu mal conhecia, não conhecia, que já havia conhecido ou que ainda não haviam nascido.

Era para isso que a escola estava me preparando, esse tempo todo. Me conduzindo adiante com um pedacinho de poder atrás do outro para me ensinar que me importar não era inútil, que eu podia me permitir me importar com meus amigos, com seus aliados e até com todo o mundo no meu ano; depois de ter me feito subir essa montanha, a escola agora estava me mostrando que eu não precisava me preocupar com todos eles, afinal, porque agora eu certamente tinha a capacidade extra de me preocupar com... todo o *resto*.

— Mas o que você quer que eu *faça*? — perguntei, encarando as portas.

Certamente a Scholomance não queria salvar o equivalente a um ano de crianças, ou até mesmo quatro anos. A escola já havia devorado cem mil crianças durante sua implacável operação de triagem. Nenhum humano que se importasse o suficiente para tentar poderia ter aguentado isso. Mas a escola não era humana, não era delicada. Ela não nos amava. Só queria fazer seu trabalho corretamente, e aqui estávamos nós, morrendo o tempo todo enquanto ela assistia, inexoravelmente, três quartos de turma perdidos todos os anos. Queria que aproveitássemos essa janela brilhante de oportunidade e...

— Te *consertar*? — Era a única coisa em que eu conseguia pensar, mas a escola não providenciava nenhuma instrução. Olhei em volta do campo de matança vazio: até mesmo os ossos haviam sido limpos. — Como?

Nenhuma resposta veio. Não tive nenhuma outra orientação útil, exceto de Preciosa, que emitiu um guincho e me cutucou com o nariz, querendo voltar.

— Eu não entendo! — gritei para as portas.

Elas continuaram com seu tique-taque sossegado: o trabalho de um exército de gênios com todo o tempo e mana do mundo na ponta dos dedos, tentando construir a escola mais segura e inteligente do mundo para seus filhos, e isso não havia sido bom o suficiente, então o que a Scholomance esperava que *eu* fizesse?

Preciosa soltou outro guincho, vagamente exasperada, e me cutucou de novo. Ressentida, bati na porta esquerda com o punho, então desejei não tê-lo feito: ela cedeu um pouco. Não muito, não o suficiente para abrir ou algo assim, só estremeceu, um pouco, sob meu punho, o bastante para eu perceber que, se eu apoiasse em alguma coisa e colocasse força nas costas e nas pernas, poderia *abri-la*. Não estava trancada do meu lado. As partes de fora dos portões estavam manchadas por mofo verde e preto, e os sopros de ar que entravam vinham do lado de fora. Esse era o único lugar em que a escola não estava só flutuando no vazio. O mundo de verdade estava lá, do outro lado, lá fora. Se eu empurrasse as portas, eu poderia *sair*, adentrar qualquer lugar secreto escondido que os enclaves haviam escolhido como ponto de ancoragem, e isso seria um lugar de verdade, em algum lugar na Terra, com uma localização de GPS e tudo, e certamente eu poderia encontrar alguém com um celular que me deixasse ligar para o telefone da comuna e falar com mamãe.

Seria uma coisa absolutamente estúpida de se fazer, porque eu não teria me *graduado* — nós não passamos pela porta para entrar, já que, se você transformasse as portas físicas em um único ponto de entrada, todos os males do mundo eventualmente se aglomerariam ao redor, e nenhum calouro conseguiria sobreviver à batalha por tempo o suficiente para entrar. Meu vago entendimento sobre o feitiço de admissão é que somos "emprestados" para cá com o mesmo feitiço que os enclaves usam para emprestar espaço do mundo real, e quando passamos pelos portões o que acontece é que estamos sendo pagos de volta com juros, através de um portal que nos manda para o lugar exato de onde fomos tirados. Se eu passasse pelas portas do mundo real em vez de voltar pelo portal certo, eu meio que estaria saindo sem pagar minha dívida. Eu não fazia ideia de quais seriam as consequências, mas provavelmente seriam desagradáveis.

Só que eu *poderia* fazer isso. Era o oposto de todas as coisas que eram intolerantemente horríveis no ginásio. O outro lado das portas dava sem dúvidas para algum lugar desagradável, e provavelmente hostil e perigoso, para desencorajar tanto males quanto mundanos de se aproximarem; o cheiro que saía de lá era um fedor grosseiro de esgoto parado — uma localização inteiramente provável — e absolutamente nada disso importava porque seria *real*, seria *lá fora*, e eu queria tanto sair que me virei e corri de volta para o túnel de manutenção sem me permitir olhar para trás mais uma vez.

A subida *não* foi curta. Era mais como se eu estivesse pagando de volta a velocidade da descida. Só que Preciosa estava comigo, um calombo quente no meu ombro, ou subindo alguns degraus acima de mim, o pelo branco brilhante mesmo sob a luz fraca que eu havia conjurado na minha mão. Finalmente saí do túnel e fiquei deitada no chão da sala de seminário, com os braços e as pernas esticados para longe de mim, cansada demais para emitir mais do que grunhidos fracos. Ela ficou sentada no meu peito limpando os bigodes fastidiosamente, de guarda, se é que isso era necessário. A *escola* obviamente estava cuidando bastante de mim. Só havia me enviado o nível correto de males para me fazer engolir o caroço indigesto do meu orgulho e aceitar o mana de Chloe. Se *não* tivesse me perseguido, Aadhya, Liu e eu teríamos passado o ano dando tão duro para gerar uma quantidade suficiente de mana que eu certamente não teria tempo ou energia — e muito menos mana — para imaginar salvar todo o *resto*. E ninguém teria me escutado mesmo se tivesse.

Encarei o teto acima de mim conforme processava esse pensamento. Com esforço, ergui o braço ainda pesado com o compartilhador de mana na frente dos olhos. Agora eu estava tão acostumada com aquilo que nem sequer pensava no assunto. Só que eu estava tirando oceanos de mana a cada treino, mesmo com os níveis descontados do ginásio. Magnus e os outros alunos de Nova York provavelmente haviam encurralado os outros enclaves a certa altura e exigiram que eles compartilhassem do fardo — deixando implícito que eu os expulsaria dos treinos se não fizessem isso.

Ninguém teria me escutado se eu tivesse ido até eles com um plano louco para todos nós sairmos juntos. A escola tinha os *obrigado* a escutar, tinha os *obrigado* a vir até mim, ao nos dar um treino implacável atrás do outro. Havia forçado todos a me darem aqueles oceanos de mana, a colocar suas vidas nas minhas mãos. Nenhum deles queria fazer isso. Então, no momento em que eu dissesse que não havia nada lá embaixo, que todos poderíamos simplesmente passar pelas portas sem mais nem menos...

— Manhêêêê — grunhi, fraca, como se ela estivesse lá para podermos discutir violentamente; mas ela estava só dentro da minha cabeça, olhando para mim com aquela preocupação desesperada retorcendo o rosto.

Fique longe de Orion Lake. Era *isso* que ela havia visto? Será que ela havia visto algum lampejo do que significaria colocar Orion e eu juntos no mesmo ano, e o que eu teria de fazer para compensar isso? Porque é claro que eu não conseguiria fazer nada se todos pegasse o mana de volta. Mas, se eu tomasse o mana com uma mentira, ele não teria sido dado de bom grado, afinal.

O que não me machucaria de nenhum jeito óbvio, não da mesma forma que maleficentes autênticos ficam feridos. Se o esquema de esfolação de calouros de Prasong tivesse funcionado, sua aura teria ficado tão retalhada que ele provavelmente não conseguiria gerar mana sozinho de novo mesmo que passasse o resto da vida tentando se purificar e se redimir. Isso não aconteceria comigo; eu nem ficaria com as unhas pretas e aquela nuvem leve de inquietude, como Liu havia ficado como punição por ter sacrificado alguns ratinhos indefesos para conseguir sobreviver. Maleficentes sofriam esse tipo de dano porque estavam arrancando mana de alguma coisa que ativamente resistia, lutava. É essa resistência que se transforma em malia. Mas se você conseguisse que alguém te *entregasse* o mana, você não se machucava. Podia enganar alguém, pressionar, mentir, o que quisesse. Isso não te causaria danos de uma forma que alguém um dia veria.

E é por isso que os enclavistas o faziam. E depois fingiam que não era malia, mas era sim. Há uma diferença grande entre roubar um pouco de mana de alguém que não precisava dele com urgência e se transformar em um vampiro assassino faminto que jamais poderia fazer algo decente novamente, mas a estrada é a mesma. Mamãe me ensinou isso, passou a vida toda me ensinando, e demorou um tempo, mas eu aprendi a lição.

Eu sabia o que ela diria sobre a ideia de fazer isso pelo *bem maior*, ainda mais quando se tratava do bem maior de gerações futuras. Eu só estava viva porque ela nunca faria esse acordo. Disseram a ela na cara que eu seria uma escória monstruosa assassina, e essas pessoas nunca haviam mentido para ela; mas ela se recusou a me entregar porque não *acreditava* nelas. Ela sequer havia recusado porque me amava: se essa fosse a única razão, ela teria me levado para morar em um enclave quando eu tinha nove anos e os males começaram a me perseguir, quase cinco anos antes do previsto. Ela também não fez isso. Ela só recusou porque não daria o primeiro passo em falso.

Então talvez fosse isso que ela havia visto. Eu, em frente a uma linda estrada feita de ouro que Orion havia construído para mim com todas as melhores intenções do mundo. Ele mesmo sem nunca ter feito nada de errado. Mas se eu desse o primeiro passo em falso, quem sabe o quão longe eu iria? Ninguém poderia me impedir de percorrê-la em velocidade máxima assim que eu começasse.

Eu me sentei lentamente. Preciosa subiu nos meus joelhos quando me dobrei, depois estremeceu o nariz para mim, ansiosa.

— Bom — falei para ela —, vamos lá ver.

Eu a coloquei no copinho e me arrastei para a biblioteca. Metade da sala de leitura havia se transformado em uma sala de guerra. Todos do nosso comitê de planejamento semioficial estavam lá: o almoço havia acabado, Liu e Zixuan estavam explicando os efeitos melhorados do alaúde, diante de rostos felizes e satisfeitos — e incrivelmente aliviados — por toda a parte. Orion estava cochilando num sofá com a boca aberta, um braço jogado para fora.

— El! — exclamou Aadhya assim que entrei. — Você perdeu o almoço. Tá tudo bem?

Liesel não esperou que eu respondesse, só me lançou um olhar exasperado, como se dissesse "você tava vadiando, né", e me disse, séria:

— Estamos com mais trabalho pra fazer agora, não menos — falou ela, severa. — Ainda não sabemos o alcance do alaúde. Talvez seja capaz de amplificar o mana de todo o mundo, mas para descobrir precisamos tentar fazer um treino com todos mais cedo do que pensávamos.

— Não — falei. — A gente não precisa fazer mais treinos.

Todo o mundo parou e me encarou — a maioria com terror absoluto estampado no rosto. Suponho que pensaram que ahá, era a hora de puxar a cortina e revelar o monstro ou algo assim. Uma menina do enclave de Mumbai, que eu suspeitava ter se juntado ao comitê de planejamento para ficar de olho em mim, até começou a fazer um feitiço de barreira.

— Não é isso — falei para ela, enfurecida, e deixei que a minha irritação me ajudasse a falar o resto. — Eu acabei de descer no salão de graduação. Não tem nada lá.

Ela parou com as mãos erguidas no ar. Todos os outros me encararam boquiabertos, em confusão total. Acho que eles teriam se sentido mais seguros se eu tivesse soltado uma gargalhada maligna e dito para começarem a implorar por suas vidas.

— Então são só Paciência e Fortitude...? — disse Aadhya, hesitante.

— Não — respondi. — Também se foram. Não tem nada mesmo. O lugar inteiro está vazio.

— O quê? — Orion havia se sentado e estava me encarando. Ele parecia aflito de verdade, o que era um pouco demais, e todos olharam para ele de soslaio. Então absorveram a ideia em suas próprias cabeças, pensando no que isso significaria, se literalmente não tivesse *nada...*

— Tem certeza? — questionou Liesel, decisiva. — Como é que você desceu lá? O quão perto você...

— Eu chutei a droga da porta, Liesel. Tenho certeza. Quem não estiver a fim de confiar em mim pode descer lá, pelo preço de uma subida de escada — falei. — O túnel fica na minha sala de seminário, do outro lado da parede norte da oficina. A escola só abriu o local e me mandou lá pra ver.

Essa declaração recebeu variações de um "quê?" dito por aproximadamente trinta bocas diferentes; então Chloe disse:

— A escola te *mandou*? Mas por que... tá fazendo percursos tão difíceis, tá fazendo a gente organizar tudo isso...

Um rugido de vento repentino passou pela sala, os murmúrios usuais dos ventiladores ficando tão altos quanto motores de avião, e as plantas baixas que estavam na mesa — a mesa central grande, a maior na sala de leitura — voaram por todas as direções, junto com os planos e as estratégias em uma tempestade gigantesca de papel, para expor as letras prateadas esculpidas naquela velha mesa de madeira: PARA OFERECER SANTUÁRIO E PROTEÇÃO PARA TODAS AS CRIANÇAS FAVORECIDAS DO MUNDO. Na mesma hora, as luzes da sala de leitura se apagaram e apenas as quatro lâmpadas angulosas ficaram acesas, virando-se para iluminar as letras com feixes grandes que as faziam brilhar como se estivessem iluminadas por dentro.

Todos ficaram em silêncio, encarando a mensagem que a escola havia me dado, havia dado a todos nós.

— Ela quer fazer um trabalho melhor — falei. — Quer que a gente ajude. E, antes que me perguntem, eu não sei como. Não sei se a *escola* sabe como. Mas eu vou tentar.

Eu me virei para Aadhya. Ela estava me encarando, ainda estupefata, mas devolvi o olhar.

— Me ajuda, por favor — falei.

Ela soltou uma risada que era metade suspiro e metade bufada.

— Caramba, El — respondeu ela. Então se afundou na cadeira, como se os joelhos tivessem falhado.

Capítulo 13
MARTÍRIO

ACHO QUE NINGUÉM TINHA muita certeza do que fazer. Todos passamos a maior parte dos quatro anos treinando o máximo que podíamos para sermos desumanamente egoístas de um modo que só tolerávamos porque estávamos sempre temendo por nossas vidas — senão nos cinco minutos seguintes, então no mais tardar no dia da graduação —, e você podia dizer a si mesmo que todos estava fazendo a mesma coisa e que não havia outra escolha. A própria Scholomance encorajava esse pensamento. A estratégia "cada um por si" funcionava bem o suficiente para fazer vinte e cinco por cento dos alunos atravessar a horda infinita: suponho que até agora tenha sido a melhor opção da escola. E sim, *agora* ela claramente queria que nós colaborássemos em vez disso, mas um edifício grande pode não entender que os seres humanos têm um pouco mais de dificuldade em mudar de ideia. Eu não ficaria surpresa se todos os enclavistas repentinamente resolvessem pular do barco. Na verdade, eu esperava que metade da biblioteca se esvaziasse dois minutos após a minha declaração, com ou sem gestos teatrais.

— Eu poderia voltar? — disse Orion. — Sempre que o salão precisasse ser limpo de novo?

Ele nem sequer se deu ao trabalho de fazer aquilo soar como um verdadeiro martírio, só jogou a ideia lá como se fosse uma opção perfeitamente razoável para todos nós considerarmos. Eu olhei feio para ele, mas isso teve o efeito de fazer várias pessoas se remexerem nos lugares, desconfortáveis.

— É — disse Aadhya. — Olha, Orion, todos sabem que você é praticamente invencível, mas isso não é a mesma coisa que totalmente invencível. Se você ficar passando pelos portões, mais cedo ou mais tarde algum male vai dar sorte.

— Até agora nenhum deu — disse ele, perfeitamente sincero.

— *Onze vezes*, Lake — falei entretendes. — *Só este ano.*

— Eu teria acabado com eles! — disse Orion.

Nós dois estávamos prontos para levar essa discussão adiante, mas Liesel nos impediu.

— Não seja idiota — disse ela, bem alto. — E nos devolva uma luz decente. — Isso foi direcionado à sala em si, e as lâmpadas da biblioteca instantaneamente voltaram ao normal, como se tivessem tanto medo das ordens dela quanto todos nós. — Nós *precisamos* ajudar. Vocês não entendem? — Ela bateu nas letras da mesa. — O propósito desta escola é proteger crianças bruxas. Mas se *nós* não estamos em perigo, não precisamos de proteção. Isso obviamente cria um fluxo taumatúrgico na direção de proteger os *outros* alunos.

Eu sentia que "obviamente" era uma palavra forte e injustificável nesse contexto — assim como, suspeito eu, os outros três quartos das pessoas na sala —, mas Liesel não parava por tempo o suficiente para que pudessem fazer perguntas.

— Se a gente não ajudar a escola na tarefa de ajudar os alunos mais novos, então esse fluxo vai criar um incentivo pra escola trocar nossa segurança extrema pra melhorar a deles. Por exemplo — ela acrescentou, incisivamente, em resposta às expressões vazias que a encaravam —, pode começar a nos trancar pra fora do refeitório. Ou desligar os encanamentos dos nossos banheiros. Ou, se outra calamidade entrar na escola, abrir as barreiras e direcionar ela pros *nossos* dormitórios.

Todos já havíamos entendido àquela altura. Não sei se era melhor que todo o resto fosse forçado a ajudar pela escola em vez de por uma mentira minha, mas não podia deixar de ficar grata por todos terem uma boa razão para fazer isso. Ao menos não parecia tão errado quanto mentir para obrigá-los a ajudar. Era justo, tão justo quanto qualquer outro acordo tenebroso na Scholomance: se no começo do ano tivessem nos oferecido o acordo de que poderíamos sair do salão de graduação ilesos pelo preço de ficarmos famintos e imundos por três meses, comendo nada a não ser o que podíamos implorar dos outros alunos, teríamos aceitado de imediato. Dava para engordar de novo assim que estivéssemos em casa, seguros.

— Ok, então... — disse Aadhya após um instante. — Isso tudo aconteceu porque o maquinário de limpeza funcionou. Então a gente só precisa encontrar um jeito para que continue funcionado, para sempre.

Isso parecia promissor. Então Alfie murmurou, bem baixinho:

— Ah, droga. Não tem como. O maquinário de limpeza não pode ser preservado. Dá pra consertar, mas não dá pra manter funcionando. Quatro anos é o máximo que conseguimos. Até lá os aglos conseguirão entrar.

— Os *aglos*? — disse Aadhya.

Todos nós pensamos nos aglos mais como presentinhos do que maleficências. Tecnicamente, eles ainda precisam de mana e não conseguem gerá-lo sozinhos, mas nunca machucam ninguém. Eles só rastejam por aí muito lentamente e coletam qualquer pedaço de criações imbuídas de mana que foram largadas, depois as grudam nas carapaças externas, como caramujos gigantes. Todos ficaríamos gratos por encontrar um adulto que esteve acumulando pedaços de artifício e produtos alquímicos por cerca de uma década. É por isso que *nunca* encontramos aglos nas salas de aula, exceto os que ainda são larvas. Mas há colônias de adultos no salão de graduação, como o grupo que eu havia visto. Eles se escondem até a graduação acabar e, depois de todos os outros males estarem bem alimentados e roncando, eles coletam todos os pedacinhos que foram derrubados pelos estudantes que não conseguiram sair.

Alfie passou uma mão pelo rosto.

— Eles passam pela camada externa e mastigam o maquinário até ele quebrar.

— Isso não faz sentido — disse Aadhya. Ela não era nem de longe a única artífice que parecia abismada. — Por que você não conjura um feitiço de cinco minutos? São só aglos!

— É *por isso* que não dá pra fazer um feitiço que mantenha eles afastados — respondeu Alfie. — A chama mortal é... bem, discutivelmente, uma *entidade*, e uma que consome mana que não produz sozinha. Se quiser conjurar uma chama mortal e *enviar* ela pra outro lugar, não pode proteger o artifício que tá gerando as chamas contra criaturas que consomem mana. É preciso proteger de coisas mal-intencionadas, o que não é o caso dos aglos. Eles nunca tiram mana por resistência, só mastigam a coisa que tá lá perto deles, e mais cedo ou mais tarde fazem um buraco nela e então se esgueiram pra dentro e a consomem até que a coisa toda desmorone. O enclave de Londres tem um laboratório com uma fazenda de aglos que tá procurando uma forma de manter eles afastados faz mais de um século. Se a gente conseguisse, valeria a pena fazer isso, gastar qualquer quantidade de mana, pra deixar que outro time entre e faça uma manutenção de verdade. Mas não conseguimos encontrar nada que funcione por mais tempo do que embrulhar a porcaria toda com papel alumínio, porque os aglos gostam tanto disso que vão comer todo o papel antes de se darem ao *trabalho* de entrar no artifício. E isso nos daria quatro anos.

Todos ficamos parados em silêncio por algum tempo depois de ele ter terminado. A limpeza estava tão aferroada em nossas mentes como a coisa óbvia a ser consertada que, mesmo depois da explicação de Alfie, ao menos meia dúzia de pessoas abriu a boca para sugerir algum outro jeito de fazer isso, mas nenhum deles conseguiu chegar mais longe do que "e se..." antes de perceber que qualquer ideia esperta que tivessem já havia sido tentada ao menos uma vez nos últimos cem anos pelas mentes mais brilhantes em Londres.

— E se a gente só consertar todos os anos a partir de agora? — disse um dos conhecidos de Aadhya, de Atlanta, enfim o primeiro a conseguir passar daquelas primeiras palavras. — Um time poderia descer lá depois do Ano-Novo, quando o salão estiver limpo, e... — ele continuou, mais entusiasmado —, poderíamos fazer o mesmo acordo que ano passado. Qualquer um que se voluntariar pro conserto fica com uma vaga no enclave de sua escolha. Certo? As pessoas aceitariam isso.

Ele estava absolutamente certo; alguns alunos desesperados *iriam* aceitar, ano após ano; algumas perdas aconteceriam, mas o maquinário continuaria em ordem, até que enfim um grupo desceria apenas para descobrir que, surpresa! O maquinário havia quebrado novamente antes que pudessem consertá-lo, e haveria uma multidão de maleficências famintas esperando por eles. Eu estava prestes a dar um uivo de protesto, mas Alfie já estava sacudindo a cabeça, exasperado.

— Já pensaram nisso. Colocar guardas, mandar times de manutenção todos os meses, tudo isso. E isso daria um jeito nos aglos, mas não dá pra pagar ninguém o bastante para fazer isso, porque uma nova calamidade *entrará* na escola, muito em breve. Há um rastro nas portas. Normalmente uma ou duas conseguem todos os anos; são como vazamentos, e esses são sempre mais difíceis de impedir. E vão se instalar no saguão. Paciência e Fortitude estavam nos protegendo, na verdade. Elas comiam as calamidades mais novas.

Todos os rostos se retorceram em máscaras de terror generalizado. Estremeci por dentro e tentei me convencer de que não faltava muito tempo até a graduação, e certamente não haveria uma nova calamidade assim *tão* cedo.

— E se a gente criasse males para comer os aglos? — disse um rapaz inteligente, não consegui ver quem. Acho que ele se escondeu atrás de outra pessoa assim que percebeu o que havia sugerido, e todos se viraram na direção dele.

Criar maleficências é um passatempo muito popular *entre maleficentes*, porque acaba sempre do mesmo jeito, variando apenas na quantidade de gritos e sangue. Tentar fazer isso com boas intenções no geral torna os resultados piores em vez de melhores.

— Poderíamos fazer um construto para isso — sugeriu outra pessoa. Isso também não funcionaria, já que os outros males que entrassem adorariam comer os construtos devoradores de aglos, mas ao menos essa opção apresentava uma probabilidade menor de criar algum tipo de monstruosidade tenebrosa que perambularia pela escola devorando alunos para sempre.

Só que, mais importante, era *outra sugestão*, e a multidão na sala de leitura estava se dividindo em grupos menores em seus idiomas de preferência e começando a argumentar e discutir, a ter ideias. Tentando *ajudar*. Não me importava que todas as ideias fossem inúteis, a gente tinha literalmente acabado de começar a pensar nelas.

Aadhya se aproximou de mim e colocou os braços ao redor da minha cintura.

— Nossa, ela pode *aprender* — disse ela baixinho, com uma provocação na voz que estremeceu um pouco. Quando olhei para ela, seus olhos estavam brilhantes e úmidos; coloquei os braços ao redor dos ombros dela e a abracei.

Eu de fato comecei a me incomodar com as ideias inúteis depois de uma semana inteira passar sem nem uma útil aparecer. Havíamos alistado a escola inteira nesse projeto de angariação de ideias, mas tantas pessoas iam até a sala de leitura para sugerir que alguém descesse para consertar o maquinário em um dia arbitrário a cada ano que na terça-feira estávamos todos gritando "*Calamidade!*" antes de conseguirem passar da metade da primeira fase. Todas essas pessoas inteligentes eram enclavistas, aliás.

Um aluno do segundo ano apareceu para propor que ficássemos mais um ano para proteger os outros alunos. Ele chamou essa ideia de *retribuir o favor*, e isso conseguiu a novidade de fazer literalmente todos os veteranos na sala estremecerem, abafando violentamente seus "enfia essa ideia você sabe onde" antes mesmo de Liesel se pronunciar, exasperada:

— E onde vamos *dormir* durante esse ano? O que vamos comer?

Ele então alterou a ideia e sugeriu que deveríamos voltar a tempo da graduação do ano seguinte. Isso sequer merecia uma resposta além de um olhar vazio: ninguém se voluntariaria para voltar para a Scholomance, e ninguém jamais fará isso. Com a ressalva da única exceção incrivelmente estúpida, que não contava.

Para dar uma variada, uma caloura pálida de aparência maltrapilha inventou a ideia de que todos os alunos deveriam se graduar conosco em vez disso. Eu acho que ela só não conseguia mais aguentar a escola e queria voltar para o colo da mãe, e isso era mais do que justo, exceto que seu plano não a protegeria e nem a ajudaria de forma alguma. Ela simplesmente seria comida dentro de alguns meses por algum male lá fora, como noventa e cinco por cento das crianças bruxas que não são sortudas o bastante para entrar na escola. Nós meio que oferecemos um tapinha reconfortante em suas costas e a mandamos embora, e essa foi a quantidade de tempo que dedicamos à sua sugestão.

No entanto, naquela tarde, quando eu estava saindo do refeitório depois do almoço, eu a vi em pé e sozinha, de ombros curvados na fila dos calouros, e por impulso parei ao lado de Sudarat, que estava sozinha na fila só um pouco mais atrás.

— Vem comigo — falei. — Tem uma pessoa guardando um lugar pra você.

Ela me seguiu, incerta, e eu a levei até a outra menina: ela era estadunidense, mas independente, e eu tinha uma leve impressão de que ela era do Kansas, ou um daqueles outros estados dos quais nunca falam nos canais de notícia, muito longe de qualquer enclave. A questão principal era que ela não tinha sequer um motivo para se importar com o que havia ou não acontecido em Bangkok.

— Certo, qual é o seu nome? — perguntei.

— Leigh? — respondeu a garota, cautelosa, como se não quisesse se comprometer.

— Ótimo. Essa é a Sudarat. Ela veio de Bangkok, antes de acontecer aquela bagunça. Você é a Leigh, e está tão triste neste lugar que prefere trocar suas chances aqui pelas chances lá fora. Então pronto, aí estão as apresentações — falei, já deixando as piores partes bem claro para ambas. — Vejam se conseguem aguentar se sentar juntas. É melhor ter companhia no horário das refeições.

Fui embora e as deixei lá o mais rápido que pude, para ninguém mais, incluindo eu, pensar demais sobre o que diabos eu estava fazendo. Não acho que teria sido capaz de fazer isso, mesmo na semana anterior. Não me imaginava fazendo uma coisa dessas, não conseguia imaginar nenhuma delas me *permitindo* fazer isso: uma veterana juntando duas alunas mais novas, e para quê? Eu precisava de uma motivação e, se não tivesse uma óbvia, elas teriam inventado uma por mim, e mais provavelmente teriam ativamente evitado uma à outra depois.

Talvez ainda fossem fazer isso: Sudarat tinha mais razões do que a maioria para ser cautelosa, e eu não sabia nada sobre a menina do Kansas além de ela estar tão infeliz quanto eu já estivera, o que pode significar qualquer coisa. Talvez ela também fosse secretamente uma maleficente em estado germinal com um poder sombrio inimaginável, ou talvez ela só fosse uma pessoa instintivamente horrível que todos evitavam por bons motivos. Imediatamente pensei na adorável Philippa Wax, lá da comuna, que quase certamente não havia ficado mais legal só porque eu não estava lá, embora ela tenha deixado implícito que *ficaria*. Ou talvez Leigh do Kansas fosse só uma fracassada que era tímida e ruim em fazer amigos, e que não tinha nada a seu favor, então ninguém se deu ao trabalho de se aproximar. Ela não era uma maleficente de verdade, porque uma maleficente não estaria assim tão desesperada para ir embora.

Enfim, Sudarat podia decidir sozinha se valia a pena aguentar a companhia. Ao menos era *alguém*, alguém que não suspeitaria dela, ou mesmo hesitaria em ser sua amiga porque as *outras* pessoas suspeitavam dela. E eu podia me imaginar tentando ajudá-la, e ajudar a outra garota de brinde, porque agora isso era uma coisa que podia acontecer na Scholomance.

Presumindo que elas de fato se sentassem juntas durante ao menos uma refeição, esse também seria o exemplo de ajuda de maior sucesso naquela semana inteira, ao menos que eu saiba.

Houve mais inúmeras propostas encantadoras para criação de maleficências, algumas até elaboradas o bastante para incluir processos detalhados. Um aluno da linha alquímica teve a petulância de dizer a Liu que conseguiria fazer isso com *nossos ratinhos*: encantá-los e deixá-los vivendo para sempre nos canos da Scholomance para procriarem e comerem larvas de aglo. Liu não ficava brava com muita facilidade, mas naquela hora ela ficou brava, tanto que Preciosa me acordou de um cochilo e me mandou ir correndo até o quarto de Liu bem a tempo de colidir com o Sr. Maus Tratos aos Animais, que bateu em retirada com muito mais entusiasmo quando me viu do lado de fora da porta, Preciosa tremendo com o focinho e os bigodes de fora do copinho na cartucheira no meu torso.

As pessoas também vieram com ideias menos obviamente ruins, como planos de instalar algum tipo de grande sistema de armas no espaço oco embaixo do chão da oficina, que seria usado para atirar nos males do salão de graduação mais diretamente. O problema era que instalar qualquer coisa do lado de fora do salão de graduação requeria abrir as barreiras extremamente poderosas que mantêm os males *dentro* do salão de graduação e *fora* dos níveis de sala de aula.

Éramos um grupo razoavelmente deprimido quando nos reunimos na sala de leitura no sábado seguinte. A pista de obstáculos havia retornado ao modo extremamente entediante: em vez de ser impossível de sobreviver, de repente havia ficado tão fácil que até os calouros conseguiam percorrê-la, então agora *eles* estavam fazendo treinos em vez de nós. A escola *tinha* de fato começado a barrar veteranos do refeitório aleatoriamente, e o único jeito de conseguir entrar era dar alguma coisa útil para um dos alunos mais novos. Coisas pequenas, como meias extras ou lápis que funcionavam naquela semana, mas dava para ver que os avisos estavam lá, perfeitamente claros. Grotescamente, é claro que a maioria dos veteranos estava dando coisas para alunos *enclavistas*, em troca de nada mais do que uma promessa de que fariam uma recomendação para o conselho do enclave quando se graduassem.

— Todas as propostas ainda são sobre tentar consertar o maquinário — disse Yuyan, espalhando os papéis em cima da mesa. Ela havia se voluntariado para recebê-los, já que sabia ler muitos idiomas fluentemente e, diferente de Liesel, não traumatizava ninguém com seus comentários, então recebemos muito mais ideias depois que ela espalhou que todos deveriam levar as propostas para ela. — Acho que precisamos aceitar que a abordagem do maquinário de limpeza é simplesmente um fracasso. Precisamos de algo *diferente*.

— Tá, certo, estamos tentando — disse Aadhya, lúgubre. Eu sabia que ela havia passado a semana inteira na oficina com Zixuan e um bando dos outros melhores artífices do nosso ano, tentando encontrar soluções. — Experimentamos fazer um corredor até os portões, como um túnel de segurança. Mas... — Ela sacudiu a cabeça. Ela não precisava listar os problemas dessa estratégia: você estaria oferecendo um único alvo irresistível para todos os males presentes, e como decidiria quem iria primeiro? — Enfim, ainda assim parece óbvio demais. Os adultos teriam tentado algo desse tipo antes.

— Ei... olha essa ideia. E se de fato *todos* nos graduássemos? — disse Chloe. — E se levarmos todos os alunos mais novos conosco? Quando nos graduarmos e voltarmos para o ponto de admissão de

Nova York, a mãe de Orion vai estar lá. Ela pode conseguir que a diretoria de governadores cancele a admissão. Se fizermos isso, a escola vai de fato ficar limpa, porque nenhum male vai tentar entrar se ninguém estiver aqui dentro. Então em vez de só nós tentarmos encontrar uma solução, podemos ter todos os bruxos do mundo pensando em uma solução melhor.

Yuyan suspirou.

— Nós *pensamos* nisso, durante anos — disse ela, o que fazia sentido: se Xangai tivesse conseguido desenvolver uma solução melhor, *teria* valido a pena para eles construir a nova escola, e *todos* teriam se mudado para lá. Ela gesticulou para a cópia mais próxima do artigo do jornal, encostada em uma das pilhas. — Londres está pensando nisso há um século, e Nova York também. Nada que encontramos oferece chances melhores do que a Scholomance.

— Bom, tá, mas se não conseguirmos pensar em nada melhor, ao menos ninguém fica na pior — disse Chloe.

— Os alunos mais novos ficariam — disse Liu. — Eles estariam indefesos lá fora.

— Só por um tempo. Seria como tirar férias de verão. Todos juntos poderíamos ajudar a cuidar deles. E se no fim das contas não tiver conserto, ou demorar tempo demais, eles poderiam voltar — disse Chloe.

— *Você* voltaria? — disse Nkoyo, de uma forma tão afiada que eu senti no meu próprio âmago. — Voltaria pra cá? Depois de ter conseguido sair?

Chloe hesitou.

— Bom — disse ela, estremecendo. — Eles poderiam escolher...

Era apenas um protesto leve, que logo se esvaiu.

Liu estava sentada no sofá ao lado dela, e tocou o ombro contra o de Chloe, reconfortante.

— Em vez disso, a gente deveria mandar os males pra escola — falou ela.

Dez minutos antes do toque de recolher daquela noite, ela apareceu e bateu furiosamente à minha porta. Eu não sabia que era Liu, então pulei da cama e conjurei uma barreira enorme, fiquei de prontidão com um feitiço mortal e escancarei a porta, pronta para lutar. Precisei jogar os braços para os lados quando ela entrou com tudo e me agarrou pelos ombros, com alguns pedaços de papel com garranchos na mão. Primeiro ela disse algo em mandarim, rápido demais para eu acompanhar, porque estava muito empolgada, então ela falou:

— A gente deveria mandar os males pra escola em vez disso!

— Quê? — falei, e o último sino do toque de recolher tocou.

Ela deu um pulo.

— Te falo amanhã! — disse ela. Depois saiu correndo de volta para o quarto, me deixando acordada na cama por uma hora inteira tentando entender o que ela estava pensando.

Os papéis amassados que ela havia deixado comigo não ajudaram: dava para ver que era matemática, mas tudo havia sido escrito em algarismos chineses, em duas caligrafias diferentes, a dela e a de Yuyan, acredito; mesmo depois de arduamente traduzir tudo, só consegui adivinhar o assunto ao qual os números se referiam.

— O feitiço de pote de mel — disse ela na manhã seguinte, me encontrando no corredor entre meu quarto e o dela.

— Certo, isso eu entendi — respondi. Males entram na escola através dos portais de graduação de qualquer forma; se usarmos o feitiço do pode de mel, podemos atrair uma verdadeira horda para cá. Teoricamente, dezenas de milhares durante a meia hora da graduação, se os cálculos de Liu estivessem corretos e se eu tivesse entendido corretamente. — Mas e daí? Você tá pensando que, se a gente te encher o salão inteiro de males, eles vão… comer os aglos?

Esse era o melhor chute que eu havia conseguido elaborar em uma única noite, apesar do fato de que, se os males fossem comer aglos o bastante, eles já os teriam comido, mas Liu estava sacudindo a cabeça vigorosamente.

— Não o *salão* — disse ela. — A *escola*. A escola inteira. A gente vai embora e enche a escola de males.

Eu a encarei.

— E *depois* disso? Mandamos ela pro vazio ou algo assim?

— Sim! — exclamou ela.

— Hã, quê? — falei.

Eu poderia detalhar tudo o que aconteceu nas duas semanas seguintes, nas quais chegamos a cinco ou seis planos alternativos, todos descartados, e também cerca de dez começos falsos em que desenvolvemos os detalhes básicos de um, mas foi agonia o suficiente passar por isso uma vez, então não vou.

O problema principal era se a ideia de Liu de fato funcionaria para *proteger todas as crianças favorecidas do mundo*. A Scholomance não foi construída com base em uma paixão dedicada ao conceito da educação de internato. É só um cassino, construído para permitir que as chances estejam a nosso favor, porque sobreviver à puberdade é uma questão de sorte. Qualquer pai bruxo pode salvar seu filho de *um* male. Mas, quando os males vêm quinze vezes ao dia, mais cedo ou mais tarde um deles vai passar pelas barreiras, pelos feitiços e portões e vai saborear a guloseima gostosa que você estava escondendo deles.

É por isso que somos todos enfiados aqui em vez disso, atrás dos portões protegidos e alcançáveis apenas através dos estreitos canos cobertos por proteções, e por isso que passamos um bom tempo de nossos anos formativos numa prisão de pesadelos. Se conseguíssemos reduzir a população de maleficências o bastante para nos deixar com chances de sobreviver *fora* da escola tão boas quanto, ah, talvez de uma em sete, a maioria das pessoas não viria para a escola para ter a chance de uma em quatro. É horrível demais. E depois de Liesel ter pulado em cima da coitada da Liu e a arrastado até uma sala para checar os cálculos algumas milhões de vezes, as duas voltaram e anunciaram que tínhamos uma chance boa de conseguirmos reduzir as estatísticas para uma chance em *duas*, e achavam que o efeito duraria ao menos umas duas gerações. Isso fez com que essa fosse uma das poucas ideias na lista que não podia ser imediatamente riscada, ao contrário de, por exemplo, a sugestão daquela manhã — de criar uma revoada de abutres-piranha voadores com rabo de cobra que absolutamente teria devorado todos os aglos em dez minutos, e então subiria os túneis para começar a devorar o resto de nós.

O resto dos problemas do plano de Liu dizia respeito à logística. Depois de avaliar a planta baixa e os documentos de manutenção, nós entendemos que, quando você toca os portões, o portal de volta para a sua casa se abre naquele momento preciso e permanece aberto só por tempo o bastante para te devolver ao ponto de admissão, depois se fecha novamente em segundos — um esquema sensato, feito para manter males *longe*. Se quiséssemos atrair o maior número de males possível, todos teriam de se enfileirar e ir embora devagar: um fluxo contínuo de alunos saindo, um fluxo contínuo de males entrando, para que nós pudéssemos manter o feitiço de pote de mel funcionando durante toda a meia hora da graduação.

Perdão, para que *eu* pudesse manter o feitiço de pote de mel funcionando. Ninguém se deu ao trabalho de discutir quem exatamente conjuraria o feitiço com a intenção de invocar um exército massivo de maleficências. Bom, a carapuça me servia.

— Como é que a gente vai impedir que os males simplesmente devorem todos na fila? — perguntou Aadhya.

— Enquanto o feitiço estiver funcionando, acho que eles vão só continuar seguindo ele, acho — disse Liu.

— Então El precisa ficar num lugar bem longe de onde eles estiverem entrando, pra puxar eles mais pra dentro — disse Magnus. — Ela consegue conjurar o feitiço na biblioteca e fazer funcionar nos portões?

— Como que eu *saio* da biblioteca nesse caso? — questionei, direta.

Eu estava bastante consciente de que se a própria escola não se importava em ser jogada para o vazio— não havia feito nenhuma objeção até agora — certamente consideraria que *eu* também era descartável. Eu não podia me recusar a arriscar minha vida, mas não estava disposta a aceitar o martírio antes de sequer começarmos.

— Falando nisso, como é que você não vai ser extinta em cinco minutos? — perguntou Aadhya. — Se isso sequer funcionar, um bilhão de males irá diretamente até você.

— Por que eu não mato todos assim que forem entrando? — sugeriu Orion, sem nenhuma pontada de dúvida sobre sua habilidade de matar um bilhão de males.

— Cala a boca, Lake — retruquei, tendo *muitas* dúvidas sobre a habilidade dele de matar um bilhão de males.

Isso deixou a ideia de Liu como só uma de muitas possibilidades longínquas da nossa lista, mas Yuyan falou dela para Zixuan e, três dias depois, ele voltou à biblioteca com a solução para o problema de atrair males pela escola: um sistema de alto-falantes. A ideia é que faríamos centenas de pequenos alto-falantes — mágicos, não do tipo eletrônico — e os conectaríamos em uma linha, então faríamos essa linha dar uma volta gigantesca em toda a escola, que começaria e terminaria no salão de graduação, percorrendo todos os corredores e todas as escadarias de cada andar, com ramificações que se dividiriam entre todas as salas de aula e até a biblioteca, passando por todas as prateleiras infinitas, e então faria todo o caminho de volta até o salão. Eu ficaria em uma das pontas desse círculo, parada ao lado das portas, entoando o feitiço de pote de mel em um microfone, e ele seria ecoado por todo o sistema até chegar ao nosso último e maior alto-falante, bem na frente dos portões, transmitindo a canção para qualquer male que estivesse ao alcance de escuta dos portais.

O que faria os males *seguirem* essa linha e entrar na escola era um único adendo brilhante ao projeto: um encantamento para que você só ouvisse o som saindo do alto-falante que estivesse na sua *frente* e, assim que chegasse perto demais, começaria a ouvir o alto-falante seguinte em vez disso. Os males viriam porque ouviriam a canção sendo repercutida, e então a perseguiriam até o próximo alto-falante, depois o outro, percorrendo o caminho todo dentro da escola.

Isso certamente fazia parecer que o plano de Liu era organizado, até considerarmos que haveria mais de quatro mil alunos saindo dos portões, ao redor do mundo todo, com centenas deles indo diretamente para enclaves de cidades enormes que estavam rodeadas de maleficências famintas. Transmitir um feitiço de pote de mel de dentro da Scholomance — que já era o pote de mel mais tentador do mundo — seria entregar tudo de mão beijada. Se algum male *não* viesse, provavelmente seria porque havia sido esmagado ou devorado por outros males correndo para passar pelas portas repentinamente abertas, ou porque não conseguira chegar ao portal a tempo.

— Vamos atrair todos os males do mundo — disse Chloe, nervosa, e ela não estava errada. Era obviamente insanidade.

Entretanto, ainda assim a ideia não foi riscada da lista, porque só riscávamos ideias da lista quando estávamos certos de que não funcionariam, não só porque eram maluquice. Mesmo assim, a lista não era longa. A maior parte era riscada quando Alfie dizia "sim, já tentamos isso", muitas vezes sem nem levantar a cabeça do punho em que estava apoiada, ao lado de Liesel na ponta da mesa. Outras eram riscadas porque Yuyan ou Gaurav de Jaipur admitiam que os laboratórios de seus próprios enclaves já haviam feito tentativas.

Surpreendentemente, ninguém em nenhum enclave havia explorado a ideia brilhante de destruir a escola toda.

Mas, falando sério, era uma ideia que não *poderiam* ter imaginado, porque essa ideia precisava de um detalhe: eu. Você poderia conjurar um feitiço de pote de mel com um círculo de doze bruxos, ou trinta se quisesse mantê-lo funcionando por meia hora, e então precisaria arrumar *outros* trinta bruxos diferentes para fazer um feitiço que arrancasse a escola do mundo, mas certamente não poderia tirar todos de lá a tempo. No caso, eu gritaria a última sílaba do que no fim das contas seria o meu feitiço surpreendentemente útil de supervulcão *enquanto* pulava pelo portal, ou seria levada para o vazio junto com a escola. Faz parte. Se isso acontecesse, com sorte o acúmulo de males me comeria antes de eu ter a oportunidade de vivenciar o terror existencial completo de ser inteiramente desligada da realidade.

E não, eu não estava me sentindo nem um pouco tranquila com essa ideia.

Mas não havíamos encontrado nenhuma melhor, fora a solução de Chloe de só sair correndo e jogar o problema no colo dos adultos. Todos gostávamos bastante dessa solução: o único problema é que não nos dava nenhum trabalho, e enquanto isso a Scholomance estava impacientemente batendo o pé, metaforicamente falando. Durante a semana seguinte, Zixuan começou a remexer na oficina e construir os alto-falantes, e os outros artífices veteranos começaram a pedir para ajudá-lo, porque qualquer um que *não* estivesse ajudando de alguma forma começava a ficar sem as luzes do quarto, que já eram ruins, ou ter a água do banheiro desligada assim que passasse pela porta, ou a ficar trancado para fora do refeitório ou da oficina.

A escola só foi ficando mais malvada depois disso. Não parecia haver mais males grandes e perigosos por perto — se houvesse, Orion sem dúvidas estava matando antes que qualquer pessoa pudesse vê-los de relance —, mas estávamos todos sacudindo lombrirratos e cribas dos lençóis e precisando conjurar feitiços de purificação todas as noites para não acordar com infestações de malvas nos dutos lacrimais; certa manhã, quando chegamos ao refeitório, a comida se resumia a tinas cheias daquele mingau ralo e nutritivo até o último veterano se servir.

Preciso dizer que não faço ideia de como qualquer pessoa sobreviveu tempo o bastante comendo aquilo para se graduar. Todos nós acabamos comendo coisas absurdas: cafés da manhã ingleses completos, waffles cobertos de frutinhas com chantili, shakshukas com montanhas lindas de tomates frescos e pepinos. Aadhya comeu uma invenção ótima de sua avó, panquecas finas recheadas de purê de cholar dal e cobertas de merengue torrado. Já que vai gastar uma quantidade extremamente cara de mana para transmutar uma refeição, é melhor que transmute a refeição em algo que de fato goste. Mas todos nós havíamos gastado a quantia equivalente a uma semana de mana para fazer isso.

Depois do café da manhã, todos os veteranos estavam praticamente implorando para *fazer alguma coisa*. Já que não tínhamos nada melhor para oferecer, todos começaram a pegar pedaços do plano de Liu, porque era o único que estava avançado o suficiente para trabalharmos, e ele começou a se movimentar abruptamente como um avião semiconstruído que as pessoas estavam literalmente segurando e carregando no ar enquanto as outras ainda estavam fixando as rodas, asas e os assentos, tentando fazer o câmbio e os motores funcionarem, com outras pessoas correndo atrás dele carregando as bagagens.

Os artífices e os times de reparação começaram a desenvolver os cabos dos alto-falantes e espalhá-los por toda a escola, ao mesmo tempo em que construíam os alto-falantes em si — Zixuan havia conseguido fazer um protótipo funcionar bem a tempo; de outra forma, teriam roubado os esboços de qualidade duvidosa e construído dezenas dos errados. Nós até recebemos o primeiro sinal positivo de que a escola estava apoiando nosso plano de demolição, porque, depois de uma briga na oficina por causa da última bobina de arame, um dos painéis de metal do teto caiu dolorosamente na cabeça dos participantes, como uma mensagem bastante clara.

Depois disso, todo o pessoal da linha de manutenção começou a arrancar os painéis menos importantes espalhados pela escola e entregá-los para os artífices na oficina, que os destruíram para fazer os cabos dos alto-falantes e criar novas bobinas, entregando tudo de volta. Os alquimistas começaram a preparar a verdadeira isca do pote de mel — os veteranos, inesperadamente, estavam dispostos a doar sangue para esse projeto já que, bizarramente, uma seringa cheia de 10 ml era o preço para conseguir todas as refeições do dia —, com a ideia de que a espalharíamos nos dormitórios para afastar alguns dos males de onde o feitiço causaria um fluxo de maior lotação. Outros veteranos começaram a arrastar os alunos mais novos para o ginásio em intervalos regulares, fazendo-os fingir que estavam fazendo filas nas portas, para decifrar o ritmo ideal.

Liu, Aadhya e eu não precisamos procurar muito por trabalho: passávamos as manhãs na biblioteca, tentando achar uma alternativa melhor, e as tardes na oficina com Zixuan, modificando o alaúde, os alto-falantes e o microfone — ele estava construindo essa parte crucial pessoalmente — para funcionarem melhor com o feitiço de pote de mel. Yuyan migrou para essa tarefa conosco. Ela também era musicista e havia se oferecido para ser a reserva de Liu no alaúde, caso alguma coisa a impedisse de tocar; as duas estavam praticando a canção-feitiço juntas quase todas as noites. Ninguém ficaria de reserva para mim.

As fornalhas estavam a todo vapor enquanto todos os outros artífices tentavam freneticamente fazer *alguma coisa*, então era um trabalho quente e tedioso; todos os dias minha voz ficava rouca e falhando ao chegar a hora do jantar. Como consolo, era bem divertido ficar levantando as sobrancelhas para Liu, que ficava vermelha, sem jeito: Zixuan estava claramente determinado naquele fronte, junto de seu trabalho de engenharia. Ele havia encontrado tempo durante o processo para fazer para Liu um conjunto de gaiolas de metal protetoras no formato de ovo para os ratos, que ficariam ao redor dos copos na cartucheira no dia de graduação, com um pequeno feitiço de extensão no topo que poderia ser conectado aos nossos feitiços de barreira.

Chloe começou a passar as tardes preparando xaropes de garganta para mim e uma pomada para os dedos de Liu e Yuyan, além de convidar outros alquimistas para se juntar a ela. Ela acabou com mais ajuda do que aquele trabalho exigia, então escolheu os melhores entre eles e começou a desenvolver uma segunda receita, feita especificamente para aprimorar o feitiço de pote de mel, uma coisa que eu nem sabia que dava para fazer com alquimia.

Alguns dias depois, ela me deu o primeiro pequeno gole para experimentar. O feitiço de pote de mel *estava* fazendo um trabalho maravilhoso para conjurar males que ainda eram larvas, aliás; caso você esteja se perguntando o que fizemos a respeito disso, a resposta é que, durante aquela primeira semana, nós o conjuramos de dentro de um círculo de chamas mortais. Eu conjurei, enquanto suava feito um porco. No entanto, felizmente pudemos parar de fazer isso depois de uma semana, porque os enxames pararam de vir. Quando Chloe me deu a amostra, nós tínhamos quase certeza de que havíamos limpado completamente os ambientes da oficina de todos os últimos males vivos.

E nós tínhamos, exceto que um iske aparentemente havia depositado uma ninhada de ovos nas fornalhas da oficina há algum tempo. Só deveriam chocar depois de uma década, mas, depois que bebi a poção de Chloe, a música aprimorada conseguiu persuadi-los a sair dos ovos de qualquer forma. Os exoesqueletos ainda não haviam endurecido, então eram só pedaços molengas de metal derretido que se contorciam lentamente, nenhuma ameaça eminente; porém, ao saírem da fornalha, caíram no chão, derretendo tudo, e sumiram dentro do vazio. Quando finalmente conseguimos acabar com o resto deles, o chão da oficina parecia uma daquelas latas de alumínio que alguém havia enchido de buracos de bala para ser usado na decoração. Passamos o resto do dia o reparando, com muito cuidado.

Ao fim de maio, estávamos adiantados o bastante com todas as partes do projeto que, quando Liesel nos conduziu até a biblioteca para revisar todos os vários riscos do plano, o único grande problema da estratégia de Liu era como fazer a horda de males subir do salão de graduação para os andares principais da escola.

O que era um problema e tanto, considerando que a escola fora planejada desde o princípio para tornar essa jornada o mais difícil possível para todos os males. A tubulação de manutenção seria apertada para uma horda inteira, embora um jovem argonete tenha conseguido se esgueirar até lá em cima ano passado; pior, e quando os primeiros males fizessem todo o circuito através da escola e então tentassem *descer* pela tubulação de manutenção? Assim que um engarrafamento se formasse, uma massa deles se juntaria no salão e, por fim, acabaria comendo todos nós no final.

Ninguém tinha boas ideias, mas buscamos as grandes plantas baixas oficiais da escola e as abrimos na mesa para encontrar a solução. Descobrimos, para nossa confusão, que havia dois fossos enormes na planta, bem ali de lados opostos do salão de graduação, cada um deles largo o bastante para sete argonetes subirem e descerem do outro lado se quisessem.

Posso garantir que nunca, absolutamente nunca, houve dois fossos enormes nas plantas antes, ou, para constar, na escola inteira.

Mas, quando pegamos outra planta baixa de uma das paredes, os fossos também estavam lá; depois que conseguimos uma terceira e os fossos continuavam lá, um dos alunos da linha de reparação disse, de repente:

— Há pedaços de maquinário que não estavam aqui quando a escola foi construída, mas são grandes demais para terem vindo pela tubulação de manutenção. A escola deve ter fossos maiores que só se abrem para instalações grandes.

Chloe se endireitou na cadeira.

— Espera, isso é verdade, eu me lembro! Quando o novo equipamento do refeitório estava pronto pra ser instalado, Nova York construiu, tipo, uns cem golens para entregar tudo. Os golens abriram o portão pelo lado de fora, encheram todo o salão com chamas mortais de um lança-chamas e então marcharam pra dentro com o equipamento novo. Eles colocaram tudo em um fosso e fecharam antes de serem destruídos. E os alunos que estavam aqui instalaram.

Não perguntei quantos desses alunos haviam sido mortos pela pequena horda de males que certamente teria subido as escadas no tempo que levou para uma gangue de golens carregar o equipamento até o fosso. Os golens de Nova York realmente têm uma reputação de serem mais rápidos que o normal, mas isso significa que eles podiam marchar pelo salão de graduação em seis minutos em vez de vinte. Não perguntei se *todos* os alunos na escola haviam sido avisados para esperar o fluxo repentino de males. Tenho certeza de que não teriam contado a Chloe essas partes da história. Não assustariam uma garota boazinha e simpática com esse tipo de informação.

Não perguntei, só fiquei pensando nisso, enfurecida, enquanto descia toda a escada de volta para o andar das oficinas com um punhado de voluntários — pessoas que eu não conhecia muito bem e que só estavam perambulando pela biblioteca à procura de algo para fazer porque estavam ansiosas para conseguir entrar no refeitório e jantar — para confirmar que sim, aqueles fossos prestativos de fato existiam: um terminava na oficina e o outro no ginásio, e os dois estavam bem abertos. Pareciam mais impressionantes ao vivi do que na planta. É difícil lembrar como esse lugar é *grande pra cacete* até ficar à beira de um fosso, tão grande que comportaria um jatinho sem problemas, um abismo de oitocentos metros. Um exército inteiro de males conseguiria subir por aqui sem problemas.

— Suponho que *você* não tenha pensado em fechar esses fossos até os enclavistas se darem ao trabalho de avisar todo o mundo? — reclamei para as plantas emolduradas mais próximas. Os fossos estavam agora aparecendo lá também, enquanto meus companheiros davam espiadinhas nervosas para ajudar a verificar que os fossos existiam.

— Você não é muito boa com justiça, né?

A escola não me respondeu, mas eu já sabia a resposta. Não media uma pessoa com a outra para tentar fazer uma média. Faria seu melhor para proteger um enclavista tanto quanto um fracassado, e não se importaria se o enclavista tivesse entrado com uma cesta cheia de vantagens. Afinal de contas, ainda assim ele não estava *seguro*. Essa era a única posição que a escola tomava, a linha entre *seguro* e *não seguro*, antes de dar sua ajuda com uma isonomia injusta e implacável. E esperava que eu fizesse o mesmo, o que me deixava furiosa, embora eu não conseguisse ver um jeito melhor de fazer isso.

Rangi os dentes enquanto subia toda a escada de volta para a biblioteca — meu ânimo não foi apaziguado por precisar subir todos aqueles degraus.

— Os fossos estão abertos — anunciei, antes de me jogar em uma das cadeiras, rabugenta.

Depois disso, o plano de Liu se tornou *o* plano, o único no qual estávamos trabalhando, o que era o melhor a fazer, já que usamos cada minuto das duas últimas semanas — do que poderia ser o último semestre da escola — para aparar as arestas. Quase tudo que tínhamos feito precisou ser refeito. Metade dos alto-falantes que haviam sido construídos às pressas da primeira vez quebrou e precisou ser substituída; precisamos refazer um quarto dos cabos, depois tivemos de construir quase cem novas bobinas só para subir e descer os fossos novos. Nós não tínhamos certeza de onde conseguir os materiais de maneira segura até que alguém sugeriu as paredes do auditório gigante onde assistimos às aulas de Estudos de Maleficência, que eram cobertas inteiramente com um mural educacional horroroso de todos os males que normalmente estão esperando para nos comer lá embaixo.

Eu não entrava lá desde o ano passado, e não havia sentido falta do lugar, mas tirei um dia de folga do treino de canto para me juntar ao festival de destruição. Não fui a única. Centenas de alunos apareceram; os mais novos ainda estavam indo às aulas, mas vários haviam matado aula para se juntar a nós e ajudar o máximo que pudessem. Nós destruímos o lugar por completo. Os alquimistas colocaram fluidos decapantes preciosos nos parafusos; encantadores esquentaram e esfriaram os painéis para torcê-los até caírem. Alunos estavam voando até o teto com feitiços e arrancando os painéis de lá, gritando avisos para baixo conforme caíam. Até mesmo os calouros — dramaticamente mais magricelas do que eram no começo do ano — estavam lá só arrancando os assentos com martelos normais em um frenesi. Na hora que o sino para o almoço tocou, a sala havia sido demolida até só sobrarem as colunas e os canos.

O plano de Liu tinha uma vantagem significativa sobre qualquer outro: todos nós *queríamos* destruir a Scholomance. E nem estou brincando; o fato de que todos nós amávamos essa ideia de uma forma profundamente visceral quase certamente ajudaria em sua concretização. E não eram só ressentimento e rancor trabalhando a nosso favor, embora isso fosse suficiente: acho que, da mesma forma que eu, todo o mundo sentia, de uma maneira secreta e irracional, que, se obtivéssemos sucesso, se conseguíssemos destruir tudo por completo, poderíamos, de alguma forma, nos salvar de ter estado aqui. E cada um de nós, do calouro mais despreocupado ao veterano mais acabado, desejava mais violentamente a cada dia apenas *sair, sair, sair.*

Bom, exceto por nosso doido de estimação. Orion ficava cada vez mais amuado conforme o dia 2 de julho se aproximava. Se ele estivesse ressentido com a tarefa à qual foi designado em nosso adorável plano — ele ficaria de guarda no fosso que *descia*, encarando a horda inteira de males de uma vez só —, eu teria entendido completamente. Mas como ele não se importava nem um pouco com essa função, e na verdade parecia estar animado, com uma expectativa doentia e estranha, eu não fazia ideia do que o estava incomodando.

É claro que isso não era verdade, mas eu não me permitiria ter uma ideia do que poderia de fato estar incomodando. Ele não havia me convidado para nenhum encontro desde aquela tentativa desastrosa no ginásio, o que pode ter sido por vergonha, ou porque não havíamos tido um único dia sequer só para nós dois desde então.

De qualquer forma, era melhor assim. Eu vim para cá e sobrevivi à escola sendo sensata o tempo todo, sempre tentando fazer a coisa mais esperta que conseguia, tentando ver todos os maiores perigos de todos os ângulos para que eu pudesse passar por eles de raspão, sem perder muito sangue. Nunca pude arcar com os custos de querer mais do que a sobrevivência, especialmente não por algo tão insanamente caro e inútil quanto a *felicidade*, e de qualquer forma não acredito nela. Eu sou boa demais em ser durona, e me tornei muito boa nesses anos; não vou ficar molenga agora, de repente. Eu não faria a escolha de mamãe, não faria algo idiota por causa de um garoto que havia vindo se sentar ao meu lado na biblioteca, nós dois sozinhos em um feixe de luz enquanto a escuridão crescente estava ao nosso redor — um garoto que achava, de maneira absurda, que eu era o máximo, e que fazia meu estômago se dobrar em pedacinhos ao chegar perto de mim.

Todo o *resto* das pessoas parecia estar fazendo coisas idiotas ao meu redor — durante toda aquela última semana, eu constantemente tropeçava em pessoas se pegando entre as estantes da biblioteca, ou fazendo trocas por camisinhas ou poções alcoólicas alquímicas de eficácia duvidosa durante o almoço, e até mesmo as pessoas que normalmente eram sensatas estavam dando risadinhas umas com as outras no banheiro das meninas por conta de seus planos para a última noite, o que era mais idiota do que qualquer outra coisa. Eu é que não ia ser pega perdendo o sono na noite da véspera de nosso plano insano, mesmo que Orion Lake aparecesse na minha porta com uma bandeja de chá e bolo.

Enquanto eu passava os dias com Liu, Aadhya e Zixuan na oficina, afinando o alaúde e cantando até meus pulmões explodirem, Orion ainda estava treinando no ginásio. Ele passaria a maior parte da graduação protegendo a fila, a não ser que a horda de males conseguisse percorrer a escola inteira e voltasse antes de todos sairmos, e, nesse caso... bem, nesse caso, ele presumivelmente faria um esforço inútil, embora determinado, nos bloqueios, tentando impedir os males por tempo o suficiente para todo o resto conseguir escapar. E eu teria de ficar parada lá nos portões, encantando os males para dentro, mantendo-os longe de todos, conforme ele inevitavelmente seria pisoteado e dilacerado diante dos meus olhos pelos monstros que eu havia atraído para matá-lo.

Eu não conseguia me impedir de descer até o ginásio para observá-lo, só para cutucar a ferida. Vê-lo destroçar uma porção de males falsos e construtos do ginásio não fez eu me sentir nem um pouco melhor. Eu sabia que ele era bom em matar males, sabia que ele era brilhante nisso, mas, se esse plano sequer funcionasse, não haveria uma porção deles; haveria centenas, talvez milhares, todos indo para cima dele ao mesmo tempo. Ainda assim, eu observava tudo das portas, todos os dias depois de terminar meu treino. Quando ele acabava a última corrida, subíamos para jantar juntos sem falar nada, meus dentes rangendo em volta das palavras que eu queria dizer: *você não precisa fazer isso sozinho; pode pedir ajuda para outras pessoas, ao menos para fazerem uma barreia; vamos fazer um sorteio.* Eu já havia dito isso, e ele só havia afastado as palavras com um dar de ombros, dizendo: "Eles só vão ficar no caminho". E pode ser que ele estivesse certo, porque ninguém mais ficaria ao lado dele quando a horda viesse. Ninguém exceto eu, e eu deveria salvar todo o resto, todos, menos ele.

Porém, no último dia antes da graduação, nós havíamos decidido que era melhor eu descansar a voz em vez de praticar mais. Depois do almoço, não voltei para a oficina. Marchei até o ginásio e falei para Orion que faria o último treino com ele. Ele já estava se preparando do lado de fora das portas, assobiando alegremente conforme passava pó de conjuração nas mãos — como talco de ginástica, mas com mais glitter —, e teve a petulância de protestar.

— Achei que era pra você descansar — disse ele. — Não precisa se preocupar, não vou deixar os males chegarem perto de você...

Nessa hora, ele viu minha expressão e emendou, apressado:

— Tá bom, claro, vamos.

— Vamos — respondi.

O exercício realmente fez com que eu me sentisse melhor, mesmo quando não deveria. Por mais evidentemente estúpido que fosse, em cinco minutos contra a horda que a Scholomance jogava como uma avalanche sobre nós, eu estava tão visceralmente convencida da minha invencibilidade quanto Orion. Nós conseguiríamos fazer isso, ninguém nos impediria — é claro, nada até que algo *impedisse*, e nessa altura estaríamos mortos e não nos daríamos ao trabalho de aprender a lição. Só que me permiti o luxo da confiança infinita enquanto destroçávamos as maleficências juntos, passando as funções de um para o outro com a graciosidade simples de parceiros de dança, meus feitiços mortais de amplitude lançando grandes ondas ao nosso redor, e seus ataques rápidos como relâmpago derrubando qualquer coisa que ousasse sobreviver e se aproximar.

Ele pulou para o meu lado para destruir uma fileira de lâminas cristalinas, e então imediatamente virou para o outro lado para pulverizar a ondulante nuvem violeta-rosada de um planador, terminando o golpe perto de mim; quando ele se virou para sorrir, ofegante, suado e brilhando, eu ri de volta, sem conseguir evitar, e conjurei uma parede de chamas que rodopiava ao nosso redor, um enxame de triques explodindo como pequenos fogos de artifício conforme o fogo chegava a eles, meia dúzia de construtos fugindo e se derretendo em poças brilhantes de metal líquido, e então a pista havia acabado: estávamos sozinhos naquele calor iluminado pelo sol sob nuvens, embaixo da copa de delicados bordos vermelho-arroxeados.

Um momento depois, um trovão surrealmente perfeito ressoou e uma torrente repentina de chuva de verão caiu para lavar os detritos — o que não teria sido desagradável, porém os canos do ginásio evidentemente também haviam sido infestados, e uma quantidade razoável de anfisbênias caiu com o aguaceiro, debatendo-se e sibilando conforme caíam. Orion agarrou minha mão e correu na direção do pequeno pavilhão; ele me puxou para dentro e continuou me puxando para seus braços, então me beijou.

Eu o beijei de volta, não consegui evitar. O tamborilar suave da chuva não era real, exceto pelas anfisbênias que caíam em intervalos regulares; as árvores magníficas e o jardim não eram reais, o pavilhão não era real, todas as coisas eram mentiras horríveis e vazias, mas ele era real: a boca e os braços ao meu redor, o corpo quente demais contra o meu, gotas de chuva e suor aprisionadas contra minha bochecha, sua respiração arfando pelo canto da boca mesmo enquanto tentava continuar me beijando, me desejando, o coração batendo com tanta força que eu o conseguia sentir no meu peito, a não ser que aquele fosse meu próprio coração.

Ele havia enterrado as mãos no meu cabelo para me beijar mais, e eu agarrava suas costas; então a camiseta dele se desfez sob os meus dedos, de uma vez só, como as roupas fazem quando você as remenda sem ter tecido o bastante. Ele estremeceu conforme os farrapos caíam, minhas mãos se afastando dele, e ficamos nos encarando naquele espaço aberto, nós dois sem fôlego.

Ele afastou a cabeça primeiro, o rosto contorcido e miserável, e estava prestes a dizer que sentia muito; dava para perceber. Eu também deveria sentir muito, porque era idiota e eu sabia que não era uma boa ideia, sem mamãe precisar me dizer *fique longe de Orion Lake*; exceto que, parada ali, só com algumas horas restantes na nossa ampulheta, de repente *não era* mais idiota. Era, na verdade, a única coisa sensata a se fazer, porque talvez ele morresse amanhã, ou eu morreria, sem nunca saber como era estar com ele; por mais atrapalhado, constrangedor e terrível que provavelmente fosse ser, eu nunca saberia.

— Nem *começa*, Lake — falei antes de ele conseguir abrir a boca. Dei um passo a frente e o agarrei pela cintura, continuando, feroz: — Eu quero. Eu *quero*.

E então o beijei.

Ele grunhiu, colocou os braços em volta de mim outra vez e me beijou, então se afastou de mim novamente, dando as costas.

— El, eu também quero, quero — disse ele, a voz fraquejando. — Eu quero tanto, só que...

— Eu sei que você é um otimista louco que acha que pode matar todos os males do mundo, mas eu *não sou* — falei. — E mesmo que fosse, se eu soubesse com toda a certeza que a gente conseguiria, ainda assim não quero esperar a gente estar fora daqui, em lados opostos do oceano. Não quero esperar!

Eu queria o corpo dele contra o meu, a onda de calor aumentando mais, e era tão incrivelmente claro e óbvio para mim agora que eu não conseguia entender o porquê de *ele* não querer, o que não era particularmente justo da minha parte, mas não consegui deixar de dar um passo na direção dele, esticando a mão.

Ele não olhou para mim.

— Eu só... estou fraco.

— Quê? — falei, confusa, porque não fazia sentido.

— Estou sem energia. Quase não há males, e todos estão perseguindo só os veteranos, então todos estão conseguindo dar um jeito. Magnus me deu um pouco hoje de manhã, mas...

Ele parou de falar. Acho que minhas sobrancelhas tinham se erguido tanto que haviam arrumado as malas e migrado para outro continente.

— Se *isso* depende de mana, é novidade pra mim — falei, com um olhar significativo na direção apropriada, e imediatamente xinguei a mãe de Aadhya de novo na minha cabeça, porque obviamente eu não conseguia deixar de pensar em *male de estimação secreto*; eu queria começar a gargalhar na cara de Orion, o que provavelmente não ajudaria muito minha causa, quando ele já estava todo encolhido de vergonha.

Mas um momento depois eu parei de me importar, porque ele disse:

— Você falou… a Luisa, você falou que o Jack conseguiu pegar a Luisa porque… Porque ela deixou…

Eu o encarei, furiosa.

— Você acha que eu vou te *secar*? Aqui vai uma novidade pra você, Lake, se eu quisesse…

— Não! — berrou ele. — Acho que *eu* vou…

Eu não o deixei terminar, erguendo minha voz para um grito de verdade.

— Tipo, como a droga de um *male*?

— Não! — disse ele com pressa, erguendo as mãos conforme se afastava de mim.

— Isso mesmo, *não* — retruquei, e acho que não havia fumaça literalmente saindo das minhas narinas, mas certamente parecia que havia. — Então volta aqui e me beija de novo. Se você realmente tentar secar meu mana, vou arrancar uma daquelas portas e bater em você até você desmaiar.

Orion soltou um enorme suspiro, como se eu o tivesse atingido no estômago, e atravessou o pavilhão na minha direção com pressa.

Eu havia crescido cinco centímetros durante o ano, mas ele havia crescido quinze; quando ele agarrou meus braços e me puxou com toda aquela força e poder, tive um momento afoito de *pera aí, eu não tô pronta*, como se estivesse no topo de uma montanha-russa — é claro que eu havia conseguido evitar isso completamente enquanto estava ocupada convencendo *ele* a entrar nessa —, mas então ele me beijou, e a montanha-russa desceu, e eu segui junto, voando entre o terror e a excitação. Conseguimos tirar minha camiseta por cima da minha cabeça, desajeitados, cada um contribuindo com uma mão para o projeto; ele fechou os olhos e me puxou para mais perto para me beijar, acho que para ele não se constranger encarando meus peitos. Mas o choque de estar contra ele daquela forma, nossas peles nuas pressionadas tão perto, passou por mim, então parei de beijá-lo e comecei a lutar contra o nó do meu cinto velho, porque eu queria mais daquilo, mais, mais, sim, eu queria tudo desesperadamente.

Ele se afastou para desatar o próprio cinto e se desfazer das calças — mostrando assim seu male secreto de estimação, e aí eu comecei mesmo a rir sem parar, possivelmente histérica, mas por sorte ele pensou que eu só estava rindo porque a porcaria do meu cinto não se desfazia. Ele agarrou cada lado dos nós e disse "desatar nó, nós desfeitos", o que não deveria funcionar de jeito nenhum, mas funcionou. Minhas calças caíram ao redor dos meus calcanhares — já que eu as havia comprado dois anos atrás do menino veterano mais alto, que não havia encontrado mais ninguém disposto a comprá-las —, e tropecei enquanto tentava arrancar minhas sandálias de velcro.

Nós caímos juntos no nosso monte de roupas. Orion arfava ao se deitar com cuidado em cima de mim, apoiando-se nos antebraços. Eu estava profundamente concentrada em tê-lo entre as pernas, a sensação dentro do meu próprio corpo, pulsante como um tambor; então o desgraçado olhou para mim, com toda a sinceridade do mundo nos olhos e no rosto, e disse, quase num sussurro:

— Galadriel.

Eu odeio meu nome, odiei meu nome durante toda a minha vida; odeio todos que o diziam em voz alta, olhavam para mim e sorriam; ele está carregado desses sorrisos. Mamãe era a única que não achava graça. E não teria colocado esse peso em mim se ela mesma não fosse uma criança despedaçada na época, apegada a uma migalha de um sonho que a ajudou a sair da escuridão, sem pensar no que significaria para mim sair por aí com esse nome. Mas Orion o pronunciou como se estivesse segurando na boca por um ano, uma visão

surreal que ele mal podia acreditar ter encontrado, e eu queria chorar e bater nele ao mesmo tempo, porque não queria gostar daquilo.

— Não fique sentimental agora, Lake — falei, tentando não deixar minha voz fraquejar.

Ele hesitou e então abriu um sorriso convencido e insuportável,
ajeitando-se nos antebraços como se quisesse ficar confortável.

— Talvez a gente não sobreviva amanhã, né? Então essa é a *minha*
única chance de…

— Suas chances estão diminuindo rapidamente — falei, então
travei a perna por cima da dele e o virei comigo em cima. Ele deixou escapar algo entre um riso e uma arfada desesperada e segurou meus quadris; então depois disso nós só continuamos, uma
luta infinita de luxúria conforme nos ajeitávamos, o deslizar da
coxa dele contra a pele da minha, a sensação urgente do seu corpo
musculoso endurecido trabalhando tão perfeitamente com o meu.

Nós não tínhamos muita ideia do que estávamos fazendo — eu
havia recebido todo o tipo de material educativo e detalhado de mamãe, obviamente, mas as figuras, os diagramas e as descrições não
passavam direito a sensação de como era tentar fazer dois corpos se
encaixarem. Não acho que Orion fazia mais ideia do que eu; tenho
certeza de que houve uma quantidade razoável de educação sexual
no seu passado, e tinha igualmente certeza de que ele a havia ignorado por completo.

Mas não precisávamos ter uma ideia — não havia nenhum objetivo em mente; eu estava tão concentrada na alegria atordoante de
ter mergulhado no ato que não me importava de chegar a lugar nenhum. O que foi bom, porque ele gozou em menos de cinco minutos
de festa, e então se desfez em uma espiral de contorções e pedidos de
desculpas até que eu dei um soco no ombro dele.

— Qual é, Lake, se esse é o melhor que você consegue, vou te deixar aqui e ir almoçar — falei. Então ele riu de novo e me beijou mais,

depois seguiu minhas indicações veementes até eu ter aproveitado tanto quanto ele.

Então ele voltou para cima de mim e nós nos movemos juntos, e foi... coisas demais para nomear, o prazer físico grudento sendo a menor delas, muito atrás do alívio puro das minhas muralhas se desfazendo, cedendo à minha própria avidez, a felicidade de alimentar a dele, e, se isso não fosse o suficiente, a benção inacreditável de não *pensar*, de não se *preocupar*, por ao menos um pequeno instante glorioso de insensatez.

O que funcionou com bastante eficiência até acabarmos, quando estávamos deitados juntos, suados e, ao menos no meu caso, incrivelmente satisfeita comigo mesma: eu senti como se tivesse realizado algo único e mágico que, diferente de todas as coisas realmente únicas e mágicas que consigo fazer, não era nem um pouco horrenda ou monstruosa. Eu estava deitada no peito dele, e ele estava com o braço ao meu redor, o que ficaria intoleravelmente desconfortável em alguma hora que não era agora; então ele inspirou profundamente.

— El, sei que você não quer falar sobre... — começou ele — se a gente sair daqui, mas eu não... — E a voz dele estava estremecendo, à beira das lágrimas, não por um sentimento que escapava, mas como se ele mal estivesse conseguindo se segurar para não explodir em soluços; então eu não podia o impedir e, como não o fiz, ele disse: — Você é a única coisa certa que eu já quis.

Eu estava com a bochecha no peito dele como um travesseiro, e nem todo o dinheiro do mundo me faria olhar para o rosto dele naquele instante. Em vez disso, encarei o ralo, de onde qualquer número de maleficências prestativas poderia ter saído, mas não saiu.

— Se ninguém disse isso pra você antes, você tem um gosto muito esquisito — falei, e desejei não estar sendo tão sincera quanto fui.

— Já disseram — falou ele, num tom tão monótono que eu precisei olhar para ele. Ele estava encarando as reentrâncias escuras do teto do pavilhão, com um músculo tenso ao longo da mandíbula, um olhar vazio no rosto. — Todo mundo disse. Até os meus pais...

Eles sempre acharam que tinha alguma coisa errada comigo. Todos sempre foram legais comigo, eram tão *gratos*, mas... ainda assim achavam que eu era esquisito. Minha mãe sempre tentava me obrigar a fazer amizade com as outras crianças, falando que eu devia *me controlar*. Então me deram o compartilhador de mana e eu drenei o enclave inteiro...

Cada palavra que saía da boca dele atiçava ainda mais meu desejo, já substancial, de aparecer na porta do enclave de Nova York e botar fogo em tudo.

— Eles fizeram parecer como se tudo isso fosse sua culpa, e como resultado você deveria colocar todo o mana que conseguisse, sozinho, no reservatório deles, e deveria aceitar qualquer migalha que eles quisessem dar pra você em troca — falei, entredentes. — O que, aliás, é a única razão de você estar com pouco mana pra começo de conversa. Você ainda estaria *brilhando*...

— Eu não ligo pro mana!

Ele se mexeu, e saí do caminho para que ele pudesse levantar. Ele foi e se sentou nos degraus, olhando para a chuva de anfisbênias que ainda caía. Peguei minha camiseta — a de Nova York, que ele havia me dado, que cobria até metade das minhas coxas — e a coloquei, então fui me sentar ao lado dele. Ele estava com os cotovelos nos joelhos, encolhido como se não aguentasse olhar para meu rosto, seja lá o que fosse ver nele quando me contasse sobre sua versão horrível e cruel que havia engolido essa gororoba de todo o mundo que estava ao redor por tanto tempo que não era capaz de perceber que o gosto era podre.

— Eu gosto da *caça*. Gosto de ir atrás dos males e... — Ele engoliu. — E destruir todos eles, e sugar o mana deles. E eu sei que é assustador...

— Cala a droga da boca — falei. — Eu já vi assustador, Lake, eu já estive *dentro* de algo assustador, e você não é nada parecido com aquilo.

— Isso não é verdade — ele disse baixinho. — Você sabe que não. No ginásio, quando aquele pessoal tentou te matar...

— *Nos* matar — corrigi.

— ... você não teria machucado ninguém — continuou ele, sem pausar. — E eu... queria matar todos eles. Eu *queria*. E aquilo te assustou, eu sinto muito — acrescentou ele, com a voz baixa.

— Lake, eu sou bem inútil com essa coisa toda, mas minha mãe não tá aqui no momento, então eu vou repassar as coisas que ela diz — falei, em tom comedido. — Você *matou* alguém?

Ele me lançou um olhar irritadiço que ninguém lança à mamãe quando ela está gentilmente os guiando pelo raciocínio, então não acho que acertei bem o tom, mas era culpa dele por ter me escolhido para escutar aquela confissão.

— Não é essa a questão.

— Acho que eles concordariam que é *sim*. Eu já *quis* matar um monte de gente. Mas querer não significa nada sem ações.

Ele me ofereceu um dar de ombros, os braços levantados.

— A questão é que eu nunca quis nada normal. E não é culpa dos meus pais, tá? Você pode ficar brava com eles se quiser, mas...

— Valeu, vou mesmo.

Ele bufou.

— Tá. Eu sei que você acha que eles são péssimos por me deixarem caçar quando eu era pequeno, mas não são. É por isso que eles *não* são péssimos. Porque isso é tudo que eu sempre quis fazer. Eles tentaram me impedir. Tô falando sério. Você acha que o Magnus é mimado? Eles me davam qualquer coisa que eu olhasse por mais de três segundos. Brinquedos, livros ou jogos... eu não queria nada. Quando eu tinha dez anos, comecei a fugir da escola pra ir caçar. Então meu pai, *meu pai*, que é um dos cinco melhores artífices de Nova York, literalmente se demitiu e ficou me acompanhando o dia todo, tentando me ensinar, fazendo projetos infantis idiotas na oficina que tinha em casa. E eu fiquei *bravo* com ele por isso. Depois de uns meses, dei um chilique gigante porque ele não tava me deixando caçar. Eu destruí a oficina inteira, parte do apartamento, pedaços de projetos de artifícios importantes... então fugi e me escondi nos tubos de esgoto do enclave. Quando minha mãe me encontrou, ela propôs um acordo: se eu ficasse na escola o dia todo, fizesse toda a lição de casa e brincasse com um amigo todos os sábados, nos domingos eles me deixariam ir pros portões lutar com males de *verdade*. Eu fiquei tão feliz que *chorei*.

Franzi o cenho com essa torrente de confidências. Eu tinha muita relutância em demonstrar simpatia pelos pais dele, e precisava admitir que era por muitas razões grotescamente egoístas, o que tornava mais difícil distingui-las das outras razões pelas quais ainda não gostava daquilo. Mas eu precisava admitir que estavam certos ao brigar com um menino de dez anos cuja única ideia de diversão era ficar com os turnos de vigilância que deveriam ir para os melhores guerreiros que o *mana* de Nova York podia contratar. Os portões de lá deviam atrair diariamente quase tantos males quanto a escola, se não mais. A Scholomance não fica em uma área metropolitana com cinco ou seis entradas, onde bruxos entram e saem o dia todo. Dez anos fazendo turnos de vigilância são o suficiente para te garantir uma vaga em um enclave; o único problema é que poucas pessoas sobrevivem para reivindicá-las.

Mas Orion estava dizendo, com uma completa sinceridade:

— E tudo ficou tão melhor. Ao menos as pessoas *gostavam* de mim por querer isso, mesmo que achassem esquisito. Então aqui...

— E por que eles te mandaram pra cá? — interrompi, ainda procurando um motivo para ficar indignada. — Pra proteger os outros alunos? *Você* não precisava de proteção.

— Eles não iam — disse Orion. — Eu quis vir. Sei que todos odeiam a escola, mas eu não. A Scholomance... a Scholomance é o melhor lugar em que eu já estive.

Involuntariamente engasguei em protesto.

Ele bufou um pouco.

— Tá vendo, até você acha que eu sou esquisito. Mas é isso *mesmo*. Eu podia fazer a única coisa que eu queria e também fazer a coisa certa, o tempo todo. Eu não estava sendo só esquisito e assustador. Eu podia ser um... herói.

Dei um sorriso amarelo; aquilo não era clichê nem nada assim.

— Só que quando as pessoas tentavam me agradecer ou sei lá, eu sempre me sentia como se fosse uma mentira gigante. Porque achavam que eu estava sendo corajoso. Se eles soubessem que eu *gostava* disso, achariam estranho, assim como todos lá em casa. E tá, eu achei que provavelmente alguma coisa me devoraria na graduação, porque eu não ia embora até todos saírem...

Ele fez essa declaração com o drama agonizante e profundo de alguém anunciando que ia dar uma volta. Senti um lampejo de irritação particular que se apagou de repente quando ele disse o resto.

— ... mas eu não me importava.

Eu o encarei, boquiaberta.

— Eu não *queria* morrer — ele se apressou em dizer, como se isso fosse uma evolução tremenda. — Eu só não tinha medo. Não tinha nenhum plano além de matar todos os males até um me matar, então por que *não* fazer isso aqui? Eu poderia ajudar um monte de gente, e não só o meu enclave. Eu não sabia todas essas coisas, sabe — acrescentou ele, de repente. — Não antes de te conhecer. Eu meio que só presumi que todos moravam num lugar tipo Nova York. Mesmo depois de conhecer a Luisa, eu só achei que ela estava numa situação ruim, não que a gente estava muito melhor. Era o que fazia sentido pra mim. Por que é que eu correria na frente de todos pra ir pra casa e ficar no portão de Nova York até uma coisa me pegar lá? Eu não queria mais nada. Não como as pessoas normais...

Eu agarrei a mão dele, segurando-a com força.

— Para com isso! — falei, à beira de gritar incoerentemente.

Eu sabia que isso não ajudaria, mas *ajudar* parecia tão longe do meu alcance que poderia estar até na lua, então fiquei tentada a ir pelo outro caminho em vez disso.

Durante toda a minha infância, todos sempre queriam que eu fosse mais como a mamãe, e me diziam como eu devia ser; a única pessoa que não queria isso era a minha própria mãe. Mas aquela mensagem traiçoeira não conseguiu fincar raízes muito fundas na minha cabeça, porque eu sempre quis que ela fosse um pouco mais como *eu*. Menos generosa, menos paciente, menos bondosa — e eu não quero dizer que queria que ela fosse menos dessas coisas com as *outras* pessoas. Eu teria ficado incrivelmente feliz se ela tivesse se rebaixado a gritar *comigo* alguma vez. Só que, naquele momento, com cada átomo do meu ser, eu queria ter todas as respostas dela dentro de mim: seu entendimento claro, suas palavras, a luz que ela daria para Orion no desespero retorcido como vinhas escuras em sua cabeça, para que ele pudesse ver e se desfazer daquilo e abrir espaço para poder crescer. A única resposta que eu podia dar a ele era botar fogo em Nova York e, por mais que eu quisesse muito que fosse, eu sentia que isso *não* era a solução para o problema dele.

— Não existe essa coisa de *pessoas normais* — falei, numa tentativa desesperada. — Só existem pessoas. Algumas são miseráveis, outras felizes, e você tem o mesmo direito de ser feliz quanto qualquer uma. Nem mais, nem menos.

— El, qual é — disse Orion, com um ar de quem estava cansado de brigar. Eu poderia ter espumado na boca dele. — Você sabe que isso não é verdade. *Existem* pessoas normais, e nós não somos essas pessoas. Eu não sou.

— Nós somos sim! — insisti. — E você quer mais coisas além de caçar. Você fica arrependido se perde uma refeição e ficou chateado quando eu te dei uma bronca; e você certamente parecia um pouquinho interessado nos eventos da última meia hora...

Ele soltou uma risada curta.

— É isso que tô tentando te dizer!

— A única coisa que você tentou me dizer até agora é que você é uma armadura vazia constantemente marchando em meio aos exércitos de males, insensível a qualquer emoção humana, e eu não tô interessada em ouvir mais nada do que você tem a dizer!

— Estou tentando falar que eu *era*. Eu não queria mais nada. Não sabia como querer mais nada. Até...

— Lake, não *ouse* — falei, estarrecida conforme o horror profundo recaía sobre mim, mas já era tarde demais.

Ele ainda estava com a minha mão entrelaçada na dele. Ele a ergueu até a boca e beijou a parte de trás suavemente, sem olhar para mim.

— Me desculpa — disse ele. — Sei que não é justo, El. Mas eu preciso saber. Eu nunca tive um plano exceto voltar pra casa e matar males. Eu nunca quis outra coisa. Mas agora eu quero. Quero você. Quero ficar com você. E não ligo se for em Nova York, Gales ou qualquer outro lugar. Só preciso saber se tá tudo bem. Se eu... se eu posso ter isso. Se você quer também. E você não precisa mentir pra mim — acrescentou ele. — Não vou fazer nada diferente amanhã, não importa o que diga. Depois que começo a lutar, só vou em frente, você sabe que é assim que funciona. Não vou tentar me manter em segurança se você disser sim, e não vou fazer nada idiota se você disser não.

— O que você tá dizendo é que de qualquer jeito vai fazer um número gigantesco de idiotices! — falei, na maior parte por reflexo.

O resto do meu cérebro estava correndo em círculos e fazendo barulhos como Preciosa faz quando está enfurecida.

— Tá, tanto faz — falou Orion. — A questão não é a graduação. É o que vem depois. Depois que eu chegar em casa, e eu sei... a Chloe falou que você não vai pra Nova York. Então eu preciso saber se eu posso pegar um avião e ir te encontrar. Porque é isso que eu quero. Eu consigo encarar a graduação, consigo encarar os males. Só não consigo encarar lá fora, tentar falar com você quando sei que nem a porcaria de um celular você tem, e sem saber se tudo bem se eu...

— Sim! — falei, em um uivo desesperado. — Sim, tá bom, seu desgraçado horrível, você pode ir até Gales e conhecer a minha mãe.

Então não acrescentei que ele também poderia ficar lá dentro de uma barraca por um ano todo enquanto ela limpava toda a baboseira do crânio dele; se esse era o aviso que a mamãe estava me dando, que ela não queria que eu levasse um monte de trabalho para ela fazer, infelizmente eu não podia fazer nada.

Convenci a mim mesma disso porque eu tinha a sensação horrível de que era *isso* que mamãe estava tentando avisar. Eu não conseguia deixar de pensar que ela teria brigado comigo por encorajá-lo, nos termos mais fortes que ela conseguisse, e eu sabia que ela estaria absolutamente certa: eu não tinha coisa que concordar em estar com uma pessoa que disse, com toda a sinceridade, que eu era sua única esperança de felicidade no mundo, pelo menos não até ela ter colocado a cabeça no lugar e procurado diversificar seus interesses.

Mas eu havia dito a verdade. Eu também queria aquilo: queria que ele subisse em um avião e fosse me ver, e eu queria viver feliz para sempre com ele em um mundo limpo e brilhante que havíamos livrado da miséria e das maleficências, e aparentemente eu não era uma realista sensata afinal, já que estava dando corda a essa fantasia absurda com as duas mãos, pulando diretamente no abismo que podia ver perfeitamente aberto diante de mim.

— Mas eu *tenho* planos— acrescentei, para distrair a mim mesma da minha própria estupidez. — Você pode ficar extremamente feliz em perambular por lugares selvagens caçando e então voltar pra sua mulherzinha à noite, Lake, mas isso não serve pra mim.

Então contei a ele, desafiadora, sobre meu projeto de construir enclaves, exceto que isso só deixou as coisas piores. Ele manteve aquele olhar radiante horrível em mim o tempo todo; nem mesmo sorrindo, só segurando minha mão na dele e me escutando falar mais e mais, cada vez mais fantasiosa, enchendo o mundo todo de enclaves pequeninos, protegendo cada criança bruxa que nascesse, até que eu finalmente explodi:

— E aí? Você não tem nada pra dizer? Pode dizer que eu sou louca, não precisa mentir pra mim.

— Você tá brincando? — disse ele, a voz fraquejando, como se eu tivesse lhe dado um presente. — El, essa escola era a melhor coisa que eu podia imaginar. Mas agora, quando eu caçar, vou te ajudar a fazer *isso*.

Deixei um soluço estrangulado escapar.

— Lake, eu te odeio tanto — falei. Então apoiei a cabeça em seu ombro, fechando os olhos.

Eu já estava pronta para descer até o salão de graduação e lutar pela minha vida; estava pronta para lutar pela vida de todos que eu conhecia, pela chance de um futuro. Eu não precisava ter mais coisas a perder.

Capítulo 14
PACIÊNCIA

Nós NÃO PODÍAMOS NOS dar ao luxo de perder o jantar, o que felizmente me deu uma desculpa para parar com o sentimentalismo e as confissões horríveis. Dei um tapinha no ombro de Orion e falei para ele remendar suas roupas e vesti-las novamente. Não estava mais chovendo criaturas serpentes, e as que haviam caído estavam na maior parte mortas — as anfisbênias não são muito resistentes, e o teto do ginásio é *bem* alto —, mas tivemos de traçar nosso caminho cuidadosamente em meio àquelas que ainda estavam se contorcendo um pouco.

Orion claramente não estava satisfeito em deixar suas emoções no lugar a que pertenciam: ele tentou ficar de mãos dadas enquanto subíamos as escadas, e eu precisei fazer uma carranca e enfiar minhas mãos firmemente nos bolsos. Pelo menos alcançamos Aadhya e Liu nas escadas, e elas me deixaram ficar entre elas para acrescentar uma camada adicional de proteção, apesar de terem cobrado a dívida na forma de olhares insinuantes e erguer de sobrancelhas — Liu estava claramente satisfeita em conseguir retribuir um pouco. Não era um grande ato de telepatia da parte delas: havia marcas de mão de poeira brilhante em todas as minhas roupas e até na minha pele. Orion só faltava dar pulinhos atrás de nós, apesar de ter se oferecido para carregar o alaúde para Liu, e até cantarolou nas escadas, como se houvesse sido etereamente elevado acima de nossas preocupações mortais, como, por exemplo, nossa morte certa. Liu cobriu a boca com as duas mãos para esconder as risadinhas e Aad abriu um sorriso para mim. Eu não podia reclamar com elas por aproveitarem a distração — eu mesma teria matado por uma — mas resguardei minha dignidade e me recusei a admitir qualquer coisa.

Orion de fato conseguiu segurar minha mão por debaixo da mesa na hora do jantar, esfregando o dedão por cima dos nós dos meus dedos. Eu já havia terminado de comer, então não a arranquei imediatamente e empurrei a cadeira dele nem nada do tipo. Mas era o que eu deveria ter feito, já que, depois do jantar, ele me seguiu nas escadas e, quando chegamos ao corredor dos dormitórios, ele disse, cheio de esperança:

— Quer... vir pro meu quarto?

— Na véspera? — falei, repreendendo-o. — Vai *dormir*, Lake. Já teve sua diversão. Se quiser mais, vai ter que se graduar.

Ele suspirou, mas foi embora, e eu fui para o quarto de Aadhya com ela e Liu em vez disso. O alaúde estava lá esperando, mas não precisávamos trabalhar nele, então só ficamos sentadas lá juntas, apertadas na cama. As duas me provocaram um pouco mais, mas eu não me importava, então obviamente passamos para assuntos mais sérios, como eu fazendo um relatório completo com todos os detalhes. Confesso que, quando terminei de contar tudo, pensei comigo mesma que talvez, no fim das contas, eu pudesse fazer uma paradinha rápida no quarto de Orion antes de ir para a cama.

— Quase me arrependo de ter falado "não" pra aquele aluno do ano abaixo do nosso — disse Aadhya, com um suspiro.

Liu e eu exigimos mais informações — parece que um artífice do terceiro ano chamado Milosz vinha a ajudando a fazer tiras de ouro para as tarraxas que iriam no alaúde, e ele havia sugerido uma festa de despedida para a última noite com ela, uma ideia que ela, sendo a garota sensata que eu conheço e amo, havia firmemente recusado.

— E *você?* — disse ela para Liu, cutucando-a. — Vi o Zixuan descendo as escadas antes da gente. Ele deve estar no quarto dele a essa hora...

Mas Liu não ficou vermelha. Em vez disso, ela respirou fundo e disse:

— Eu beijei a Yuyan ontem à noite.

Obviamente, nós imediatamente gritamos por detalhes. Ela deu risadinhas, então ficou vermelha novamente, admitindo que não houve tanta prática séria de música nas noites de treino no quarto dela quanto havíamos pensado.

— E nossa, com licença — disse Aadhya. — Por que você deixou a gente te atormentar sobre o Zixuan esse tempo todo? Ou você tava tentando se *decidir?*

Ela só estava tentando fazer piada, mas Liu visivelmente engoliu em seco.

— Seria... — disse ela, estremecendo um pouco. — Seria inteligente da minha parte.

Nós duas entendemos de imediato e paramos as provocações na hora: ela queria dizer que *vinha* tentando decidir, não porque ela queria fazer algo idiota; ela não queria se esgueirar para o quarto de Zixuan para sua última noite, não queria arrancar a camisa dele e rasgá-la em pedacinhos no meio do pavilhão do ginásio enquanto uma torrente de anfisbênias sibilava romanticamente e caía nos degraus. Ela tinha aqueles sussurros traiçoeiros no ouvido, os cálculos que nunca paravam de serem feitos dentro das nossas cabeças: *seria inteligente* — fisgar um enclavista talentoso e fofo de Xangai, quando ele havia deixado bastante claro que estava lá para ser fisgado.

Assim como havia sido esperto trazer uma dúzia de ratinhos, vidas pequenas e impotentes que podiam ser seguradas na palma da sua mão, e matá-los, um de cada vez, para conseguir sugar deles mana o suficiente para se manter viva.

Algumas lágrimas se acumulavam nos cílios dela e escorriam. Ela colocou o dorso das mãos nos olhos e os pressionou para segurá-las.

— Eu *queria* desejar… — começou ela, a voz crua — as coisas certas. As coisas que eu deveria querer. Mas não consigo. Nem as coisas que são boas. — Ela soltou um soluço pequeno e engasgado. — E o Zixuan *é* bom. Ele é legal, é fofo, e eu gosto dele, e estaria tudo bem eu não ter feito o que eles queriam. Eu não tive mana o suficiente pra dar pro Zheng e pra Min, mas fiz isso, essa outra coisa certa. Ma ficaria tão feliz. Eu seria a filha inteligente deles. Eu seria a filha inteligente novamente. Como quando eu disse que faria aquilo com os ratos, por mim, por Zheng e Min.

Eu não havia percebido antes, mas fazia perfeito sentido: era por isso que a limpeza havia funcionado tão bem nela. Porque ela havia dito sim, não tanto por si mesma, mas pelos meninos, e ela não havia retirado quase nada de malia dos ratos durante os nossos primeiros três anos. Apenas o suficiente para sobreviver.

— E isso também é o que o Zixuan gostaria — continuou ela. — Uma menina inteligente que quer as coisas certas. Ele também quer as coisas certas. O Patriarca Li é tio-avô dele. Ele acha que consegue persuadir ele a nos ajudar. E eu quero ajudar a minha família, quero cuidar deles, mas… não posso ser essa pessoa. Não posso ser a filha inteligente. Só posso ser eu mesma.

Aadhya esticou o braço na direção dela, e eu também; colocamos nossas mãos nela, e Liu estendeu as mãos levemente úmidas, segurando-as com firmeza.

— Vamos pra casa amanhã — disse ela, e continuou nos segurando, determinada. Eu e Aadhya nos afastamos num sobressalto. Não havíamos quebrado *aquela* regra. Não se diz em voz alta: *eu vou me graduar,* mas Liu segurou firme e repetiu: — Vamos voltar pra casa amanhã. Vou voltar pra casa amanhã. E minha mãe vai ficar tão feliz, e por um bom tempo, que não vai se importar com nada a não ser com o fato de que eu voltei. Mas aí ela vai começar a querer que eu queira as coisas certas novamente. As coisas que nossa família acha que são as coisas certas. — Ela parou, então inspirou fundo e deixou o ar sair. — Só que eu não vou fazer isso. Vou querer as coisas que eu quero, e ajudar da forma que *eu* puder ajudar. E essas coisas também vão ser as coisas certas.

Estendi a mão para Aadhya, e nós três fizemos um círculo juntas: nada formal, mas ainda assim um círculo, ainda assim nós três juntas, segurando uma a outra. Liu apertou nossas mãos novamente, sorrindo, os olhos iluminados, mas sem lágrimas, e nós sorrimos de volta.

Nós não podíamos ficar lá sentadas sorrindo igual bobas a noite inteira, então, por fim... voltei para o meu quarto — sem nenhum desvio no percurso; consegui resistir à tentação — e encontrei Preciosa sentada em uma pilha de enchimento no meio da minha cama, ferozmente emburrada, com um buraco grande cavado no meu travesseiro que já era fino. Eu a encarei.

— Ah, não seja má perdedora — falei para ela. Preciosa estreitou os olhos pequenos para mim, então me deu as costas e se enterrou confortavelmente no seu pequeno ninho de espuma.

Ainda não estávamos nos falando na manhã seguinte, embora ela tenha permitido, com uma cortesia frígida, que eu a colocasse no copinho da cartucheira para subirmos para o café da manhã. Desde o instante em que Orion chegou ao meu lado, ela emitiu um fluxo constante do que imagino com razoável certeza serem comentários grosseiros, mas isso não atrapalhou o humor dele. Ele sorriu para mim alegremente e tentou segurar minha mão outra vez. É possível que eu tenha cedido e deixado que ele a segurasse durante um trecho escuro das escadas, antes de encontrarmos outras pessoas, todas seguindo para o refeitório.

O café da manhã não foi de crepes recheados nem nada do tipo, mas havia torradas que não estavam queimadas, sardinhas grelhadas e vegetais em conserva, e havia o bastante para todos: a escola estava nos dando uma última boa refeição. Os calouros ainda estavam devorando seus cafés quando Liesel ficou em pé e subiu em cima de sua mesa, com o grande mentefone que ela havia convencido algum artífice a fazer para ela — a escola aparentemente também havia contado isso como ajuda, apesar de eu questionar o valor disso.

— É hora de revisar a ordem final de partida — anunciou ela. A mensagem chegou à minha mente na maior parte em inglês, com algumas palavras esparramadas em alemão se esgueirando, e um sibilo de eco em marata fluindo com sânscrito e hindi. Ela começou a ler números e nomes como se todos na sala já não estivesse carregando essa informação inscrita dentro do próprio cérebro em letras flamejantes.

Eu não estava prestando atenção, e realmente não precisava: sabia quando seria minha vez. Depois de todos terem partido, e eu ter enviado Orion através do portal e arrancado os alicerces da escola, que estariam tremulando na direção do vazio como uma sequoia prestes a ser derrubada. Então, com sorte, eu teria tempo o suficiente para pular antes que o enxame de males me alcançasse. Esse era o plano na teoria, presumindo que Orion não tivesse sido vencido antes disso — uma suposição nem um pouco sólida — e também presumindo que Liesel não tivesse se atrapalhado com os números, ou, menos provável, cometido um erro.

Então não notei que Myrthe Christopher se levantou na própria mesa, conjurando seu próprio feitiço de amplificação mais simples.

— Com licença! — disse ela, tão alto que conseguiu abafar o som do mentefone até dentro da minha própria cabeça. — Desculpa, mas com licença!

Eu só a conhecia por osmose: ela sempre esteve entre os enclavistas mais importantes, já que seus pais tinham alguma posição de importância nos enclaves estadunidenses, mas em Santa Barbara, um dos enclaves na Califórnia que nem sempre estão satisfeitos em deixar Nova York mandar em tudo. O círculo de enclavistas do qual eu havia me aproximado com incômodo não se misturava muito com o dela, e ela nunca havia parado para dar um alô durante as sessões de planejamento.

Ela esperou sorrindo enquanto Liesel abaixava sua prancheta.

— Me desculpa, não quero ser mal educada — disse ela, de um jeito doce que sugeria que ela havia passado semanas estudando para ser mal educada. — Mas tipo, a gente não vai fazer isso de verdade, né?

— *Perdão?* — disse Liesel, num tom afiado que foi traduzido em uma sensação de formigamento no fundo do meu crânio. A palavra foi recebida com silêncio total; até os calouros que ainda tinham café da manhã nas bandejas pararam de comer. Meu próprio café havia se tornado um bolo estranho e frio no meu estômago.

Myrthe deu um sorriso relutante para todos, mostrando o quanto a incomodava dar início àquela conversa constrangedora, porém necessária.

— Sei que esse ano todo foi muito estranho, e todos estamos surtando, mas sabe, vamos acordar pra realidade: esse plano é uma maluquice. — Ela apontou pro chão. — O salão de graduação tá vazio agora. *Vazio.* E você quer que a gente espere na fila atrás de todos esses alunos, os calouros, todos... — uma baboseira hilária — e entregue todo o nosso mana pra que a Rainha Galadriel aqui possa conjurar um bilhão de males pra encher a escola e nos comer? — Ela deixou escapar uma risada em voz alta pelo absurdo. — Não? Que tal não? Eu entendo que a gente precisava trabalhar em alguma coisa e fazer parecer um plano sólido, ou a escola ia nos pegar, mas falta meia hora para a graduação, então acho que tá tudo certo agora. Por favor, não me levem a mal, acho que seria ótimo se pudéssemos fazer isso por todos. A gente deveria mesmo dar aos outros alunos tudo que a gente puder, o mana extra — uau, as profundezas da generosidade dela —, mas qual é.

Ela não estava usando um mentefone, mas nem precisava de um. Se havia alguém que não tinha acompanhado o que estava sendo dito, estava recebendo uma tradução agora, e, afinal de contas, a maioria havia pensado isso. Certamente a maioria não havia sido idiota o bastante para levar a ideia a sério, ou havia pensado consigo mesmo a certa altura "estamos só matando tempo até podermos ir embora, não é?". Fiquei surpresa que a própria Liesel não anunciou isso, sério; ela não era idiota. Provavelmente fora seduzida pelas próprias planilhas.

E eu nem poderia culpá-los, porque a primeira coisa que veio na minha cabeça foi que eu não *conseguia* fazer isso sozinha. Sem todos os veteranos ajudando, ativamente canalizando mana para mim, eu não conseguiria manter o feitiço de convocação o tempo todo e romper a escola ao final. Era por isso que os veteranos precisavam ser os últimos a partir. Então, se eles não quisessem participar, se todos os veteranos desistissem de participar, se eles se recusassem a ajudar e descessem as escadas e fossem embora — não haveria mais nada que eu pudesse fazer. Eu só teria de andar pelo saguão vazio, e Orion também. Em meia hora, estaria abraçando mamãe, e a essa hora amanhã ele estaria em um avião na direção de Gales, e eu teria o resto da minha vida diante de mim, cheia de trabalhos satisfatórios, e nem precisaria me sentir culpada.

Não pude evitar esse pensamento egoísta, ganancioso e desesperado, e ele impediu todas as palavras furiosas que eu queria gritar para ela. Conseguia sentir Orion rígido ao meu lado, mas não olhei para ele. Não queria vê-lo enraivecido, não queria vê-lo olhando com esperança para mim, e não queria ver meus próprios sentimentos engasgados refletidos no rosto dele. O silêncio estava se esticando por uma eternidade, como se Chloe tivesse borrifado em mim seu feitiço de rapidez novamente, exceto que alguns alunos haviam começado a chorar, abafando as lágrimas com as mãos, ou com as cabeças abaixadas, enterradas nas mesas. Todos estavam começando a virar as cabeças para olhar para mim e para Orion, para Aadhya, Liu e Chloe; outros estavam olhando para Liesel, ainda em cima da mesa, todos nós tolos completos que haviam levado aquele plano absurdo e insano a sério, a sério demais. Os alunos no mezanino estavam se aglomerando perto do parapeito, encarando-nos, ansiosos. Estavam esperando que um de nós se pronunciasse, e eu precisava dizer alguma coisa, precisava tentar, mas eu não tinha palavra nenhuma, e sabia que de qualquer forma não adiantaria de nada. Myrthe continuaria sorrindo, e o que eu podia fazer? Ameaçar matá-la se ela não arriscasse a vida para me ajudar a salvar a vida das outras pessoas? Eu mataria todo mundo que dissesse não? Certamente eu não teria mana o bastante depois disso.

Então, na mesa ao lado da nossa, Cora puxou a cadeira para trás, arrastando as pernas no chão. Ela ficou de pé e disse, monótona:

— *Eu* ainda tô dentro.

As palavras ecoaram alto pelo refeitório, pairando no ar. Por um momento, ninguém disse nada; então, abruptamente, um outro garoto que também era de Santa Barbara e estava do outro lado da mesa de Myrthe ficou em pé.

— É. Vai se ferrar, Myrthe. Eu também tô dentro. Vamos, pessoal.

Assim que ele as encorajou, as outras pessoas na mesa começaram a se mexer, empurrando as cadeiras e se levantando, até que Myrthe estava parada com o rosto vermelho e um círculo crescendo ao seu redor, com as pessoas da sala gritando que ainda estavam dentro, todas ainda estavam dentro, e eu poderia ter chorado — por qualquer uma das razões, ou pelas duas.

As pessoas continuaram falando até que Liesel voltou a erguer o mentefone.

— Silêncio! — ela gritou dolorosamente. Todos estremeceram e calaram a boca. — Chega de interrupções. Não temos mais tempo pra revisões. É hora de todos encontrarem seus parceiros e descerem pros dormitórios dos veteranos imediatamente.

O incidente todo provavelmente havia tomado menos tempo do que Liesel estivera prestes a gastar lendo os comunicados, mas ela claramente havia decidido fazer todos se mexerem antes de outra pessoa começar a dar ideias espertinhas. Era melhor assim, porque a Scholomance evidentemente concordava com ela. O ranger dos mecanismos que rotacionavam os dormitórios para baixo — e mandavam o nível dos veteranos para o salão de graduação —

estava começando a acelerar mesmo enquanto estávamos saindo do refeitório, e ainda havia alunos descendo as escadas quando o sino ecoou e a limpeza começou a passar, com ao menos meia hora de antecedência. Os últimos vieram correndo, voando em pânico para chegar ao patamar conforme fugiam do sibilar cortante das chamas mortais, suas sombras enormes na frente deles contra a luz branca-azulada brilhante.

Corri para o meu quarto e ele me alcançou com o chão sob mim vibrando. Sudarat e três outros alunos de Bangkok estavam esperando por mim lá dentro, todos na cama e segurando uns aos outros: havíamos dividido os calouros entre todos os alunos veteranos para a viagem até lá embaixo. Bati a porta bem a tempo de um coro de xilofones começar a retumbar lá fora, estilhaços de metal e pedaços da parede voando pelo corredor conforme começávamos nosso progresso violentamente estremecedor para baixo.

Na metade do caminho, atingimos algum tipo de bloqueio que fez o andar todo se fechar e começar a sacudir loucamente. Os alunos mais novos todos berraram quando as engrenagens finalmente nos forçaram através da obstrução e fomos jogados vários metros para a frente com um único solavanco violento. Minha escrivaninha toda caiu no vazio; felizmente eu já havia guardado os sutras na caixa seguramente amarrada às minhas costas, e Preciosa dentro de sua gaiola no copinho, também amarrada.

Outro rugido ecoou, de ventiladores monstruosos em algum lugar, e uma corrente de ar, violenta como um tufão, começou a puxar as arestas externas do quarto como peças de quebra-cabeça recortadas, mandando-as voando para cima onde seriam remontadas em um dormitório novo para calouros, que, com sorte, jamais seria usado. O chão estava se desfazendo com uma velocidade alarmante, na verdade, e ainda não havíamos chegado ao fundo.

— Saiam da cama! — gritei, mas Sudarat e os outros não haviam esperado por mim para fazer o óbvio, e já estavam tropeçando para sair de lá. Felizmente, pois minha cama se desfez no vazio logo depois. Precisei escancarar a porta de novo e todos saímos no corredor na mesma hora em que ele parou com um estrondo, chacoalhando até os ossos.

Alunos saíam de todos os quartos, correndo na direção do patamar conforme os quartos continuavam a se desfazer ao nosso redor. Os banheiros já eram enormes buracos de vazio, e o topo das paredes do corredor também estava começando a desaparecer.

— Fiquem juntos! — gritei para Sudarat e os outros alunos de Bangkok; então eles foram levados pela multidão, e, no momento seguinte, eu também fui.

O chão do corredor começou a entrar na onda e nos fez deslizar na direção da plataforma como se fosse uma esteira louca, nos jogando com eficiência no recém-limpo e ainda fumegante salão de graduação, nossos números apequenados dentro do espaço cavernoso.

Na verdade, essa era uma graduação café com leite considerando os padrões da Scholomance: normalmente, estaríamos lutando contra a primeira onda de maleficências para tentar chegar até nossos aliados. E eu sabia, literalmente havia visto com meus próprios olhos, mas não podia acreditar na minha própria memória até ficar de pé e parada no salão vazio, sem nenhum male à vista.

As portas sequer estavam abertas, então estávamos mesmo adiantados. Era melhor assim, já que centenas de pessoas provavelmente teriam tentado escapar por instinto mesmo quando não tinham a *intenção* de fazer isso. Estávamos todos atribulados pela confusão; havia pessoas vomitando — eficientemente, tínhamos muita prática nisso — e soluçando e gritando por nomes, tentando encontrar seus amigos; então Liesel gritou pelo mentefone:

— Pra trás! Todo mundo pra trás! Abram espaço na frente das portas!

Um grupo de artífices emergiu da massa geral de alunos, trazendo consigo várias engenhocas grandes e quadradas que eu nem havia visto antes. Elas lançavam uma salva de serpentinas finas coloridas que caíram no chão, se pregaram lá e acenderam como uma pista de decolagem. Os artífices continuaram os disparos, cruzando-os uns com os outros para criar pequenas seções que cobriam o chão, todas separadas por cor e com os números individuais que Liesel havia designado para cada time; todos começaram a correr para seus lugares e a se preparar.

Alquimistas estavam pintando faixas mais largas do lado de fora da área das filas, imbuídas com feitiços de proteção e barreiras que criavam paredes de névoa cintilante. Zixuan já tinha um time o ajudando a verificar os cabos dos alto-falantes que haviam sido arrancados dos tetos, fazendo testes com o microfone e se certificando de que o som estava saindo do primeiro alto-falante gigantesco pendurado na frente das portas. Outro grupo grande checava as enormes barricadas que haviam construído ao redor do segundo fosso, o que *descia*, e Orion estava perto deles simplesmente jogando sua espada de uma mão para a outra com leveza.

Ele olhou para o lado e me viu observando, depois abriu um sorriso tão despreocupado que eu quis ir até lá imediatamente só para dar um soco na boca dele, ou possivelmente só beijá-lo uma última vez, mas, antes de eu conseguir colocar em ação qualquer um dos dois planos, Preciosa abriu a parte de cima de seu ovo protetor e emitiu um guincho urgente. Dei um pulo e olhei em volta; vi Aadhya e Liu agitando os braços para me chamar na plataforma erguida que havíamos deixado de um dos lados das portas, onde o microfone do sistema de alto-falantes havia sido montado em um suporte. Liu estava dizendo algo para seu próprio familiar, Xiao Xing, no copo em seu peito, provavelmente, "fale para Preciosa mandar a dona idiota dela para cá".

Eu corri, desviando dos outros alunos que aceleravam para seus lugares em todas as direções, e, assim que eu as alcancei, o treino pareceu assentar, e estávamos só repetindo a mesma rotina que praticamos durante semanas. Aadhya rapidamente afinou o alaúde, e Liu e eu passamos por algumas escalas juntas. Chloe se juntou a nós com três frascos de conta-gotas que havia preparado, aconchegados em uma caixa pequena com forro de veludo: eu cantei o aquecimento enquanto ela os misturava cuidadosamente em um pequeno copo prateado, mexendo com uma vareta estreita de diamante que brilhava com mana; depois ela entregou o líquido rosa cintilante para mim. Gargarejei duas vezes e o engoli, então toda a adrenalina tensa na minha garganta foi suavizada, meus pulmões sendo preenchidos com ar como se alguém houvesse enfiado um soprador de ar na minha boca. Cantei mais algumas notas para praticar e elas ecoaram pela sala de uma forma ameaçadora, como o ressoar de um sino, e todos se afastaram um pouco mais da plataforma. Provavelmente era melhor assim, caso alguém decidisse correr para os portões no último minuto.

— Pronta? — perguntei para Liu.

Ela assentiu, e nós ficamos lado a lado atrás do microfone, juntas. Aadhya e Chloe já haviam corrido para seus próprios lugares na fila; todos estavam lá também. Respirei fundo e Liu dedilhou as primeiras notas; então comecei a cantar.

Imediatamente fiquei grata por cada segundo que passamos praticando, porque eu não havia percebido até aquele momento que nós não conseguiríamos *ouvir* a nós mesmas. O sistema de alto-falantes pegava o som e o sugava completamente para dentro, então o carregava pelos quilômetros e quilômetros de cabos espalhados pela escola.

O que obviamente era o que nós queríamos, claro — se a música saísse distintamente de mim, os males só ficariam ali e viriam me atacar. Nós precisávamos que o som saísse daquele último alto-falante bem em frente aos portões e, de lá, levasse os males a persegui-lo por aquele longo, longo caminho, para encherem a escola antes de acabarem nos portões que Orion estava protegendo. Ainda bem que eu tinha todas as palavras e frases profundamente enraizadas no cérebro, na garganta e nos pulmões, já que de outra forma eu teria bagunçado o encantamento por completo no minuto seguinte, quando as primeiras notas que entoei finalmente retumbaram pelo alto-falante na frente das portas.

Os alunos mais novos fizeram um coro de gritinhos e ganidos conforme os males em estágio larval começaram a cair do teto e sair pelas frestas do chão e de baixo de destroços para perseguir aquele chamado. Gritos de verdade começaram um minuto depois, quando um painel se abriu no chão e um voracitor de aparência extremamente decrépita saiu rastejando. A coisa era tão antiga que devia ter ao menos duzentos anos, feita de madeira rangendo e maquinário de ferro fundido manchado de sangue, costurado com porções de carne que pareciam intestinos, com braços e dedos longos e delgados; provavelmente esteve escondido lá pegando estudantes e outros males quase desde que a escola abriu as portas.

Estava perto da parte dianteira da fila, em meio a uma multidão de calouros. Porém o pânico e a correria não tiveram chance de se estabelecer, porque o voracitor ignorou todos eles, fixando seus doze olhos no caminho de alto-falantes pendurados no teto, e começou a seguir na direção deles em passos rápidos e saudáveis. Suponho que teria conseguido chegar ao fosso e entrar na escola, mas não teve a chance, já que Orion correu de seu posto e pulou em cima da coisa antes que ela chegasse à metade do caminho.

Houve mais gritos depois disso, mas só dos alunos que haviam sido banhados com as entranhas, então os sons foram abafados por um monte de gente gritando, apontando e arfando: atrás de mim, as portas haviam se aberto. O primeiro brilho iridescente dos feitiços do portão passou pelos degraus como a luz no fundo de uma piscina, um crepitar leve e estático ressoando, e os tentáculos finos do redemoinho passaram pelo chão como um male ancestral faminto. Eu não podia ficar irritada com Myrthe, não mesmo; eu queria me virar e pular pelos portões mais do que qualquer coisa no mundo. Pressionei as mãos firmemente sobre os ouvidos e continuei cantando minha canção silenciosa, concentrada na sensação familiar na minha garganta.

— Grupo um! — Liesel gritou antes de as portas se abrirem por completo, e os três primeiros alunos, um grupo de calouros de Paris, correram pelas escadas de mãos dadas e desapareceram da minha visão periférica.

Todos suspiraram um pouco e se aproximaram mais, então se retraíram novamente quando um cérberoi passou pelos portões — o que um desses estava fazendo em Paris é o que eu gostaria de saber — com suas cabeças virando freneticamente. As cabeças de cada lado tentaram morder, mas os dentes bateram contra os feitiços de proteção que os alquimistas haviam erguido, e o corpo e a cabeça do meio não estavam preocupados com nada além de seguir os cabos atrás dos alto-falantes. Estava correndo tão rápido que Orion não conseguiu pegá-lo a tempo; a criatura só galopou pelo fosso e desapareceu.

Mas isso não importava, porque mais males estavam vindo, um monte deles, a maioria pingando água do esgoto em seu caminho. Não dá para colocar um ponto de admissão em um lugar onde os mundanos possam vê-lo; se você for visto, não pode ser admitido, porque a quantidade de mana que a escola gastaria para abrir um portal na frente de um mundano incrédulo seria absolutamente insana. O que leva os pontos de admissão a serem lugares estranhos e inóspitos e, como é de se imaginar, em troca você pode ser atacado por males famintos que não ousam se aproximar de um grupo preparado de bruxos crescidos, mas querem muito entrar na escola.

Tudo isso havia sido parte do plano, claro, mas eu não havia percebido o quão certa eu estava de que o plano de alguma forma não funcionaria, até que, pelo jeito, *estava* funcionando. Cerca de cem males, aparentemente, já haviam entrado mesmo quando Liesel gritou:

— Grupo dois!

Então o segundo grupo — na verdade, um único calouro de um lugar no interior da Austrália — se aproximou do portão. Ele literalmente pulou no portão por cima de um rio de ossos animados que não haviam parado por tempo o bastante para se organizarem em esqueletos e estavam simplesmente se arrastando para frente.

No segundo em que ele passou, um enorme dingo infestado por um male-ancestral entrou, tão rápido que devia estar literalmente parado *na frente* do ponto de admissão — provavelmente o protegendo, já que estava com uma coleira restritiva ao redor do pescoço. Uma estratégia perigosa de proteção contra males: ele havia perdido uma quantidade tão grande de pelos, expondo os vapores reluzentes em suas entranhas, que a família dificilmente teria conseguido mantê-lo sob controle por mais de três anos, no máximo. Mas eles claramente precisavam da ajuda: uma horda de grelaranhas com manchas vermelhas entrou praticamente atrás do dingo, as patas retinindo sobre o chão de mármore ao marcharem pelo caminho dos alto-falantes. Elas alcançaram um dos felinos predadores de Paris no caminho e conseguiram devorá-lo sem nem precisar parar, deixando um saco de ossos peludo e vazio para trás, esmagado segundos depois quando o radriga entrou batendo os pés depois de dois alunos voltarem para casa na Cidade do Panamá.

Um time dos melhores estudantes de matemática havia idealizado a ordem de partida para maximizar o fluxo de males para dentro da escola. Uma pilha de gráficos e tabelas incompreensíveis havia aparecido na minha frente trinta segundos depois da primeira e única vez que pedi para que os detalhes fossem explicados, mas eu sabia que, em linhas gerais, a ideia era manter os portais abertos o mais longe um do outro quanto possível, para que as aberturas estivessem pulando amarelinha ao redor do mundo. Seja lá o que os artífices fizeram para manter os portais abertos estava funcionando também; os males claramente australianos continuaram entrando por quase dois minutos.

Tudo estava *funcionando*. O plano todo. Eu sentia que poderia continuar cantando sem pausar durante semanas. Eu nem podia mais ouvir a música atrasada por cima do rugir da entrada das maleficências, mas o mana estava fluindo para dentro de mim e saindo para o feitiço. A canção era para ser atrativa, *por favor, venham, venham, um banquete os aguarda,* um convite tentador, mas eu não queria apenas manter uma porta acolhedora aberta. Eu queria sugar todos os males do mundo, e não comecei a cantar outra coisa de propósito, mas, conforme eu adentrava a conjuração propriamente, o feitiço que eu não conseguia ouvir parecia se tornar algo mais rígido na minha boca, uma exigência implacável: *venham todos agora, venham todos.* Eu não sabia se havia mudado as palavras ou se já não estava falando mais nada, mas as maleficências estavam respondendo: cada vez mais delas estavam vindo, uma onda sólida de corpos entrando. Orion nem estava lutando contra elas, só enfiava a espada aleatoriamente ou lançava ataques na massa, e algumas delas estavam caindo mortas. O resto continuou correndo ao longo da fila de alto-falantes e entrou, subindo, para a escola.

Comecei a me preocupar com a quantidade de males que entrava, pois eles ficariam no caminho dos alunos que tentavam *sair.* Eu não podia fazer nada; a única coisa que eu podia fazer era o feitiço de chamado, mas não precisei: alguém já estava resolvendo o problema. Alfie havia conseguido que todos os veteranos de Londres saíssem da fila com ele. Eles juntaram as mãos e fizeram um círculo com ele no meio; com a ajuda, o mana fluindo para ele, Alfie ergueu sua evocação de refuta e a modelou na forma de um corredor estreito entre a frente da fila e os portões, para deixar os alunos passarem e expulsar os males para o lado.

Outros alunos começaram a sair da fila para renovar os feitiços de proteção ou ajudar os outros nas laterais quando um dos males tentava pegar um lanchinho para a viagem. Nós não havíamos nos planejado para isso, não havíamos praticado. Não havíamos percebido que seria um problema, mas havia tantos males que alguns deles estavam sendo empurrados para as beiradas da corrente que se alastrava e começavam a encostar na área da fila, tão perto que a ideia de calouros novinhos e deliciosos ali perto estava derrotando a mentira sedutora de um banquete infinito adiante. Mas os veteranos estavam saindo da fila para ajudar, lutando contra os males e os empurrando de volta para a torrente; os alunos mais jovens curavam os arranhões uns dos outros, dando goles de poções para qualquer um que fosse atingido.

Liesel também começou a acelerar o ritmo: acho que ela percebeu que atrair males *o bastante* não seria um problema. Ela havia começado a mandar os calouros em uma velocidade maior, gesticulando para que andassem sem parar, gritando:

— Vão! Vão!

A onda de entrada de males não desacelerou, mas a fila começou a se desmanchar. Zheng e Min acenaram para Liu e eu antes de pularem. Uns dois minutos depois, Sudarat gritou:

— El, El, obrigada!

E depois correu com os outros alunos de Bangkok. Espero mesmo que tenham conseguido sair do ponto de admissão rapidamente, porque, nem um minuto depois, uma naga verdadeiramente gigantesca espremeu a cabeça sibilante com a boca aberta para dentro — ou melhor, a primeira cabeça, que foi seguida por duas outras, antes de o restante do corpo conseguir passar. As cabeças quase alcançaram toda a dimensão do chão até o teto, ameaçando comprometer os cabos dos alto-falantes. Houve muitos gritos: talvez tenha sido isso que destruiu Bangkok. Nagas desse tamanho definitivamente têm potencial para assassinar enclaves inteiros, porque, se não forem impedidas antes de passarem pelas barreiras, vão começar a se debater loucamente para dilacerar tudo em seu caminho depois que entrarem.

O que sem dúvidas aconteceria aqui dada a oportunidade. Eu estava prestes a gesticular freneticamente para Liu seguir uma seção instrumental, que era o nosso plano caso eu precisasse parar por tempo o bastante para matar algo especialmente terrível, mas, antes de eu conseguir fazer isso, Orion pulou do chão, diretamente para dentro da *boca* da cabeça do meio. A naga parou e, um instante depois, Orion perfurou seu caminho para fora da base do pescoço em um redemoinho, fazendo pedaços de peixe, ossos e icor horríveis voarem em todas as direções. Todas as três cabeças caíram na maré de outras maleficências que ainda fluía, submergindo embaixo dela, devoradas em menos de um minuto.

Orion caiu em meio à corrente cheia que ainda se desfazia dos destroços e os males literalmente se afastaram para desviar dele enquanto ele só ficou *parado* lá, com os olhos brilhando e sem nenhuma grande dificuldade para respirar. Então estalou o pescoço como se tivesse finalmente se aquecido de verdade. Ele até me lançou um sorriso rápido e irritante antes de voltar para a briga.

Cinco minutos depois, os últimos calouros já haviam partido, e estávamos bem encaminhados com os alunos do segundo ano. Os males haviam lotado o túnel de acesso de Alfie até que mal fosse grande o suficiente para uma pessoa passar, e só tínhamos quinze minutos restando, então o compasso foi para as cucuias e todos só corriam para os portões assim que chegavam ao começo da fila. Eu não conhecia nenhum dos alunos que estava saindo agora: eram um mar de rostos com quem eu nunca havia falado, nunca havia dividido uma sala. Mesmo que eu tivesse me sentado com eles em mesas nos anos anteriores a este, encontrando um lugar de desespero com os alunos mais novos, eu teria ficado de cabeça baixa. Eu não me lembrava deles.

Alguns olhavam para mim conforme chegavam perto do começo da fila, e vi meu reflexo em seus rostos: a luz verde-oceano brilhando ao meu redor, o mana reluzindo na minha pele, de um bronze dourado exceto onde escapava ao redor dos meus olhos, unhas e boca, me transformando num abajur brilhante no pedestal. Eles baixavam a cabeça e se apressavam; pensei em Orion dizendo "existem pessoas normais, e nós não somos essas pessoas". Talvez ele estivesse certo, mas eu não me importava. Eu não conhecia nenhum desses colegas normais, e talvez nunca fosse conhecer, mas cada um deles era uma história cujo final infeliz ainda não havia sido escrito; em seu lugar, eu havia gravado uma frase com minha própria mão: *e então eles se graduaram da Scholomance.*

Eles haviam saído, tantos alunos haviam saído e estavam seguros, e tantos males ainda estavam entrando — males que não estariam do lado de fora para matar mais ninguém. Eu os queria ferozmente, os queria sob meu comando, e meu desejo alimentava o feitiço ainda mais. O mana já deveria estar baixo àquela altura: metade dos alunos do terceiro ano já havia ido embora e levado seu mana consigo. No entanto, mesmo ao sentir o fluxo estremecer um pouco, a primeira sensação da maré começando a se esvair, uma nova onda inundou as margens. Eu não sabia o que era no começo; então, pelos ouvidos abafados, comecei a ouvir pessoas gritando, estarrecidas, e olhei para cima: a maré de males havia passado pela escola, e os primeiros haviam começado a atingir as barricadas.

Eu precisava continuar cantando, mas os observava atingindo, tensa de medo: era cedo demais, dez minutos cedo demais. Primeiro havia dois ou três, então dez, e depois quase instantaneamente havia uma barreira sólida de males se debatendo e se erguendo, rugindo e sibilando, fincando as garras uns nos outros, famintos para chegar a Orion e, depois dele, a nós. Todos que ainda estavam na sala enrijeceram; se não estivessem na fila àquela altura, com uma torrente de males passando pelo outro lado, as pessoas teriam saído correndo; tenho certeza disso. Nós tínhamos esperado, tínhamos planejado que Orion precisaria segurar a barricada por apenas um minuto ou dois, não mais do que isso, mas ainda havia mais do que um quarto da fila aguardando, e era impossível que alguém fosse capaz de segurar aquela legião. Não era a horda da graduação, eram magnitudes adicionadas a ela, incontroláveis, e ele simplesmente seria sufocado e pisoteado.

Mas ele não foi.

A primeira onda de males avançou e morreu tão rápida que eu nem vi como ele os matou; eu estava assistindo a tudo, desesperada, sem piscar, já tensa de agonia, já pronta para fazer... alguma coisa, qualquer coisa, tão angustiada quanto ficara quando observei Nkoyo do outro lado das portas do ginásio. A onda seguinte avançou sobre ele, e um punhado conseguiu passar, mas apenas por alguns passos;

ele saiu da multidão de cadáveres já em colapso, ainda iluminado com uma satisfação estúpida e um sorriso no rosto, e pegou a última sherva fujona pelo rabo fino de rato e a arrastou, ainda se debatendo loucamente, de volta para a briga com ele, sem hesitar.

Mana fluía para mim; mais do que uma onda, um oceano.

— Ai, meu Deus — disse Chloe, parecendo engasgar. Quando eu ousei olhar, vi que ela, Magnus e os outros veteranos de Nova York estavam todos vacilando, assim como seus aliados.

O compartilhador de mana no meu pulso brilhava vividamente, como o deles, e eles estavam apalpando qualquer colega por perto que aceitasse uma doação, literalmente jogando mana neles — o mana que Orion repentinamente depositava no reservatório compartilhado de energia. Os males ainda estavam morrendo tão rapidamente que não parecia real, como se estivessem se despedaçando no momento que eram atingidos.

Eu não havia acreditado de verdade, mesmo depois de Chloe me contar, que durante três anos literalmente todos de Nova York só surfavam no mana que Orion havia fornecido. Eu não havia entendido as queixas dele sobre o quão baixos estavam seus níveis de energia, mas agora ele finalmente estava se enchendo novamente, o bastante para compartilhar, e vinha como um dilúvio infinito. Ele não havia deixado transparecer o quão ruim era de verdade, percebi tardiamente; ele só ficava com o mínimo do mínimo. Tudo que ele havia feito este ano, o deixara tão faminto quanto eu nos dias antes de colocar o compartilhador de Chloe no pulso. Ele passou o último ano, o ano em que nossos poderes realmente florescem, sem mana o suficiente para fazer aquilo de que era capaz.

Agora que ele finalmente o tinha, achei que entendia melhor o que ele havia dito, porque era tão *fácil* para ele. Ele não estava lutando desesperadamente para sobreviver, contando cada gota de mana como um grão de areia que cai em uma ampulheta. Cada movimento, cada golpe mortal e gracioso de espada, cada feitiço conjurado, cada esforço feito, tudo voltava para ele, e não dava para deixar de sentir, ao observar aquilo, que ele estava fazendo o que havia nascido para fazer — algo tão perfeitamente alinhado com sua natureza que era tão fácil quanto respirar. De repente, fazia sentido ele gostar daquilo, não querer fazer outra coisa, já que havia algo em que ele era tão bom, e ainda por cima algo pelo qual ele era recompensado com baldes infinitos de mana. Seu próprio corpo te ensinaria a querer isso mais do que qualquer outra coisa — tanto que você precisaria aprender a querer outra coisa.

Orion não olhou para mim novamente, mesmo ao emergir entre as ondas de matança. Estava ocupado demais. Era melhor assim, porque, se ele tivesse olhado para mim, eu teria sorrido estupidamente de volta para ele. Eu estava feliz, tão feliz, mesmo presa naquela sala com todos os monstros do mundo tentando me atacar, atacar Orion, porque, afinal de contas, não era desespero em sua personalidade; era apenas uma dificuldade de aprendizado. Ele *podia* querer outras coisas. Eu não era a única coisa que ele *podia* desejar; eu era apenas a *primeira* outra coisa que ele havia desejado.

Os males ainda estavam entrando, um mar de horrores; quando os veteranos começaram a passar pelas portas, alguns ainda maiores começaram também a entrar: esses eram os males que estavam mais distantes dos portais, que haviam escutado a canção que os chamava quando os calouros e alunos do segundo ano passaram primeiro, e agora haviam alcançado o mesmo ponto de admissão e estavam finalmente entrando. Alguns deles eram tão monstruosos que era quase impossível olhar para eles: zvejarras, eidolons, farmeths e kaidens, criaturas dos pesadelos mais profundos que espreitavam sob os enclaves, aguardando a chance de devorá-los. Mas mesmo quando as coisas mais surreais e bizarras entravam, não havia mais gritos ou pânico. Só havia veteranos agora, e nós éramos os sobreviventes de um pesadelo, aqueles que haviam enfrentado a Scholomance — os últimos que precisariam enfrentá-la. Isso não era mais só um sonho; eu conseguia ver a esperança sendo realizada puramente no número de males que entrava, e Orion estava abrindo mais espaço para os outros quase tão rapidamente quanto eu podia trazê-los.

Eu estava começando a acreditar que funcionaria. E não queria isso; estava lutando contra a esperança tão ferozmente quanto Orion estava lutando contra os males. Mas não pude evitar. Aqueles segundos preciosos estavam diminuindo — Liesel havia inscrito o tempo no ar em letras de fogo, para que todos nós conseguíssemos ver a contagem regressiva. Quando chegasse a dois minutos, eu pararia de cantar e daria o golpe final. Só faltavam sete minutos e meio, só sete minutos; então Aadhya me chamou:

— El!

Olhei para o lado e a encontrei: ela estava quase na frente da fila que se movia rapidamente. Estava sorrindo para mim, o rosto úmido de lágrimas, e em seu brilho eu não era uma entidade reluzente, afinal; era só eu, só a El. Eu queria descer da plataforma e ir abraçá-la, mas tudo que eu podia fazer era sorrir lá de cima. Conforme ela dava os últimos passos em frente, ela apontou para mim e então segurou a palma aberta contra o rosto: "me liga!". O número dela, o de Liu, o de Chloe e o de Orion estavam todos escritos no marca-página franzino que guardava meu lugar nos sutras. Eu não tinha um celular, e mamãe também não, mas eu havia prometido encontrar um jeito de ligar para ela, se conseguíssemos sair...

Então a promessa ficou diferente. Era só se *eu* conseguisse sair. Aadhya deu aqueles últimos passos na direção do batente, passou pelas portas e... estava lá fora. Ela havia escapado, estava segura; ela havia conseguido.

Eu conhecia o rosto de todos os que estavam saindo agora. Alguns deles não gostavam de mim; Myrthe marchou para frente sem olhar na minha direção, a boca apertada e o queixo erguido; porém, quando a última pessoa à sua frente passou e ela viu o portal brilhando diante de si, seu rosto inteiro se retorceu em soluços. Ela estava se esforçando para manter os olhos abertos mesmo ao correr diretamente para fora. E eu fiquei feliz, fiquei feliz por ela, feliz por ela também ter conseguido; eu queria que todos conseguissem. Eu havia perdido a partida de Khamis, e também as de Jowani e Cora; todos eles já haviam partido. Nkoyo me mandou um beijo com as duas mãos antes de correr para os degraus e sair. Não encontrei Ibrahim, perdi sua partida, mas vi Yaakov passar com a cabeça abaixada e tremendo um pouco, vestindo um lindo xale de oração já gasto, cuja franja reluzia com a luz, os lábios ainda se movendo mesmo enquanto andava; quando ele passou por mim, olhou para cima e eu senti um calor como a sensação da mão de mamãe fazendo cafuné no meu cabelo, calma e estável.

Os veteranos de Nova York eram os próximos: Chloe acenou loucamente para chamar minha atenção e fez um coração com a mão antes de passar; logo atrás dela, Magnus me fez um sinal de joinha, sendo condescendente até o último segundo, e eu nem me importei. Eu havia conseguido tirar todos eles. Eu ia conseguir salvar todos eles. Havia talvez apenas umas cem pessoas ainda na fila... noventa... oitenta... ninguém que eu conhecia, exceto Liesel, que estava ficando rouca, e Liu ao meu lado, tocando consistentemente, guiando as notas que eu não conseguia ouvir, mas sentia sob os pés. Também havia Alfie e Sarah e o resto dos veteranos de Londres, que já deveriam ter partido; eu sabia que haviam tirado um número melhor na loteria do que o pessoal de Nova York. Mas eles haviam ficado para trás, para ajudar Alfie a segurar o corredor para todo o mundo.

Eu não teria esperado isso deles, dos enclavistas; eles haviam sido criados para fazer o oposto, saírem a qualquer custo. Mas eles também haviam crescido com o lema, não é? Haviam falado para eles, assim como falaram para a escola, que Manchester e Londres e seus aliados heroicos haviam construído a Scholomance por generosidade e cuidado, tentando salvar as crianças bruxas de todo o mundo. Talvez, assim como com a escola, isso houvesse penetrado mais profundamente do que seus pais teriam desejado. Ou talvez, se você apenas desse a alguém uma chance razoável de fazer algo bom, até mesmo um enclavista seria capaz de fazer essa escolha.

Eu não conhecia mais ninguém, mas estávamos chegando ao finzinho da fila e ao último grupo de enclavistas, com destino à

Argentina. Eles haviam pegado o pior número da loteria, mas não haviam feito um escândalo e exigido serem colocados na frente de todos ou então desistiriam do plano — e, como não reclamaram, nenhum dos outros enclavistas azarados pôde reclamar. Havia quatro deles; seguiram em fila indiana rapidamente, um atrás do outro, exceto pelo último, que cambaleou para trás e gritou — o primeiro grito que ouvia em um tempo — quando uma calamidade entrou pelos portões.

Horrivelmente, não restava nenhuma dúvida sobre sua origem. O menino argentino que havia acabado de passar pelo portal foi *pego*, debatendo-se e gritando, implorando por ajuda, por misericórdia, por liberdade, em um terror absoluto e familiar, conforme a calamidade continuava engolindo seu corpo, mesmo enquanto passava pela soleira.

Eu devo ter parado de cantar. Acho que eu não teria conseguido continuar cantando. Não era uma calamidade muito grande. Talvez fosse menor do que a última, aquela primeira, a única que eu já havia visto e tocado — aquela que continuaria vivendo dentro de mim por cada minuto do resto de toda a minha vida. Ela tinha apenas um aglomerado de olhos, quase todos castanhos e pretos, emoldurados por cílios escuros, horrivelmente parecidos com os olhos do garoto sendo engolido, e alguns deles ainda estavam conscientes o bastante para estarem cheios de pavor. Algumas de suas bocas ainda estavam choramingando de leve, outras soluçando ou engasgando.

Entretanto, ela ficaria maior. Pegou três outros males antes mesmo de conseguir entrar por inteiro; arrastou-os para dentro e os engoliu, mesmo antes de terminar de absorver o garoto. Embora se debatessem, não tinham as barreiras dos enclaves para afastá-la. E o garoto também desapareceria em breve, logo, logo; assim que seu mana acabasse.

— Tomas! Tomas! — a menina argentina soluçava, mas não estava esticando o braço para puxá-lo. Ninguém tentava tocar uma calamidade. Nem os outros males, nem aqueles mais famintos e acéfalos, como se pudessem sentir o que aconteceria caso o fizessem.

Bile subia pela minha garganta. Liu ainda estava tocando; ela havia lançado um olhar rápido e apavorado na minha direção, mas havia continuado. Alfie ainda estava segurando o corredor, com todo o pessoal de Londres atrás dele, mesmo que certamente tudo que queriam fazer fosse correr pelos portões, correr por mais do que suas vidas, porque a pior coisa que uma calamidade poderia fazer era nunca te matar.

Eu havia pedido a todos que me ajudassem, e eles haviam feito isso; eu havia pedido que fossem corajosos, fizessem a coisa certa que tinham a oportunidade de fazer, e eu não tinha o direito de pedir isso se eu mesma não fosse cumprir esse trato. Então eu precisava descer e ir até a calamidade. Eu precisava, mas não conseguia. Exceto que, além da calamidade, no fim do saguão, na barricada, consegui ver a cabeça de Orion se virar. Se eu não descesse, ele iria. Ele abandonaria a barricada, deixaria que o tsunami de males viesse atrás dele, e enfrentaria a calamidade, porque Tomas estava gritando, gritando com uma agonia cada vez maior, conforme os tentáculos da calamidade começavam a deslizar inquisitivamente por seu torso, na direção de sua boca e de seus olhos.

Eu desci da plataforma e cruzei o batente. As últimas pessoas na fila se afastaram para me deixar passar, me encarando conforme eu andava, e o brilho das proteções alquímicas me atravessou como água quando passei por elas. Os males ainda estavam entrando pelos portais, mas estavam formando um círculo grande ao redor da calamidade, que havia parado, talvez para digerir um pouco, e estava se acomodando perto das marcas queimadas que Paciência havia deixado para trás, como se estivesse considerando o melhor lugar para se sentir em casa. Era como uma pequena manchinha de tinta dentro daquele contorno monstruoso. Não tinha como haver muitas vidas lá dentro ainda. Eu estava com minha própria proteção em pé, o feitiço de barreira brilhante que mamãe dava para qualquer um que pedisse; ele exigia apenas mana que você mesmo havia gerado, ou que um amigo querido havia dado de livre e espontânea vontade, e Orion ainda estava me banhando com poder como em uma cachoeira.

Precisei fechar os olhos para não olhar para a coisa, então fingi que os portões estavam bem na minha frente, os portões com mamãe do outro lado, mamãe e todo o meu futuro, e isso era verdade, porque eu não conseguiria chegar até lá antes de passar por isso, porque essa droga de universo horrível queria que eu sofresse; então pulei para dentro da calamidade. Mesmo conforme a superfície horrível se fechava ao meu redor, eu conjurei La Main de la Mort com toda a minha fúria e o mana de mil males para sustentá-lo. E conjurei de novo, de novo e de novo, meu rosto e meu corpo inteiro tensionados, e não sei quanto tempo durou: foi uma eternidade, foram três segundos, foi minha vida toda esticada ao infinito; então acabou, e Liu estava gritando na minha direção.

— El! El, cuidado!

Abri os olhos, ajoelhando no molhado, e me virei bem a tempo de conjurar meu feitiço mortal mais uma vez, automaticamente, bem na direção do horka babão que havia acabado de emergir pelo portal. Ele caiu morto instantaneamente, e seu corpo deslizou pelos degraus, continuando naquele horrível jato putrefato que ainda vazava da pele translúcida da calamidade. Outras três pessoas estavam... erguendo Tomas, direto da poça de restos. As pernas dele, onde a calamidade o havia envolvido e começado a derretê-lo, estavam em carne viva e ensanguentadas em alguns lugares, e o compartilhador no pulso dele estava estalando. Ele provavelmente o havia sobrecarregado ao tirar mana demais para se proteger. Sarah o arrancou de seu pulso e o jogou para longe; o compartilhador sumiu na onda de males e a pequena explosão foi abafada por seus corpos.

Fiquei lá ajoelhada, encarando todos, trêmula. Eu não conseguia acreditar que eu havia conseguido, e não conseguia acreditar que havia acabado. O mundo todo havia ficado irreal e borrado para mim: a onda de males ainda passando, a música de Liu ainda carregando nossa canção.

— Levanta! — Liesel estava berrando comigo. — Levanta, sua garota imbecil! Chegou a hora! Só faltam dois minutos!

Funcionou, e eu consegui me colocar de pé aproximadamente ao mesmo tempo que o coitado do Tomas. Alguém tinha dado a ele um gole de poção, e ele parecia muito calmo e relaxado; a última garota da Argentina havia passado o braço dele por cima do ombro e estava ajudando-o a se equilibrar. Então percebi o motivo de Liesel estar gritando tão vigorosamente: Alfie havia movido a evocação para nos cobrir, para nos salvar de sermos simplesmente pisoteados, mas isso significava que ninguém mais poderia sair. Ele estava tentando a forçar de volta no lugar, contra a pressão de males que ainda entravam num dilúvio, e o relógio estava quase chegando ao minuto final.

Mas só faltavam vinte alunos. Não voltei para a evocação do feitiço de pote de mel com Liu. Em vez disso, fui até Alfie e coloquei a mão em seu ombro, então coloquei as palmas embaixo das dele para substituí-lo na evocação. Lenta e cuidadosamente, ele finalmente afastou as mãos, arfando, e quase desabou ao ser libertado. Consegui segurar firme, então coloquei mais mana no feitiço, o mana que rugia infinitamente dentro de mim, e expandi a evocação, empurrando os males para os lados, para fazer um arco até os portões.

— Vão! — falei. Então o pessoal de Londres se foi, e o resto da fila atrás deles.

Liesel pulou da plataforma, empurrando o mentefone na minha mão — eu resisti por um instante, sem entender o motivo quando todos já haviam ido embora, mas ela fechou minha mão ao redor da alça com tanta determinação que eu só desisti e o peguei, e então ela se foi.

A fila estava vazia. Liu dedilhou as últimas notas, deixando que a canção-feitiço se esvaísse graciosamente, então pulou da plataforma com o alaúde e correu até o portal sem desperdiçar um momento dizendo adeus: o presente de me deixar cada segundo do último precioso minuto que tínhamos, com a música ainda percorrendo seu caminho pelos alto-falantes, antes de os males se desvencilharem do encantamento do pote de mel. Ela apenas esticou a mão e roçou a ponta dos dedos no meu braço conforme corria para fora.

Então acabou. Só sobramos Orion e eu — Orion, que ainda estava lutando na boca da barricada. Os males estavam tentando entrar, passar por cima dele, mas ele os havia segurado. A maré eterna o sufocaria e dominaria em algum momento, até mesmo ele. Havia o equivalente a horas — dias e semanas deles — já amontoado; mais cedo ou mais tarde ele cairia por pura exaustão, fome, sede ou falta de sono, e eles o pegariam. Mas ele não precisava segurá-los por horas, nem dias, nem semanas. Ele só precisava de um minuto e vinte e seis segundos.

— Orion! — eu o chamei, e é claro que ele não fez nada sensato como olhar para mim ou vir correndo. Então, com um pensamento meio irritado e meio grato a Liesel, eu ergui o mentefone e gritei dentro dele. — Orion!

Apesar de estar lutando, ele se afastou e olhou para mim, então matou seis males, lançou um feitiço de rapidez nos pés e acelerou, deslizando até parar ao meu lado.

— Pode ir! — falei, mas ele não se deu ao trabalho de dizer não, só virou e se posicionou entre mim e os males que agora estavam adentrando o saguão através da barricada.

Eles nem mesmo estavam vindo diretamente para nós. Duvido que qualquer um deles quisesse atacar Orion depois dos últimos quinze minutos de matança, e a música já havia parado para eles, o banquete prometido sumindo antes mesmo de ter chegado. Agora só estavam descendo porque não tinham mais nenhum lugar para onde ir, com toda a pressão que se acumulava atrás deles.

Plantei os pés na soleira e comecei a conjuração do supervulcão. As primeiras linhas de ley pularam sob meus pés, esticando-se para todas as paredes como as linhas coronais dos raios do sol, então longas linhas se curvaram e foram serpentando de um lado para o outro no chão atrás das primeiras. Quando o chão inteiro foi coberto, todas elas subiram para as paredes e atravessaram o teto. Por um momento, consegui sentir o edifício todo sob minhas mãos, cedendo para mim...

Cedendo da mesma forma que o chão do ginásio havia cedido, naquele dia com todos os enclavistas prontos para lutar uns contra os outros. Cedendo para me dar uma chance de impedir a matança. De *salvar mais alunos*.

Eu não esperava sentir pena. Não havia me permitido acreditar que chegaria até esse momento, então não havia imaginado como seria se chegasse aqui; mesmo que houvesse imaginado, acho que não conseguiria ter imaginado isso. Mas, por um momento, eu *senti* pena: a Scholomance havia feito tudo o que podia por nós, dado a nós, babacas ingratos, tudo o que ela tinha, como aquela história horrível da árvore generosa, e lá estava eu, prestes a arrancar suas raízes. Eu parei, naquele momento entre as duas partes do feitiço, e, mesmo que precisasse tensionar todos os músculos nas minhas entranhas para impedir que me desfizesse com o potencial reunido em mim, consegui dizer, baixinho:

— Obrigada.

Então passei para o próximo verso do feitiço.

Eu nunca havia conjurado o feitiço completo, por razões óbvias. Acho que nunca farei isso novamente. Assim que comecei a conjuração, sabia que não era um feitiço para um supervulcão: isso era só um exemplo. Era para *devastação*, para a demolição de mundos. Eu havia sentido instintivamente que funcionaria para desintegrar a escola; agora eu tinha certeza disso.

E os males também sabiam. Eles se aproximaram de nós naquele momento — não para nos matar, mas para *escapar*. O feitiço de pote de mel havia acabado, e os últimos portais haviam se fechado; nenhum deles estava passando pelos portões. Mas a escola inteira estava atolada deles, cada último cantinho e gaveta abarrotados, e todos conseguiam sentir que o fim se aproximava: a pilastra de cinzas e fogo lançava um aviso na direção dos céus, a nuvem cinzenta.

Mas Orion havia aberto sua coisa-espada-varinha no formato de um chicote comprido, mantendo toda a soleira intacta. Qualquer male que tentasse colocar um dedinho sequer nos degraus, ele matava, e nenhum deles queria subir. Os pequenos tentavam sair pelos lados; ele os matava com chicotadas rápidas que meus olhos não conseguiam acompanhar. Eu estava entoando os versos finais do encanto, e o chão estava começando a ceder sob nós. Eu conseguia sentir as paredes se abrindo, os canos estourando por toda a escola, e o grunhido baixo do chão conforme ele começava a se separar da soleira. Todas as costuras estavam se abrindo, e uma linha fina de vazio estava começando a aparecer.

Os males estavam em frenesi: pararam de ficar relutantes, e Orion lutava, furiosamente, matando-os em todas as direções: narigongos e picanços davam voos rasantes, ghauls uivavam no ar, horrores ancestrais sussurravam, frenéticos. Houve também um guincho de metal rangendo atrás de mim: as portas estavam começando a se fechar. As letras em chamas no ar estavam fazendo a contagem regressiva: faltavam quarenta e um segundos, quase hora de ir. Se alguns males realmente conseguissem escapar agora, depois que tivéssemos saído, não importava mais. O trabalho estava feito; havíamos conseguido. Eu deliberadamente parei na penúltima sílaba e deixei de controlar o feitiço. O ar ao meu redor ondulou com o estremecimento do feitiço se espalhando — não precisamente terminado, mas tão perto que se completaria sozinho em mais um instante. Eu ri, triunfante, fiz a evocação de recusa ao nosso redor e a expandi para fora, empurrando os males para longe de mim e de Orion, derrubando-os no degrau.

No degrau mais baixo, Orion estremeceu e olhou em volta freneticamente para os males que haviam sido afastados para fora de seu alcance.

— Vamos embora! — gritei. Ele se virou e me encarou, o rosto inexpressivo.

Então o chão inteiro estremeceu sob nós, e não foi por causa do meu feitiço. O oceano de males que nos rodeava se abriu como o mar vermelho, separando-se freneticamente para qualquer um dos lados conforme uma silhueta titânica maior do que as próprias portas surgia do fosso e vinha na nossa direção, tão enorme que nem consegui reconhecê-la como uma calamidade à primeira vista: as bocas e os olhos infinitos tão minúsculos que eram apenas sardas espalhadas como estrelas em sua dimensão. Qualquer male que não conseguisse sair de seu caminho era consumido sem hesitação; ela só rolava por cima deles e os engolia.

Não era Paciência, ou melhor, não era *só* Paciência. Eram Paciência *e* Fortitude. Queimadas e famintas, o salão de graduação completamente limpo, e finalmente haviam se virado uma contra a outra. Perseguiram-se pelas entranhas sombrias da escola — a escola certamente *abrira* espaços para elas de propósito, atraindo-as para longe dos portões para liberar o saguão para nossa fuga — até que uma delas havia devorado a outra e se acomodara para digerir sua refeição monstruosa em paz, um século de alimentação de uma vez só, apenas para entrar em pânico quando sentiu a escola começar a se desfazer.

Todo o triunfo se esvaiu de mim como um longo rastro de cinzas se despedaçando em pó no fim de um incenso. Eu estava pronta para ficar orgulhosa de mim mesma, satisfeita: eu havia *conseguido*, eu havia salvado a todos, eu havia purgado o mundo de maleficências, eu havia encarado meu maior medo e saído por cima. Eu estava pronta para passar pelas portas e me gabar para mamãe sobre o que havia feito, estava pronta para esperar com uma graça majestosa que meu cavaleiro de armadura brilhante viesse para receber minha mão, a recompensa dele e a minha, e então seguiríamos em nossa cruzada para salvar quaisquer pedaços maculados do mundo que ainda precisassem de polimento.

Eu realmente ri em voz alta, acho, não tenho certeza; eu não conseguia me ouvir, mas parecia uma gargalhada louca e assustada na garganta. Era tão absurdamente hilário eu ter um dia imaginado que conseguiria encarar *isso*. Eu não conseguia formar palavras, ou nenhum plano coerente. Paciência bateu contra a evocação de recusa como um tsunami contra um penhasco, nos atingindo como se uma redoma estivesse nos prendendo; seus olhos esmagados contra a superfície nos encaravam, inexpressivos. Ela deslizou para trás e voltou a atacar: o mana *rugiu* por mim com o impacto, cegante. Eu não poderia ter conjurado um feitiço mortal mesmo que conseguisse fazer qualquer coisa: ela estava exigindo toda a minha concentração, tudo que eu tinha para manter a evocação de pé contra uma monstruosidade que jamais receberia um não como resposta.

Então Preciosa colocou a cabeça para fora e emitiu um guincho agudo, e eu percebi que *não precisava fazer isso*.

— Orion! — gritei. — Orion, vamos!

Ele estava lá parado, encarando Paciência através da redoma cintilante. Não esperei que ele respondesse; mesmo enquanto gritava já o tinha agarrado pelo braço. Eu o puxei para cima comigo pelas escadas, na direção das portas. Elas estavam rangendo um pouco; estavam começando a se fechar lentamente. A abertura na base da soleira estava se alargando.

Paciência se chocou contra a evocação de novo, e eu quase caí para trás, um formigamento branco preenchendo meus olhos. Eu estava segurando o braço de Orion quando minha visão clareou; ele não havia se mexido. Eu não falei novamente, só o puxei, arrastando-o mais um degrau para trás.

Mas ele não tirava os olhos de Paciência. Havia uma luz feroz e terrível no rosto dele, aquela avidez que eu havia visto antes, o desejo de que algo morresse. E eu não podia culpá-lo: se alguma coisa no universo precisava ser morta, era aquela coisa, aquela coisa horrenda e monstruosa; ela precisava morrer. E a rachadura na base da soleira ainda se alargava, mas estava um pouco mais lenta do que as portas se fechando.

Não teria importado para os planos gerais do universo se dez ou vinte outros males conseguissem escapar, mas *importaria* se Paciência conseguisse escapar, se aquele saco de morte infinita escapasse, para mastigar eternamente os ossos de suas vítimas e devorar sabe-se lá quantos incontáveis outros, indestrutível e eterna.

Mas nosso tempo estava acabando: os números que pairavam em chamas mostravam os últimos segundos.

— Não *dá*! — gritei para ele e me virei, preparando todo o meu corpo e esticando a mão, ao fim de um braço rígido, para segurar Paciência mais uma vez contra outro golpe estrondoso. Puxei o ar e me virei de volta para arrastar Orion por mais um degrau, para a beira do portal, então soltei o braço dele e peguei seu rosto com as duas mãos, virando-o para olhar para mim. — Orion! Vamos *embora*!

Ele me encarou. As cores incandescentes do portal brilhavam nos olhos dele, salpicando sua pele. Ele se inclinou na minha direção, como se quisesse me beijar.

— Você quer levar outra joelhada? — rosnei, enfurecida. — Porque eu te *dou*!

Ele se afastou de mim, uma cor mais normal preenchendo suas bochechas. Seus olhos clarearam por um momento. Ele olhou de volta para Paciência, então soltou uma risada — uma risada curta, e foi horrível. Ele se virou para mim e disse:

— El, eu te amo tanto.

Então ele me empurrou portão afora.

Sobre a autora

NAOMI NOVIK é a aclamada autora da série Temeraire e dos premiados romances *Enraizados* e *Spinning Silver*. É uma das fundadoras da *Organization for Transformative Works* e do *Archive of Our Own*. Vive em Nova York com sua família e seis computadores.

naominovik.com

TheScholomance.com

Facebook.com/naominovik

Twitter: @naominovik

Instagram: @naominovik

A AVENTURA CONTINUA NO TERCEIRO LIVRO DA TRILOGIA Scholomance

+EM BREVE PELA ALTA NOVEL!+

ALTA NOVEL

CONHEÇA OUTROS LIVROS DO SELO

Distopia

Mistério

Sci-fi

QUEM MERECE SOBREVIVER EM UM MUNDO QUE ESTAMOS DESTRUINDO?

Em um mundo devastado por desastres naturais devido às mudanças climáticas, as pessoas vivem em eco-cidades. Em troca de ar, água e abrigo limpos, seus residentes devem passar pelo menos um terço de seu tempo em cápsulas de imobilização, conduzindo negócios virtualmente, sempre que possível, para reduzir sua pegada ambiental. Kasey Mizuhara, o prodígio das STEM de 16 anos, vive nesse mundo à parte. Há 3 anos, sua irmã Celia está desaparecida, e a única memória que guarda é da irmã. Seu único anseio é sobreviver para reencontrá-la.

Todas as imagens são meramente ilustrativas.

UMA CIDADE PEQUENA, UM PALHAÇO ASSASSINO E JOVENS DESORDEIROS QUE TALVEZ NÃO SOBREVIVAM.

Quinn Maybrook e seu pai se mudaram para a pequena e tediosa Kettle Springs para encontrar um novo começo. Mas desde que a fábrica local fechou, a cidade quebrou pela metade e encontra-se em uma batalha que parece que vai destruí-la. Até que Frendo, o mascote de Baypen, um palhaço assustador, torna-se homicida e decide que a única maneira de Kettle Springs voltar a crescer é abatendo a safra podre de crianças que vivem lá agora.

Terror Slasher

Palhaço assassino assustador

 /altanoveleditora   /altanovel

Este livro foi impresso nas oficinas gráficas da Editora Vozes Ltda.,
Rua Frei Luís, 100 – Petrópolis, RJ.